현진건 장편소설

적도

현진건 장편소설
적도

초판 1쇄 인쇄	2014년 08월 29일		
초판 1쇄 발행	2014년 09월 05일		
지은이	현 진 건		
엮은이	편 집 부		
펴낸이	손 형 국		
편집인	선 일 영	편 집	이소현 이윤채 김아름 이탄석
디자인	이현수 신혜림 김루리	제 작	박기성 황동현 구성우
마케팅	김회란 이희정		
펴낸곳	에세이퍼블리싱		
출판등록	2004. 12. 1(제2011-77호)		
주소	153-786 서울시 금천구 가산디지털 1로 168,		
	우림라이온스밸리 B동 B113, 114호		
홈페이지	www.book.co.kr		
전화번호	(02)2026-5777	팩스	(02)2026-5747

ISBN 979-11-85742-25-0 04810   978-89-6023-773-5 04810(SET)

에세이퍼블리싱은 ㈜북랩의 문학 전문 브랜드입니다.

이 도서의 국립중앙도서관 출판예정도서목록(CIP)은 서지정보유통지원시스템 홈페이지(http://seoji.nl.go.kr)
와 국가자료공동목록시스템(http://www.nl.go.kr/kolisnet)에서 이용하실 수 있습니다.
(CIP제어번호: CIP2014025714)

현진건 장편소설

적도

편집부 엮음

일제강점기 한국현대문학 시리즈

024

ESSAY

일러두기

※ 〈일제강점기 한국현대문학 시리즈〉로 출간하는 한국 근현대 작품집은 공유
  저작물로 그 작품을 집필하신 저자의 숭고한 의지를 받들어 최대한 원전을
  유지하였다.

※ 오기가 확실하거나 현대의 맞춤법에 의거하여 원전의 내용 이해에 문제가 없
  을 정도의 선에서만 교정하였다.

※ 이 책은 현대의 표기법에 맞춰서 읽기 편하게 띄어쓰기를 하였다.

※ 이 책은 원문을 대부분 살려서 옛글의 맛과 작가의 개성을 느끼도록 글투의
  영향이 없는 단어는 현대식 표기법을 따랐다.

※ 한자가 많이 들어간 글의 경우는 의미 전달이 어려운 경우에 한해서 한글 뒤
  에 한자를 병기하여 그 뜻을 정확히 했다.

※ 이 책은 낙장이나 원전이 글씨가 잘 안 보여서 엮은이가 찾아 볼 수 없는 경
  우에는 굳이 추정하여 쓰시 않고 원선의 내용을 그대로 살렸다.

※ 중학생 수준의 독자가 이해하기 어려운 단어, 어휘에 대해서는 본문 밑에 일
  일이 각주를 달아 가독성을 높였다.

들어가는 글

「적도」는 단편소설가로 데뷔하여 이름을 날린 빙허 현진건의 첫 번째 장편소설이다. ≪동아일보≫에 1933년부터 1934년까지 연재하였다.

당시는 일제의 검열이 심했고 또한 소설의 발표가 주로 신문연재에 의존하게 됨에 따라 독자의 취미를 외면할 수 없었다. 저자는 독자의 통속적인 재미와 민족을 위한 적극적인 투쟁심을 표명하기 위해 이 소설을 집필했다.

「적도」는 이원론적 인간이 등장한다. 통속적이고 쾌락만을 추구하는 인물과 현실을 인식하고 민족의 해방을 위해 자신을 버리는 독립투사의 인물이다. 주인공 김여해는 통속적인 인물에서 독립투사의 모습으로 변해가는 모습을 보여준다. 남녀 간의 애증과 민족의 독립투쟁을 조화롭게 결합하여 흥행과 일제에 대한 적극적인 투쟁이라는 2마리 토끼를 잡았다.

현진건은 시대적인 통제 상황에서도 이에 대응하는 방식을 「적도」로써 세밀하게 보여주고 있다. 이 소설을 통해 사건사고가 끊이지 않는 요즈음의 세태에서 진정한 삶의 가치가 무엇인가를 찾아볼 수 있는 계기가 되기를 바란다.

2014년 8월 초가을
편집부

차 례

출옥

서울의 봄은 눈 속에서 온다.

남산의 푸르던 소나무는 가지가 휘도록 철거운 눈덩이를 안고 함박꽃이 피었다. 달아나는 자동차와 전차들도 새로운 흰 지붕을 이었다. 아스팔트 다진 길바닥. 펑퍼짐한 빌딩 꼭지에 시포屍布가 널렸다. 가라앉은 초가집은 무거운 떡가루 짐을 진 채 그대로 찌그러질 듯하다. 푹 꺼진 개와골엔 흰 반석이 디디고 누른다. 삐쭉한 전신주도 그 멋갈없이 큰 키에 잘 먹지도 않은 분을 올렸다.

이 별안간에 지은 흰 세상을 노래하는 듯이 바람이 인다. 은가루 옥가루를 휘날리며 어지러운 흰 소리는 무리무리 덩치덩치 흥에 겨운 잦은 춤을 추어 제친다. 길이길이 제 세상을 누릴 듯이.

그러나 보라! 이 사품에도 봄 입김이 도는 것을.

한결같은 흰 자락에 실금이 간다. 송송 구멍이 뚫린다. 돈짝만해지고 쟁반만해지고, 다님만해지고 댕기만해지고… 그 언저리는 번진다. 자배기만큼 검은 얼굴을 내놓은 땅바닥엔 김이 무럭무럭 떠오른다.

겨울을 태우는 봄의 연기다. 두께두께 얼은 청계천에서도 그윽한 소리 들려온다. 가만가만 자취 없이 기는 듯한 그 소리, 사르르 사르르 깁오리에 풀물이 스미는 듯. 이따금 그 소리는 숨이 막힌다. 험한 고개를 휘어 넘는 듯이 헐떡인다. 그럴 때면 얼음도 운다. 쩡 하며 부서지는 제 몸의 비명을 친다. 엉그름이 턱 갈라진 새로 파란 물결은 햇빛에 번쩍이며 제법 졸졸 소리를 지른다.

축축한 담 밑엔 눈을 떠 이고 푸른 싹이 닷분이나 자랐다.

끝장까지 보는 북악에 쌓인 눈도 그 새하얗던 흰빛을 잃었다. 석고색石膏色으로 우중충하게 흐렸다. 그 위를 싸고 도는 푸른 하늘에는 벌써 하늘하늘 아지랑이가 걸렸다.

봄은 왔다. 눈길, 얼음 고개를 넘어 서울의 봄은 순식간에 오고 만 것이다. 이른 봄날 아침이다. 하늘은 말갛게 개었으되 사라질 듯 말 듯한 구름 흔적으로 말미암아 꿈꾸는 처녀의 눈동자처럼 거슴츠레하게 조으는 듯. 치위가 덜 가신 쌀쌀한 공기를 뚫고 지내 끼인 공중을 도금칠하며 명랑한 햇발이 나리매, 그 닿는 곳마다 부드럽게 녹여서 우단 결같이 포근포근한 느낌을 자아낸다 물오른 나뭇가지에 . 깃들인 새들은 제 발부리에 서물거리는 새싹을 푸념이나 하는 듯이 재깔재깔 잔사설을 종알거리다가 이 세상이 얼마나 넓고 자유로운 것을 시험하려는 것처럼 포드득 날아오른다. 빛물결을 헤치며 헤엄치는 그 서리 젖은 나래는 사금을 뿌린 듯이 점점이 번쩍인다.

S형무소 철문에는 봄볕이 튄다. 무수한 쇠못은 그 거뭇거뭇한 눈알을 부라린다. 번들번들하게 장사진을 친 듯한 벽돌담은 이 밝은 광선을 막기에 애쓰는 듯이 불쾌하게 핏빛으로 물들었다. 언덕배기 비탈길이 옛모양을 감추고, 새로 수장된 넓은 길이 정문에서 엇비슷하게 누그러운 구배를 지어 나려가다가 한길로 꼬리를 쳐뜨렸다. 앞길을 막히고 뒷걸음질을 치던 햇발은 이 대패로 민 듯한 길바닥 위에 구으는 듯이 보금자리를 친다. 늙은 아카시아 한 나무와 심은 지 몇 해 안 된 애송이 사쿠라 넷 그루가 앙상한 가지를 떨며 이 따스한 보금자리에 참예를 하려는 것같이 그 경성다못한 제 그림자들을 비스듬히 누인다. 아직 피어나지 못한 질방나무는 검누른 잎사귀를 웅숭그리고 조으는 듯하다.

이 아침녘의 적막을 깨치고 화려한 자동차 한 대가 짓치는 듯이 올라온다.

정문 앞 가까이 와서 걸음을 멈추고, 세비로 웃막이에 아랫도리엔 기마복을 차린 갈걍갈걍한[1] 운전수가 운전대에서 선득 나려와 읍하는 듯이 고개를 숙이고 공손히 문을 열었다. 그 안으로부터 젊은 부인이 나타났다. 그 젊은 부인은 흰 하부다에 두루막 자락을 조금 걷어 올리는 듯하며 그림자같이 자동차를 나려선다. 운전수는 자동차를 한옆으로 돌려세웠다.

그 부인은 자동차를 배경으로 형무소 문을 향해 선다. 나이는 스물을 너댓 지냈을까. 키가 큰 듯함은 몸이 가냘픈 탓이리라. 검다가 희다가 야릇한 윤을 흘리는 은호 목도리 위에 그 흰 얼굴은 구름에 숨바꼭질하는 달처럼 떠올랐다. 달이라면 새벽녘에 져 가는 달이리라. 그 한스러운 흰빛! 그 얼굴은 그러한 흰빛이다. 도톰한 두 뺨도 자세히 보면 분명히 여윈 듯하였다.

푸수수한 트레머리는 몇 올이 풀려 번듯한 이마 위에 나부끼다가 그 호박색으로 빛나는 두어 카락은 코까지 나려와 남실남실 춤을 춘다. 갸름갸름한 손가락으로 귀찮은 듯이 치켜 올리는데 왼손 무명지에 끼인 백금 반지에는 제법 팥낟만한 보석이 반짝반짝 실무지개를 일으킨다. 그 속눈썹 긴 눈을 잠깐 감는 듯하다가 다시 맥맥히 옥문을 바라본다.

십 분! 이십 분 굳게 닫힌 쇠문은 열려질 가망조차 없는 듯하였다.

붓고 쫓기는 대경성은 예까지 밀려나왔다. 건넌 산 밑까지 올망졸망 초가집이 들러붙었다. 길가에는 갑자기 가가假家[2]를 맨드노라고 체신이

---

1) **갈걍갈걍하다**: 얼굴이 파리하고 몸이 여윈 듯하나 단단하고 굳센 기상이 있다.
2) **가가(假家)**: 가게(=店)의 원말.

없는 양철 지붕이 내로라하는 듯이 늘어섰다. 큰길이 생기고 버스가 다니고 나날이 번창해 가건마는 암만해도 감옥 냄새는 빠지지 않는다. 독립문을 지나서부터 형무소 초입까지 '형무소 사식 차 입소', '감옥밥 파는 집', '형무소 피고인 차 입소', '변당#业3) 차 입소' 간판들이 지붕을 디디고 선 것만 보아도 어쩐지 으스스해진다. 밝고 따스하고 즐거운 봄 입김은 가뭇없이 사라지는 듯하다. 더구나 검누른 길바닥은 이따금 바람을 따라 일어선다. 그 자욱한 몬지는 안개를 피우며 집과 사람을 뒤덮는다.

그 부인은 우 — 하고 자기에게 덤벼드는 몬지 떼를 피하노라고 고개를 외치기도 하고 두 손으로 눈을 가리우기도 한다. 지리한 듯이 몇 걸음씩 거닐다가 피난처를 찾는 사람 모양으로 또다시 자동차 옆에 와 선다.

형무소 앞은 차차 부산해진다. 어릿거리는 사람의 그림자도 늘어간다. 드나드는 간수의 자최도 잦아간다. 그 덤덤하던 큰 문도 가끔 아가리를 벌린다. 붉은 황도빛 옷에 쇠사슬을 서로 얽매인 죄수들도 몰려나온다. 그 부인은 죄수를 볼 적마다 놀라는 듯이 몸을 흠칫하면서도 누구를 찾는 듯이 그들의 얼굴을 자세히 보려고 애를 쓴다.

뿡뿡 하며 양복쟁이를 태운 자동차가 소리를 질르면 그 큰 문은 더욱 크게 열리는 듯하였다. 형무소 간부급의 출근이리라. 물 날은 초록 휘장 틈으로 어른어른 흉물스러운 용수를 보이며 피고를 태운 수차도 여러 차례 나왔다.

그 부인이 기다리기 지친 듯이 눈썹을 찡그린다. — 눈과 간격을 두고 올라붙은 듯한 가느나마 숱 많은 눈썹이다. — 그는 자동차에 오른다. 앞길을 거닐고 있던 운전수는 황급하게 뛰어와서,

"돌아가시랍쇼?"라고 묻는다.

---

3) 변당(弁当): 도시락.

"아녜요!"

그 부인은 살짝 얼굴을 붉히며 고개를 흔든다.

'그 동안을 못 참아서!'

속으로 뇌이자 그 얼굴은 더욱 빨개졌다. 자동차 안에서도 날아갈 듯이 몸을 도사린 채, 감옥문과 오십 전짜리 은화만한 브로치나 팔뚝시계를 번갈아 보았다.

정문 옆 작은 쇠문이 덜커덩 하고 열렸다. 웬 장대한 청년이 조그마한 보퉁이를 해 들고 쫓기는 듯이 나선다.

감옥에서 나오는 청년을 알아보자 그 부인은 마치 무엇에 튕기는 모양으로 몸을 일으킬 겨를도 없이 구을러 떨어지듯 자동차를 나렸다. 앞으로 거꾸러질 듯 거꾸러질 듯하면서 그 청년을 향해 종종걸음을 쳤다.

부인은 다짜고짜로 어리둥절하고 서 있는 그 청년의 손을 잡았다. 핼쑥하던 그 부인의 얼굴은 그 순간 더욱 파랗게 질린다. 왼 몸은 사시나무 떨 듯 떤다. 소나기를 만난 꽃잎처럼 갈기갈기 찢어질 듯하던 그 입술은 말 한 마디를 맨들어내었다.

"여해 씨!"

이 부르짖음이 군호를 친 것같이 그의 눈으로부터 우박 같은 눈물이 쏟아진다. 푸르게 떠는 두 뺨은 뒤를 이어 구을러 떨어지는 눈물방울에 놀라기나 한 듯이 한층 더 흔들린다.

그 청년은 아모 감동되는 기색이 없다. 떡 벌어진 어깨판으로 숙인 부인의 고개를 옹위하는 듯이 서 있을 뿐이다.

여자는 더욱 느껴 운다. 눈물 젖은 얼굴을 그 청년의 가슴패기에 비비대며 또 한 번 부르짖었다.

"여해 씨!"

그 청년은 또 대꾸가 없다. 오랫동안 햇빛 못 보는 감방살이로 뜨고 시어진 보송보송한 얼굴에 표정 하나 떠오르지 않았다. 그 부인의 울고 부르짖는 소리는 그 귓가에도 들어가지 않는 것 같다. 진한 먹으로 한 일—자를 쭉 그은 듯한 검은 눈썹 밑에서 부신 것을 보는 것처럼 눈을 섬벅섬벅할 따름이다.

한동안 북받쳐 나오는 눈물을 걷잡지 못하던 그 부인은 얼마 만에야 꿀꺽꿀꺽 울음을 멈추려고 애를 쓴다. 얼룩진 얼굴을 들어 그 청년을 쳐다보며,

"여해 씨! 용서…." 하다가 다시 고개를 숙이며 말끝은 또 울음에 흐려진다.

"…."

청년은 여전히 입을 쭉 다문 채 황홀히 넋을 잃은 사람 같다. 그는 숨을 모아 쉰다. 들여마신 그리운 향기를 차마 내어쉬기 아까운 모양이다. 여자의 얼굴이 닿은 가슴 언저리는 가려운 듯이 이따금 들먹들먹한다. 지그시 아래로 깔은 눈은 제 손아귀에 든 여자의 눈을 나려다본다. 할딱거리는 파랑새와 같이 보드랍게 떨던 그 손이 그대로 사라지지나 않았나 의심하는 듯하였다.

자기의 뿌린 눈물과 말이 바위나 때린 모양으로 아모 보람이 없는 것을 느끼자, 그 부인은 저 혼자 울고 부르짖고 하는 것이 남볼상 사나운 생각이 났다. 여해의 가슴에서 얼굴을 떼며 흠씬 젖은 수건으로 또 한 번 눈물을 씻고 나서 휘 주위를 둘러보더니, 여기 이러고 있을 때가 아닌 것을 갑자기 깨달은 것같이,

"가서요." 하고 여해를 끌었다.

이 말만은 효과가 있었다. 자석에 끄을리는 쇠끝 모양으로 여해는 그 부인을 따라 발길을 옮긴다.

이 여자야말로 자기의 가슴에 첫사랑의 꽃을 피운 홍영애洪英愛가 아니

냐. 애젊은 청춘의 감격과 열정과 로맨스를 오로지 차지하였던 홍영애가 아니냐. 쓰리고 아픈 실연失戀의 화살을 심장 속 깊이 박아준 여자도 이 여자가 아니었던가. 사실 아닌 사실로 오 년 동안이나 지리한 철창 생활을 한 것은 이 여자의 때문이 아니었던가. 그 안타까운 모양이 선연히 감방문을 열고 들어서면, 몇 번이나 불안한 죄수의 새벽잠을 소스라쳐 깨였던고! 여해는 이를 잊었던가. 영애에 대한 모든 원한과 감정을 잊었는가. 붉은 옷을 벗을 때 지난날의 기억이란 기억도 모조리 벗어 던졌는가.

여해와 영애는 나란히 자동차를 탔다.

자동차가 움직인 뒤에도 아까 울음이 진정이 덜 된 모양으로 영애의 가슴은 들먹들먹하였다. 그는 입술을 깨문다. 센티멘탈한 흥분에만 겨울 때가아니다. 이 어두운 굴속에서 별안간 세상에 뛰쳐나온 사람에게 알려준 일만 해도 한두 가지가 아니다. 무엇보담도 이 앞으로 — 당장 이 자동차를 나리면서부터라도 전개될 그와 저와의 관계를 한시바삐 작정해 둘 필요가 있었다.

자동차는 달아난다. 그 빠른 속력이 마치 영애를 재촉하는 듯하다. 일분! 이분! 집은 가까워 간다. 몇 번이나 말부리를 떼어보려 하였건마는 입안에서 뱅뱅 돌다가도 그대로 잦아지고 만다.

"여해 씨!"

위선 또는 한번 불러 보았다. 휙휙 바람결에 말낱은 날린다. 시끄러운 음향에 사라진다. 여해는 멍하게 앞만 내다본다. 폭포수같이 나리질리는 선뜩선뜩하도록 시원한 봄바람, 넓고 넓게 펼쳐진 빛과 밝음의 세계에 출옥한 이는 정신을 놓친 듯하다.

"여해 씨!"

이번에는 귀에다 대고 부르짖었다. 얼굴을 돌리기는 하였으나 나무나 돌로 새긴 듯이 근육 하나 움직이지 않는다.

영애는 무슨 중대한 선언을 발표하려는 것처럼 얼굴빛을 바룬다.

"여해 씨! 우리 남매가 되어요, 네?" 한다. 가슴에 차오르고 목구멍에서 돌고 차마 입술까지 나오지 못한 말은 이 말이었다.

"제 오빠가 되어 주서요, 네, 오빠!"

또 한 번 재우치며 달래듯 애원하듯 여해를 바라본다. 눈물로 씻어낸 그 눈은 더욱 맑게 빛난다.

'오빠'라면 그들의 귀에 그리 서툴지는 않았으리라. 그들은 동지도 되었다, 부녀도 되었다, 남매도 되었다.

"내 딸아!" 하고 여해가 벙글벙글 웃으면,

"무슨 아버지가 저래…?" 하고 눈을 깔아메치던 영애다.

"오빠!" 하고 부르며 영애가 매어달리면,

"누이, 누이, 내 누이."

무슨 노래와 같이 읊조리며 갸둥갸둥을 해주던 여해다.

그 날의 '오빠'와 오늘날의 '오빠'가 말은 꼭 같은 말이다. 다만 그 내용이 엄청나게 달라졌을 뿐이다.

"오빠! 저를 누이라고 불러 주어요, 네?"

영애는 여해의 대답도 기다리지 않고 또 한 번 다진다. 하기 어렵던 말도 꺼내놓고 보니, 그리 못할 말도 아닌 것 같다. 도리어 뻥뻥하던 두 사이가 얼마쯤 자리가 잡히는 듯하였다. 말에도 차차 데면데면한 구절이 줄어간다.

"자, 불러요, 오빠!"

눈물 어룽진 영애의 뺨에 어색하나마 웃음의 그림자가 짓쳐간다.

여해의 벙벙한 귀에도 이 말만은 늘어간 모양이었다. 이번에야말로 그 무거운 입이 떨어졌다.

"흥? 오빠?"

그는 선잠을 깬 사람 모양으로 영애의 말을 고대로 되풀이한다.

영애는 여해의 말문이 터진 것만 해도 반가웠다.

"그래요, 오빠예요, 제 오빠예요."

지난날의 무간하게 굴던 버릇이 한순간 영애를 찾아온 듯하였다.

"저는 누이구요. 자, 누이라고 불러 봐요!" 하고 어리광 피우듯 조른다.

"훙? 누이?"

여해는 아직도 꿈을 덜 깬 모양이다. 그의 핑핑 도는 눈동자엔 영애의 얼굴이 동그래졌다가 길어졌다가 길어졌다가, 가루 세로 춤을 추는 듯하다. 그 젖가슴 언저리가 불룩불룩 솟아오르는 듯하다.

"네, 오빠!"

영애는 어쩐지 가슴이 찌르르해진다. 걷잡을 새 없이 굵은 눈물 한 방울이 은호 목도리 위에 떨어지고 말았다. 자동차는 닿을 데 닿았다.

이마의 흉터

T동 꼭대기를 거지반 다 올라와서 두 길이 넘을 듯한 벽돌담이 머리에 비쭉비쭉한 유리 조각을 꽂고 철옹성같이 둘러쌌는데, 이 철옹성이 앞으로 나래를 아모린 어름에 솟을대문이 덩그렇게 솟았다. 큼직한 사기 문패에 뚜렷이 박병일朴炳日이라고 쓰인 세 글자가 위협하는 듯이 나려다본다. 여해는 노리는 듯이 그 문패를 처다본다.

그는 영애에게 꺼들리어 허턱대놓고 자동차를 탔으되 설마 여기 오리라고는 생각지도 못했던 모양이다. 자기로부터 사랑을 뺏은 원수, 자기의 서리 같은 칼날에 첫날밤의 기쁨과 행복이 부서질 뻔한 피해자! 그의 집에 올 줄이야, 감옥을 나오는 첫걸음으로 이 집에 올 줄이야. 세상에 기괴한 인연도 있고는 볼 일이다.

자동차가 몇 번 뿌웅뿌웅 소리를 내매, 마치 감옥 문 모양으로 닫히었던 솟을대문은 좌우로 훨씬 열린다. 자동차는 홍청하며 한번 춤을 추는 듯하더니 문턱을 넘어 쑥 대문 안으로 들어선다. 들쭉나무로 울을 지은 조약돌을 깐 길을 미는 듯이 올라와 중문 앞에서 걸음을 멈추고 가장 힘드는 고역이나 치른 것같이 털털 쇄쇄하며 가쁜 숨을 내어쉰다.

자동차 양옆에 웅긋쭝긋 늘어선 사랑사람들에게 눈으로 인사를 받으며 영애가 먼서 나렸다. 머뭇머뭇하는 여해를 갸웃이 늘여다보고,

"나리셔요." 하며 인사치레하듯 쌩끗 웃어 보인다.

여해는 지금 와서 망설일 형편이 아닌 것을 알아차린 모양이었다. 검

은 눈썹을 한 번 찡긋하고 다리에 힘을 주며 나려선다. 홑몸으로 적진에 들어서는 기사 모양으로 그는 안간힘을 쓰는 듯하였다.

중문은 둘이었다. 왼편 손 중문 위로는 사기 벽돌로 지은 소쇄한 양관이 내다보인다. 영애는 오른편 중문을 열고 들어선다.

중문 들어서는 입새에는 푸른 기름이 질질 흐르는 듯한 전나무가 열을 지었다. 그 새새에 끼인 개나리는 벌써 옹기종기 붙은 노란 방울을 터뜨린다.

이 자그마한 숲을 지나면 안마당이 훤하게 열린다. 넓은 마당을 반을 따서 윗마당은 길을 비켜놓고 동서로 갈리어 화단을 꾸몄다. 잔디로 W자를 그리고 그 굴곡마다 난쟁이 황양목으로 선을 둘렀다. 아랫마당은 네모난 시멘트 판으로 다졌다. 평지보담 한 자 가량 높게, 석자 가량 넓이로 역시 시멘트를 다져 길을 내었다. 대뜰까지 뻗은 그 길은 마당에 서투른 사람을 위하여 마치 갈 곳을 지시하는 듯하였다.

안 중문에 들어서자, 안 구종들이 너댓 나와 맞으며 영애를 호위하듯 뒤를 따라선다.

윗마당을 거진 지나오자 영애는 잠깐 걸음을 멈추는 듯하더니 바싹 등 뒤에 대어선 한 사십 남짓한 어멈을 돌아보며 넌지시 묻는다.

"그 방은 치워두었지?"

"네, 말갛게 치고 보료도 깔아뒀어유."

주인의 말이라면 입에서 떨어지기가 무섭게 거행하는 제 공을 자랑하는 듯하다. 그 투덕투덕 살찐 검붉은 얼굴에 신들민들한 웃음까지 흘린다.

"그런뎁슈, 아씨이!"

그는 외양과는 딴판으로 달라붙는 듯한 목소리를 내며 '아씨'의 '씨'자를 길게 뺐다.

"그런뎁슈, 아씨이, 그 방이 워낙 어구차서 도모지 덥지를 않아유."

영애는 살짝 눈살을 찌푸리며,

"왜 일찌감치 불을 지피라고 기껏 일렀는데…. 덥지 않으면 어쩌나…? 그러면 안방…." 하다가 난처해하는 눈치다.

어멈은 고개를 기우뚱기우뚱하더니 좋은 생각이 금시로 떠올른 것처럼 얼굴을 번쩍 쳐든다.

"그러면입슈, 아씨이, 저 아가씨 방이 더운뎁슈."

영애의 귀밑까지 바싹 입을 들여대고 무슨 긴한 일을 귀띔이나 해 주는 듯이 이런 말을 하고 눈을 껌벅껌벅하며 주인의 낯빛을 살핀다.

"아가씨는 학교에 가셨지?"

"네, 가시구 안 계서유. 오늘이 반공일이랩슈, 일찍이 오신다고 해서 아침 군불까지 지펴서 쩔쩔 끓는뎁슈." 하고 부리나케 앞장을 서서 간다. 그는 벌써 주인의 뜻을 알아차린 듯하다. 손님이 들어가기 전에 그 방을 치워둘 작정이리라.

네 벌 장대 위에 몸채는 날아갈 듯이 앉았다. 옛날 관청 모양으로 돌계단이 있고 돌계단을 올라서면 폭넓은 화강석 신방돌(信防石)[4])이 앞을 막는다. 발갛게 기름 먹인 분합문을 열매, 마루에는 양탄자를 깔아놓았다. 두주가 놓일 자리에 윤 흐르는 피아노 한 대가 엄전스럽게 놓였고, 그 위에는 한간 통이 넘을 듯한 체경이 걸렸다. 책상 대신으로 양탁자가 섰는데 가지각색 사기와 유리그릇이 차곡차곡 쌓이어 제각기 제 독특한 무늬와 색채를 발한다 한복판을 차지한 . 둥근 테이블은 우단보에 제 몸을 가리웠고 그 주위엔 소파들이 사람이 앉기를 기다리는 듯하다. 넓적넓적한 잎사귀가 치마폭 같이 너울거리는 파초 화분, 묵은 등걸에 흰 꽃을 발라 놓은 듯한 매화 화분늘, 여섯 칸이 넘는 마루가 빈 구석 없이 제

---

4) 신방돌(信防石): 일각 대문의 신방을 받치는 돌.

구격을 맞추었다. 모든 것이 세련된 취미와 황금에 번쩍인다. 황금으로 지은 으리으리한 사랑의 궁전!

여해는 적진을 둘러보는 기사 격으로 모든 것에 불같은 눈동자를 붓는 듯하였다.

대청을 거쳐 다시 뒤 복도로 나왔다. 뒤꼍에도 상당한 지면이 있고 거기도 안마당보담은 규모는 작으나마 귀밀조밀한 화단을 꾸며 놓았다. 더구나 어린 싹 위에 붉은 실 푸른 실로 사리를 엮어 조그마한 고깔들을 해 씌운 것이 눈에 뜨이었다. 그 옆에 너저분하게 신문지 봉지가 떨어진 것은 밤 내 찬 서리에서 그들을 보호해 준 이불이리라. 청실홍실로 사리를 엮은 것은 가냘픈 여자의 손이 분명하다.

"이 어린 싹을 누가 밟으면 어떡해요, 다치면 어떡해요?"

그 예쁜 고깔들은 저를 만들어준 주인 대신으로 이런 말을 하는 듯하였다.

여해가 인도된 곳은 결국 안방의 머릿방이었다. 아까 먼저 간 그 어멈은 걸레질을 치기, 아랫목에 보료를 갖다 깔기, 부산하게 바빠해 한다.

여해는 그 방에 발을 들여놓자마자 그 방의 임자가 여자임을 곧 알았으리라. 쌍창 가까이 자그마한 책상이 놓이고, 그 위에 여자 고보 교과서가 책꽂이에 나란히 꽂힌 것이며, 꽃을 물린 문진이며, 저편 벽 밑에 조안화를 수놓다가 그대로 둔 자수틀이 비스듬히 기댄 것이며… 그 방의 임자가 여자임을 당장 알 수 있는 일이로되, 그 모든 것보담도, 오랜 감방살이에 그리던 이성의 향기가 물씬하고 그의 코를 엄습하였다. 메스꺼울 만큼 강렬한 향기를 따라 젊고 아름다운 여자가 아른아른하게 움직이듯 하였다. 보들보들한 살덩이가 그윽한 숨길을 내어쉬는 듯하였다.

영애의 권하는 대로, 여해는 미끄럽고 부드러운 모본단 보료에 자리를 잡았다. 영애도 목도리를 끄르고 앉으려다가, 방을 다 치우고 나가는 어

멈을 보고,

"그리고 그 방에 불을 좀 더 때고, 요를 좀 많이 깔고…그리고 저…."

하다가 어멈의 뒤를 따라 나가더니 무엇을 속살속살 입안말로 이른다.

"그러면입슈, 옷은 그 방에 깔아두고 진지상은 이 방으로 가져오랍슈?"

"그래요, 치우실 텐데…. 어서."

분부를 끝내고 들어온 영애는 여해 앞에 앉았다. 단둘이 앉았다.

한동안 답답한 침묵!

종용한 자리에 앉으면, 겹겹이 쌓인 말이 샘솟듯 할 것 같더니, 정작 단둘이 마주앉고 보니 영애는 가슴만 가득하다.

여해의 모양을 자세히 보면 볼수록, 자기로 말미암아, 일어난 비극이 얼마나 끔찍스럽고 참혹했던 것이 새삼스럽게 돌아다 보인다. 빡빡 깎은 머리는 비리 먹은 개털 모양으로, 군데군데 허여스름한 부스럼 자리를 남겼다. 우벼파 놓은 듯한 두 뺨, 탄력을 잃은 시들시들한 살결, 우뚝한 콧잔등에 밀리는 잔주름, 내어 민 광대뼈 위에 건포도 껍질같이 붙은 검버섯, 아래 눈부리가 부은 듯하고 그 속에서 실룩실룩하는 힘줄들! 어쩌면 저대도록 변하였는가. 꽃봉오리같이 피어오르던 스물 안팎 청년은 어데로 갔는가.

질질 흐르는 듯하던 윤기는 없어졌으나마, 그래도 옛 형상을 남긴 것은 그 진한 눈썹뿐이다. 그 밑에서 영롱하게 번쩍이던 그 눈도 무섭게 변하였다. 그 눈자위에는 핏발이 섰다. 살기를 띠고 번들번들하는 그 눈초리! 자기를 보아도 예사로 아니 본다. 쏘는 듯 노리는 듯 흉물스럽고 불길한 광채를 발한다. 그 눈길이 몸에 닿으면 찬물을 끼얹는 것처럼 영애의 등골은 으쓱해진다.

어젯밤까지도 자기를 즐겁게 하던 여해를 위한 모든 계획이 이 눈길 앞에 조각조각 깨어지는 듯하였다. 높고 아름답고 영절스럽던 그 계획이 너무나 천착스럽고 좀스러운 듯하였다. 더군다나 그 계획을 입 밖에 내어 그를 위로해 보리라고는 어림도 없는 생각이다.

그는 여해 때문에 얼마나 고민하였는가. 여해를 위해 얼마나 애를 태웠는가. 떨어지지 않는 입을 떼어 남편의 속까지 떠보지 않았는가. 그의 남편은 ― 숭고한 인격을 가진 그의 남편은 털끝만한 질투도 느끼지 않았다. 저야 잘했든 잘못했든 하여간 우리 때문에 생긴 희생이라고 할 수 있으니 전 책임을 지고 그의 장래를 보장해 주겠다 하였다. 자기가 관계하는 은행에나 회사에 발천을 시켜 주고 특별한 대우를 해 주마 하였다. 옥문 밖을 나서면 갈 곳도 없을 테니, 집에 데려다 두고 몸이 소복되도록 극진히 두호해 주라 하였다. 내 나이 많고 그의 나이 적으니 내 동생을 삼으리라, 내 동생이라고 내세워 어여쁜 처녀에게 장가를 들여 주리라 하고, 남편은 허허 웃었다. 얌전한 집도 사 주고 꿀 같은 가정을 꾸며주자 하였다.

남편은 제 속에 있는 말까지 선선히 다 해 주었다. 그는 너무도 감격하여 남편의 손을 꼭 쥐고,

"형제랑은 되지 말아 주어요, 내가 남매가 될 터예요. 그럼 당신께는 처남이 되지 않아요?"

"아냐, 그래도 내 동생을 삼아야 해."

"아녜요, 제 오빠를 맨들어 주어요." 하고, 부부끼리 승강까지 안 했던가.

"전날 애인을 그렇게 호락호락 오라비를 맨들어?" 하고 남편이 너털웃음을 내어놓을 때 가슴이 뜨끔하였으되, 활달한 남편의 태도가 어떻게 기쁜지 몰랐었다, 고마운지 몰랐었다. 그 높고 거룩한 마음이 우러러 보이었다. 이렇듯이 고귀한 남편의 정신을 여해가 출옥하던 맡에 알려 주리라 하였었다. 이 좋은 조건으로 그를 위로하리라 하였었다, 기쁘게 하리라 하였었다, 행복되게 하리라 하였었다. 그를 위해 정신적으로나 물

질적으로나 가려운데 손이 닿도록 뒤치다꺼리를 해주는 가지가지 광경을 눈앞에 역력히 그리면서, 영애는 혼자 소리를 내어 웃지 않았던가?

그리하였거늘, 무서운 고통으로 무섭게 변한 여해의 형용 앞에는, 그 번쩍이던 모든 계획과 조건이 모조리 빛을 잃어버린다. 훌륭하고 거룩하던 정신과 마음씨도 차디찬 설한풍에 지질러지는 어린 싹과 같다.

영애에게는 자동차 속에서 '오빠'라고 부르던 용기조차 사라졌다. 이 숨 막힐 듯한 침묵을 깨뜨릴 말 한 마디도 떠오르지 않았다.

뜻밖에 여해가 이 침묵을 깨뜨렸다. 턱 갈라진 목소리로,

"담배 한 개 주시오." 한다.

여해의 담배 달란 말에 영애는 깜짝 놀라며 숫구쳤다. 무덤같이 덤덤하던 여해의 입이 이렇게 무망중에 떨어지리라고는 정말 생각 밖이었다. 돌부처가 별안간에 말을 한 것처럼, 머리끝까지 쭈뼛하였다. 놀람이 지나가고 말뜻을 알아듣자,

'애그 정신머리도….' 하고 영애는 속으로 혀를 찼다. 감옥에서 나오는 사람이 제일 먼저 찾는 것이 담배라 함은 누구에게 들었는지 잘 아는 노릇이다. 여해가 거처할 방에는 미리 준비까지 해 둔 것이다. 이를 잊을 줄이야, 쓸데없는 생각에만 정신을 놓치고 정작 그에게 줄 자그마한 위안이나마 까맣게 잊을 줄이야. 안방으로 건너와서 자개 놓인 까만 함에 해태를 풀어 참하게 담아 가지고 재떨이와 성냥을 허둥지둥 주워 들고 여해에게로 오는 영애는 어떻게 무안한지 몰랐다. 그의 얼굴은 빨개졌다.

'가려운 데 손이 닿는 뒤치다꺼리!'

누가 빈정대는 것 같다.

'어쩌면 그렇게 눈하담? 어쩌면 그렇게 찬찬치 못하담?'

그 소리는 빈정대며 꾸짖는 것 같다.

담배합을 놓기가 무섭게 여해는 한 개를 집어 든다. 뻑뻑한 손가락은

잘 굴곡이 되지 않아. 무명지와 장지 사이에 어설프게 끼인 담배는 가는 몸을 뻗히려 한다. 엄지로 그 끄트머리를 누르매 빠져 나가려던 놈이 이번에는 곤두선다. 다시 엄지로 밑을 떠받치어 겨우 안정을 시켜 가지고 입에 갖다 대었으나 담배는 제 물리던 자리를 잊어버린 듯하다. 요리조리 빼끗빼끗하다가 왼편 입몸에 간신히 자리를 파고 앉는다. 행여 놓칠까 보아 두 입술을 입안으로 빨아 오무리고 합죽하게 물고서 성냥을 그어대었다. 귀찮은 일이나 하는 것처럼 눈살을 잔뜩 찌푸리고 한 모금 빨더니 후하고 내어 뿜는다. 연기는 온통 눈으로 기어올라 껌벅껌벅하는 눈에는 눈물이 그렁그렁하였다.

그 하는 양을 보고 있노라니, 영애의 빨개졌던 뺨에 웃음의 그림자가 얼씬하려다가,

"담배 피는 것도 잊었구나." 하매 웃을 터수가 아니었다.

여해는 물을 움키듯이 두 손으로 잔뜩 담배를 움켜쥐고 몇 모금을 빨고 뿜고 하다가 갑자기 재떨이에 꺼버리고 어지러운 것을 진정하는 듯이 반듯이 쳐들어 본다.

"어지러우셔요?"

영애는 그제야 말문이 열렸다.

"아니오." 하고 여해는 웃는 시늉을 한다. 그렇다! 그것은 웃는 '시늉'이다. 윗입술이 조금 걷어 올라가는 듯하고 움푹 들어간 뺨에 밀린 근육이 실룩실룩할 뿐이다.

"오 년 동안에 담배도 도모지 못 피우셨구먼…." 하고 영애의 목소리는 또다시 탄식조로 흘렀다. 여해의 대답은 의외이었다.

"왜 못 피우긴, 이따금씩 얻어 피는데…."

"어떻게요?"

"죄수도 여럿이니 별 재조를 가진 사람이 다 많을 것 아뇨? 남의 주머

니에 든 담배도 일쑤 빼내고….”

“간수의 담배를 빼내다가 들키면 어떡해요?” 하고 영애는 눈이 호둥그래진다.

“들키면 경이지, 죽도록 맞고 수갑을 질리우고….”

“그런 위험한 짓을 왜들 해요? 담배가 뭐기에….”

“담배가 뭐기에?”

여해는 영애의 말을 고대로 반문하는 듯이 재우치고 기막힌 듯이 웃는다. 이번에는 제법 크게 웃는 모양이다. 이마에 힘줄이 일어서고 광대뼈 마루 밑까지 근육이 주름을 잡으며 떤다. 그에게는 우는 것보담 웃는 것이 더 고통인 듯하였다.

영애의 가슴은 한 그믐밤 빛같이 캄캄해지는 듯하였다.

아즘상이 들어왔다. 그야말로 만반진수다. 잔 접시만 죽이 넘었다. 게다가 고음국 대접과 갈비찜과 왼 마리로 구운 도미를 담은 화기 등 큼직한 그릇이 들어앉아 놓으니 교자상만한 큰상도 철철 넘치었다.

영애는 상머리에 도사리고 앉으며,

“아모 것도 없습니다마는 치우신데 어서 잡수셔요.”라고 식사 비슷하게 한 마디 한다.

여해는 제 앞에 벌어진 어마어마한 음식의 사태에 어리둥절한 듯하더니,

“이게 아모 것도 없단 말이오? 이걸 내 혼자 다 먹으란 말이오?”라고 진국으로 거의 시비조로 영애의 말을 뒤받는다.

“그러면요, 다 잡수셔야지. 호호.”

영애는 만족한 웃음을 띠었다.

여해는 어툴한 손으로 은 숟가락을 들어 보얀 젖빛 나는 국을 한 술 떴다. 기름 같은 국물은 미끈하고 입 안 거칠 새 없이 목구녕으로 사라진 듯하다. 눈덩이 같은 이팝을 한 술 푹 떠놓고 젓가락을 들었으나 얼른 보

낼 곳을 모르는 듯하다. 이 마르고 진 반찬의 수풀에서 젓가락은 망설이며 헤맨다. 편육을 초장도 안 찍고 한입 집어넣고 숟가락으로 다시 간장을 떠 넣더니 젓가락질보담 숟가락질이 만만한 모양으로 깍두기도 떠넣고 김치도 떠 넣고 갈비랑 건더기도 떠 넣는다. 흐물흐물한 고기만 홀랑 벗겨지고 하얀 뼈가 툭 튀어나오는 것이 재미날 듯이 순식간에 갈비탕을 다 해 낸다. 살아서 헤엄치는 듯하던 도미도 앙상한 뼈만 가로누인다. 여해는 무섭게 먹어낸다. 맛나게 씹고 마시는 소리가 방안의 공기를 뒤흔든다.

그는 이 맛난 음식을 먹으려고 오 년 동안 콩밥덩이만 쥐어뜯는 것으로 만족했던 듯하였다. 목구녕까지 푸만해 올라와서 여해가 막 숟가락을 놓으려고 할 때였다.

"엄마아! 엄마아!"

악쓰는 애 소리가 나고 미닫이에 사람의 그림자가 얼씬하더니,

"아씨, 여기 계십쇼?" 하고 밖에서 묻는다.

영애는 살짝 눈썹을 찡기고 불현듯 일어나서 미닫이를 열고 그 열린 틈을 몸으로 막아선다.

"왜 여길 데리고 왔어."

영애는 나직하나마 못마땅한 듯이 쏘아붙이는 소리를 낸다.

"세상 보채서 어디 견딜 수 있어유? 젖을 물려 줘도 쥐어뜯기만 하고, 엄마께만 가자는 걸입슈. 아침에 나가신 뒤에도 얼마를 울었다구유. 지쳐서 잠이 들었다가 금세 또 깬 걸입슈. 이 눈 가장자리를 좀 봅슈. 퉁퉁 부었는 걸입슈…."

"데리구 가요. 데리고 가!"

"에구 가엾어라. 저런, 눈물이 또 걸신걸신하네. 이 주먹으로 눈물 씻는 꼴을 좀 봅슈." 하고 히히 웃는 소리가 난다.

"아가, 아가, 우리 저기 갔다 와, 응. 어머니 곧 오실 테니 응, 싫어? 에 그머니나 그 도래도래하는 꼴이란. 우리 저기 가, 내 과자 사 줄게 응. 그래도 싫어?"

"어서 좀 데리고 가요. 글쎄!"

영애는 발을 동동 구를 듯하다.

"엄마아! 엄마아!"

애는 새되게 악을 쓰며 불이 붙는 듯이 운다. 유모가 발길을 돌리는 모양이다.

"이를 어째, 이를 어째!"

몸부림을 몹시 치는지 유모도 따라서 우는 소리를 낸다.

"괜히 나를 보여 가지고!"

영애는 또 한 번 뇌까리고 문을 닫으라고 하였다.

"그 애 이리로 데리고 오시오."

문득 등 뒤에서 여해가 무뚝뚝한 소리를 친다.

영애는 몸을 깜틀하고 무서운 것을 보듯이 조심조심 여해를 돌아다본다. 더운 음식 탓인가 불콰하게 풀린 여해의 얼굴이 영애에게는 의외인 듯하였다.

"엄마아! 엄마아!"

부르는 소리가 점점 멀어가더니 나중엔 욱욱 하고 기함을 한다.

"그 애 이리로 데리고 오시오."

여해는 또 한 번 재우친다. 영애는 못 들은 척하고 제 자리에 가 앉는다. 그 귀밑은 주홍을 올린 듯이 새빨개졌다.

멀어 가넌 울음소리는 가까워 온다. 인젠 제법 '응아' 소리도 못 지르고 흑흑 느끼기만 하다가 이따금 악악 하고 모질음만 쓴다.

"아씨 아씨, 이걸 좀 봅슈."

짜증낸 유모의 소리가 쌍창 앞에서 다시 났다.

"남의 머리를 죄 쥐어뜯고 어떻게 찜부러기를 하는지 옷이 죄 흘러나리고… 이 버둥질하는 걸 좀 봅슈. 에그머니 까무러치네!" 하고 유모는 참다참다 못 참는 듯이 미닫이를 펄쩍 열고 우는 애를 들여미민다.

삼십 남짓한 유모는 까치집같이 흐트러진 머리를 쓰다듬어 올리고, 반쯤 흘러 나려간 치마를 치켜 입고 홍당무같이 된 얼굴에 진땀을 씻는다.

"참, 첨 봤어" 하고 혼자 혀를 차고 돌아서서 얼얼한 팔을 주무른다. 방에 들여민 애는 팔랑머리에 포플린 위아래 마기를 입은 세 살 가량 된 계집애다. 애는 눈물 괴인 눈으로 물끄러미 어머니를 바라보더니 새록새록이 설움이 복받쳐 오르는 것처럼 흑흑 느끼고 입이 삐죽삐죽하다가, 필경엔 '응아'하고 마음 놓고 큰 소리로 울어본다. 어머니가 얼른 와서 달래주기를 기다리는 모양이다. 그러나 제 기대와 틀리매 문득 울음을 뚝 끊고 주적주적 걸어서 어머니의 품을 파고든다.

어린 폭군은 떠다미는 어머니의 손도 밀어내고 대뜸 저고리 자락을 헤치고 젖꼭지를 내어문다. 우유가 엉켜붙은 듯한 뽀얀 살은, 애 뺨 너머로 웃웃이 내다본다. 고사리 같은 두 손으로 다시는 안 놓치려는 것같이 젖꼭지 언저리를 잔뜩 부둥켜 쥐고 흥껏 빨다가 이윽고 안심한 듯이 왼편 손을 뗀다. 조그마한 손자욱이 발그스름하게 배긴 유방은 부끄러운 듯이 떤다. 이 반달같이 드러난 젖통을 대견하다는 듯이 애는 손을 들어 투덕투덕 뚜드린다.

영애의 얼굴은 단근질을 하는 것처럼 화끈화끈하였다.

한참만에야 젖꼭지를 뺀다. 젖과 침이 지르르 흐르는 젖꼭지는 꿀을 발라놓은 딸기송이 같다. 바깥 공기가 차갑다는 듯이 저고리 자락 속으로 움추려 들려 할 제 애는 다시 끄집어내어, 몇 번 질근질근 씹는 듯이 빨아 보다가 쭉 빼고는 어머니 무릎 위에 얼굴을 번듯이 놓고 울어서 부은 눈을 섬벅섬벅 하다가 어머니를 쳐다보며 어글어글하게 웃는다. 고개를 푹 숙인 어머니의 얼굴을 저를 귀애해서 나려다보는 것인 줄 안 모양이다.

"그만 나려앉아요."

모기만큼 가느나마 모기같이 우는 소리를 하고 어머니는 애를 밀어 나린다. 애는 미끄럼 지치듯 어머니의 무릎을 타고 나려와서 방바닥에 의젓이 앉았다가 다시 쭈적쭈적 걸어서 여해의 상머리로 대어든다.

"애가 또 어딜 가?" 하고 영애는 애를 잡아당기려다가 여해의 숟가락 놓은 것을 보고,

"왜 고만 잡수셔요? 애 등살에…." 하고 눈썹을 찡그린다. 두 뺨에 타는 돈짝만한 홍훈은 피를 발라놓은 듯하다.

여해의 얼굴도 몹시 붉다. 관자놀이에 퍼렇게 일어선 힘줄이 뛴다. 숨결까지 씨근씨근 차오르는 듯함은 식곤증 탓만이 아니리라.

애는 어머니의 막는 손도 뿌리치고 어느 결에 숟가락을 집어 들었다. 밥도 쿡쿡 쑤시고 국도 되음박질을 한다. 여해는 밥상을 애에게 맡기고 내다 앉았다. 애는 국물을 흰 천바지에 질금질금 흘리다가 숟가락을 집어던지고 숟가락으로 밥을 뭉개기 시작한다.

영애는 애를 비켜 세우고 어멈을 불러 상을 맞들어 물린다. 애는 제 놀잇감이 없어지는 것을 보고 펄썩 방바닥에 주저앉으며 다시금 떼를 쓰려 한다.

영애는 상을 물리노라고 미처 애를 돌아볼 새가 없었다. 여해가 팔을 내밀며,

"이리 온!" 하고 어울리지 않는 부드러운 목소리를 내었다. 애는 입을 삐죽삐죽하다가 말고 말끄러미 여해를 쳐다보더니 엉금엉금 기어서 숫기 좋게 손님의 무릎에 올라앉는다.

영애는 제 딸이 넙적 여해에게 안긴 것을 보고 더욱 고개를 들 수가 없었다. 벌에게나 쏘인 듯이 얼굴은 따끈따끈 쓰라리다.

연애를 하고 결혼을 하고 가정을 이루고 떳떳한 부부가 되었지마는 — 다 아는 노릇일망정 — 그래도 한끝 가는 사실을 숨기려면 숨길 수 있다. 뻔뻔스럽게 잡아떼려면 잡아뗄 수 있다. 적어도 드러내놓을 이치는 없다. 버르집어 낼 까닭은 없다. 부부생활의 붉은 비밀에 연분홍 휘장을 쳐둔들 누가 떠들시고 볼 것이냐. 그러나 이 결정체, 이 산 증거 — 자식은 면구스럽게도 모든 비밀을 말한다. 부부생활의 이불자락을 걷어치고 벌거숭이 알몸을 내밀며 예 보라! 하는 것 같다.

조금만 서투른 사람 앞이라도 젊은 어머니의 얼굴은 저절로 붉어지는 법이어든, 하물며 까닭 붙은 남자의 앞이랴.

영애는 도적질한 물건이 제 임자 앞에 나둥그러진 것같이 무색하였다.

술 취한 사람 모양으로 벌겋게 상기는 되었으나마 여해는 이렇다는 내색을 내지 않는다. 제 무릎에 올라앉은 애를 귀애한다는 것보담 차라리 탐스러운 듯이 어를 뿐이다.

"이름이 뭐?"

"이름? 응 이름이가…."

애는 까만 눈을 말똥말똥하더니,

"모라." 하고 어머니를 닮아 귀염성 있는 입모습을 둥글게 열어 히히 하고 웃는다.

"이름이 뭐?"

손님은 어머니를 바라본다. 말은 애에게 물으면서 대답은 어른에게 재촉하는 듯하다. 젊은 어머니는 고개를 푹 숙인 채로 들릴 듯 말 듯하게 입 안 말로 속살거렸다.

"명희예요."

"뭐, 명희?"

손님은 애 겨드랑이에 손을 넣어 메다붙일 듯이 번쩍 들었다가 사납게 갸둥갸둥질을 쳐 준다.

"이름은 명희고, 나이는 몇 살?"

무뚝뚝하던 손님이 꽤 간드러진 목소리를 낼 줄 안다. 명희는 고사리 같은 손가락을 하나 둘 꼽아보고,

"세!" 한다.

"셋이야, 셋?" 하고 여해는 신통한 듯이 기뻐해 하며 껄껄 웃는다. 허전 허전 빈 구석이 있었지만 이번에는 제법 우렁찬 웃음소리다. 영애에겐 그 웃음소리가 어쩐지 떵하니 머리를 울리고 폐부를 뚫고 들어오는 듯 하였다.

애는 금세로 손님과 친해졌다. 무릎을 뻗디디고 일어서서 제가 어른뽄 으로 묻는다. 손가락으로 입을 지지르며,

"이거 뭐야?"

"입."

"이거 뭐야?"

"코."

애의 손은 눈까지 올라왔다. 손가락 끝에 눈자위가 빙빙 도는 것이 신 기한 듯이 몇 번 쿡쿡 쑤시어 본다.

"이거 뭐야?"

"눈."

조갑지만한 손은 이마를 비빈다.

"이거 뭐야?"

"이마."

"이거 뭐야?"

"그거…." 하고 어른의 대답은 막히었다. 명희의 손 밑에는 큰 손톱으로 잉크를 꾹 찍어 놓은 듯한 푸르게 찌그러진 흉터가 숨바꼭질을 한다. 그 흉터는 머리와 이마의 어름에 있어 머리 그늘과 주름살에 숨긴 탓으로 얼른 보아서는 눈에 띄지 않는다. 그러나 자세히 보거나 만져보면 그 밋밋하게 들어간 자리가 거의 밤낱만한 어란을 잡은 것이다. 연한 손가락 끝에서 미끈하게 허방을 짓고 몬틀몬틀 도드라진 것이 이상하였는지, 명희는 또 한 번 비벼보고 어른의 대답을 재촉하는 듯이,

"이거 뭐야?" 하고 흉터에 닿은 손을 움직이지 않는다.

"그거, 흉터!"

그제야 어른은 애의 묻는 곳을 분명히 알아차린 것같이 막혔던 대답이 터졌다. 영애도 눈을 들었다. 그 흉터다. 적실히 그 흉터다. 그 전엔 머리 밑에 왼통 숨겼던 그 흉터가 어찌하면 저렇게 길어 나려왔을까.

그 흉터! 두 사람의 기억에 잊히어지지 않을 그 흉터!

찌그러진 푸른 점이, 떠는 듯한 그 흉터! 갈데없는 그 때의 그 흉터! 피 묻은 옛 기억이 역력히 살아온다. ― 껑청 뛴 말굽과 번쩍이는 ○○의 무지개가 반공에 솟았다가, 눈 한번 깜박일 겨를도 없이 그들의 행렬 앞에 떨어졌다.

여학생대 앞장에서 깃발을 든 영애. 여학생대를 옹위하는 남학생의 앞장에 선 여해. 그 찰나, 아슬아슬한 그 찰나에 여해는 영애의 앞을 막아섰다. 여해의 이마에는 붉은 피가 콸콸 쏟아진다. 찢어진 눈과 벌어진 입의 소용돌이, 팔과 다리를 풀잎같이 날리는 회호리 바람! 흥분과 혼란의 물결에 밀리면서도 그들은 단둘의 세계를 이루었다. 영애의 손수건은 여해의 상처를 눌렀다. 순식간에 그 흰 수건은 새빨개진다. 영애의 손가락 새로 피는 넘쳐 오른다. 수건을 버리고 치마폭을 떴다. 영애는 한 손으로 상처를 막고 또 한 손으로 뒤통수를 안는 듯이 자아서 앞뒤로

지그시 눌러 보았다. 그래도 솟는 피를 멈출 길이 없다. 치마폭까지도 금세로 질척하게 적시어 낸다. 영애의 손은 떤다. 영애의 마음은 떤다. 여해의 붉은 피는 그의 수건을 적시고, 치마를 적시고, 몸을 적시고, 혼을 적신다. 심장 속 깊이 스며든다. 감격에 뛰는 두 가슴에 새빨간 사랑의 꽃봉오리를 맺고야 만다. 기미년 삼월의 봄에 ―.

명희의 무심한 손길이 닿은 데가 바루 그 흉터다. 그 때의 그 상처다.

찌그러진 푸른 점이 떠는 듯한 그 흉터! 그 때 둘의 가슴에 빛나던 그 감격도 그 흉터와 같이 찌그러져 붙고 말았다. 새빨갛게 피어나던 사랑의 싹도 두 심장 어느 구석에 손톱 자국만한 푸른 점을 남겼을까 말았을까….

영애는 고개를 빠뜨린 채 멍하게 방바닥만 나려다본다. 마치 지난날의 가지가지 광경이 장판을 영사막으로 활동사진처럼 떠오르기나 하는 것 같다. 그의 눈에서는 눈물이 떨어진다. 몇 방울 또닥또닥 소리를 내며 기름 먹인 장판 위에 구을다가 한군데로 도드라지며 모인다. 느껴움을 가라앉히려고 숨을 들어 마시던 영애는 고인 물방울을 손가락으로 저으며 이리저리 그려 본다. 간 날의 기억을 눈물 위에 적어 두려는가. 획과 자양이 변변히 이루기도 전에 너무도 덧없이 속절없이 흐려지는 사랑의 글씨!

여해도 명희를 슬그머니 무릎에서 나려놓았다. 어룰한 손짓으로 담배 한 개를 또 붙여 문다. 후 후 하고 내어 뿜는 연기의 가는 곳을 멀거니 바라본다. 갑자기 변한 어른들의 태도에 명희의 눈은 똥그래졌다. 어머니와 손님의 얼굴을 몇 번 두리번두리번 번갈아 보다가 다리를 쭉 뻗고 별안간 '응아!' 하고 소리만 내어 운다. 제가 울어도 아모도 알은 체 않는 것이 더욱 수상한 듯이, 감았던 눈을 떠서 힐끔힐끔 어른들을 또 번갈아 보다가, 무서운 증이 와락 난 것같이, '엄마, 엄마!' 부르며 그대로 영애에게 뛰어든다.

영애는 애를 밀쳐낼 근력도 없는 듯하였다. 두 팔로 방바닥을 짚은 대로 아직도 흑 흑 느낀다. 명희는 팔 사이로 기어들어 먼저 젖통을 부둥켜 쥔다. 제 젖이 무사한 것을 시험해 보려는 것처럼 몇 번 쭉쭉 빨아보고, 그제야 안심을 하는 듯하였으나 암만해도 어른들의 태도가 마음에 키이는지 젖을 빨다가 말고 돌아다보고 돌아다보고 한다.

찌걱찌걱 창 밖에서 구두 소리가 들리었다.

아귀

"아이, 언니가 내 방엘 오셨네."

곱고 쾌활한 목소리와 함께 미닫이는 잡아 제치는 듯이 열렸다. 남세루 잠바를 입은 여학생이다. 영애의 시누이 박은주朴恩珠가 학교에서 돌아온 것이다.

은주는 문지방 밖에서 허리를 굽혀 늘 하는 버릇으로 책보를 제 책상에 홱 집어던지려다가 말고 힐끗 아랫목에 앉은 여해를 보더니,

"오라버님이 나오셨구료." 하고 영애에게 고개를 돌리며 '좀 기쁘냐' 하는 듯이 웃어 보인다. 영애는 제령 위반으로 징역을 살던 제 사촌 오빠가 오늘 출옥한다고 미리 은주에게 내통해 둔 것이다.

영애는 명희를 안은 채로 마주 나가며,

"그 방이 덥지를 않아서 아가씨 방엘 왔지."

변명부터 먼저 한다.

"그럼 어때요?" 하다가 영애의 어룽진 눈 가장자리를 바라보며,

"아이, 언니가 우셨네, 너무 기뻐서!" 하고 또 한 번 웃어 보인다.

영애는 손등으로 눈을 씻으며,

"지금 막 그 방으로 옮기려 했어요."

아식노 미안해한다.

"왜? 천천히 옮기시면 어때요? 난 동무 집엘 놀러나 갈걸." 하고 고개만 방안으로 들여밀고 책보를 간신히 책상 위에 올려놓고 여해를 보더니

꾸뻑 고개절을 한 번 한다.

영애는 유모를 불러 명희를 맡기고,

"놀러는, 왜요? 들어오지." 하고 시누이를 끌었다. 그는 여해와 단둘이 다시 앉았기가 어쩐지 무서웠다. 그는 쾌활한 시누이를 끌어들여 따분한 방안의 공기를 헤쳐 보려는 것 같았다.

"그건 왜? 싫어요."

은주는 다시 뜰로 나려서려 한다.

"들어가자니까."

영애는 은주의 팔을 당긴다. 시누이는 올케가 이렇게 힘이 센 줄은 처음 알았다. 물에 빠지는 사람이 지푸라기라도 부여잡듯이 영애는 은주를 잡아 끄은 것이다.

"아유, 아파…."

엄살을 하고 올케가 쥐었던 자리를 만지며 시누이는 마지못해 방안으로 들어온다. 설명한 두 다리가 성큼 문지방을 넘어서더니, 여해에게 또 한 번 꾸벅 절을 하고 그대로 끓어앉는다. 목단화 숭이같이 부글부글한 그 얼굴에 방안이 환하다.

작난꾸러기가 어른 앞에 나앉은 것처럼, 차리기는 차리면서도 작난하던 것을 생각하고 제 동무를 눈짓하며 웃듯이 그는 영애와 눈짓을 하며 싱글싱글 웃는다. 그는 까닭 없이 웃음이 터져 나와 견딜 수 없었다. 여해가 엉거주춤하고 똑바로 자기만 보는 양도 우습고, 영애의 시침을 뚝 따고 도사린 폼도 우습고, 더구나 제가 차리고 있는 꼴이 우스웠다. 그는 이 실없는 웃음을 풍기지 않으려고 입을 꼭 다물어본다. 입을 다물면 다물수록 웃음은 삐죽삐죽 입술을 떠들시고 나가려고 몸부림을 한다. 그는 웃음을 참노라고 옆댕이로 고개를 돌렸다. 마치 뻗정나무를 휘어놓은 듯이 어설프게 끓어진 제 종아리가 눈에 띄었다. 막았던 물이 터지듯 기어이 참았던 웃음이 쏟아지고 말았다. 웃음에 구을 듯하는 몸을 억지로 지탱을 하노라니, 간까지 자지러지는 듯하다. 그는 겨우 웃음을 물어 멈추면서 저린 발목을 꼬집어보았다.

접힌 발이 마치 토끼 귀 모양으로 너붓이 방바닥에 눌린 것이 또 눈에 띄고 말았다.

웃음은 또 터졌다. 그는 발끝에 손가락을 디밀어 넣어보고 올케를 눈짓하며 웃는다. 그 눈짓은,

'이걸 좀 봐요, 이걸 보고도 아니 웃고 배기겠는가?' 하는 듯하였다.

그 신선한 웃음, 아모 까닭 없고 죄 없는 웃음! 문도 웃는다, 벽도 웃는다. 영애도 손으로 입을 가리었다.

웃음빛에 방안의 공기는 춤을 추는 듯하다.

여해만 웃을 줄을 몰랐다. 그의 눈은 은주에게 매어놓은 듯이 움직이지 않는다. 그 눈길은 홀린 듯하다. 그러나 어여쁘고 아름다운 것을 보고 황홀히 넋을 잃은 눈길은 아니다. 야릇한 갈증과 식욕에 타는 듯한 눈길이다.

웃음을 담북 머금은 그 시원한 눈을 맑은 물처럼 한 모금 들이켜고 싶은 것 같다. 햇사과같이 아른하게 붉은 두 뺨, 털복숭아같이 몽실몽실한 턱을 아삭 베어 물고 싶은 것 같다.

그는 담배 한 개를 또 붙였다. 정신 놓고 한참 피우다가 재를 떤다. 눈이 은주에게 팔린 탓으로 재를 헛떨어 재는 재떨이를 뛰어넘어 방바닥에 구을렀다. 은주의 진정하려던 웃음은 이 담뱃재를 보고 또 터졌다.

복받치는 웃음은 이번에야말로 정말 견딜 수 없는 모양이다. 올케의 등 뒤 쪽에 숨으며 어린애 모양으로 버루넝거리며 웃었다.

"담배 떠는 게 그렇게 우스워?"

여해도 이번에는 아니 웃을 수 없다는 듯이 입 한옆을 떠들시어 보인다.

"그럼 우습지 않고….”

은주는 그대로 여해의 말을 되받다가 제 말이 너무 버릇없이 나온 것이 또 우스웠다. 그는 무안새김으로 올케를 쿡쿡 쥐어질르며 또 한바탕 웃었다.

영애는 등 뒤에 숨은 다 큰 애기를 꺼내는 시늉을 하며 여해를 위해 변명하듯,

"감옥에서야 어데 담배를 피우? 그러니 모든 것이 서투시지.” 한다.

은주는 간신히 바루 앉았다.

"감옥에서는 담배도 못 피우나 머.”

"그럼요, 가끔 몰래 피우지만 들키면 큰 벌을 준대요.”

"담배 피는 벌야.”

"그럼 죽도록 맞고 밥 먹을 때도 수갑을 채운대.”

영애는 아까 여해에게 얻어들은 지식을 앵무새 모양으로 되풀이한다.

"수갑은 또 뭐구?”

"왜 죄수들이 손에 자물쇠 같은 것을 차지 않아요.”

"손에 자물쇠를 차다니요? 그럼 손을 어떻게 놀려서 숟가락질을 해요?”

"그러게 경…,”

아까 여해 말뽄으로 ‘경이지’ 하려다가 말이 상스러운 것을 고쳐서,

"그러기에 큰일이지.”

"정말 그럴까?”

은주는 눈을 호동그렇게 뜨고 묻는 듯이 여해를 바라본다. 여해가 얼른 대답을 하지 않으매 은주는 조금 짧은 듯한 윗입술을 남실남실하다가, "선생님!” 하고 불러 버렸다. 그는 여해를 무어라고 불러야 좋을지 몰라 한동안 망설인 것이다.

"선생님! 감옥에서는 정말 담배를 피워도 벌을 줘요?”

그 물 같은 눈은 여해의 입술에 모였다. 여해는 말이 목구녕에 붙은 듯이 선뜻 대답이 나오지 않았다. 그는 영애의 말을 긍정하는 듯이 고개만 끄덕여 보인다.

은주는 잠깐 대답을 기다리고 있다가 고개를 끄덕이는 것만으로는 미협한[5]듯이 영애를 돌아다보며,

"그래, 정말 담배를 피워도 벌이야?"

못 믿겠다는 것같이 또 한 번 다진다.

"글쎄, 그렇대요."

"감옥이란 참 별세상이구먼."

혼잣말하듯 하다가 여해를 다시 바라보며.

"감옥 얘기 좀 들려 주어요." 하고 조른다.

"저 방으로 옮기시지." 하고 올케는 조르는 시누이를 막는다.

"아이, 남 얘기도 못 듣게시리…."

시누이는 금세로 부루퉁해진다.

"그 방에서 편히 쉬시게 하고 찬찬히 얘기를 듣는 게 좋지 않아요?"

달래는 듯이 말하고 영애는 몸을 일으킨다. 여해와 은주도 따라 일어섰다.

그 방은 건넌방 웃머리에 붙었다. 은주의 방에서 그 방으로 가자면 뒤꼍 복도를 돌기만 하면 고만이다. 안방과 건넌방에 들이기는 만만치 않고 그렇다고 뜰아랫방으로 들이기는 어려운 안손님에게 쓰는 방이다. 말하자면 안으로는 윗사랑 격이다.

영애는 방바닥을 짚어본다. 오래 폐방을 한 탓에 휑하니 찬바람이 돌았지만 방바닥만은 웃목까지 절절 끓었다. 그는 여해가 앉기를 기다려,

---

5) 미협하다: 뜻이 서로 맞지 않다.

보료 밑을 사붓이 떠들어본다. 거기는 삼팔바지와 모본단 마고자에 조끼와 저고리를 받쳐 낀 옷 한 벌과 부속품이 깔려 있었다. 속 샤쓰, 양말, 허리띠, 대님 등속을 아는 듯 모르는 듯 챙겨보고 나서 영애는 여해에게,

"옷을 갈아입으세요." 하고 다시 나간다. 시방 여해가 입은 것도 출옥할 무렵에 차입한 것이다.

말짱하지마는 감옥에 한 번 다녀 나온 것이 꺼림칙해서 다시 옷 한 벌을 준비한 것이었다. 은주는 원하는 얘기를 또 못 듣고, 따라 나오게 된 것이 매우 불만하였다. 그의 뺨은 더욱 부어올랐다.

그 날 저녁상을 물린 뒤에야 은주는 소원대로 감옥 얘기를 듣게 되었다. 다식판으로 찍어낸 듯한 콩밥, 그나마 등급이 있다는 것, 한옆엔 밥을 먹는데 한옆엔 뒤를 본다는 것, 의무실醫務室에서 알코올을 훔쳐다가 술을 맨들어 먹는 얘기, 벽을 뚜들겨서 말을 주고받는 얘기, 무덤 속같이 쓸쓸하고 호젓한 독방, 무서운 형벌 등….

제 사는 세상하고는 아주 다른 딴 세상의 지긋지긋한 사실에 은주는 한 마디도 흘려듣지 않으려고 숨소리조차 크게 쉬지 않았다. 그는 아까 실없이 웃을 때와는 딴 사람이 되었다. 그 맑은 눈에는 호기심과 동정이 가득히 찼다. 이따금 '저런! 저런!'하고 놀래듯이 가볍게 부르짖는다. 방안은 죽은 듯이 고요하다.

여해의 무거운 말낱만 뚜벅뚜벅 벽을 울리었다.

독방에 가두어둔 사형수가 벽에다 대고 어떻게 몸을 비비고 용을 썼던지 널조각에 몸 자국이 뚜렷이 났더라는 말을 들을 때 은주는 몸서리를 쳤다.

"여북 애를 썼기에…." 하고 그 호동그랗게 뜬 눈에는 눈물방울이 맺히었다.

"무슨 죄를 졌기에요?" 하고 묻는 소리도 떤다.

"시골 농사꾼인데 노름을 하다가 순사를 죽였다는 범인이오."

"농사꾼이 어쩌면 순사를 죽일까?"

"저는 안 죽였다고 끝까지 잡아떼었소. 그러나 증거가 역력한 데야 할 수 있소. 제 집에서 피 묻은 옷이 발견되고 순사를 쳐 죽인 목침이 노름 하던 방고래 밑에서 나오고…."

"그래도 안 죽였다고 그래요?"

"그 옷도 제 옷이 아니고 그 목침도 저는 모른다고 잡아떼었소. 제 집 뒷산에 있는 늙은 배나무를 베었더니 그 배나무 귀신의 장난이라고 끝 까지 변명을 하였지만 재판소에서 어데 귀신을 믿어야지."

"정말 배나무 귀신의 작난일까요?"

"그건 모르지, 그런데 그자가 교수대에 올라갈 때에 무엇이 먹고 싶으 냐 물으니까…." 하고 여해는 말을 뚝 끊는다. 그의 눈은 이상하게 번쩍 인다. 그 핏발이 선 눈자위에 불을 뿜는 듯하다. 그 뜨거운 시선은 은주 의 얼굴과 목과 둥그스름한 어깨판과 젖가슴 언저리와 허벅지를 핥는 듯이 훑어나려 오다가 무릎 위에 놓인 은어 같은 흰 손목 위에 타는 듯이 박히고 움직이지 않는다. 은주도 이상한 듯이 제 손목을 나려다본다.

"그자는 여자의 흰…."

여해는 숨길은 가쁘다.

"흰 손목을 아삭아삭 깨물어 먹고…."

말끝도 맺기 전에 은주는,

"에그머니!"

외마디 소리를 질르고 제 무릎 위에 놓인 제 손목을 얼른 치웠다….

"벌써 열 시가 넘었네. 고단하실 텐데…."

영애는 팔목시계를 보더니 이런 말을 하고 손수 금침을 펴고 은주와 함께 일어난다.

"아니오, 괜찮아, 괜찮아." 하고 여해는 그들을 잡는다.

"안녕히 주무세요."

두 여자는 잡는 여해의 말을 흘려듣고 제 인사들만 하더니 고만 쌍창을 열고 나가 버린다.

여해는 그들이 사라진 미닫이를 뚫어져라고 바라본다. 그 한 군데를 노리며 움직이지 않는 눈동자는 갈수록 무섭게 빛난다. 벽에 기대인 채로 꼼짝을 않는 몸에도 안간힘을 준다. 아까 그가 얘기한, 그 감방 벽에 자욱을 내었다는 사형수도 이러하였으리라. 십분! 이십 분! 그는 그대로 화석化石이나 된 듯하였다.

이윽고 그는 벽에 뒤통수를 탁하고 부딪쳤다. 긴 한숨 — 황소의 숨길 같이 길고 우렁찬 한숨을 휘 내어 쉬고 그대로 이불 위에 쓰러진다. 두 팔로 머리를 안고 코를 바닥에 박고 한동안 씩씩 하다가 다시 머리를 번쩍 들더니 이번에는 팔을 접쳐 비고 뒤로 발랑 자빠졌다. 딱 부릅뜬 눈은 역시 허공을 노린다.

얼마 만에야 저린 팔을 빼더니 벌떡 일어나 앉는다.

불덩이같이 치밀리는 생각을 쫓아버리려는 듯이, 몇 번 머리를 사납게 흔들고 나서, 이불자락을 걷어 치더니 그제야 벼개를 비고 정당히 눕는다. 푹신푹신한 요 바닥에 몸은 잠으러지는 듯하다. 두 다리를 쭉 펴서 애들 모양으로 쭉쭉이를 하며 늘어지게 기지개를 켜고 마지막엔 이불을 푹 뒤집어쓴다. '인제 잔다' 하는 듯하였다.

한참도 못 되어 이불은 물결을 친다. 다리를 따라 이리 접치고 저리 밀린다. 감방 널조각으로 다지어진 몸에 비단 이부자리가 지나치게 부드러움인가 근질근질하다는 듯이 자반뒤집기를 한다.

필경엔 이불을 떠들고 얼굴을 내어놓았다. 방이 절절 끓는 탓인가, 그 얼굴은 한증막을 하고 나온 사람 모양으로 시뻘겋게 익었다. 코에도 단

내가 나는 듯 들숨 날숨에 입 언저리를 가리운 이불자락이 펄렁펄렁한다…. 그는 화닥닥 일어나고야 만다. 옷을 활활 벗어 되는 대로 동댕이를 치고 다시 이불 속으로 기어들어 또 뒤집어썼다.

조금 있다가 상반신을 또 일으켰다. 자리끼 대접을 당기어 단숨에 한 대접을 다 들이켠다. 가슴에 불을 끄려 하는 듯하였다. 이번에 눕더니 꽤 오랫동안은 잠잠하다.

어데선지 쾌종이 운다. 열 두 시다.

잠이 든듯하던 그는 또 일어난다. 스위치를 눌러 전등을 꺼 버린다.

방안은 캄캄해졌다.

바깥도 괴괴하다. 땡 하고 새로 한 시를 친다.

여해의 이불은 또 꿈지럭거린다.

이불을 걷어차는 기척이 나더니 그는 다시 전등을 켠다. 어둠 속에 숨었던 그 얼굴찌는 짧은 그 사이에 무섭게 흉업게 변하였다. 찡그려 붙인 이마에는 주름살마다 기름땀이 번지르 흐른다. 비뚤어지게 다문 입은 이를 가는 듯, 홉뜬 눈은 눈알맹이가 금세로 튕겨 나올 듯하다. 지글지글 끓는 지옥의 가마 속에서 뛰어나온 아귀의 형상도 이러하리라.

그는 주섬주섬 옷을 대강 주워 입는다.

문을 열고 나가려다가 말고 다시 돌쳐서서 전등을 끈다. 그는 자기의 행동을 어둠 속에 묻어 버리려는 것 같았다.

그는 아까 영애와 은주가 열고 나간 미닫이를 열고 나섰다. 어른어른 달빛이 비쵠 뒤껼 복도에 그 검은 그림자는 비틀비틀 움직이었다.

애인과 남편

영애도 잠을 이루지 못하였다. 가슴이 두근거리고 몸이 뒤틀리고 까맣게 높은 곳에서 천야만야한 낭떠러지를 굽혀 볼 때처럼 골머리가 힝힝 내어 둘리는 듯하였다. 여해의 장래를 맡는다는 것이 제 힘에 너무 벅차고 부치는 듯하였다. 그를 집으로 데리고 온 것이 암만해도 엄청난 어려운 일을 저질러 놓은 듯하였다. 깊고 넓은 개울을 어림없이 건너뛰려고 이 발을 허공에 솟구친 애 모양으로 그는 불안과 공포를 느끼었다.

눈만 감으면 여해의 모양이 가위를 눌리는 듯이 대어든다. 돌같이 표정 없는 그 얼굴, 핏발 선 그 눈자위, 검푸르게 찌그러 붙은 그 흉터! 그는 제 마음을 스스로 달래고 꾸짖어 보았건만 어쩐지 여해가 무섭고 지겨웠다.

영애는 진저리를 치고 눈을 번쩍 떴다. 그는 저를 구해줄 사람이나 찾는 듯이 방안을 둘러보았다. 삼간 방은 휑뎅그렁하게 비었다. 웃목에 놓인 의자의 자개들이 전등 불빛에 호젓하게 파란 눈을 반짝반짝할 뿐이다. 명희도 유모의 방에서 잔다. 그는 이런 밤에도 남편이 늦게 돌아오는 것이 원망스러웠다.

H은행 전무 취체역, 토목협회 회장, 직조회사 사장, 그리고 또 무엇무엇, 이루 다 헤일 수 없는 직함을 띤 자기 남편. 청년 실업가로 사업가로 조선에서 첫째 둘째를 다투는 자기 남편. 그는 자기 남편이 얼마나 바쁜 몸인 줄을 잘 안다. 밤마다 얼굴만이라도 내어놓아야 할 연회가 한 군데

도 아니요, 세 군데 네 군데씩 벌어지는 것도 잘 이해한다. 그래도 어쩌면 밤마다 늦을까? 번연히 알면서도 언제든지 이 의문은 떠오른다. 더구나 작년부터는 술이 과해지는 듯하였다. 아모리 친구의 권김이라 하더래도 자기 몸을 돌보지 않는 것이 애닲고 딱하였다. 그는 남편의 술이 과해지고 밤마다 늦는 것은 명화 년의 탓이거니 한다.

그는 남편을 믿었었다. 아모리 늦더래도 밖에서 왼 밤을 새우는 일은 절대로 없었다. 연회엔 의례히 기생이 있고 기생도 자주 만나면 친해지기는 하겠으되 그의 남편은 절대로 건드리는 법은 없었다. 자기의 사업도 사업이고 명예도 명예려니와 아교 같은 자기네 부부의 사랑이 벌 틈이 없었다. 그런데 그 명화 년이 나타난 뒤로는 그리 혼치는 않을망정, 가끔 왼 밤을 밝힌다. 재작년 여름 석왕사에선가 처음 보았다는 그 기생, 자기 남편에게 마음을 바친다는 표적으로, 제 팔뚝에 먹실을 넣은 예전 사내의 성명까지 도려내었다는 그 기생은, 이 집에까지 — 이 사랑의 궁전에까지 그 더러운 발길을 들여놓게 되었다.

작년 가을 사랑을 양관으로 새로 짓고 달포 동안은 밤마다 집에서 연회가 열렸다. 그 때부터 그 기생은 드나들기 시작하였다. 그년은 이 집 사람이 다 된 듯이 안 출입까지 하며 방정을 떨었다. 밥을 달라, 멸치깍두기를 달라, 숭늉을 달라, 넉살 좋게 아니 청하는 것이 없었다. 더구나 자기를 보고 한껏 위해 올리는 세음인지 빈정대는 수작인지 '아씨님! 아씨님!'하는 것이 마뜩치 않았다. 그리고 그년 때문에 남편의 나쁜 버릇이 또 하나 늘었다. 자정이 넘어 들어오는 것이나마, 그년이 좇아와서 이따금씩 사랑에서 자고 만다. 몇 번 사랑에서 자 버릇을 하더니, 인제는 밤이 늦으면 그년이 있거나 없거나 곧잘 사랑에 쓰러진다. 이불도 안 덮고 일쑤 새우잠을 자 버린다. 그러나 그는 사랑에까지 쫓아나가 보지는 않는다. 명화와 마주치면 그런 창피가 어데 있느냐. 오늘밤에도 남편이 사랑에 와서 쓰러졌는지 모르리라!

　영애는 어수선한 생각을 쫓는 듯이 머리를 한 번 흔들고 이불을 푹 뒤집어썼다. 잠이 막 어릿어릿하게 들려 할 제, 여해가 그 때 첫날밤 모양으로 서리 같은 칼을 번뜩이고 선연히 머리맡에 들어선다. 영애는 소스라치며 잠을 깨었다.

　은주의 방에서 이상한 소리가 들린다.

　깊은 밤, 고요한 공기! 실낱만한 소리도 제 자취를 감추지 못한다.

　잠이 어릿어릿한 귓결이니 헛소리를 들었는지 모르리라. 영애는 귀를 쫑긋 세웠다. 귀는 전화를 통할 때처럼 찡하고 운다. 무엇이 탁탁 하고 부딪는 소리, 덧들인 아이가 악을 쓸 때 하듯 버둥버둥 하는 소리….

　처음에는 명희가 제 고모 방에 와서 자는가 하였다. 은주도 명희를 끔찍이 귀애하거니와 명희도 제 고모를 누구보담도 따라 일쑤 그 방에서 자기도 한다. 선잠을 깨어 잠투정으로 찜부러기를 하는가 하였다. 그렇다면 우는 소리가 없다. 저만큼 버둥길 적이면 왼 집안이 떠나가도록 울어제칠 터인데 하고, 그 이상한 소리가 제 딸이 내는 것이 아닌 줄은 곧 짐작할 수 있었다. 그러면 은주가 밤늦게 공부를 하다가 흔히 하는 버릇으로 책을 동댕이를 치고 인제야 자리에 눕는 게로고나 하였다. 종용치 못하게 몸부림을 치는 게로고나 하였다.

　영애는 다시 잠을 들어보려 하였다. 그 인기척은 암만해도 수상하다. 파드득파드득 자반뒤집기를 하고, 우는 애의 입을 틀어막는 듯 윽윽 하는 숨찬 비명이 들린다.

　영애는 몇 번째 귀를 의심하다가, 암만해도 심상치 않아서 이불 속에서 빠져 나왔다. 버선을 신고 치마를 입었다. 어쩐지 바깥에 나갈 일이 무시무시하였다. 방문을 열려다가 말고 또다시 망단하였다. 머리는 불길한 조짐을 알리는 듯이 잉잉 하며 펄떡거린다.

헉헉 하는 굵은 숨길과 그 굵은 숨길에 엎눌리는 듯이 끙 끙, 안간힘을 쓰며 까물쳐 들어가는 숨길이 섞여 들린다.

숨소리는 분명히 둘이다.

영애는 용기를 내어 방문을 열고 한 발자욱 마루에 내어 디디었다. 이때 화닥닥하고 머릿방 쌍창을 열어 제치는 소리가 났다. 머리끝이 쭈뼛해지며 주춤 걸음이 멈춰진다. 허전거리는 손으로 은주의 방으로 건너가는 대청 뒷합 문을 열 제, 뒤꼍 복도에 우둥우둥 발자최가 울리었다.

영애의 핑핑 내어 둘리는 시선에 뛰어가는 사내의 흰 바짓가랑이가 너풀너풀 보이었다.

영애는 직각적으로 그 사내가 여해인 것을 알아보았다. 어떠한 변고가 생긴 줄도 깨달았다. 제가 디딘 마룻장이 마치 물결처럼 술렁거리며 핑핑 매암을 돈다. 또 우둥우둥 하는 소리가 난다. 이번에는 여해의 처소로 정해준 건넌방 쪽에서 난다. 영애의 등골은 얼음냉수를 끼얹는 듯하였다. 그림자는 댓돌 앞에 나타났다.

'내게로 달려오는고나.'

이런 생각이 현기증 나는 머리를 번개같이 스쳐간다. 그 자리에 얼어붙은 듯하던 몸이 흠칫해지며 영애는 떨린다. 전신에 바람이 난 것처럼 왈왈 떨린다. 그 백지장같이 핼슥하게 질린 얼굴은 산 사람 같지 않았다. 홉뜬 눈자위에는 생기도 사라졌다. 누가 곁에서 만져 보았다면 그의 수족과 몸이 꼿꼿이 굳어버린 것을 발견하였으리라.

다행히 그 그림자는 영애에게 달겨들지는 않았다. 신방돌을 더듬어 구두를 집어신고 쩌벅쩌벅 마당으로 나려선다. 달이 낮같은 마당에 숨길 수 없는 제 그림자를 옴츠러늘일 듯하며 중간분으로 사라진다.

여해는 더듬거리는 손으로 중문을 열고 나섰다. 그 기름한 그림자는 어둑한 대문 그늘로 빨려 들어갔다. 그는 육중한 대문에 매어 달려 허전거리는 손으로 빗장을 찾았다. 서투른 손길에 빗장고리는 잘 벗겨지지를 않아 한창 실랑을 하는 판이었다. 달아나자! 달아나자 한시바삐 한초바삐 이 범행 현장을 벗어나자! 마음만 초조하게 채쪽질을 한다. 그의 귀에는 대문 밖에 뿡 하고 자동차가 대이는 소리도 들리지 않았다. 대문 옆 조그만한 통용문이 열리고 인기척이 두런두런 난 것도 들리지 않았다.

"누구냐, 누구?"

누가 뒷덜미에서 소리를 버럭 지른다. 무망중 우레같이 떨어진 이 소리에 도망꾼은 튕기는 것처럼 몸을 꿈틀하였다. 빗장에 대인 손을 얼른 떼고 반사적으로 고개를 돌렸다.

거기는 바루 이 집 주인이 서 있었다. 술이 잔뜩 취해서 잔털외투를 풀어 헤뜨리고 가누지 못하는 몸을 운전수의 어깨에 실린 박병일이었다. 도망꾼이 미처 대답을 하기 전에 두 번째 호령은 떨어졌다.

"이놈, 누구냐, 누구야?"

운전수는 부축하였던 팔을 빼어 암등을 내더니 여해의 얼굴에 들이대었다.

도망꾼은 호령하는 사람이 누구인 줄을 대번에 알아차린 모양이었다. 그 눈에서는 불길이 확 하고 일어날 듯하였다.

"이놈, 누구냐, 누구?"

"김여해다!"

달아나던 이도 같이 소리를 버럭 질렀다. 의외로 큰 소리에 놀랬음인지 취한 이는 비척 한 걸음 뒤로 물러서다가,

"김여해? 김여해?" 하고 뇌이며 다시 다가든다. 어깨를 치슬러 올리고 목고개를 앞으로 길게 늘이며 잘 뜨이지 않는 눈을 겨우 치뜬다.

"김여해? 김여해? 네가 김여해?"

자꾸 되씹으며 바싹바싹 앞으로 대들어 거의 이망거리를 하게 되었다.

"그렇다! 그렇다!"

도망꾼도 지지 않고 맞대꾸를 하며 잡아먹으려면 잡아먹으라는 듯이 얼굴을 처들어 보인다.

취한 이는 낯살이 간질간질하도록 이윽히 달아나던 이의 얼굴을 들여다보더니 별안간 팔을 번쩍 들어 얼싸안는다.

"네가 김여해냐, 네가 김여해냐?" 하고 반가워 못 견디겠다는 듯이 뺨을 대고 부빈다.

"네가 김 여해냐, 네가 김여해냐? 그 몹쓸 고생을 어떻게 견디어냈느냐 말이야?…으 으." 하며 억한 것같이 우는 시늉을 내다가 양복 주머니에서 손수건을 꺼내더니 한번 탈탈 털어보고 코를 핑 풀었다.

"자네가 김여해야? 허 그런 고생이…."

취한 이는 뚱뚱한 배를 흔들고 흘러 나려가는 즈봉을 치켜 입고 조금 점잖아진다.

"자 들어가세, 들어가, 응."

주정꾼은 도망꾼을 잡아끄은다. 그는 여해가 새벽녘에 무슨 까닭으로 대문간까지 뛰어나왔는지 조금도 수상쩍어 하지 않았다. 알코올에 녹초가 다 된 그는 그런 것을 따질 만한 정신이 없었다.

운전수는 웬 영문인지 몰라 비켜서서 어리둥절하였다.

도망꾼은 주인에게 끌리어 다시 들어왔다. 양실 현관을 거쳐 그들은 온돌방으로 들어왔다. 주인은 나그네를 보료 위에 잡아 앉히고 자기도 그 옆에 털썩 주저앉았다. 곤드레만드레하는 머리를 정다운 듯 손님의 어깨에 쓰러뜨리더니 개개풀린 눈을 감아 버린다.

"불러갑니다."

운전수는 현관에서 소리를 쳤다. 주인은 감았던 눈을 번쩍 뜨고,

"어 수고했네, 잘 가게." 한다. 취한 것 보아서는 인사는 또박또박하다.

"김여해, 김여해."

잠꼬대같이 중얼거리다가 병일은 손을 깍지를 껴서 여해의 어깨에 얹고 그 위에 제 얼굴을 올려놓고 꼬박꼬박 잠이 드는 듯하다.

도망꾼은 귀를 기울여 운전수의 발자취가 사라지자 슬그머니 몸을 빼고 취한 이를 누여 본다. 도망꾼의 두 손바닥에 끼인 머리가 요바닥에 툭 떨어지자, 취한 이는 눈을 또 번쩍 뜬다. 일어선 여해를 보고 눈을 부비며,

"어딜 가, 어딜 가?" 하더니 주정뱅이는 벌떡 몸을 일으킨다. 걸음마를 하는 어린애 모양으로 다리를 비적비적하며 다리보담 앞선 상반신을 기울여 여해를 부여잡는다.

"이 사람아, 어딜 가, 어딜 가?"

목을 틀어안고 아까 모양으로 또 뺨을 비비며 다시 잡아 앉힌다.

여해가 앉은 뒤에는 또 그의 존재를 잊어버린 듯이, 눈을 나려감고 벽에 기대인 머리를 꼬박꼬박 한다. 밑에서 무엇이 잡아당기는 것처럼 고개가 지나치게 떨어지자, 번쩍 쳐들어 한 번 흔들고 눈을 치떠서 여해를 바라본다.

"우리 술 술, 한 잔 먹을까?"

간신히 돌아가는 혀끝으로 이런 말을 하고, 또 눈을 스르르 감은 채, 손뼉을 딱딱 치며,

"여봐라 뽀이, 뽀이야!" 하고 부른다.

여해는 하도 어이가 없다는 듯이 픽 웃었다. 감은 눈으로 어느 틈에 여해가 웃는 것을 보았는지.

"왜 웃어, 왜 웃어, 응 왜 웃어?"

뇌이고 또 뇌이는 사이에 눈은 제법 크게 떠진다.

"오 참, 우리 집이지."

열쩍은 웃음을 띠우고, 몇 번 눈을 끔벅끔벅하더니 차차 정신이 나는

모양이다.

"응, 자네가 김여해 군이지?"

말도 틀이 잡혀간다.

"어 언제 나왔나?"

새삼스럽게 묻고, 정신을 모으는 듯이 여해를 똑바로 본다.

"오늘 아침에….."

주정뱅이가 삽시간에 정신을 차리는 것을 무슨 기적이나 구경하는 듯이 바라보고 있던, 여해는 말끝을 얼버무린다.

"오늘 아침에?"

병일은 고개를 끄덕끄덕하며,

"오 옳지 옳아. 오늘 아침이야. 나도 감옥엘 나가려다가 워낙 바빠 놓아서….."

인제 수인사까지 할 줄 안다. 쭉 뻗치었던 다리를 오그러들여 의연히 평좌를 치고, 잠깐 무료하게 있더니, 별안간,

"순아!" 하고 부른다. 순이는 부리는 계집애의 이름이었다. 술상을 차려 내오라고 이를 눈치였다.

열쩍은 웃음을 띠우고 몇 번 눈을 끔뻑끔뻑하더니 차차 정신이 나는 모양이다.

"다들 자나?"

혼잣말로 중얼거리고 화다닥 일어나 도듬퇴 벽장문을 확 열고 잠깐 더듬더듬하더니 백마 위스키 한 병을 끄어낸다.

"다들 자는 모양일세그려, 우리 강술이라도 한 잔 할까?"

씨근씨근하며 병마개 위에 박인 양철 잔을 들어서 뽑아내어 불쑥 여해에게로 내어민다.

"자, 한 잔 하게."

여해는 잔을 받아들었다. 금파 같이 투명한 액체는 풍풍 하며 나오기 싫은 듯이 떨어진다. 따르는 이의 허전거리는 손으로 말미암아 술은 양철 곱보에보담 방바닥에 질금질금 더 많이 쏟히었다.

여해는 단숨에 들이키고 잔을 도루 주려 하매 병일은 손을 내저으며,

"후래 삼배거든, 나는 전작이 많아서." 하고 또 한 잔 붓는다.

여해는 또 널름 집어삼켰다. 그는 달아날 생각도 잊은 듯하였다. 되는 대로 되어라, 이런 경우에 술이나 먹어 두자 결심한 듯하였다. 석 잔을 연거푸 마시더니 그 강렬한 술기운은 배배 말랐던 창자를 불질을 일으키는지 여해의 시들시들 곯은 얼굴에도 확 붉은 빛이 퍼진다.

"이번엔 내 차롄가?" 하고 병일은 술잔을 받아 입술에는 대지도 않고 입을 딱 벌려 목구녕 어름에 탁 털어 넣는 듯이 부어 버린다.

지난날의 애인과 오늘날의 남편은 서로 화풀이나 할 듯이 무릎을 맞대고 술잔을 주고받았다.

기름한 술병은 벌써 반 남아 기울었다.

병일은 깨려던 술이 다시 취해 올랐다. 아래 볼이 축 처지고 위아래가 길게 네모난 얼굴은 부석부석 부어오르는 듯하였다. 한 잔을 또 탁 털어 넣고 양철 곱보를 손가락 끝에 꿰어들어 회회 돌린다.

"나를 왜 죽이려 했어? 이렇게 사람 좋은 나를⋯."

병일은 불쑥 이런 말을 하고 여해의 턱 밑까지 대어든다. 통통한 얼굴에 어울리지 않게 작은 눈을 크게 부릅떠서 바로 꾸짖는 듯하다. 여해의 대답 없는 것을 보고 혼자 허허 웃어 버리더니 덥석 여해의 손을 잡는다.

"자네는 참 훌륭한 사람이란 말야. 굉장한 사람이란 말야. 남을 위해 희생한다는 것 말은 쉬워도 참 어려운 노릇이거든. 이를테면 우리 은인이란 말야, 허⋯."

'이란 말야'는 병일의 취할 때 연발하는 말투다.

"허, 참 놀랍단 말야, 만일 딴 사람같아 보아. 괜히 있는 말, 없는 말을 늘어놓을 게란 말야. 그러면 내 와이프 꼴이 뭐이 된단 말야. 허, 참 놀라운 일이란 말야…."

또 한동안 술잔을 주고받았다. 위스키 병은 두 번째 꺼내왔다.

"이렇게 사람 좋은 나를 죽이려 한 것은 그야 자네 실수지. 그러나 일시 실수야 누구는 없겠느냐 말야. 젊은 혈기에 용혹무괴[6]한 일이거든. 꾹 참고 오 년 징역을 치른 것이 참 갸륵한 일이란 말야. 그야 군자금을 모집했다고 경찰에서 우기는데 부정해도 될 노릇이 아니지. 그래도 군색한 소리 않는 게 사내답단 말야."

주인은 나그네의 등을 툭툭 치며 어루만진다.

"나도 사내야, 사내가 사내를 안단 말야."

병일은 양복 웃저고리를 벗어부치고 와이샤쓰 단추를 끄르고 팔을 부르걷는다. 그는 기고만장이다.

"대장부가 세상에 나서 말야. 그까짓 조그만한 계집 하나를 가지고 다투었다고 원수가 되어서야 쓰겠느냐 말야. 그따위 위인은 컴마 이하란 말야. 응 내 말 알아들어? 그렇지 응? 자네가 내 생명을 빼앗으려 했지만, 난 그걸 개 방귀만치도 알지 않는단 말야." 하고 연설자는 별안간 청객을 얼싸안고 입을 맞춘다.

"내가 자네를 이렇게 사랑한단 말야. 원수를 사랑해라, 예수의 말씀도 있지만 내가 참말 자네를 사랑한단 말야." 하고 연설자는 바로 예수나 된 듯이 목고개를 훨씬 빼어 어깨를 한 번 치수르고, 한층 소리를 더 높인다.

"내가, 내가 자네를 사랑한단 말야. 내가 있는 다음에야 자네의 전도는

---

6) **용혹무괴**: 혹시 그런 일이 있더라도 괴이할 것이 없음.

양양대해와 같단 말야. 내가 있는 다음에야 세상에 안 될 일이 무에란 말야. 응….”

연설자는 곤두세운 가래침을 배알고 나서,

“자, 취직도 시켜 줄 터것다. 자, 장가도 들여 줄 터것다.” 하고 손가락을 하나둘 꼽는다.

여해의 얼굴은 어느 결엔지 붉은 기운이 사라졌고 노오래졌다. 바람모지에 앉은 사람 모양으로 고개를 덜덜 떤다.

“응 알겠지, 내 말 알아듣겠지? 응.”

“….”

“왜 대답을 않는 거야, 응? 취직도 싫단 말야? 꽃 같은 여학생도 싫단 말야?”

“….”

여해의 입은 무슨 말을 할 듯이 실룩실룩하였다. 그 눈자위는 방위로 돌아서 치쏠리었다. 어깨는 으스러져 나려앉는 것 같다. 얼굴은 노오란 빛도 걷히고 새파랗게 질렸다. 앞으로 푹 꼬꾸라지는 바람에 그 무거운 고개는 병일의 무릎 위에 떨어졌다.

“그러면 그렇지, 내 앞에 고개를 숙여야지, 그래 그래야지.”

취한 병일은 여해가 흥분과 알코올에 왼몸 조직이 파괴되는 줄을 몰랐다. 제 말에 감격해서 엎어진 줄 지레짐작하고 만 것이다.

명화

　여름 밤 새벽, 삶고 찌는 듯하던 더위도 인제야 잠깐 물러갔다. 질식하고 만 것 같은 바람이 갑자기 생기를 얻은 듯이 살랑살랑 불기 시작하였다. 그 축축한 입김에 흔들리며 달빛은 흩어졌다. 바람에 날리는 그 밝은 가루는, 마치 눈보라 모양으로 입때껏 고이었던 땀방울을 선선하게 식히는 듯하였다.

　더위에 헐떡이는 것처럼 훨씬 열린 명화의 방 미닫이는 아직도 닫히지 않았다. 병일과 단둘이 자는 꼴을 보이지 않으려고 그들은 불은 끄고 문을 열어 둔 것이었다. 그러나 달빛이 기어들 줄은 몰랐다. 연옥색 생초 모기장으로 걸러놓으니, 밝고 흰 광선은 푸르게 변하여 햇발에 은은히 비치는 바다 속도 이러할 듯. 그렇다면 사내와 계집의 손길 발길에 채이고 밀려서 꾸기고 불룽거리는 초록 생고사 겹이불은 굼실거리는 물결이라 할까.

　벼개와 요 이불을 내어버리고 맨 방바닥에, 구을러 와서 자던 병일은 선선한 기운에 잠이 깨었다. 어젯밤 명월관 본점에서 맥주에다가 위스키를 타 먹은 탓인지, 눈을 뜨자마자 타는 듯한 갈증을 느끼었다. 그는 자리끼를 찾아, 벌떡벌떡 들이키다가 보니, 화류 문갑 위에 얹힌 자개박이 체경이 번늘번늘하고, 그 옆에 놓인 유리 항아리에 금붕어가 빨간 비늘을 번득이며 둥실둥실 떠다니는 것이 역력하다. 이 밝은 빛의 원인을 알아차리자, 그는 미닫이 편으로 고개를 돌리었다. 목단화 송이처럼, 멍울멍울멍한 구름에 걸린 반 남아 이지러진 쪽달이 마주 들여다본다.

명화도 오른팔과 왼편 다리로 귀찮은 듯이 이불을 걷어 제치고, 벼개에서 미끄러진 머리를 벼개에 처박은 채 곤하게 잔다. 그 드러난 가슴, 다리, 팔은 은물에 적시어 놓은 듯. 그 흰 살덩이에 어른어른하는 모기장 그늘은 마치 인어人魚 몸에 붙은 파래海草인 듯하였다.

명랑하고도 몽롱한 빛 물결 위로 한껏 풍정 있게 아름답게 떠오르는 명화를 홀린 듯이 바라보고 있노라니 병일은 문득 처음 명화를 만나던 광경이 눈앞에 선연하게 나타났다.

작년 이맘 때 역시 달 밝은 저녁이었다. 몇몇 친구와 함께 석왕사에 피서를 갔다가 석후 산보 겸 약수터를 찾아서 어슴푸레한 솔밭 속을 더듬어 올라갔다. 자기들을 향해 마주 내려오는 기생인 듯한 여자와 마주쳤다. 묵화를 친 듯이 길길이 누운 소나무 그림자 사이로 그 여자의 간드러진 그림자는 숨바꼭질을 하며 움직이었다. 첫눈에도 유달리 숱 많은 머리 밑으로 갸름하고도 둥그스름한 흰 윤곽이 동실동실 뜨는 듯하다. '예쁜 여자다' 하는 생각이 비수같이 선뜩 가슴을 지나간다. 병일의 발길은 그 여자의 그림자를 밟았다. 타는 듯한 시선에 들어온 명화의 얼굴은 놀랠 만치 정밀한 사진을 남겼다. 하느적하느적 자기 옆을 지나칠 때, 풍기고 간 향기조차 며칠을 두고도 떨어지지 않았다. 사르럭거리는 그윽한 소리와 함께 조금 긴 듯한 치맛자락이 잔잔한 구비를 치던, 그 구김살까지 시방도 환하다. 그 후 요릿집에서 얼굴 바탕과 생김생김을 뽀이에게 그리다시피 일러 듣겨, 이름 모르는 명화를 불러온 것만 보아도 그 때의 인상이 얼마나 또렷했던 것을 짐작할 수 있으리라.

처음 만나던 기억이 새로워지며, 달빛에 뜬 그 자는 모양이 몇 곱절 더 아름다웠다. 귀까지 휩싸서 너울너울 뒤로 넘긴 그 독특한 머리쪽짐은 얼마나 풍정이 있는가. 동그스름한 뺨의 곡선은 얼마나 연연한가. 그 곡선은 양양히 뼈 위에 와서 볼록하게 일어나 볼샘(보조개)을 지을 언저리를 장만하였다. 연꽃 봉오리 같은 턱, 하붓이 열린 입은 생글생글 웃는 듯.

한동안 어린 듯이 들여다보다가, 눈으로만 보기에는 너무도 아깝다는 듯이, 사내는 계집의 곁으로 다가 누우며 손으로 만지기 시작하였다. 손바닥에 보들보들한 촉감을 일으키는 살결은 거짓같이 녹아버릴 듯하였다. 아늘아늘 터질 것 같은 뺨을 꼬집고, 턱을 스치고 젖가슴을 더듬었다. 살덩이의 꽃밭 가운데 사내의 손길은 나비와 같이 헤매며 넘놀며 지척거리며 달라붙었다.

사내의 손길이 계집의 팔뚝에 올라간 막이었다. 살 아닌 헌겊 같은 것이 손길에 닿았다. 아모리 만져 보아도 맨살은 아니다. 사내는 고개를 번쩍 들어 들여다보니, 희미한 달빛에도 거기는 명주 헌겊으로 휘휘 감아둔 것을 발견하였다. 그 헌겊이 감긴 위아래의 살은 성난 듯이 부르퉁하다. 처음에는 헐미[7]를 매어둔 것이거니, 가볍게 생각해 버리려 하였으나, 명주 오라기로 감아둔 것이 조금 이상스러웠다. 몇 번 만적만적해 보았건만 감긴 오라기는 붕대가 분명 아니다. 어쩐지 헐미도 아닌 듯한 생각이 났다. 약간 호기심이 움직여 끌러 보려 들었다. 그러나 아모리 손가락을 휘저어 보아도 매인 고를 찾을 수가 없었다. 병일은 일어나 전등을 켰다. 희미하게 조는 듯하던 방안은 살기를 띠듯이 부시게 밝아졌다. 자세히 본즉 맨 것이 아니요, 가는 실로 정성스럽게 감쳐 놓은 것이었다. 호기심은 부쩍 났다. 무슨 큰 비밀의 봉투를 뜯으려는 사람 모양으로 정신을 모으고 가만가만히 떼 보려 하였건만 감쳐 둔 헌겊이 그렇게 호락호락히 떨어질 리 없었다. 사내는 조급증이 났다. 손가락을 감친 어름에 집어넣어 잡아제쳤다. 실밥은 쉽사리 터졌으되 그 서슬에 명화가 잠을 깨고 말았다. 명

---

7) 헐미: 살갗이 헐어서 상한 자리.

56 현진건 장편소설 적도

화는 그 자리를 훔켜쥐고 깜짝 놀래며 일어앉았다.

"안 주무시고 무얼 하서요?" 하면서 덜 깨인 눈을 부빈다.

"팔뚝에 감아둔 게 뭐야?"

병일도 마주 일어 앉으며 다짜고짜로 물었다.

"뭐 말씀예요?"

명화는 팔뚝을 움켜쥔 채로 뒤집어 묻는다.

"팔뚝에 명주를 감아둔 것."

"팔뚝에 감아둔 것?"

잠깐 생각을 돌리는 듯하더니,

"응, 그것 말씀예요?" 한다.

"그게 뭐람?"

"저 그거, 저 그거."

대답하기 난처해하며 상긋이 웃어 보인다. 이 웃음으로 변하는 제 얼굴빛을 얼렁뚱땅하려는 듯하였다.

"저, 그것이 뭐람?"

"몰라, 몰라요!"

어리광 피듯 한 마디 하고, 명화는 자리적삼을 도사려 입고 그대로 누우며 이불을 푹 뒤집어쓴다.

"그게 뭐야? 응 그게?" 하고 병일은 대어들었다.

"몰라, 몰라요!"

또 한 마디 쏘고 명화는 몸을 옹송그리며 돌아눕는다.

"모르는 게 뭐야, 응?"

사내는 더욱 대들어 이불자락을 벗기려고 애를 썼다.

"아이 왜 이러서요? 남 곤해 죽겠는데."

계집은 더욱 몸을 옹송그리며 짜증을 냈다.

"뭐냐? 얘 응, 좀 보자, 응?"

사내는 더욱 몸이 달았다.

"얘, 좀 보이렴, 뭐냐?"

사내는 또 졸른다.

"아이 참, 선생님도! 왜 주무시다가 말고 남의 신체검사는 하셔요? 헐미 난 걸 다 보자고 야단이시어."

계집은 이불 속에서 중얼거린다.

"미인의 몸에 나는 헐미도 호강이로구나, 명주로 감았으니."

"왜 비꼬아요?"

"어데 그 팔자 좋은 헐미란 놈을 좀 만나 보자."

"아이, 참, 죽겠네."

"고만 일에 죽어?"

"그건 봐서 뭘해요? 고만 주무셔요."

계집은 애원하는 듯이 어루더듬는 듯이 '요' 자를 길게 뺀다.

"그예 보고야 말걸."

사내도 응석하는 소리를 낸다.

"그건 뭘 다 보셔요? 글쎄."

"안 보이려니 더 수상쩍지."

"원 수상쩍을 일도 다 많으이, 제가 강도질을 했어요? 수상쩍게."

"강도보담 더 수상한걸."

"에그머니나! 저를 어째? 못 하실 말이 없네."

"나를 어린앤 줄 알아, 말도 할 줄 모르게."

"글쎄, 헐미 난 게 수상쩍을 게 뭐요? 예사지."

"예사 헐미가 아닌 듯한데."

"아이, 왜 사람을 들볶아요?"

"볶기는 누가 볶아, 보이라는 걸 보이면 고만이지."

"안 보서도 괜찮아요. 염려 놓으십사."

"염려가 되는 걸 어떡하나?"

"아이, 걱정도 팔자시지."

"내 애인을 내가 걱정 않고 누가 하노?"

"에그, 애인! 이름이 좋아서 하늘 수박."

"너는 이름이 좋아서 명화로구나."

"애인도 알뜰살뜰하시네!"

"알뜰살뜰하기에 헐미라도 보자는 거 아니야."

"그예 보시겠어요?"

"그럼, 보다 뿐이야."

"자, 누우셔요, 보여 드릴게."

"누웠다가 안 보이면 또 누구더러 일어나란 말야."

"그러기에 고만두셔요."

"그만 안 둘걸."

사내는 와락 달겨들었다. 이불자락을 걷어 치려고 애를 쓰면 쓸수록 계집은 더욱 이불을 칭칭 감고 자반뒤집기를 한다. 사내는 간지르기 시작하였다. 계집은 쌀벌레 모양으로 몸을 오그렸다가 폈다가 한다. 필경엔 사내는 헐미 났다는 팔을 잡아 비튼다.

"아야아!"

계집은 비명을 치고, 장말 아픈 듯이 이내 훌쩍훌쩍 운다. 무슨 고역이나 치른 듯이 씨근씨근하는 사내는 잠깐 손을 떼며,

"정말 아프냐?" 하고 묻는다.

"아프기만 해요!"

계집은 톡 쏘고 잉잉 운다.

"아프기는 뭐이 아파!"

"…."

계집은 그 말엔 대척도 않고 울음소리가 점점 높아간다. 거짓 울음이 참 울음으로 변한 모양이다. 몸을 들먹거리며 느껴 운다.

사내는 조금 머쓱해지며 내다 앉았다.

계집은 한동안 자지러질 듯이 울다가 이윽고 죽은 듯이 소리가 없다.

"무슨 엄살이냐?"

사내는 계집을 흔들었다.

명화는 별안간 이불을 홱 걷어치고 발딱 일어 앉았다. 그 얼굴엔 어리광기와 엄살티가 사라지고 살기가 돈다. 눈썹을 꼿꼿이 세우고 무슨 매서운 결심을 하는 듯이 입술을 깨물었다. 눈물 어린 눈에 붉은 발이 섰다. 그는 불쑥 팔뚝을 병일의 코앞으로 내밀었다. 여러 겹 쌓인 헌겊을 펴고 또 펴고 보니 그것은 헐미도 아니었다, 상처도 아니었다.

뽀얀 살 위에 먹실로 '백년랑군 김' 이라고 떠놓은 것이었다.

"그예 보셨으니 속이 시원하시죠?"

시무룩해진 사내를 말끄러미 건너다보며, 계집은 이윽고 납덩이같은 침묵을 깨뜨렸다.

바위에 머리를 부딪친 사람처럼 멍하니 사내는 아모 대척이 없다.

"그까짓 걸 보시고 왜 정신이 빠졌수?" 하고 계집은 문득 떽떼글 웃는다. 그 웃음소리는 방안의 공기를 쪼각쪼각 찢뜨리며, 창밖의 달빛과 어우러져 싸늘하게 흩어졌다.

"아이 참, 우스워 죽겠네."

명화는 방바닥에 구을며 자지러지게 웃었다. 한참 웃다가 다시 일어나 사내의 턱밑에 바싹 다가앉으며,

"저 좀 보세요, 이것 좀 보세요." 하고 입을 나팔같이 맨들어 뙤하게 내어

밀어 보이고, 그 다음에는 두 뺨에 바람을 넣어 불룩하게 맨들어 보였다.

"이걸 보셔요, 선생님이 이러고 계셔요."

사내는 계집의 아양 떠는 꼴을 보기 싫다는 듯이 고개를 외우친다.

"에그 역정이 되우 나셨는데." 하고 계집은 사내의 통통 부은 뺨을 새끼 손가락으로 퉁기었다.

"이년! 버릇없이."

사내는 소리를 빽 질렀다.

"아이그 깜짝이야, 경풍을 하겠네. 왜 남더러 이년 저년 하세요?"

계집도 뽀르퉁하게 성을 내며 앵돌아진 듯이 돌아앉았다.

"입때 나하고 정이니 사랑이니 하던 것은 죄 거짓말이었군?"

사내는 계집의 등 뒤에서 혼자 탄식하듯 중얼거렸다.

"거짓말인 줄을 인제 아셨수?"

계집은 홱 다시 돌아앉으며 진국으로 대어들다가 또 한 번 깔깔 웃었다.

"홍! 우스꽝스런 일도 많네. 팔뚝에 새긴 것을 보시고야 거짓말인 줄 황연대각8)을 하였구료. 어릴 때 쑥스런 장난도 이런 때에는 꽤 유조하구만, 홍." 하고 입을 비죽한다.

"홍, 사랑이란 워낙 장난이거든."

사내도 따라서 빈정거린다.

"암, 그렇지요, 사랑이란 장안이죠, 팔뚝에 새겨야 쓰죠, 그렇지요?"

"그렇구 안 그런 걸 누구더러 묻는 게야?"

"열네 살 적에 이웃에 사는 탓으로 동무 삼아 놀다가 팔뚝에 먹실을 넣은 것이 그대로 백년랑군이나 될 말로야 걱정이 무슨 걱정, 미쳤다고 이 노릇을 할까…."

---

8) 황연대각: 환하게 모두 깨달음.

"사랑이란 워낙 팔자가 기구한 법이거든."

"늙어 죽을 때나 만날는지, 칠 년 동안에 코빼기라도 얼른 해야지."

"칠 년! 얘 꽤 오래다. 고래도 햇수는 또박또박 꼽아두었군."

사내와 계집은 제각기 제 말만 한다.

"햇수만 꼽아요, 날짜까지 꼽느라고 열 손가락이 물러날 지경인데."

"사랑도 고역이로군."

"사랑은 설워요, 사랑은 눈물이예요."

비비꼬아서 팔뚝에 먹실 넣은 변명을 하던 계집은 이 말도 역시 비꼬는 수작이었으되, 어쩐지 그 눈시울은 울먹울먹한 듯하였다.

"야, 사랑도 술과 같구나! 술이란 눈물인가, 한숨이런가…."

"선생님!"

"응."

"선생님, 그러지 마셔요. 제발 그러지 마셔요."

"내가 어쩌나?"

"글쎄, 그러지 마세요. 네, 선생님! 선생님마저 그러시면 저는 저는…."

하고 계집은 사내의 무릎에 엎더지며 또다시 훌쩍훌쩍 운다.

만일 명화의 어깨와 등어리가 들먹거리지 않았던들 그가 우는 것이 아니요, 그대로 기절한 줄 알았으리라. 그는 숨길조차 이따금 막혀지고 소리 없이 운다. 결코 입술에나 눈시울에 발린 울음이 아니요 가슴속 깊이 우러나오는 울음인 듯하였다. 아까의 울음이 소리로 울었다면 이번 울음은 온몸으로 우는 듯하였다. 뼈가 저리며 녹아나리는 듯한 울음, 넋의 마디마디가 발버둥을 치는 울음!

싸아 싸아, 마치 소다수 모양으로 쏟는 눈물은 뒤미처 걷잡을 사이도 없는 듯하였다. 병일의 무릎은 뜨거운 눈물로 처근처근하게 적시어졌다.

"왜 이러는 거야, 왜 이러는 거야?"

병일은 사납게 물결치는 명화의 잔등이를 가볍게 흔들었다. 병일은 이 울음의 뜻을 어떻게 해석해야 옳을지 몰랐다. 먹실 넣은 것을 들킨 것을 슬퍼함인가, 병일의 변한 태도와 꼬집는 말을 설워함인가?

한참만에야 명화는 얼굴을 들었다. 물 평덩이에서 나온 듯한 그 얼굴은 피가 묻은 듯이 붉다. 가닥가닥 늘어진 머리칼이 세로 모로 달라붙은 것이 애처롭다기보담 차라리 무서웠다.

"선생님! 거짓의 탈을 벗겨 주세요, 네?"

명화는 울음에 껄덕거리는 목을 가다듬어 수수께끼 같은 말을 던진다.

"선생님! 거짓으로 뭉친 이 몸뚱어리를 불에 살라 주세요, 네?"

먹을 감고 난 눈은 말뚱말뚱 영채가 도는 듯하다.

"제가 왜 선생님을 호리려 할까요? 떳떳한 백년랑군이 있는 년이 왜 선생님 같으신 어른을 호리려 할까요? 네, 선생님?"

병일은 무에라 대꾸를 해야 좋을지 몰랐다.

"왜 마음에 없는 아양을 떨고 마음에 없는 사랑 타령을 늘어놓을까요? 네, 선생님?"

명화의 넋두리는 그대로 계속되었다.

"왜 참말도 제 입만 거쳐 나오면 거짓말이 될까요 네? 왜 진정을 쏟아 놓아도 저부텀 믿어지지를 않을까요 네? 선생님, 말씀을 좀 하셔요. 웬일일까요, 네?"

명화는 발버둥이라도 칠 듯이 보채다가 문득 병일을 껴안으며 가슴에 얼굴을 비벼댄다.

"저는 저는 진정으로 참말 진정으로 선생님을 사랑합니다."

목 메인 소리를 짜내는 듯이 이런 말을 더듬거리고 고개를 떼어 병일을 쳐다본다. 그 얼굴은 부끄러워한다는 것보담 차라리 엄숙하다.

"말로만 한다고 선생님이 믿으실 테요? 증거를 보여 드릴게."

명화는 불현듯 모기장을 떠들고 나가더니 서랍 속에서 무엇을 찾아 손에 쥐고 다시 들어왔다. 그는 널찍한 백통 재떨이를 당기어 제 무릎 앞에 놓고 먹실로 뜬 팔뚝을 그 위에 세웠다. 병일은 명화의 뜻을 번개같이 깨닫고 말리려 서둘렀으나 때는 벌써 늦었다. 싸극 하는 그윽한 소리와 함께 날카로운 칼날은 어느 결에 살밑으로 들어가고 말았다. 새빨간 핏줄기가 재떨이 위에서 춤을 춘다.

"이것 보세요, 이 증거를 보세요."

명화는 꽃잎 같은 입술을 왼편으로 조금 비뚤어지게 열며 싸늘하게 웃었다.

"그만 것에도 피가 꽤 나는구먼요."

명화는 피 흐르는 팔뚝을 짤레 흔들다가, 어비야! 하는 듯이 병일의 코 앞에 내어 밀었다.

병일은 진저리를 치며 뒤로 물러앉았다.

"아이, 선생님도. 그게 그렇게 무서우세요? 도려내는 사람도 있는데. 인젠 백년랑군도 멀리 멀리 가 버렸군!"

갸웃이 병일을 바라다보며 명화는 또 한 번 싸늘하게 웃었다.

이 말이 병일의 입으로 퍼지어 그 후부터 명화는 '백년랑군 기생'이란 별명을 듣게 되었다.

갸륵한 일

명월관 본점에서 열린 ××고무 주식회사 임시 주주총회가 파하기는 밤 열 시 조금 지나서였다. 인플레 경기의 물결을 타서, 최신식 기계의 설치와 그에 따라 모든 설비를 일신하고자, 다시 십만 원 증자를 단행하기로 결정하고, 오늘 임시 주주총회를 소집한 것이었다. 주주라야 가위 전부가 박병일의 액내이고, 삼사 주 혹은 십여 주 가진 주주들은 태반이 출석조차 하지 않았다.

말썽꾼이 몇 명 없는 것이 아니로되 주 수가 워낙 태부족인 까닭에 만사는 결국 병일의 뜻대로 진행되었다.

큰 연회가 끝나면 으레 하는 버릇으로 병일은 훗훗한 제이차 회를 차리었다. 처음에는 병일에게 긴한 손님이 오륙 명 있었으나 열두 시 전후로 하나씩 둘씩 슬슬 꽁무니를 빼어 버리고, 마지막으로는 병일과 고무회사 전부 취체역 원석호元錫鎬와 단둘이 붙어 앉게 되었다.

석호는 병일과 일본에서 조도전 대학의 동창이요 절친한 친구다. 병일의 경영하는 사업치고 그가 관계를 않는 것이 없음은 물론이려니와, 가간사에까지 참례를 한다. 말하자면 병일의 집안의 총지배인 격이다.

호리호리한 몸피에 손바닥만한 얼굴, 풍신이라고는 보잘 것이 없으되, 까막까막하는 조그만한 눈엔 영채가 돌고 슬기와 꾀가 넘치는 듯하였다. 무엇이 제 비위와 틀려서 못마땅할 때에는 얼굴과는 딴판으로 큼직한 입을 꽉 다물고 새매처럼 쌔근쌔근한다. 그 쌀쌀한 품이 어줍지는 않을망정 넘보지는 못하게 생겼다. 그의 머리는 통이 작은 대로 빈 구석이란 바늘 한 개 넣을 틈이 없어 꼭꼭 들어찼을 뿐만 아니라, 또 잘게 잘게 그물처럼 가닥이 뻗은 듯하여 아모리 자딸고 대수롭지 않은 일이라도 그 그물에서 빠져나가지를 못하는 듯하였다.

연회에는 엄벙뗑하노라고 술을 설치었다가 단둘이 남으매 술맛이 새로운 듯하였다. 더구나 석호는 여러 사람이 모인 자리에서는 결코 술잔을 입에 대지도 않는다. 그와 보통 교제만 하고 지나치는 사람이면 그는 술이란 적구도 못하는 위인인 줄 알기 쉽다. 그러나 실상 그는 무서운 주량을 가졌다. 먹게 되어 먹으면 얼마를 먹어도 끄떡이 없다. 큰 입을 떡 벌리고 너털웃음을 웃고 취한 척도 하지마는 그의 머리는 언제든지 맹숭맹숭하였다.

기생도 허드레 기생은 뿌리뿌리 가버리고 병일의 연회의 대령 기생이라 할 명화와 초월이만 남았다.

석호의 옆엔 명화가 앉았고 병일의 옆에는 초월이가 붙었다. 초월은 석호와 까닭 붙은 기생이건만, 남 보는 데는 병일을 따르고, 그 대신 명화는 석호에게 더 긴한 척을 한다.

초월은 제가 붓는 대로 비워 내놓는 병일의 술잔을 보고 또 도꾸리(술병)를 들다가 술병이 너무 뜨거워서,

"에그머니!"

가볍게 부르짖고 쥐었던 병을 탕 놓고 말았다. 술은 톡 튀는 듯이 몇 방울 넘쳐 떨어졌다. 초월은 돈짝만한 손을 짤레짤레 흔들며,

"온 변이야! 오늘밤엔 왜 제잡담하고 술들만 잡수시어."

손을 입에다 대고 호호 불면서 제 옆의 병일을 선너뷔어 석호를 향해 실낱같은 눈썹을 찡그려 보인다.

병일은 젓가락 끝에서 뱅뱅 미끌어지기만 하는 생선복회를 집으려고

애를 쓰다가 말고,

"왜, 데었니?" 하고 초월을 본다.

"데구 말구. 손바닥 꺼풀이 홀랑 벗겨졌는걸요."

"어데 좀 보자."

병일은 오그리고 있는 초월의 손가락을 폈다. 발그스름한 손바닥엔 땀만 촉촉히 났을 뿐이다.

"요런 거짓부리." 하고 병일은 힘 안 들이고 초월의 벌린 손바닥을 따리었다.

"에구 아파요!" 하고 손을 옴츠러들이고 또 석호를 향해 똥그란 눈을 흘겨보인다. 손바닥을 데었을 때 기껏 눈썹까지 찡겨 보였는데, 왜 못 본 척을 하느냐고 원망하는 눈치다.

신선로 국물에 만 국수를 한 입에 문 채로, 석호는 초월을 치떠보며,

"종로서 뺨 맞고 한강 가서 눈 흘기기야. 왜 나를 흘겨봐!" 하고 그 조그마한 눈을 샐룩거린다.

"그럼 머…, 그럼 머…."

초월은 어리광 피듯 얼버무리고 아랫입술을 삐죽이 내어 민다.

"그럼 뭘로 영감이란 말예요?"

명화가 거들어 초월의 말뜻을 설명해 준다.

"꽤 — 니 언니는…." 하고 초월은 명화를 또 흘겨본다.

"사랑싸움에 티 든단 말이냐! 얘 잘못했구나." 하고 명화는 꽃잎 같은 입술을 방싯거리며 웃는다. 살짝 드러난 덧니가 예쁘다.

"꽤 — 니 사람을 들까부셔, 사랑이니 뭐니…."

초월은 고개를 씻둑한다.

"왜, 네 사랑은 남만 못해서 걱정이냐?"

석호도 명화의 말을 탄하는 듯이 돌아보며,

"에그머니, 부부가 덤벼듭시네, 혼자 사는 사람은 어데 서러워서 살겠나!" 하고, 명화는 응원을 청하듯 병일을 향해 바시시 웃어보인다.

"어규 어규, 참 혼자지 혼자야, 시침을 따도 작작 따요."

초월이가 입을 배시며 무는 듯이 되받는다.

"그럼, 내 몸이 하나지 둘이람?" 하고 명화는 면구한 듯이 고개를 외우친다.

"왜 너는 백년랑군을 팔뚝에 걸고 다닌다며!"

석호가 기어이 백년랑군 문제를 끄집어내고 말았다.

"어규, 또 그 말을 끄집어내서, 무슨 방패예요?"

명화는 비쭉해지며 톡 쏘아붙인다.

"방패는 네 방패지 내 방패냐? 그래 백년랑군을 팔뚝에 붙이고 다니니 든든하던?"

"사내가 뭐 종이쪽인가 붙이고 다니게."

"누가 아니래? 붙이려면 붙이고 때리면 떼고, 백년랑군도 신세가 말씀 아냐!"

"아이 속상해 죽겠네."

딱새처럼 부르짖고 명화는 석호의 허벅지를 꼬집었다.

"아야야!"

석호는 고개를 뒤로 벌러둥 넘기며 엄살을 한다.

"또 그런 말씀을 하실 테요? 응 이래도 또 하실 테요? 다시는 안 그러시지?"

명화는 항복을 재촉한다. 석호는 엄살을 하다가 말고 재바르게 명화의 팔목을 잡아 비틀었다. 이번에는 명화가 고개를 들며,

"아야야!"

비명을 친다.

"쌈 등살에 어데 술이나 먹겠나." 하고 병일은 초월에게 술잔을 내어민다.

"참, 우리 선생님은 점잖으시지." 하고 초월은 도꾸리를 들며 웃는다.

"내 안 점잖은 것 어서 봤니?" 하고 병일은 버럭 성을 내며 티를 뜯는다.

"잘못했어요. 잘못했어요. 죽을 죄라도 빌면 고만 아녜요?"

초월은 손바닥을 싹싹 부빈다. 병일은 성이 안 풀린다는 듯이, 눈을 딱 부릅떠서 초월을 노린다.

"원 선생님!"

초월은 요리상 건너 석호를 가쁘게 부른다.

"원 선생님! 언니의 손을 놓아 주셔요. 원 선생님이 언니를 시달리신다고 박 선생님이 저한테 화풀이를 하신답니다요."

"이거 참, 저기도 백년랑군 한 분이 또 계시군." 하고 석호는 명화의 손목을 놓고 큰 입을 벌려 허허 헛웃음을 웃는다. 병일의 부릅뜬 눈도 웃음에 풀리었다.

"아이, 팔목이 시어라."

명화는 비틀리었던 팔목을 주무르며 슬며시 몸을 일으킨다.

"오 옳거니! 핑계핑계로 백년랑군 곁으로 갈 양으로."

석호는 명화의 치마 뒷폭을 잡으려다가 명화가 날쌔게 몸을 빼치는 바람에 허탕을 쳤다.

"그럼요. 웬 강 건너 강짜세요?"

명화는 병일의 곁에 와 앉으며 용용 죽겠지 하는 듯이 석호를 향해 고개를 갸닥갸닥해 보인다.

"그럼, 내가 가 드려야지."

초월이가 바시시 일어나 석호에게로 온다.

"그럼, 백년랑군이 두 패가 되는군, 허." 하고 석호는 웃는다.

"백년랑군 말이 났으니 우리 집에도 백년랑군이 또 하나 있다네."

병일은 무심코 섭적 이런 말을 하였다.

"백년랑군이 자네 댁에도 있어?"

병일은 섭적 한 말이나 지나쳐 들을 석호가 아니다. 의아한 듯이 한 마디 묻고 나서, 무엇을 골똘하게 생각할 때의 버릇으로, 눈을 깜빡깜빡하며 손톱을 물어뜯는다. 병일의 일이라면 자기가 모를 것이 없겠거늘, 이번 수수께끼만은 얼른 풀기가 어려운 듯하였다.

"백년랑군이 댁에도 있어요? 아이 야릇해라."

초월은 혼잣말같이 종알거리고 이상하다는 드키 말끄러미 쳐다본다. 명화도 고개를 돌려 갸웃이 병일을 보며 어서 말 뒤끝을 이으라고, 눈으로 재촉한다.

병일은 무심코 한 말이 지나치게 방안의 주의를 끄는 것을 깨닫고, 멈칫하는 모양이었다.

"아냐, 아냐. 너희들은 알 일 아냐."

어름어름해서 넘기고 손뼉을 쳐서 뽀이를 불렀다. 병일은 백마 위스키를 명하였다. 술은 곧 들어왔다.

"에그, 왜 또 위스키는? 또 술이 취하시겠네." 하고 명화는 눈썹을 찡그린다.

"아이, 언니도. 자그만치 위해요." 하고 초월이가 턱을 들며 입을 빼쭉한다.

"그럼 옜다. 네 영감께는 병채로 권해라."

명화는 병일의 곱보에 가득히 따르고 난 술병을 초월에게로 밀어 준다.

"그건 왜?"

초월은 반 곱보도 채 못 되게 따르고 만다.

"조런, 저러고도 누구더러 누구를 위한대!"

"그럼, 누구는 누구만 못하나, 뭐!"

"반잔을 덜 잡수서서 정신이 총알 같으시겠다!"

"웬 걱정이야. 반잔을 더 잡수서 혹 뼈살이 불거지시겠네."

"에그 고거….''

명화는 주먹을 들어 얼르는 시늉을 한다.

병일은 금세로 잔을 비우고 또 명화에게 내밀며,

"얘, 잔말 말고 술이나 따라!"

명화도 이번에는 반잔을 따르고 말려 하였다.

"예, 한 잔 술에 눈물 나겠다." 하고 병일은 붙든다.

"아이, 오늘밤에 또 야단 났구면." 하고 명화는 마지못해 잔을 채운다.

병일은 또 목구녕에 탁 털어붓고 석호를 바라보며,

"왜 자네는 안 드나, 아낙 군수가 되었나?"

석호는 그 말은 들은 척도 아니하고 여전히 눈만 깜박깜박한다.

병일은 연신 위스키 곱보를 비운다. 번열이 치오르는지 양복 웃저고리를 벗고 넥타이까지 끌렀다.

석호는 그예 그 수수께끼를 풀어낸 모양이다. 그는 얼굴빛을 바루 엄숙하게 바룬다.

"여보게 아까 한 얘기 말일세, 그건 오 년 전 얘기가 아닌가?" 하고 '그렇지!' 하는 듯이 병일을 똑바로 본다.

"오 년 전 얘기?"

병일은 잠깐 생각하는 듯하더니 무릎을 탁 친다.

"그러네. 그래, 자네는 술 안 먹고 입때 그걸 생각했네그려."

"그러면 궐자가 출옥을 했나?"

"그러이, 한 일주일 되었을까….''

"그래, 궐이 자네 집에 묵고 있단 말인가? 그게 될 말인가?"

"아닐세, 출옥하던 길로 우리 집에 왔으나….''

석호는 병일의 말을 막았다.

"뭐, 출옥하던 길로 자네 댁엘 와? 뻔뻔한 자식도 같으니, 원 첫날밤에 칼부림을 한 녀석이 쭈적쭈적 자네 댁에 찾아가다니?"

석호는 몹시 분개해 한다.

"아닐세, 일부러 데리고 왔네."

"뭐? 그건 또 무슨 바람인가? 그래, 자네가 감옥까지 마중을 나갔더란 말인가?"

"아닐세, 내가 간 것은 아니고 내 안해가….."

"부인께서? 원 별일일세, 별일이어! 그래 지금도 자네 댁에 있단 말인가?"

"아닐세, 입원을 했네."

두 손님 사이에 이 수수께끼 같은 문답이 오고 갈 때에 두 기생은 맥을 놓고 귀를 기울이었다. 더구나 명화의 눈엔 열기가 돌았다. 두 사람의 얼굴을 번차례로 바라보며 그 말 한 마디 한 마디를 새겨듣는 듯하였다. 그는 제 숨소리까지 죽이는 듯하였다.

"입원이라니?"

석호는 더욱 마뜩치 않은 듯이 채친다.

"오던 그 이튿날로 병이 났어."

"오던 맡에 또 병이야? 원, 참, 그래. 병은 또 무슨 병이드람?"

"뭐 급성맹장염이라든가?"

"맹장염! 잘한다. 병도 중증일세그려, 주리던 판에 제 창자를 생각지 않고 너무 처먹은 겔세그려, 대관절 왜 자네 댁으로 데리고 왔단 말인가?"

석호가 분개해서 서두는 바람에 병일은 미처 대답할 나위도 없었다.

"원, 참, 별일이어, 별일이어. 부인께서는 왜 또 그런 놈을 집안에 발그림자를 시키신단 말인가? 참 별일이어!"

석호는 되우 못마땅하다는 것같이 타구에 침을 튀 받는다.

"그런 게 아니야, 내가 시킨 걸세."

"원, 자네도 망녕이 났더란 말인가?"

"불쌍하니 거두어 주자는 것이지."

"거두어 주어? 그까짓 놈을 거두어 주어?"

"말하자면 우리의 희생이라고 볼 수 있거든. 그러니깐 말야 거두어 주어야 될 것이 아닌가?"

석호가 펄펄 뛰는 바람에 병일은 사정하듯 말하였다.

"그건 어서 생긴 이론理論인가? 누가 궐자를 옭아 넣었나? 제가 살인강도질을 하려다가 붙들렸지."

"그야 그렇지만, 자네는 세상일을 너무 냉혹하게 생각하는 버릇이 있느니. 아모튼지 일은 우리 때문에 생긴 게 아니냐 말야. 젊은 놈이 오 년 동안을 감옥에서 썩다니, 그 고통이 여북했겠느냐 말야. 서울에는 일가친척도 없는 몸이 출옥을 한대도 어딜 가겠나? 십중팔구는 또 못된 짓을 저질 수밖에 다른 길이 없을 거란 말야…."

병일은 위스키 한 잔을 또 들이키고, 말을 연설조를 띠어 한다.

"그러고 보면 궐자의 일생은 아주 버릴 게거든. 말하자면 어린애가 우물 둑으로 기어가는 것을 어찌 차마 보고 있단 말인가? 인생이 불쌍치 않은가? 좋은 인연이든 나쁜 인연이든, 궐자와 연분 있던 사람이 구해 줘야 될 것 아닌가? 건져내야 될 것 아닌가…?"

병일은 잠깐 말을 끊고 또 술을 들어부었다. 석호는 장황한 병일의 연설에 한 풀이 꺾인 듯이 잠자코 있다가,

"그는 그럴상 하네, 첫째, 궐자가 함부로 구을러 다니면서 이러쿵저러쿵 하는 날이면 자네 부부의 얼굴이 깎일 걸세."

그 말은 마치 독한 화살과 같이 병일의 흉장을 들어가 질른 듯하였다. 병일은 집었던 곱보를 탕 놓고 발연변색9)한다.

"아니, 자네, 그게 무슨 말인가? 그래, 내가 내 얼굴 깎일까 봐 궐자를 두호해 주는 거란 말인가? 그게 될 말인가? 궐자가 어데로 구을러 다닌들 내게 상관이 뭐란 말인가? 내 얼굴 깎일 일이 뭐란 말인가?"

병일은 입에 게거품을 흘리며 노발대발한다. 석호는 박박 제 머리를 긁었다. 그는 자기의 말이 이렇게 병일을 노엽게 할 줄은 미처 생각하지 못했다. 그는 제 말이 떨어지자 병일의 얼굴빛을 보고 벌써 안 할 말을 한 것을 뉘우치었다. 말이란 수박 겉 핥기로 거죽 위만 슬슬 지나가야지 남의 폐부를 꿰뚫어 맞히는 것이 아니다. 그는 새삼스럽게 자기의 처세 철학을 생각하고 후회막급이었다. 무슨 말을 어떻게 하여야 아까 말의 실패를 벌충할까, 그는 속으로 발버둥을 치며 눈만 깜박깜박하였다.

"아니야, 그런 게 아니야."

병일은 제 말에 힘을 주며 굳세게 부인한다.

"그런 게 아니야, 결코 결코 나는 내 면만 보는 사람이 아니란 말이야. 단지 궐자의 처지에 동정을 했을 뿐이란 말이야. 순수한 동정심에서 우러나온 거란 말야! 물에 빠지는 청년을 하나 구해 보자는 것이 그런 불순한 동기에서 나왔다고 해석을 하니 허 기가 막혀!"

"원수를 사랑해라!"

잠자코 있던 석호는 혼잣말같이 한 마디 하고 진국으로 얼굴에 엄숙한 빛을 보이며,

"어려운 일이어!" 하고 무엇을 개탄하는 것처럼 긴 한숨을 내쉬었다.

"원수를 사랑해라, 암 어려운 일이지."

---

9) **발연변색**: 왈칵 성을 내어 얼굴빛이 달라짐.

병일은 석호의 말을 뒤받는다.

"그러나, 여보게, 생각해 보게, 예수 나신지가 언젠가? 이 천년이나 가차이 되지 않았는가? 그래 우리 인류는 이 천 년 동안에 조금도 진보 발달이 없었단 말인가? 이천 년 전 그 때 시설과 비교해 보면 오늘날의 문명은 얼마나 끔찍스러운가, 놀라운 것인가? 그때 인류도 상상이나 했겠느냐 말야. 그러하면 그 때 인류의 가졌던 감정과 사상도 변해야 될 것 아닌가? 그래, 물질문명만은 소양지판으로 발달이 되고 도덕관념과 윤리 관념은 개미 쳇바퀴 돌듯이 천 년 전이나 오늘날이나 조그만치도 진보 발달이 못 되고, 늘 그 자리에서 답보만 하고 있단 말인가. 안 될 말일세, 안 될 말이어. 나는 윤리와 도덕도 지지하나마 진보가 되었다고 믿네. '원수를 사랑해라!' 쯤은 오늘날 와서는 일종 상식일세. 그까짓 것쯤 실행하기가 뭐 그리 어렵단 말인가?"

연설자는 신이 나서 팔을 한 번 휘 내어젓고 주먹으로 요리상을 쳤다. 위스키 곱보는 춤을 추며 넘어진다.

석호는 이번 자기 말은 빗맞지 않은 것을 보고 안심하였다. 알코올의 천리마를 비껴 타고 기고만장한 돈키호테를 살살 곁눈질하며, 그는 또 이 기사騎士의 비위에 들어맞을 말을 찾아보았다.

"더구나 내가 궐자를 동정한다는 것은 원수를 사랑하는 것도 아모 것도 아니란 말야. 전정 있는 청년이 일시 잘못으로, 그렇지, 잠깐 생각이 그릇 들었지 — 평생을 버린다는 것은 정말 가엾은 일이거든. 하여튼 내게 관계됐던 사람으로 불행에 떨어진다는 것은 정말 불유쾌하거든. 꾸벅꾸벅 내 품 안으로 기어드는 새를 차마 두호 않을 수 없단 말야. 응, 인제 내 말 알아 듣겠나?"

병일은 내가 얼마나 높은 사람이냐, 하는 듯이 어깨를 뒤로 제치며, 석호를 바라본다. 석호는 그 뜻을 그대로 받았다.

"참말 자네는 높으이."

"그래, 내가 그런 애들하고 교제를 할 것 같은가? 지난 일을 마음에 새겨 두겠느냐 말야. 털끝만치라도 감정을 두겠느냐 말야. 없지 없어!" 하고 연설자는 또 한 번 상을 쳤다.

넘어진 곱보가 뛰는 듯이 구은다.

"그래, 그렇다 뿐인가. 좋은 말일세."

겉으로는 지당하다는 듯이 속으로는 낯이 간지럽다는 듯이 석호는 고개를 탁 숙인다.

명화는 구으는 곱보를 바루 잡아놓으며,

"어쩌면, 참, 자기한테 칼부림까지 하던 사람을 용서하서."

말은 초월에게 하고, 눈은 병일에게 돌렸다.

"그러게 말야. 더군다나 첫날밤에…. 참 갸륵한 일이야."

초월의 말이 끝나기 전에 병일은 소리를 버럭 질렀다.

"요년들, 너희 알 일이 아니란데 뭘 안다고 씩둑깍둑해?"

소리는 크나마 눈 가장자리가 풀린 것을 보면 기생들의 칭찬도 그리 비위에 거슬리지는 않은 모양이다.

"왜 저희는 사람이 아닌가요? 그걸 모르게…. 참 놀라운 일이시어!" 하고 초월은 명화를 향해 눈을 껌벅한다. 더 치살려올리라는 뜻이리라 명화는 병일에게로 바싹 다가들어 갸웃이 쳐다보며,

"참 갸륵하신 일야. 그런데 선생님, 그 사람이 왜 칼을 가지고 왔을까요?"

"왜 칼을 가지고 왔느냐고?"

병일은 어이없다는 듯이 명화를 나려다본다.

"무슨 원수가 졌기로 첫날밤에 칼을 들고 와요?"

"원수가 지다게?"

병일은 분명히 대답을 않고 얼렁뚱땅해서 넘기려 한다.

"돈을 줍시사고, 온 거지 뭐야."

초월이가 말을 납작 받아 버렸다.

"그 때 궐자가 들어와서 자네를 보고 뭐라고 하고 덤비던가?"

석호가 생각난 듯이 물었다.

"말이 무슨 말야, 그양 덤벼들었지." 하고 병일은 그때 광경을 생각하는 것처럼 개이는 눈을 멀뚱멀뚱하게 뜬다.

"그때 자네가 몹시 다치지나 안 했나?"

"무얼, 팔죽지를 좀 다쳤지."

"자네 부인께서도 무사하셨나?"

"내 와이프 말인가?" 하고 병일은 잠깐 망설이는 듯하더니,

"내 와이프에게서야 덤빌 새가 있나?"

"궐자가 어디로 들어왔던고?"

"그건 나도 모르지. 손님들도 다 헤어지고 막 자려고 내 안해는 먼저 침대 위에 올라가고 나는 침대에 걸터앉아서 구두끈을 풀고 있을 판이었네. 웬 자가 유리창을 가리운 커튼을 헤치고 툭 튀어나오데그려. 웬 놈이냐, 소리를 질르니까 궐자의 손에서 뭣이 번쩍하며 다짜고짜로 내 앞으로 달겨들데…."

"에그머니!"

두 기생은 일시에 외마디 소리를 쳤다.

"누가 너희들을 죽인다니? 방정맞게 놀래기는 허허."

병일은 유쾌한 듯이 웃는다.

"에그 무서워라!"

초월은 석호의 가슴을 파고들며 얼굴을 숨긴다. 명화는 초월에게 말 말라고 손을 저어 보이고 병일의 입술을 쳐다본다.

"그야말로 위기일발일세그려. 그래 어찌되었나?"

석호가 채쳤다.

병일은 남의 손을 빌리기에는 너무 갑갑하다는 듯이 제 손으로 위스키를 한 곱보 부어서 꿀꺽 마시었다. 술 방울 묻은 입술을 빨면서,

"어, 그자가 그래. 어, 그자가 그래."

병일은 술이 취해 오른다는 듯이 또 그 때 광경이 잘 기억이 안 난다는 듯이 말을 더듬거린다. 석호는 제 친구가 시방 허풍을 떨려고 궁리하는 눈치를 재바르게 보았다.

"어, 그자가 그래. 다짜고짜로 달겨들데그려. 어, 그 무엇이 선득하고 왼편 팔을 지내갔으나 나는 오른손으로 어 그자의 칼 든 손목을 잡았거든. 어 그리고 이놈 어데를, 뉘 앞이라고! 호령을 했더란 말야."

병일은 그때 호령 소리를 벽력같이 지르고 눈을 부릅떠서 여불없이 그때 제가 하던 시늉을 내었다.

"어, 그자의 멱살을 잡았더란 말야."

칼 든 손목을 잡은 손은 어느 손이고 다친 팔은 어느 팔이고 또 멱살을 잡은 손은 어느 손이고! 석호는 속으로 웃었다.

"어, 그자의 멱살을 잡았더란 말야. 응?"

저도 제 말이 잘 믿어지지 않을 상싶은지 석호를 보고 한번 다진다.

"그래서?"

석호는 시침을 따고 궁금한 듯이 재촉을 하였다.

"어, 그래서 궐자가 멱살을 잡혀 가지고 벌벌 떨데그려. 이놈 여기를 어디라고 또 한 번 얼러 주었지."

"그래서?"

"그래서 궐자는 나를 쳐다보고 울듯이 살려 달라는 시늉을 하데, 허허."

"칼은 어쩌고요?"

초월이가 묻는다.

"칼? 칼 말이야?"

병일은 당치도 않은 것을 묻는다는 듯이 초월의 말을 뇌이다가,

"응, 칼 말이지. 응, 칼은 내가 궐자의 손목을 비트니까 그대로 떨어졌어."

"칼이 떨어졌으니!"

초월은 안심의 숨길을 내쉬며 두 손뼉을 마주칠 듯이 기뻐한다.

"아이, 그 애는…." 하고 명화는 또 손을 저어 보인다. 얘기에 자꾸 티를 넣느냐고, 짜증을 내는 모양이다.

"그래서, 어떡했나?"

석호도 하회를 재촉한다.

"그래서, 어 그래서, 공부하는 학생이 이런 짓을 않는 법이라고 일러 보냈지!" 하고 병일은 그 얘기에 땀을 뺐었다는 듯이 요리상 보를 처들어 이마의 땀을 씻는다.

"학생 놈이 건방지게."

초월은 분개해 한다.

"그래, 그대로 갔어요?"

명화는 이야기가 미협하다는 듯이 채쳐 묻는다.

"그러면 그대로 갔지, 밤을 샐 터야?"

병일은 귀찮다는 듯이 내던지듯 말을 끊었다.

"부인께서 여북 놀래셨을까? 기절을 하셨겠죠?"

명화는 그래도 얘기를 끌어내려 한다.

"기절은 왜? 별로 놀래지도 않데."

"어쩌면! 굳굳하신 어른이야!"

초월이가 무조건하고 찬사를 올렸다.

"그래, 자네 상처는 중하지 않았던가?"

"뭐, 그다지 대단치는 않았네. 그자를 보내놓고 보니깐, 와이샤쓰 끝에서 피가 뚝뚝 떨어지데. 나는 그대로 두려 하였지만 내 안해가 질색을 하고 뽀이를 부른다, 의사를 부른다, 호텔 안이 발칵 뒤집혔네. 그 길로 곧 입원을 하였네."

"입원 후의 경과?"

"상처는 칼이 그리 깊이 들어가지를 않아서 한두 주일 만에 아물어졌네."

"미인의 안해를 얻자면 그런 변도 보는 거야. 그래, 나는 동경에서 채 나오지를 못했을 때지. 신문을 보고서야 그 끔찍한 소식을 알았네. 그래, 곧 전보를 쳤더니 답전도 없데그려."

"집안이 난가가 되어서 그런 정신 차릴 사람이 있어야지."

"그랬을 걸세. 답전은 없어도 신문을 보고 사연만은 자세히 알았네. 그 때 참 신문에 굉장히 떠들었어."

"신문기자 등살에 한참 곡경을 치루었네. 남 입원한 데까지 좇아와서 수선을 피데그려."

"그리고 그 명색 기사라는 걸 좀 봐요. 거짓말 참말 뒤섞어서. 자네에게 관한 일이라서 그 때 신문들을 오려 두기까지 했네마는."

"에이 여보게, 그까짓 걸 뭐 다 오려 두나!"

"어쩌면! 신방도 못 치르고 병원을 가셨겠네. 온 그런 변이 어데 있담."

초월은 또 재절거린다.

"그런데 그런 자를 용서를 하신단 말씀요? 어쩌면!"

"얘는, 또 그 문제를 끄집어 내거든."

병일이가 통을 준다.

"참 갸륵하신 일야. 여느 사람으론 어려운 노릇이야."

다라진 초월은 제 할 말을 기어이 하고야 만다.

"어려운 일이구 말구!"

명화는 맞방망이를 치다가,

"그래, 그이가 입원을 했단 말씀이죠? 무슨 병원에요?" 하고 슬쩍 물어본다.

"그건 알아서 뭘 해? 의전병원이란다."

병일이가 알으켜 주었다.

"그이 이름이 뭐예요?"

"원, 그 애는 별걸 다 묻네." 하고 석호가 가로챈다.

"왜, 그런 끔직한 일을 한 사람이니, 성명이나 알아둬야 될 것 아녜요?"

"될 것도 많다!"

"아이, 좀 알으켜 줘요."

"왜, 찾아가 보런?"

"성명을 알아야 찾아라도 갈 것 아녜요? 성명을 알으켜 내요. 내 찾아가 볼게, 호호."

명화는 허튼 수작같이 웃었다.

"온, 언니도 빈말이라도 그런 소리 말아요. 에이, 징그러워라. 꿈에 뵐까 무서워." 하고 초월이는 몸서리를 친다.

"네, 선생님? 그이 이름을 좀 알으켜 줘요. 얘기를 들었으면 당자의 이름을 알아야 될 것 아녜요? 네 선생님."

명화는 병일을 졸랐다.

"얘가 왜 등이 달아서 이래?"

"등이 달아도 좋아요. 이름이 몹시 궁금한데…."

"원 궁금한 일도 많겠다!"

"아이, 그러시지 말고 좀 알으켜 줘요 네? 선생님." 하고 몸부림을 한다.

"얘가 왜 이래? 참 알다가도 모를 일일세."

"아이 흥! 그러시지 말구 응?… 좀 알으켜 줘요."

어린애같이 보챈다.

"어, 귀찮은 일 또 생겼군. 생전 알으켜 주나 봐라!"

" 그 잘난 이름 못 알으켜 줄 게 뭐예요? 고만두어요, 몰라도 좋아요."
하고 명화는 성까지 내었다.

"안 돼, 그건 안 돼. 암만 졸라도 남의 명예를 위해서 그건 안 될 말이어!"

석호가 가루맡아서 타일렀다.

"에구, 그렇게 대단한 이름이면 고만둬요. 그 알량한 이름 아시는 게 무슨 큰 유센가 뭐."

명화는 입을 삐쭉하였다. 그 눈에서는 열기가 나는 듯하였다.

신문기사

그 날 밤 놀음은 새벽 세시나 가까이 되어서 파하였다. 석호는 집에 돌아오는 길로 서재書齋로 쓰는 건넌방에 들어갔다. 칸 반밖에 안 되는 방에 큰 책상이 한 칸 이상을 차지하였다. 정연히 치워 놓은 책상 위에는 잉크병, 재떨이, 담배, 서랍 등속이 제 자리에 꼭꼭 들어앉았고, 벽에 닿인 머리에는 여러 층 책꽂이가 거의 천정에 닿았다. 그 책꽂이에는 정치, 경제, 사상 서류 등이 더러 섞이기는 하였으되 대개는 오려붙인 스크랩북이 빽빽이 들어찼다. 그는 학생 시대부터 자기가 중요하다고 보는 것은 무엇이든지 오려 붙여야만 직성이 풀리는 버릇이 있었다. 몸이 바쁜 이마적에도 그는 털끝만한 시간을 얻으면 집에서나 회사에서나 제 가방에서 반질반질하게 닳은 가위를 내어들고 잡지와 신문을 오리는 것으로 거의 낙을 삼는 듯하였다. 그의 독서와 취미도 허명을 버리고 언제든지 실사귀를 찾는다.

그는 책상 앞 회전의자에 걸터앉아서 술 한 잔 입에 대지도 않았던 사람모양으로 차근차근히 스크랩북을 뒤지어보다가 자기가 찾는 것이 거기에 없었음인지 몸을 일으켜 반침문을 열었다. 반침 속에는 벽을 의지 삼고, 붙박이 책장을 여러 층으로 짜 놓았다. 거기도 역시 스크랩북이 제 자리를 찾아 가지런히 꽂혀 있었다. 그는 그 중에서 제일 낡은 스크랩북을 하나 빼내었다.

미닫이를 열고 책가 위에 앉은 몬지를 툭툭 털고 나서, 책상 위에 펴놓고 뒤적거려 보았다. 그는 옳게 찾았다. 거기는 병일의 결혼 당야의 참극을 대서특서10)한 신문 쪽지들이 오려 붙이어 있었다. 그는 조금 높이 달린 전등을 바싹 나리 켜 놓고, 그 케케묵은 기사를 훑어보았다.

'박 사장 결혼야의 혈극朴社長, 結婚夜의 血劇'
'괴청년 신랑을 난자怪靑年 新郞을 亂刺'

특호 사단 제목의 주먹 같은 활자가 위협하는 듯이 첫째 석호의 눈을 쏘았다.

— ××견직회사 사장, ××토목협회 회장, ××은행 두취 박병일 씨의 결혼식은 재작 십 일에 거행되었는데, 그 식장인 종현 천주교당은 사람의 물결에 파묻히어 왼 장안이 끓어 나온 듯한 대성황을 이루었으며, 식을 마치고 조선호텔에 그 피로연이 열리었는데 여러 십 대 자동차와 여러 백 대 인력거가 꼬리를 맞물고 그야말로 장사진長蛇陣을 쳤고, 초대받은 손님들로 말해도 사회의 일류 명사를 거의 망라하였을 뿐만 아니라, 귀족 측으로 박 후작을 비롯하여 김 자작, 조 남작, 당국 측으로 정무총감, 경무국장까지 출석하였으니, 그 굉장하고 성대한 품이란 왕자의 혼례로도 따를 수 없었다.
가정의 번잡함을 피하고 새로운 정과 기쁨을 알뜰살뜰히 향락하기 위함이런지 첫날밤을 호텔에서 치르게 되었는데, 그 날 밤 새로 한 시가량 되어 이 행복에 싸인 신방의 문을 박차고 난데없는 괴청년 한 명이 뛰어들어 와 섬섬한 비수로 신랑을 난사하여 원앙금침에 선혈이 임

---

10) 대서특서: '뚜렷이 드러나게 큰 글씨로 쓰다'라는 뜻으로, 누구나 알게 크게 여론화함.

리淋漓11)하는 불상사가 돌발 하였더라.

그 다음에 다시 컬럼을 나누어 '범인 부지거처犯人不知去處' 란 작은 제목
밑에,

— 박 사장의 혼례식 당야 괴청년이 출현하여 신랑을 난자하였다 함
은 별항 보도와 같거니와, 피해자는 왼편 팔에 길이 5촌, 깊이 4푼의
상처를 입었을 뿐이요, 그 즉시 입원한 결과 생명에는 별조가 없다 하
며 이 급보를 접한 소관 본정서에서는 깊은 밤중이건만 서장까지 총출
동하는 일변으로 강전剛田 사법계 주임이 수십 명의 정사복 경관을 대
동하고 시간을 지체치 않고 현장에 급행하여 범행 현장을 검사하였으
며, 또 한편으로 즉시 비상소집을 하여 범인 체포에 노력하였으나 범
인은 범행 직후 바람결같이 자취를 감추었으므로 작일 정오까지 아모
런 단서조차 잡지 못하였다더라.

그 이튿날 신문 기사.

— 토목협회 회장 박병일 씨의 결혼 당야에 어떤 청년이 신랑을 난자
하였다 함은 작보와 같거니와, 사건 발행 이래로 소관 경찰서는 밤낮
을 가리지 않고 활동한 결과 재작일 밤에 이르러 의주통義州通 방면에
서 피의자 두 명을 체포하였고 또 작일 아침 경성역두에서 피의자 한
명을 검거하였다는데 그자들 중에 과연 진범이 섞이었는지는 아직 의
문이라 하겠으되 동서의 공기는 자못 긴장하여 호텔 뽀이 수명도 호출

---

11) 임리(淋漓): 물이나 피가 흠뻑 젖어 뚝뚝 흘러 떨어지거나 흥건한 모양

취조중인 바 사건 내용은 절대 비밀에 붙이므로 자세히 알 수 없으나 탐문한 바에 의하건대 신부 되는 홍영애 여사로 말하면 학생 시대에 그 뛰어난 미모를 이르던 터인즉 혹은 그 아름다운 자태에 하염없는 사랑을 보내다가 결혼하게 되매 불같은 질투를 걷잡지 못하여 화촉동방을 습격하였는지도 모른다는데, 또 일설에 의하면 박병일 씨는 조선에서 손꼽는 부호이기 때문에 상해 가정부와 만주 ○○단체로부터 여러 번 협박장을 받았으나, 도모지 응하지 않았으므로 혹은 해외에서 ○○단원이 들어와서 기회를 엿보다가 결혼식 당야를 타서 그와 같은 참극을 일으켰는지도 모른다 하며, 하여간 인물이 인물이요 시절이 시절이므로 사건의 전개는 매우 주목된다더라.

— 박병일 씨 상해 사건의 혐의자로 체포된 청년 세 명은 그 동안 취조한 결과 제각기 횡설수설을 하는 까닭에 경찰은 갈피를 잡을 수 없어 초조한 모양이며 사건 발생 이래, 일주일이 가까운 오늘날 대경성 복판에서 일어난 괴사건의 정체를 아직 포착하지 못하였다 함은 경찰의 위신 문제라 하여 당국 측에서는 눈에 불을 켜고 활동 중이나, 별로 신통한 소득은 없는 모양인데, 재작일 세 시경 시내 모처를 습격하여 또 혐의자 두 명을 인치하고 엄중 취조중이라더라.

그 다음으로 큼직한 초호 삼단의 큰 제목이 나타났다.

'박 사장 난자 범인朴社長亂刺犯人'
'놀연 경찰에 자수!突然警察에 自首!'

— 박병일 씨의 결혼식 당야에 일어난 불상사는 누보와 같거니와 사

건 발생 이래 경찰은 밤을 낮으로 이어 검거와 취조에 열중하였으나 진범인의 종적은 의연 오리무중에 사라지고 말았던 바, 작일 오전 열한 시경에 청년 한 명이 돌연히 본정 경찰서에 나타나서 강전剛田 사법계 주임을 면회하고 자기야말로 박병일 씨를 찌른 진정한 범인이니 법대로 처벌해 달라 하였는데, 동서에서는 정신병자나 아닌가 하여 여러 가지로 취조해 보았더니, 과연 사건의 진범인 듯한 점을 발견하였다는데, 그가 자현한 것은 자기 때문에 애매한 사람들이 혐의를 입어 까닭없이 고생을 하는 것을 분개한 데서 나온 것이라 하여 대 기염을 토하였으며, 그 범인은 이십 세 밖에 안 된 김여해金如海란 청년으로 기골이 몹시 장대하다더라.

진범인이 나타난 이후로 이 사건에 대한 흥미가 더욱 높아진 듯하여 기사는 연속적으로 날마다 계속되었다.

― 기보와 같거니와, 범인은 아모리 심문을 하여도 범행 동기에 대하여는 입을 굳이 닫고 발설을 하지 않으며 "내가 그 진범인 것을 이미 자백한 이상 그 동기를 물을 필요가 어디 있느냐."고 도리어 역습하여 취조 경관을 괴롭게 한다는데, 경찰은 각처로 형사를 파견하여 범인의 뒷조사에 눈코를 못 뜨는 모양이며, 범인의 연령으로 보아 혹은 한때의 호기심과 의협심으로 진범인도 아니면서 자현한 것이나 아닌가 하는 의심조차 났다는데 이랬거나 저랬거나 사건은 이 수상한 청년의 출현으로 말미암아 그야말로 흥미 백 퍼센트라 하겠으며, 작일 오전 아홉 시경에는 형사대가 두 대로 나누어 한 대는 아직도 입원중인 박병일 씨를 임상 심문하였고, 또 한 대는 피해자의 집에 출동하여 그 부인을 면회하고 범행 당시의 경과와 범인의 모습 같은 것을 세밀히 조사해 갔더라.

기보와 같거니와 자칭 — 진범인 김여해가 과연 적실한지 않은지 그 진부를 판단하기 위함이런지, 작일 오후에는 박병일 씨 부인 홍영애 여사를 사법실로 호출하였는데, 그 어여쁜 모양은 음침한 사법계의 공기에도 한 줄기 봄기운을 돌게 하였으며, 결혼 당야에 그런 끔찍한 변을 겪은 탓인지 그 얼굴은 매우 파리하였고, 양미간에는 수운이 어리어 보는 사람으로 하여금 한 조각 동정을 금할 수 없게 하였는데, 이 부인의 증언 여하로 그 청년의 운명이 좌우될 모양이라더라.

계속된 기사 밑에,

— 진범인지 아닌지 판단하기 위하여 박병일 씨의 부인이 경찰에 호출되었다 함은 기보한 바이거니와 그 부인과 자칭 진범인 김여해와의 극적 대면은 오후 다섯 시 가량 되어 사법계 밀실에서 거행되었는데, 범인은 부인을 바라보며 대담스럽게, "내가 조선호텔에서 당신 남편을 죽이려던 사람이 아니냐?" 하고 얼굴을 번쩍 들어보이매, 부인은 당장에 새파랗게 질리며,

'아녜요, 당신이 아녜요.' 하고 두어 걸음 물러섰다 한다. 이 기괴한 광경에 입회 경관도 눈이 호동그래졌다 하며, 얼마 만에 부인은 다시 정신을 수습하는 듯하더니 입회 경관에게, "이 사람은 그때의 범인과 얼굴 모습이 아주 틀립니다. 이 사람을 놓아 주셔요."라고 단언하였으므로 단서가 잡힐 듯하던, 그 사건은 또 다시 한 겹의 수수께끼를 더하게 되었다더라. 그리고 그 밑에 사법 주임의 말로,

"피해자의 부인이 진범인이 아니라고 부인한 것은 사실입니다. 그러나 첫날밤에 그와 같은 불의의 변을 당하였으니 피해자는 말할 것도 없거니와, 그 부인이 무슨 정황이 있었겠습니까. 창황 중에 범인의 얼

굴을 똑똑히 기억했을는지 의문입니다. 여러 가지로 보아 진정한 범인인 것은 사실이나 그래도 조금 미진한 점이 있기에 형식상으로 대면을 시켰을 따름이니, 부인이 부인한다고 곧 진범인이 아니라고 단정할 수는 없습니다. 위선 사건 발생 당야 내가 현장에 갔을 때 그 부인을 보고 범인이 복면을 하고 들어왔더냐 물은즉 자세히 알 수 없다고 대답합니다. 복면을 하고 안 한 것도 모르는 터이니까, 범인의 얼굴을 분명히 기억했을 수가 있겠습니까. 그러면 부인은 어째 아니라고 단언을 했느냐고요 글쎄올시다. 그것은 좀 생각해 볼 문제겠지요. 그러나 내 생각 같아서는 인정 많은 여자의 마음이라 범인의 처지에 동정하여 그런 말을 한 줄로 압니다."

기사만 오려 붙이었으므로 날짜는 잘 알 수 없으나 꽤 동안이 뜬 뒤에 다음과 같은 기사가 난 듯하다.

— 한동안 세상의 주목을 끌던 토목협회 회장 박병일 씨를 첫날밤에 습격한 범인 김여해는 작일로 취조를 마치고 마침내 일건 서류와 함께 검사국으로 넘기었는데, 전기 김여해는 일찍이 시국에 불만을 품고 삼일운동이 일어나자 학생의 몸으로 이에 참가하여 각 방면으로 출몰하여 많은 활동을 하였고 그 후 거미줄 같은 경계망을 교묘히 벗어나 중국 상해로 건너가서 활동을 계속하던 중 이번에 군자금을 모집할 중대 사명을 띠고 경성에 잠입하였다가 몇 번 박병일 씨를 방문하고 군자금 제공을 강청하였으나 종시 응하지 않았으므로, 필경 단도를 품고 결혼 당야에 박병일 씨를 습격한 것이라더라.

석호는 예까지 보고,
'멀쩡한 거짓말이다.' 속으로 부르짖었다. 그리고 고개를 끄덕끄덕하며 그는 생각하였다.

'딴은 궐자가 무던은 하군! 영애와의 관계를 추호만치라도 비치지 않고 군자금 모집원이란 혐의를 뒤집어쓴 것은 과연 무던하군. 그런 애매한 죄로 오 년 징역을 살고 나왔으니, 출옥하는 데 마중도 나가고 집으로 데려도 올만 하군! 미친놈! 고생을 하면 저만 앵했지 별수가 뭐란 말인구! 아모튼지 어린놈이 계집에 홀려 놓았으니 그야말로 물인지 불인지 헤아릴 수 있나….'

그는 문득 작년에 상처한 것을 생각하고 주부 없는 신산한 살림에 지쳐 조만간 장가를 가야 될 것을 생각하였다.

'나도 병일이 모양으로 재취를 잘못 들었다가는 칼침을 맞겠군!' 하고 혼자 빙그레 웃었다. 웃기는 웃었지만, 어쩐지 병일의 당한 일이 남의 일 같지 않았다. 그는 다시 신문 쪽지를 나려다보았다.

— 박병일 씨를 첫날밤에 단도로 찔른 범인, 상해 ××정부원 김여해는 필경 예심이 종결되어 살인 미수, 강도 미수, 공갈, 제령 위반의 죄목으로 경성 지방 법원 합의부 공판에 회부되었는데 오는 이십 오륙일 경에 그 제 일회 공판이 개정되리라더라.

기보와 — 같거니와 그 공판은 마츰내 27일 오전 10시부터 대원大原 검사의 입회와, 복전福田 재판장의 심리로 제7호 법정에서 열리게 되었는데 피고는 본래 가세가 구차한 터이요, 서울에서는 친척도 없으므로 일생의 운명을 결정할 법정에 서는 몸이 되었건만, 변호사를 댈 능력도 없던 바 이 소식을 들은 피해자 박병일 씨는 자진하여 비용 전부를 담당하고 법조계에서 명성이 자자한 윤대영尹大榮, 이인창李仁昌 양씨에게 변호를 의뢰하였다는데, 첫날밤의 꿈같은 행복을 부수고 자기를 죽이려 하던 원수이어늘 도리어 그를 위하여 변호사까지 대어준다는 것은 매우 어려운 일이라 하여 한 아름다운 화제가 되었다더라.

공판 당일의 기사는 어머어마하게 지면을 차지했던 모양이나, 길고 짧은 제목을 일일이 오려붙이기엔 거북하였던지 모조리 **빼어** 버리었고, 기사도 중요한 것만 취사선택을 한 것 같다.

— 이미 보도하였거니와 당대의 명사요 실업가인 박병일 씨의 첫날밤에 일어난 사건이요, 또 그 사건의 경과가 자못 세상의 흥미를 끄은 탓인지 개정 전부터 법정으로 쇄도하는 군중은 천으로 헤아리어, 그 공판이 열리는 7호 법정 앞에는 그야말로 인산인해를 이루었다. 종로서에서는 경관 수십 명을 파견하여 군중 정리에 전력을 다하였으며, 이로 말미암아 개정 시간에까지 지장을 주었는데, 이 혼잡한 군중 사이에 어떻게 비비고 들어왔는지 박병일 씨 부인 홍영애 여사가 만록총중에 일점홍 격으로 방청석 한 구석에 참예한 것은 이채를 발하였다.

— 예정보담 한 시간이나 늦어 오전 열 한 시에야 강본岡本 영도永島 두 판사의 배심과 복전福田 재판장의 주심 아래 대원大原 검사의 입회와 윤대영尹大榮 이인창李仁昌 양 변호사 참석으로 마츰내 공판은 열리었다. 재판장으로부터 피고의 이름을 부르자 피고는 곧 자리에서 일어나 종용 자약한 태도로 재판장 앞 가까이 걸어갔는데 그 훤출한 키와 떡 벌어진 어깨판은 이십 세의 청년으로는 매우 숙성한 편이었으며, 달포의 철창 생활로 말미암아 얼굴빛은 비록 창백하나마 먹으로 그은 듯한 시꺼먼 눈썹에는 자못 꿋꿋한 기운이 넘치었다.

— 예에 따라 피고의 원적, 현주, 성명, 직업, 전과 유무를 물은 다음 곧 사실 심리에 들어가서, 피고는 일찍이 시국에 불만을 품고, 만세 소

요가 일어나자 당시 고보 사학년에서 ××수업하다가 책을 집어던지고 그 운동에 참가하여 인산 날 물 끓듯 하는 군중의 행렬을 따라 만세를 고창하였고, 그 후 ××신문의 배달에 전력하였으며, 경계가 엄중한 탓으로 만사가 뜻같이 되지 않으매, 재작년 구월 경에 표연히 국경을 넘어 만주로 건너가서 표랑 생활을 하다가, 김좌진金佐鎭의 부하가 되어 군자금 모집에 종사하던 중, 작년 칠월 경에 또 다시 국경의 경계망을 돌파하고 경성까지 잠입하여 무교정 칠십 번지 하숙업 김화옥金花玉의 집에 잠복하였었다.

'그러면 김여해는 ○○단원이던가?'

석호는 혼자 물어보았다. 아니다, 아니다. 첫째 그럴 겨를이 없다. 스무 살밖에 안 된 어린놈이 언제 공부를 하고, 연애를 하고, 또 만주로 건너가고, 조선에를 들어오고, 군자금 모집을 하고….

그는 고개를 흔들었다.

'거짓말도 이렇게 꾸며 놓고 보니 그럴 듯도 한걸. 어린놈이 엉터리없는 허풍도 제법 늘어놓았군. 흥, 제 고생이지….'

— 그 후 피고는 박병일 씨가 명망가요 또 재산가란 말을 듣고 군자금을 모집할 목적으로 이월 십육 일 오후 세 시경에 박 씨를 자택에 방문하였으나 만나지 못하고, 또 십팔 일 역시 동 시각에 찾아갔으되 또한 면회의 거절을 당하였으므로 이에 반감을 품고 그를 살해할 목적으로 이십이 일에 본정통 삼영 철물점森永鐵物店에서 길이 칠 촌 가량 되는 난노를 사 가시고 박 씨의 문선을 배회하며 기회를 엿보았건만 역시 뜻을 이루지 못하였고, 삼월 십 일, 박병일과 홍영애의 결혼식 날이 당도하자 피고는 단도를 품은 채로 식장에도 참예하였고 필경 많은 손

님 가운데 휩쓸리어 조선호텔에 어렵지 않게 잠입하여 원앙금침을 점
점의 선혈로 물들이고 만 것이라더라.

— 재판장으로부터 별항 사실을 심리할 때에, 피고는 마치 재판장을
조소하는 듯이 싱글벙글 웃어가며 사실 하나도 부인치 않고 변명치 않
고 수문수답으로 오직 "그렇소", "그렇소" 할 뿐인 까닭에 공판은 일사
천리로 진행되었는데, 심리는 박병일 씨를 칼질 하던 장면에 들어가,

　재판장: "침실 문을 어떻게 열고 들어갔는가?"
　피　고: "손으로 밀치니 저절로 열리었소."
　재판장: "그때 신랑과 신부는 무엇을 하고 있던가?"
　피　고: "침대 위에 나란히 앉아 있었소."
　재판장: "그때 피고는 박병일에게 대하여 군자금을 청구하였던가?"

피고는 이 말을 듣자 웬일인지 복받치는 웃음을 걷잡지 못하는 것처
럼 껄껄 큰 소리로 웃고 고개를 끄덕이어 그렇다는 뜻을 보이었다.

　재판장: "얼마를 청하였던가?"

피고는 역시 빙글빙글하며 무엇을 생각하는 듯하더니 마치 재판장의
말을 흉내 내듯,

　피　고: "글쎄요, 얼마를 청구하였던가?"
　재판장: "자기가 청구한 금액도 잊었단 말인가. 피고가 경찰에 와
　　　　　검사국과 예심정에서 공술한 바에 의하면 삼천 원을 청구하

였다 하였으니, 그 액수에 틀림이 없는가?"

피　　고: "오 옳지, 참 삼천 원을 청구하였소."

재판장: "청구할 때에 피고는 품에서 칼을 빼었던가?"

피　　고: "아니오, 칼은 들어갈 때부터 손에 들고 있었소."

재판장: "그때 박병일은 피고의 청구를 거절하였던가?"

피　　고: "그렇소."

재판장: "거절을 당하자 피고는 박병일을 찔렀는가?"

피　　고: "그렇소."

재판장: "몇 번이나 찔렀는가?"

피　　고: "그렇소."

재판장: "몇 번이나 찔렀는가 묻는데 그렇다는 것은 무슨 말인고?
　　　　　몇 번이나 찔렀는가?"

피　　고: "팔을 한 번 찔렀을 뿐이오."

피고는 피를 보고 그대로 뛰어나와 전기 김화옥의 집에 숨어 있던 중 양심의 가책에 견디지 못하던 차에 나날이 신문지상으로 보도되는 것을 보면 자기로 말미암아 애매한 딴 사람이 고통을 받는 듯하므로 마침내 자현을 한 것이라는 바 이로써 사실 심리를 끝내고 잠시 휴정한 후, 오후에는 검사의 구형이 있으리라더라.

— 오후 한 시 공판은 다시 개정되자, 대원 검사는 일어나 곧 논고에 들어갔는데, 피고는 만세 소요 당시에도 그 주모자의 하나로 학생을 선동하였으며 그 후 계속하여 교묘히 경찰의 눈을 피해가며 '××신 문'이란 불온문서를 산포하였고, 또다시 만주 방면에 건너가서 군자 모집이란 미명 아래 강도 범행을 하였을 뿐인가, 다시금 경계망을 돌

파하고 경성에 잠입하여 박병일을 위협하였으며, 나중에는 살의를 품고 단도를 준비한 후 다른 때와 다른 날도 많을 것이어늘, 인생의 가장 기쁜 결혼 당야에 흉행을 감행한 것은 그 잔인 포악한 데 놀랄 밖에 없다. 비록 전과를 뉘우치고 자현하였다하나, 그 죄악은 도저히 용서할 수 없으니 제령 위반, 강도, 미수, 살인 미수, 공갈 협박 등 죄목으로 칠 년 징역에 처함이 상당하다고 준열한 구형을 하였다.

— 검사의 구형이 끝나자마자 그 때까지 방청을 하고 있던 박병일 씨의 부인 홍영애 여사는 별안간 외마디 소리를 질르고 그 자리에 기절하여 법정은 일시 혼란하였는데 그 부인은 경관과 원정의 협력으로 법정 밖으로 엇메다가 종로 병원에 입원시켰으며, 첫날밤에 자기 남편을 찔른 흉한의 공판을 방청하는 것부터 이상한 일이요, 그 구형을 듣고 기절까지 한 것은 더한층 호기심을 끄은다 하겠더라.

오려 붙인 신문지 쪽은 여기서 끝나고 말았다. 석호는 다 본 스크랩북을 그대로 미진한 듯이 뒤적뒤적하며 중얼거렸다.

"홍, 기절까지 할 때엔 두 사이는 매우 깊었던 모양이군. 계집이 너무 예쁘게 생기면 그런 앙큼한 것도 곧잘 하는 법이거든! 우스운 것은 병일 군이야, 계집에게 아모리 반했기로 제 계집의 예전 서방놈을 거두어 준다니 참 기가 막힐 노릇이지. 칠 년 구형에 오 년 판결! 연애 작난도 값은 호되군!"

이윽고 석호는 책을 덮고 잘 생각도 잊은 듯이 눈을 깜박깜박한다. 그는 이 기괴한 사실을 자기에게 어떻게 유리하게 전개시킬까 궁리를 하는 모양이었다.

수상한 방문객

 여해는 의전병원 본관 '하' 호실에 외로이 누워 있었다. 그 방에는 침대 하나가 또 있었지마는 입원 환자가 없어서 그대로 비어 있었다. 누가 붙이어 주었는지 어멈을 하나 데리기는 하였으되 도토리같이 동글동글하게 생긴 그 어멈은 어디로 구으러 다니는지 좀처럼 병실에 붙어있지를 않았다. 밥 먹을 때나 약 먹을 시간이나, 어디선지 톡 튀어 들어와서 어름어름하고 나면 어느 틈으로 새어 버리는지 없어지고 만다. 입원한 지 벌써 일주일이 지났지만, 위문객이라고는 개아미 한 마리 얼씬하지도 않았다. 그는 언제든지 휑하니 찬바람 도는 병실에 혼자 남아서 눈을 감을락 뜰락 하며 낮을 보내고 밤을 새웠다.

 수술하기 전후로는 열이 사십도 가까이 오르나리었으니 본정신을 잃고 혼몽하게 지내었지마는 인제는 열도 나리고 차차 새 정신이 들기 시작하였으되, 자기가 어떻게 병이 나고 입원을 하고 수술하였는지 도모지 갈피를 잡을 수 없었다. 과음과 과식과 과로! 맹장염을 일으키는 가장 큰 원인 세 가지를 하로 동안에 모조리 범해 놓았으니 아모리 튼튼한 그의 몸이지만 견디어나지를 못하였고, 지나친 자극과 흥분이 꼬리를 맞물고 뒷덜미를 짚은 까닭에 머리도 얼떨떨했던 것 같다. 지금 생각해 보아도 자기에게 당한 일도 아니요, 남의 일이 멀고 먼 꿈나라에서나 생긴 듯하였다. 사단의 테두리는 베일에 가리운 듯이 어슴푸레하고 흐리마리하게 맥락이 닿지 않으나마 그 사소하고 대수롭지 않은 부분부분은 마치 끊어진 활동사진 필름 모양으로 또렷이 눈앞에 살아왔다.

흐트러진 여자의 머리카락은 지금도 그의 콧잔등에 남실거린다. 침침한 달그림자 가운데 푸르게 떠는 어여쁜 뺨은 시방도 그의 턱을 스치는 듯하다.

더구나 질겁을 한 뚱그런 두 눈! 놀램과 미움과 원한과 분노에 타오르는 듯한 눈! 그 눈은 무시무시하도록 역력하게 그를 흘긴다, 노린다. 그런데 이 머리와 뺨과 눈의 임자는 분명치 않았다. 어찌 보면 영애인 듯도 싶고 어찌 보면 은주인 듯도 싶었다.

한 줌의 우유 덩이 같은 보얀 젖통도 보인다. 그 발그스름한 젖꼭지는 샐룩샐룩 떤다. 세루 치마 위에 은어같이 미끄러질 듯한 손목도 보인다. 이 젖과 손목의 임자도 어찌 보면 영애요, 어찌 보면 은주였다.

이런 기억은 여불없이 잿빛 안개가 잦아진 꽃동산과 같았다. 안개 자락이 살그머니 벗어지는 대로 꽃들은 이슬을 털고 한 송이 두 송이 연연한 얼굴만 치어든다. 잎사귀와 줄기와 가지를 가리운 채로.

이 꽃동산을 그는 진흙발로 지근지근 밟으며 지나간다. 다친 다리를 절룸절룸 절고, 시커먼 핏방울을 뚝뚝 떨구 하면서, 가냘픈 꽃 매가지는 뽀각뽀각 나는 소리를 내며 아래로 떨어진다.

은주의 입을 틀어막는 검은 손등, 벌룽벌룽 터질 것 같은 가슴, 허전거리며 달아나는 그림자, 흘러나린 고의춤.

여해는 진저리를 치고 감았던 눈을 떴다. 환영은 사라졌다. 그는 퀭하게 들어간 눈으로 두리번두리번 살펴본다. 회칠한 흰 벽을 보고, 천정을 보고, 눈부신 유리창을 본다. 저편 벽에 대어 놓은 빈 침대 위에 시포屍布와 같이 깔린 흰 이불을 본다. 제 침대 머리에 당겨 놓은 둥근 테이블을 본다. 그 위에 양철 쟁반이 놓이고 타구 재떨이 겸용으로 쓰는 두꺼운 유리 곱보 속에 집어넣은 담배 끄트머리가 실실이 풀려서 노랗게 떠오르는 것을 본다. 그것뿐이다. 그는 더 볼 것이 없다. 핑그르 한 번 돌아본 눈은 다시 천정으로 돌아와 박힌다. 새로 회칠한 천정은 금 하나도 없었다. 빤빤하게 아모 표정 없이 나려다본다. 그는 다시 눈을 감는 수밖에 없다. 환영의 떼는 다시금 그를 사로잡는다….

오늘도 점심 먹는 시간도 지나고 식후 삼십 분에 먹는 약 시간도 지났다. 그는 역시 환영에 부대끼다가 눈을 번쩍 떴다. 무엇을 찾는 듯이 또 한 번 휘돌아보았건만 파리 한 마리 눈에 띄지 않았다. 어쩐지 무시무시한 증이 들었다. 마치 감옥의 독방처럼 흉물스러웠다.

그 보얀 벽에서는 앓다가 죽은 입원 환자의 귀신들이 빠져 나와서 덤벼들 듯하였다. 사람이 그리웠다. 생물이 그리웠다. 하다못해 어멈이라도 불러 보려 하였건마는 제 발로 걸어오기 전에는 이 굴속 같은 병실에서 부른다하여도 들릴 상싶지도 않았다.

병실 문이 바시시 열리었다.

"여기가 하 호실예요?"

여자의 목소리가 묻는다.

사람의 소리가 반가웠다. 꿈틀하고 몸을 움직이는 서슬에 수술한 자리가 창자를 쥐어뜯는 듯이 켕기지 않았던들, 여해는 침대를 뛰어나려 목소리 나는 편으로 달음박질을 하였는지도 모르리라.

그러나 그 다음 순간, '영애다!' 하는 생각이 벼락같이 머리를 따리며, 무의식적으로 소스라치었던 몸이 갑자기 천근같이 무거워진다. 그는 눈을 꽉 감아 버렸다. 도대체 영애를 대할 낯이 있는가?

아모 대답이 없으매, 그 인기척은 조금 망설이는 듯하더니 문을 열고 들어서는 모양이다. 팔신팔신 슬리퍼 끄으는 소리를 내며 그 발자최는 침대 앞 가까이 온다. 물씬한 향기가 여해의 콧속으로 풍긴다.

"에그 주무시는가베!"

들어온 사람은 혼잣말로 속살거린다. 그 음성은 암만해도 영애 같지 않았다. 여해는 눈을 번쩍 떴다. 반들반들하게 쪽진 머리에 또렷한 흰 가르마가 첫 눈에 띄었다. 영애는 아니다. 웬 낯모르는 여자다.

"이 방이 하 호실예요?"

그 여자는 정다운 웃음을 머금고, 환자의 얼굴을 유심히 바라보며 묻는다. 하 호실? 여해는 얼른 제 병실의 번호가 떠오르지 않았다. 이 뜻밖의 방문객에 그는 적이 당황하였다.

"저어… T동 박병일 씨 댁에서 입원하신 어른이 아니세요?"

여해가 어리둥절하고 미처 대답 못하는 것을 보고 그 여자는 잼처 묻는다. 여해는 고개를 끄덕여 그렇다는 뜻을 보이었다.

"입원하신 지 한 일주일 되셨죠?"

여해는 또 고개를 끄떡였다.

"옳게 찾았구먼!"

방문객은 혼잣말로 중얼거리고 안심한 드키 호! 숨길을 내어 쉰다. 찾아들어 오기에 여간 애를 쓰지 않았다는 눈치였다. 들고 들어온 과실 꾸러미를 테이블 위에 올려놓고 동근 의자에 걸터앉는 품이 길게 차린다.

"저어… 함자가 누구시드라?"

동근 의자를 앉은 채로 구을리는 드키 당기어 병상 앞으로 바싹 다가든다. 생글생글 웃는 눈은 끌어당길 듯이 여해를 들여다본다.

"…"

여해는 별안간 하늘에서 떨어진 듯한 이 수상한 방문객에게 어떻게 수작을 해야 좋을지 몰랐다.

"용서하셔요 네! 함자도 모르고 찾아와서…."

친숙하게 착착 달라붙는 듯한 말씨다.

"난 명화예요, 기생예요. 함자가 누구시라지?"

방문객은 누가 묻기나 한 드키 제 이름과 근지를 들추어내어 걸고, 통성명하기를 재촉한다. 사람이 그리운 환자는 나긋나긋하게 덤비는 초면의 방문객에 호감을 가졌다.

"김여해요."

무거운 입도 가볍게 열리었다.

"김여해 씨! 오 옳아. 참 그러셨지"

예전부터 익히 알던 이름을 깜박 잊어 버렸다가 문득 생각해 내었다는 듯하다. 그 얼굴엔, 정말 잘 아는 사람을 오래간만에 만난 것같이, 반가운 빛이 돌았다. 초인사의 시스런 기색은 털끝만치도 없다. 여해에게는 그 태도가 정다웠다.

"저어…, 박병일 씨 부인 잘 아시죠?"

"…."

"압다, 왜, 홍영애 씨 말씀예요?"

여해는 고개를 끄덕였다.

"그 부인과는 퍽도 친쪼웠다죠?"

'퍽도'란 마디에 힘을 주며 그 입모습엔 무간한 듯한 놀리는 듯한 웃음이 빙글빙글 돌아간다.

"글쎄…." 하고 여해는 휑한 눈망울을 꺼먹꺼먹하였다. 묻는 뜻을 잘 알 수가 없었던 것이다.

"글쎄가 뭐야요? 퍽도 친하시다며, 누구는 모르는 줄 아서요? 세상이 다 아는 노릇인데…. 감옥 나오신 지도 한 주일 되셨죠?"

명화는 우선 출옥한 날짜 아는 것부터 따진다.

"그리고 출옥하던 그 날 밤 아니, 그 이튿날 새벽에 입원을 하셨죠?"

이 수상한 방문객은 정말 자기에게 관한 모든 것을 아는 듯하다. 한없이 부드러우면서도 날카롭게 빛나는 그 눈은 남의 가슴속까지 환하게 들어다보는 듯하다.

"그것 봐요, 내가 모르나. 그리고 또….'"

명화는 잠깐 말을 끊었다.

"그리고 또 ….'"

명화는 말끝을 이었다.

"…출옥하실 때 그 부인이 마중을 나왔죠?"

여해는 고개를 끄떡였다.

"그리고 또, 단 두 분이 자동차를 탔죠?"

여해는 또, 고개를 끄덕이는 수밖에 없었다.

"그것 봐요. 내 모르는 게 뭐 있나. 그래도 그 부인하고 친치 않다고 잡 아멜테요?"

달라들면서부터 무간하게 구는 방문객은 제 동무한테나 하듯 눈까지 흘겨 보인다.

"흥, 옥문 밖까지 쫓아왔으니 친하면 이만저만 친한 게예요. 바루 춘향 이와 이 도령의 처지를 뒤집어 흥으로… 호호호."

방문객은 빈정거리며 아모 거리낌 없이 종알댄다. 제 말에 저도 재미 가 난 듯하였다. 그는 더욱 신이 났다.

"옥문 밖에 썩 나서니 반가울사! 이 도령 — 이 도령이라께, 알뜰한 춘 향 아씨가 꼬박이 등대를 합셨죠. 삼문 출도까지 하고 곡절이 붙어 만난 것보담은 대번에 만났으니 좀 반가웠을까? 호호."

명화는 명랑하게 웃었다 . 그러나 그 웃음에는 쌀쌀하게 개인 겨울날 처럼 어덴지 톡톡 쏘는 가락이 있었다. 자지러지게 웃고 나더니 문득 웃 음빛을 여미고 종주먹을 댈 듯이 따진다.

"그래, 점잖으신 댁 아씨께서 아모 까닭 없는 젊은 사내 출옥하는 데 영접을 나오실 듯해요? 구종도 안 데리고 단몸 단신으로 그 흉칙한 감옥을 찾아가실 듯해요? 그래 식전 꼭두에 귀하신 몸에 — 귀하시다 뿐야 — 찬바람을 쏘이실 듯해요? 그래 그 높으신 어른이 — 높으시다 뿐야 — 아모하고라도 한 자동차를 타실 듯해요? 천만에, 천만에, 땅이 거꾸로 설 노릇이지.”

방문객은 웬일인지 되우 흥분해 간다. 그 도화색 뺨은 진당홍으로 변하였다.

“또 봐요. 내가 모르나. 까닭 없는 남자가 하필 남의 첫날밤에 뛰어듭니까? 왜 남의 원앙금침에 칼자국을 냅니까? 이러고도 박병일 씨 부인 홍영애 씨를 잘 모르신다 하실 테요?”

여해는 생면부지의 어여쁜 방문객이 세차게 서두는 바람에 더욱 기가 꺾이었다. 과연 제 말마따나 그는 모든 것을 안다. 귀신과 같이 모든 사실을 샅샅이 안다. 그의 앞에서는 아모런 비밀이라도 숨기고 배기지 못할 것 같았다. 그 앵도 같은 입술이 달싹거리는 대로 철철 쏟아지는 말의 폭포에 여해는 거의 깔아 눌리는 듯하였다.

“자, 다시 물어요….”

엄하고 씩씩하기 재판장과 같다.

“박병일 씨 부인 홍영애 씨를 잘 아시죠?”

‘웬 여자가 이런 여자가 있는가!’

여해는 속으로 경탄하며 고개를 끄떡였다.

“친숙하게 아시죠?”

또 고개를 끄떡였다.

“두 분이 사랑을 하셨죠?”

아름다운 재판장의 얼굴은 찢어질 듯이 긴장한다.

“분명하죠?”

“….”

피고가 아모 표시가 없는 것을 보고 재판장의 얼굴은 살짝 풀리었다.

"그럼 묵인으로 인정합니다. 네?"

또 한 번 다지다가,

"제가 무슨 경관이나 되나베, 제법 문초를 하게, 호호호."

제 말을 남의 말 하듯 하고 명화는 유쾌한 듯이 웃어버렸다.

입때껏 얼씬도 않던 어멈이 어디선지 톡 튀어 들어왔다.

"오늘은 손님이 다 오시고." 하며 그 볼통가지 같은 뺨에 생글생글 웃음을 띠운다. 손도損徒12) 맞은 사람처럼 위문객 하나 없던 환자에게 손님 온 것이 이상하기도 반갑기도 한 모양이었다. 그는 어름어름하다가 다시 나가더니 저녁상을 들고 들어왔다.

명화는 일어났다.

"적적하실 테니 내일 또 와요."

뒤끝을 두고 수상한 방문객은 돌아갔다.

그 이튿날 어제 그맘때 명화는 정말 또 나타났다. 그 다음 날도 그맘때 찾아왔다. 그 다음다음 날도 그맘때 대어섰다. 그는 제 시간에 출근이나 하는 사람 모양으로 또박또박 거의 정확하게 시간을 지켰다. 이 꾸준한 방문으로 말미암아, 이 수상한 방문에 대한 의심이 도리어 봄눈 슬듯 사라지고 말았다. 인제 와서는 아니 오는 것이 도리어 변이다. 조금만 시각이 늦어도 으레 올 사람이 안 오는 것처럼 기다려진다. 여해는 제 병실 앞을 지나가는 슬리퍼 소리를 헤이게까지 되었다.

'오늘은 안 오나?'

올 때가 너무 지난 듯하여 이런 생각을 할 때면 여해의 가슴은 겨울 바다와 같이 쓸쓸하고 한 그믐밤처럼 어두웠다. 그러나 이것은 여해의 시

---

12) 손도(損徒): 오륜(五倫)을 어긴 사람을 그 지방에서 쫓아냄.

간에 대한 착각이었다. 점심을 먹고, 식후 삼십 분 약을 먹고, 누워서 고시랑거리노라면, 처음 찾던 그 날의 그 시각에 병실 문은 언제든지 바시시 열리었다. 죄이던 여해의 맘은 누그러지며 갑자기 환하게 밝아진다. 막막하고 캄캄하던 그의 가슴에 명화의 얼굴은 마치 태양과 같이 떠오른 것이었다. 쓸쓸한 병상의 사막에 그의 향기는 오아시스의 샘물처럼 흘렀다. 구슬같이 구으는 그의 말낱은 지옥에 잘못 떨어진 선악仙樂과 같이 떠돌았다. 방문의 까닭을 물을 겨를이 있느냐, 방문의 목적을 캘 필요가 있느냐!

명화는 또 결코 빈손을 들고 오지를 않았다. 그는 번번이 과실과 과자의 꾸러미를 잊지 않았거니와, 곰살궂게 갖은 음식도 해 들리고 왔다. 장조림, 볶은 고추장, 김치 깍두기, 생선찌개 등 환자의 비위에 당길 만한 것이면 무엇이든지 해 들이었다. 흙으로 지나치는 남남끼리의 위문의 정도를 넘어 가족적으로 살뜰하고 정답고 친숙해졌다. 그는 제가 가지고 온 음식을 여해가 맛나게 먹는 것을 진심으로 기뻐하였다. 그는 안해가 남편을 위하듯, 누이가 오라비를 위하듯, 자상스런 간호에도 몸을 아끼지 않았다. 보드랍고 따스한 여자의 간호의 손! 이것이 환자에게 얼마나 위안을 주고 기쁨을 주는 것은, 겪어 보지 못한 이의 상상 이상으로 큰 것이다. 더구나 여해와 같은 경우에랴.

그들의 화제話題는 가지각색이었다. 첫날에는 그렇게 후벼 파낼 듯이 영애와의 관계를 캐고 물었으되 이마적엔 그런 말은 입 밖에도 내지 않는다. 여해와 영애의 야릇한 관계가 그 때 잠시 그의 흥미를 끄을었을 뿐이요, 시방은 씻은 듯이 잊어버리기나 한 듯하였다. 그것보담도 여해의 병이 하로하로 조금씩 조금씩 나아가는 것이, 더 중대하고 재미스러운 듯하였다. 물론 이것이 첫째로 화제에 올랐다. 그 다음으로는 그날 그날 명화의 겪은 긴사설 잔사설을 하나도 빼놓지 않고 고대로 옮기었다.

그는 숨기고 감출 줄은 꿈에도 모르는 듯하다. 무엇이든지 훨훨 털어 내놓는 듯하다. 속옷까지라도 발가벗고 서라면 설 듯하다. 오장육부라도 내어 보일 듯하다. 이따금 빈정거리고 비꼬는 가락이 섞이기는 하였으되 그의 말은 조금도 찔리지 않고 척척 구격이 맞아떨어졌다. 허튼 사랑 얘기, 흐무러진 잠속 얘기, 멋없이 덤비는 사내, 십년일득으로 어째 요릿집에 한번 와서 기생을 불러 놓으면 아주 제가 젠 체하고 곤댓질을 하는 사내, 얄미운 동무, 망나니 명사, 눈치코치도 모르는 주정뱅이! 가지각색 인물들이 과장된 성격과 쑥스러운 행동으로 만화漫畵와 같이 희극과 같이 명화의 입길에 오르나리었다.

여해는 못난이처럼 입을 헤벌리고 요술쟁이의 보자기같이 폈다 움츠렸다하는 명화의 입술에 넋을 잃었다. 그러나 그 말은 털끝만치도 뒤에 남는 것은 없었다. 불어 지나치는 봄바람과 같이 스칠 때엔 따스하기도 하고 시원스럽기도 하지마는, 지난 뒤에는 잡아낼 건덕지가 없었다.

아모튼지 여해와 명화는 흉허물 없이 하로하로 무간해졌다.

"또 오는구려." 하고 여해가 빙그레 웃으면서 농담까지 붙이게 되었다.

"그럼 오지 말아요?" 하고 명화는 들어오던 발길을 멈추고 토라진다. 몸을 돌쳐 휘적휘적 도로 나가다가 문손잡이를 잡고 여해를 돌아보며,

"안녕히 계셔요."

아주 새침하게 인사를 하고 고개를 나붓이 숙여 보이었다. 번연히 작난인 줄 알면서도 여해의 심장은 까닭 없이 소리를 내며 뛴다. 그는 허겁지겁 가지 말라는 뜻을 손을 내어저어 보이었다.

"언제는 또 오느냐고 핀잔을 주시더니…."

거슴츠레한 눈을 이윽히 깔아 메치다가,

"에라 고만둬라. 그만 일을 탄할 내냐!" 하고 홱 몸을 돌리며 달음박질을 친다. 홀홀 나는 듯한 그 홀가분한 몸은 기름같이 여해의 품속으로 뛰

어들 것 같았다. 그러나 명화는 침대 앞 둥근 의자에 주저앉고 만다.

여해의 얼굴 위에 가장 가까운 동안을 띠어놓고, 명희는 제 얼굴을 갸웃이 얹었다.

"오지 말라신다고 아니 올 내가 아니랍니다. 한번 아시기가 실수시지! 아세요, 진 날에 개 사귀는 것. 인제 진저리 먼저리가 나도록 올 터예요. 알아 차려요."

살짝 눈을 흘기고 여해 얼굴 위에 디밀었던 제 얼굴을 물리어내며 제 혼자 때굴때굴 웃었다.

"와요, 자꾸 와요."

여해도 흐뭇한 듯이 웃었다.

"자꾸 와도 좋아요?"

"좋구 말구!"

"에그머니나! 정분 나셨군! 남 들으면 수상쩍겠네."

"수상쩍을 게 뭐람?"

"젊으신 환자가 기생더러 자꾸 오라니까 그렇지요. 병원에 큰 소문 나셨구면."

"무슨 소문?"

"왜 딴전만 해요? 아는 것도 모르는 척, 모르는 것은 모르는 척, 왜 멍청인 척을 하셔요?"

"멍청인 척이 아니라 정말 멍청인 것을 어떡하오?"

"말솜씨 느셨네!"

명화의 말은 다 옳았다. 여해는 인생의 청춘의 싹이 트려는 가장 귀중한 세월인 오 년 동안을 쇠창살 밑에서 보낸 까닭에 정말 멍청이가 되었다. 무덤 속에서 기어 나온 사람 모양으로, 이 세상의 말까지 잊어버린 듯하였다. 외국 사람이 조선말을 처음 배운 것같이 첫째 '허우'와 '허게'

와 '해라'의 구별조차 잘 서지 않았다. 명화는 그에겐 위대한 어학 교사이었다. 그 능갈스럽고 영절스런 자유자재한 말씨는 제자로 하여금 짧은 동안에 놀랄 만한 진경進境을 보이게 하였다. 과연 여해의 말솜씨는 엄청나게 늘었다.

"참 정말, 병원에 소문났겠어. 기생년이 날이 날스금 찾아온다고."

명화는 그 유달리 숱 많은 눈썹을 찡그려 보인다.

"소문나면 걱정인가?"

"나는 노는 년이니 걱정이 없다지만, 선생님이 걱정이시지."

"내야말로 무슨 걱정?"

"왜 걱정이 없단 말씀이오? 첫째 신분이 깎이실 테고."

신분이란 말에 여해는 픽 웃었다. 깎일 신분은 다 깎인 지가 오래가 아니냐.

"그리고 또 둘째는?"

"둘째가 아니라, 참 이게 첫째가 되겠군. 첫째 옛날 애인님 귀에 들어갈 양이면 큰일 나지."

'큰일 나지.'란 마디를 거문고 줄 올리듯 안 목을 빼어 길게 굴린다. 그리고 정말 큰일이나 난 듯이 눈을 둥그렇게 뜨고 혓바닥을 말아 휘휘 둘러 보이었다. 오래간만에 영애의 얘기가 나왔다.

검은 그림자

명화는 영애의 일절을 좀처럼 버르집어 내지 않았다. 그러나 긴사설 잔사설의 모래 가운데 그 일절이 마치 사금과 같이 이따금 번뜩이었다. 모래가 많고 금알맹이가 드문 것과 마찬가지로, 그 이야기가 그리 갖지는 않았을망정 그 대신 천만 개 모래알보담 다만 한 개라도 이 금알맹이가 얼마나 더 귀하고 중한 것이냐.

"누구더러 딴전 한다더니." 하고 여해는 고개를 외우쳤다.

"듣기가 싫으시지. 듣기가 싫으서!"

명화는 우벼내듯이 두 손으로 여해의 뺨을 끼어서 간신히 외우친 고개를 돌려놓았다.

"선생님 애인을 누가 어떡해요! 왜 고개는 돌려요. 그 애인은 뭐 눈덩인가 입김만 쏘여도 녹아나리나 왜."

명화의 숨길은 새근새근한다. 그 뺨은 영롱하게도 붉다.

"끔찍이도 위하시우, 알뜰살뜰도 한 저이고! 아이 무서워라."

명화는 돌돌 말았던 혀를 끌끌 찼다. 떠들린 입술 속으로 하이얀 덧니가 배시시 내다본다.

여해는 눈으론 제 앞에 어리인 찬란한 신기루를 홀린 듯이 쳐다보며 두 손으로는 귀를 막았다. 명화의 가냘픈 손가락은 마치 오징어 발 모양으로, 여해의 손목에 달라붙었다.

"귀는 왜 막아요, 귀는 왜 막아요?"

명화는 장난꾸러기 같은 웃음을 입모습에 흘리면서 덤볐다.

"선생님, 귀가 무슨 죄예요? 듣기가 싫으신 말을 하는 내 입이 죄가 있다면 있지! 바루 내 입을 막는다면 몰라도. 선생님, 귀가 무슨 죄예요?" 하고 귀 막은 여해의 손을 떼려고 안간힘을 써가며 애를 부둥부둥 쓴다.

"자, 떼어요. 아이, 떼서요. 자, 내 입을 틀어막으세요."

여해는 못 이기는 듯이 손을 슬며시 떼었다. 명화는 맥 놓은 여해의 손을 치켜들더니 제 입에 갖다 막으며,

"인젠 난 벙어리 됐어요." 하고 입을 꽃봉오리처럼 오무리고 뺨에 숨을 불어 넣어 풍선처럼 볼록하게 맨들었다.

여해는 그의 하는 대로 내버려 두었다. 명화는 킥킥하며 여해의 손가락 사이로 웃음을 돌려내었다.

"그저 막고 계시네, 이래도 안 뗄 테야요?"

명화는 제가 여해의 손목을 잔뜩 움켜잡아 제 입에 대놓고 여해의 탓만 하였다. 여해는 그 말이 괘씸하다는 듯이 손바닥에 힘을 주어 정말 틀어막았다.

"아이, 남 숨막혀 죽겠네. 어서 좀 떼어 주어요. 어서 좀 떼요."

여해는 손아귀에 더욱 힘을 주어 명화의 입을 겸쳐 막았다. 명화는 인제 말을 이루지 못하고 웅얼웅얼 하며 눈을 부릅떠 보인다.

명화의 노니는 꼴을 멀거니 쳐다보고 있던 여해의 눈은 갑자기 변하였다. 홱 명화의 손을 뿌리치고 제 손을 움추리고 헛것을 본 사람 모양으로 변한 그 눈은 흰자위가 많아졌다. 그는 별안간 떤다. 덜덜 왼 몸에 경련을 일으키며 떤다. 힘 드는 작난에 지친 듯이 가쁜 숨을 호호 내쉬며 생글생글 웃고 있던 명화는 놀래었다. 돌변한 환자의 용태에 그의 눈은 호동그래졌다.

"왜 이러서요, 왜 이러서요?"

환자는 아모 대꾸도 않고 더욱 격렬하게 떤다.

"갑자기 한기가 드셔요, 네? 이불을 더 덮어 드려요?"

환자는 턱까지 까불며 떨었다.

"이를 어째, 이를 어째!"

명화는 쩔쩔매었다.

여해는 얼마쯤 떨다가 이내 지식止息[13]이 되었으나 그 이마에는 식은 땀이 방울방울 맺히었다. 명화는 손수건을 꺼내어 땀방울을 자근자근이 누르며 닦아내었다.

"왜 그러셨어요. 네?"

아직도 놀람이 가라앉지 않은 눈을 커다랗게 뜨고 명화는 물었다. 여해는 가위눌린 사람 모양으로 눈만 멀뚱멀뚱하며 아모 대답이 없다.

"병이 더치시나. 웬일일까?"

명화는 진정으로 걱정을 하였다.

열 재일 시간이 되었다. 문을 가볍게 뚜드리고 간호부가 들어왔다. 명화는 간호부를 보고 구세주나 나타난 듯이 반색을 하며,

"이 어른이 금방 한기가 몹시 나셨어요. 웬일일까요?"

당황히 물었다.

동글납작한 흰 얼굴에 코끼리같이 왕청되게 굵은 종아리를 띠룩띠룩 하는 그 간호부는 명화의 말은 들은 척도 아니하고 조심성도 없이 이불 자락을 획 제치고 흠칫흠칫 환자의 겨드랑 밑을 찾아서 체온기를 꽂아 둔다.

"금방 몹시 떠셨어요. 병환이 더치신 게 아녜요?"

명화는 그 간호부의 태도에 반감을 가지면서도 울듯이 또 한 번 물었다.

---

13) 지식(止息): 진행하여 오던 현상이나 병의 증세 따위가 잠시 그침.

간호부는 이마에 떨어진 머리카락을 한번 쓰다듬어 올리고 환자의 팔목을 꺼내어 맥을 짚어보더니,

"글쎄요, 맥박도 도수가 좀 잦으신 듯합니다마는 큰 염려는 없어요."
하고 심드렁하게 잡았던 환자의 팔목을 놓고 곧 발길을 돌리려 하였다. 환자의 가족이나 위문객이 있는 병실치고 자기를 보면 병이 더치었다고 호소를 않는 방이 몇이나 되는가. 그는 눈물과 한숨과 걱정을 보기에 지쳤다. 제 할 일만 하고 나면 빨리빨리 달아나려 한다.

명화는 간호부에게 매달리다시피,

"몹시 떠셨는데 괜찮을까요?" 하고 또 채치었다.

간호부는 귀찮은 듯이,

"글쎄요, 뭐 대단찮아요."

퉁명스럽게 한 마디 던지다가 명화의 너무 근심스러운 빛을 대접하듯 다시 한 번 환자의 얼굴을 힐끗 보았다.

"아모튼지 체온기를 꽂아두었으니 나중에 봐야 알아요." 하고 몸을 돌리려다가 여해가 덮고 있는 이불을 슬쩍 치켜 들어보았다. 이것은 병원에서 주는, 담요에 흰 양달령 호청만 뒤집어씌운 명색만 이불이었다. 무겁기는 천근같고 널조각 같이 뻣뻣하게 버성기어 몸과는 따로 돌고, 도모지 덮지를 않은 것이었다.

"이불을 이것 하나만 덮으셔요? 그러니 한기가 드시지. 두터운 이불을 좀 갖다가 덮지 못하시나요?"

명화의 몸치장을 훑어보듯 보고 비양스럽게 이런 말을 남기고 간호부가 나가 버렸다.

"괜히 건성으로 간병을 한답시고 방정만 떨지 말고 정신을 좀 차려!"

그 말속은 이렇게 명화를 꾸짖는 듯하였다.

"참! 그렇구먼!"

명화도 이불을 쳐들어 보고 혼자 중얼거렸다.

"이건 멀쩡한 겹이불일세."

삼월이랍시고 스팀까지 떼어 놓으니 이른 봄의 병실은 겨울보담 더 음산하고 치웠다. 명화는 불현듯 집으로 돌아가서 이불을 가져올까 하였으나 꽂아둔 체온기가 몇 도나 되었는지 그것이 궁금해서 자리를 뜰 수가 없었다. 그는 조바심을 하며 간호부가 다시 들어오기를 기다렸다. 그러나 간호부는 세상 들어오지 않았다.

환자의 눈은 무슨 무서운 것을 보는 것처럼, 검은 창은 한데로 쏠리고 흰 창만 희번득희번득 돌았다.

간호부가 대단치 않다는 말에 적이 안심은 되었으되, 명화는 여해의 눈자위가 암만해도 심상치를 않았다.

명화는 여해의 병이 털썩 덧들면 이 꾸준한 방문의 목적이 어느 때 성공을 할지 모르는 것이 걱정은 걱정이었다. 밤새도록 놀음에 시달리고 아침녘은 실실이 피로한 몸에 구정물같이 걸쭉한 잠이 들락 깰락 하며 보내고, 한가한 시간이라야 오정 때쯤 조반을 먹고 나서 저녁 단장 전 오후 두어 시간밖에 되지 않았다.

하로동안 ── 아니 하룻밤 하로 낮 동안에 자기를 위해 남는 오직 이 두어 시간 동안을, 이 귀중한 시간을, 이 아까운 시간을 그는 온전히 여해에게 바치었다. 친한 동무도 못 찾아보고 진고개로 물건 사러도 못 가고 퀴퀴한 약 냄새도 떠도는 병원에서 내버렸다. 이것만 해도 여간 낭비가 아니요, 여간 정성이 아니다.

그는 한없이 늦장을 부리면서도 속마음이 죄이지 않은 것은 아니었다. 그런데 병이 덜썩 덧들이면! 그야말로 공든 탑이 무너지지 않느냐! 그러나 하로 이틀 여해와 접촉을 하는 사이에 그는 가끔 제 목적을 잊어버린다. 그는 까닭 없이 이 기괴한 운명에 번롱되는 환자에게 끄을리었다.

처음엔 호기심이 반 이상이나 거들었다. 차차 호기심보담 동정심이 앞을 섰다. 인제는 그 흉물스럽게도 진하고 검던 눈썹이 사내다워 보이고, 두 볼의 살이 빠져서 미어기 주둥아리처럼 넙적한 그 입이 애교가 있어 보이고, 굴속을 거쳐 나오는 듯한 그 응얼응얼하는 쉰 목소리에도 정이 붙었다. 그 외에는 자세히 뜯어보면, 그 툭 티인 이마라든지 우뚝한 콧마루라든지 얼굴 판국은 호남자 부러웁지 않게 생기지 않았느냐.

그렇다고 지레짐작을 해서는 안 된다. 그는 결코 여해와 소위 연애를 할 생각은 꿈에도 없다. 그 까닭은 간단하다. 그는 가슴속 깊이 감추어 둔 애인이 있기 때문에.

그러므로 그는 여해가 떠는 것을 보고 참으로 놀래었다. 병이 더치지 않았나 하고 여자답게 가슴을 졸이었다. 여해를 위해 진정으로 근심하였던 것이었다.

간호부는 들어왔다. 체온기를 빼 보더니 찰랑찰랑 흔들어 제 갑에 도로 집어 넣고 다시 맥을 짚고 팔뚝시계를 보아 맥박의 도수를 적은 다음에 아까 명화에게 한 체온기 본 뒤에 결과를 알으켜 주겠다 하던 약속은 잊어버린 듯이 그대로 홱 나가려 하였다.

"괜찮겠어요? 몇 도에요?"

명화는 붙드는 듯이 물었다.

"삼십 칠 도 이 분! 조금 있을까 말까 한 열예요." 하고 — 무어 그 열쯤을 가지고 그렇게 수선을 떠느냐 — 하는 듯이 턱을 한번 씻뚝하고 간호부는 무거운 다리를 재바르게 놀리며 나갔다.

체머리 흔들리는 듯하는 그 벌어진 엉덩이를 바라보며 명화도 못마땅한 듯이 고개를 씻뚝하였다. 명화는 근심스러운 얼굴을 또 여해의 얼굴 위에 갸웃이 디밀었다.

"괜찮으셔요?"

여해는 정신을 차리려는 것처럼 고개를 흔들고 몇 번 눈을 감았다 떴다 하였다. 눈자위에는 아까보담은 생기가 나는 듯하였다.

"괜찮으셔요?"

명화는 일어섰던 몸을 도로 의자에 주저앉히어 여해의 머리를 짚으며 채쳐 물었다.

여해는 여전히 눈만 떴다 감았다 하였다. 그의 눈엔 아직도 명화가 보이지 않고 다른 무슨 헛것을 보는 것 같았다. 그는 제게로 덤벼드는 헛것을 쫓으려고 애를 쓰는 모양이었다. 한기는 가라앉은 듯하였으나 큰 지진이 지나간 뒤의 남은 진동 모양으로 간간이 그는 몸을 떨었다. 마치 간기痼氣14) 든 어린애처럼 이따금씩 깜짝깜짝 놀래기도 하였다.

여해는 왜 떨었는가? 몸이 극도로 쇠약해진 탓도 탓이리라. 음산한 병실이 치운 탓도 탓이리라. 그러나 이보담도 그의 눈이 헛것을 본 탓이다. 언제든지 뻥긋하면 그를 괴롭게 하는 무서운 환영을 본 까닭이다. 그가 외로울 때 호젓할 때 피로한 눈을 감을 때 더구나 밤 저녁으로 덤벼들던 이 환영의 때는 인제 백주 한낮 뜬 눈에도 보이게 되었다. 모든 고통을 잊는 가장 즐거운 시간, 장마 날처럼 우중충하고 흐리터분한 가운데 가장 명랑한 시간, 무덤 속같이 덤덤하고 괴괴한 가운데 가장 아름답고 빛나는 시간 — 명화와 수작하는 시간에도 환영은 그 무서운 얼굴을 나타내었다.

햇발같이 번쩍이는 명화의 얼굴 앞에는 그 추근추근한 환영들도 안개 녹듯 걷히었었다, 봄눈 슬듯 사라졌었다.

그 종달새 모양으로 재깔거리는 말씨는 잡것을 물리치는 진언과 같았다. 그 만화경 모양으로 변화스러운 표정은 요귀를 몰아내는 부적과

---

14) 간기(痼氣): 간질.

같았었다.

그러하였거늘! 이 명화의 얼굴 자체가 환영으로 변하고 말았다. 명화의 얼굴 속에서 은주의 얼굴이 뛰어나오고 말았다.

여해는 명화의 하자는 대로 손을 들어 그의 입을 막았다. 작난이 지나쳐 손에 힘까지 주고 틀어막았다. 명화는 숨도 옳게 못 쉬고 손아귀 밑에서 웅얼웅얼하며 눈을 부릅떠 보이던 그 순간! 여해의 멀거니 뜬 눈에는 명화의 얼굴이 별안간 은주의 얼굴로 변하고 만 것이다. 부릅뜬 그 눈은 여상스럽게 질겁을 한 그때의 그 눈이다. 진저리 나는 그 눈이다. 새근새근하는 숨길, 터질 듯한 가슴에서 찢어 나오는, 피비린내가 나는 듯한 그 불덩이 같은 숨길! 격류激流를 지질러 놓은 커단 바위 같은 제 손등을 뚫고 솟아나오는 그 소리 없는 부르짖음! 더구나 입을 막은 손은 그때의 그 손이 아니냐!

번개가 번쩍할 순간처럼, 그 무서운 광경이 무섭게 역력하게 나타났다. 그것은 결코 환영이 아니다. 흐릿한 환영이 아니었다. 분명한 현실이었다. 현실보담도 더 또렷한 현실이었다.

그 순간 그 무서운 광경이 번개처럼 번쩍할 그 순간! 여해의 넋엔 벼락이 떨어졌다. 무서운 경련이 왼몸을 뒤흔들며 지나간 것이다. 칩고 매운 칼날 같은 겨울날, 바람맞이에 발가벗고 선 것처럼 온몸의 근육이 오그라붙고 떨린 것이다.

이전이라도, 그가 환영에 쪼달리기는 하였다. 그러나 열이 높고 머리가 몽롱할 무렵에는 흐릿하게 나타나는 그 환영이 단조롭고 막막한 그에게 도리어 심심치 않았었다. 도화색 꿈을 꾸었었다. 정신이 차차 돌아나면서부터 아름답던 그 환영이 지긋지긋해지기는 하였지마는 수술한 자리의 육체적 고통으로 말미암아 두려운 정신의 번민을 얼마쯤 완화할 수 있었다.

상처는 하로하로 아물리어 간다. 본마음은 제 자리를 찾아 들어선다. 환영은 더욱 선명해졌다. 날이 갈수록 환영의 면사포는 한 겹 두 겹 벗겨졌다.

생생한 현실성을 띠고 대질른다. 찌르면 붉은 피가 콸콸 쏟아질 듯하다. 성욕의 제단에 흘린 처녀의 피가 그의 심장을 향해 소용돌이를 치는 듯하다. 인제 와서는 자나깨나 그 무서운 가책의 불채쪽에 아야! 소리를 치고 몸을 틀며 마음을 쥐어뜯었다.

적적한 밤, 고요한 병실, 그는 제 심장의 뛰는 소리를 들을 때 새하얀 벽 위에서 지척거리며 버르적거리며 몸부림치는 제 넋의 그림자를 보았다. 그날 밤 달그림자를 밟으며 달아나던 제 검은 그림자를 보듯이….

명화를 만나는 순간에만, 이 고통을 잊었었다. 무서운 가책의 불채쪽을 피하는 피난소는 오직 이 명화이었다. 그런데 이 오직 하나밖에 남지 않은 피난소에도 환영의 떼는 쫓아오고야 만 것이다.

여해가 훨씬 진정이 된 뒤에야 명화는 그 눈 속을 들여다보며 물었다.

"왜 그러셨어요? 괜히 내가 그런 말을 끄집어내어서…."

몹시 후회하는 빛을 보이었다. 그는 여해가 별안간 한기가 든 것이 영애의 말을 끄집어낸 탓이어니 한다. 애인이란 말이 날 때에 환자의 눈꼴은 벌써 틀리었던 것 같았다. 귀까지 막는 것을 고만둘 것을! 너무 실없어서 큰일을 저질렀구나 싶었다. 실상 그는 귀 막은 손을 떼었을 뿐이 아닌가? 그 손을 갖다가 제 입에 가리웠을 뿐이 아닌가? 입을 가리웠다는 하찮은 작난이 환자의 신상에 하상 대사를 일으킬 줄이야 그는 꿈에도 몰랐을 것이 아닌가?

그러나 명화는 귀를 막고 입을 가리운 다음에도 여해를 괴롭게 구는 짓궂은 장난을 많이많이 한 듯이 생각되었다. 듣기 싫은 소리를 노끈이 실이 되도록 되풀이한 듯이 생각되었다. 이것은 분명 명화의 착각이었다. 속으로 생각한 것을 행동에나 말에 미처 나타내지도 않고 나타내었거니 하는 데서 일어나는 착각이었다. 그만큼 그는 여해의 한기 든 것이 애처로웠다. 애가 쓰이었다.

그는 여해가 불쌍한 생각이 더럭 났다. 알뜰히 사랑하는 애인을 여의고 아까운 청춘을 철창에서 썩히고, 그 빌미로 중병까지 들어 병상에 신음하는 몸이 되었건만, 그래도 그 애인을 못 잊는 그 정상! 자기를 헌신짝같이 내어버리고 남의 사람이 된 그 애인을 그저 그리워하며 그의 흉이라면 치를 떠는 그 정상! 그 말만 이렁성거려도 병이 더치는 그 정상!

'정이란 더러운 것이다!'

명화는 속으로 한탄하였다 . 핼쑥하게 쉰, 그 뼈다귀만 남은 얼굴을 들여다보며, 명화는 눈물을 떨굴 뻔하였다.

"괜히 내가 그런 말을 했어."

명화는 여해가 들으라 하는 것처럼 제 자신을 꾸짖는 듯이, 또 한 번 뇌이었다.

"무슨 말?"

여해는 겨우 바루 박인 눈을 내둘리는 듯하며 채쳐 물었다.

명화는 아뿔싸! 싶었다. 아직도 영애에게 관련되는 말이 아닌가? 간신히 환자에게 또 아까 말을 이렁성거렸다가는 또 얼마나 그에게 고통을 줄 것인가?

"아네요, 내 혼자 한 말예요. 인제 아주 괜찮으셔요?"

환자는 뻐언히 위문객을 쳐다보다가, 싱겁다는 듯이 눈길을 돌려 천정을 본다. 그 눈은 아까 모양으로 또 흡떠지려 하였다.

명화는 황급하였다. 그는 여해의 눈두덩을 나리 쓰다듬었다. 임종하는 사람의 눈을 감기듯이 그리고 두 손 새로 얼굴을 끼어서 흔들었다.

"뭘 또 봐요? 나를 봐요."

명화는 울듯이 부르짖었다.

여해는 선잠을 깨는 사람 모양으로 눈을 섬벅섬벅한다.

"왜 걸핏하면 허공을 노려요? 옆에다가 사람을 두고."

명화는 짐짓 짜증을 내며, 큰 소리로 외었다. 그리고 뺨에 대었던 손을 떼어 어깨를 잡아 제법 힘을 들여 뒤흔들었다.

"정신을 차리셔요, 좀. 정신을 차려요, 글쎄!"

"왜?" 하고 환자는 어색하게 웃었다. 그 웃음은 간호하는 이의 뜻을 안다는 웃음이었다. 자기를 위해 진국으로 걱정해 주는 간호하는 이의 맘을 누그리려고 억지로 지은 웃음이었다.

"왜라니요? 천장에 떡이 붙었나 밥이 붙었나 뭐, 왜 천장만 쳐다봐요? 나를 똑바로 좀 보시고, 자 자, 이러고 나만 좀 보고 계셔요. 제발…."

명화는 여해의 고개를 제 앞으로 들어놓고 깔깔 웃었다.

환자는 눈을 슬머시 감았다. 간호하는 이의 손을 움키는 듯이 잡아당기어 제 가슴 위에 올려놓고 으스러지라고 쥐었다. 그 감은 눈시울이 실룩실룩 떠는 것은, 그 속에서 눈물이 서물거리는 탓이리라.

지난 일

명화는 부리는 계집애에게 이불을 해 들리고 그 날은 저녁에도 왔다.

"오늘은 특근예요."

문을 열기가 바쁘게 명화는 외쳤다. 그 목소리는 곡경에 든 동무에게 너를 구해낼 내가 여기 왔으니 염려 말라고 선통[15]을 해줄 때 부르짖는 듯한 소리였다. 그 말 속에는 내 없는 동안에 어쩌나 되었나 조바심을 하고 종종걸음을 쳐서 목적지에 득달한 사람과 같이 한숨을 내어 쉬는 듯한 안심과 기쁨도 흘렀다.

육중한 담요이불은 벗겨내었다. 옥양목 호청을 새로 시친 모본단 솜이 불은 가지고 온 주인의 마음과 같이 가볍고 부드럽고 따스하였다.

여해는 가슴에 지질렀던 바위덩이가 치워진 듯이 시원하였다. 시포와 같이 흉물스럽게 희고 시즙과 같이 약 방울로 얼룩이 진 병원 이불! 그것은 환자의 기분을 구름장과 같이 흐리게 하였던 것이었다. 모란꽃 송이가 둥실둥실 떠도는 듯한 불빛 같은 새 이불은 봄볕을 담쑥 안은 백화난만한 꽃동산을 고대로 떼어온 듯이 번화하고 명랑하고 향기로웠다.

여해는 훌훌 날 듯이 몸이 가뜬해지며 침울하던 마음은 가벼워졌다.

"인제 좀 따스하서요?"

명화는 이불을 따둑따둑하며 물었다.

---

15) **선통**: 기운을 펴서 통하게 함을 일컫는 것임.

여해는 만족한 듯이 고개를 끄덕였다.

"아이 참, 그 고개짓만 제발 하지 마셔요. 남 갑갑하게. 왜 시원스럽게 말씀을 못해요?"

"따스합니다. 대단히 따스합니다. 너무 감사합니다."

여해는 가볍게 웃을 수 있었다.

"누가 그런 치하 듣재요?" 하고 명화는 골이 난 것처럼 이불을 따둑거리다가 말고 침대 앞에 와서 앉는다.

"이 이불이 어떻게 이렇게 가벼운가, 몸이 날 것 같은데!"

여해는 벙글벙글한다.

"듣기 싫어요, 듣기 싫대도 그러시네."

명화는 두 귀를 손가락으로 꼭 틀어막고 고개를 짤레짤레 흔들어 보인다. 그 얼굴은 웃음에 흔들린다. 그는 환자가 농지거리를 하게 된 것을 기뻐서 몸을 가누지 못하는 듯하였다. 기태나 깔깔거리며 침대에 상반신을 쓰러뜨리고 말았다.

"이 좋은 이불을 한 자락 덮어 드릴까? 정말 혼자 덮기는 아까운데."

"아이, 선생님도 아이, 선생님도. 아이, 선생님도 음충스러워라!"

명화는 낄낄거리며, 머리를 쳐들었다.

"선생님? 내가 내가 무슨 선생이오? 선생님, 선생님 하게."

여해는 티를 뜯었다.

"그럼 뭐라고 불러요. 아주 영감이라고 떠받쳐 드릴까?"

명화는 또 자지러지게 웃었다.

"천만에! 영감은 더구나 가장 부당."

"그럼 뭐라고 말해요? 시쳇말짝으로 '김 상' 할 수도 없고, '여해 씨' 하자니 애숭이 여학생의 애인 부르는 것 같고, '선생님'이 그저 수수하잖아요?"

"내게 선생님이란 얼토당토않은 말."

"그예 영감이라고 불러 달라시는 말씀이구면. 요마적엔 모두들 선생님예요. 손님이면 다 선생님이랍니다. 장사치도 선생님이고, 노름꾼도 선생님이고, 부랑자도 선생님이고! 선생 아닌 건 기생뿐예요. 그것도 무슨 시변이야. 인제 영감이란 말은 어째 케케 낡아빠진 듯해요."

"그 흔한 선생님 중에 나도 한몫 끼라는 말이나, 나는 그런 자격이 없소."

"이래도 싫다, 저래도 싫다. 그럼 뭐라고 불러 드린담?"

"내게는 제일 좋은 이름이 붙어 있지요, 알으켜 드릴까?"

"뭐예요? 뭐예요?"

명화는 채쳐 물었다.

"전과자!"

"아이, 흉해라. 왜 그런 말씀을 하셔요?"

"오늘은 놀음에 안 가오?"

여해는 문득 생각난 듯이 물었다. 그는 무슨 큰일이나 난 듯이 눈을 커다랗게 떠서 명화를 보았다. 그는 명화에게 여러 번 들어서, 기생 속을 대강은 짐작한다. 놀음이란 그들의 생명인 줄 안다. 놀음채도 놀음채려니와, 기생의 치수가 나가고 못 나가는 것도 이 놀음이 잦고 뜬 데 달린 것까지 안다. 놀음에 안 나간다는 것이 여간 큰마음이 아닌 줄 잘 안다.

과연, 놀음에 간다는 것은 그들에게 여해의 생각 이상으로 더 중대한지 모르리라. 무엇보담도 그것은 그들의 분홍빛 생활에 꿈결 같은 행운을 약속하는 것이었다. 고래등같은 개와집과 기름 흐르는 논과 밭과 혼란한 옷감과, 번쩍이는 패물들! 그들의 원하는 모든 것이 놀음 가는 인력거 채 앞에서 손에 잡힐 듯 잡힐 듯하며 둥실둥실 떠도는 것이었다. 손님 한 번만 잘 만나면 쉽사리 일생을 꽃으로 꾸밀 수 있지 않으냐. 한 번 놀음에 안 간다는 것은 이 안타까운 희망을 한 번 단념하는 것이다. 이 아까운 한 차례의 행운을 내버리는 것이다.

명화는 여해의 묻는 말에 고개만 짤레짤레 흔들어 보이었다.

"왜 오늘은 안 가오?"

여해는 채쳐 물었다.

명화는 간단하게,

"안 가요."

"왜?"

"온 다심도 하시네. 왜는, 그저 안 가지."

"그저 안 가다니?"

"안 가면 어때요 뭐!"

"왜 안 간단 말이오? 이불 가져온다고 못 갔구려. 괜히 나 때문에."

"왜, 선생님 때문에…."

"내 때문이 아니고 뭐요? 정말 미안…."

"에이 쓸데없는 말씀 작작해요. 내가 가기 싫으니 안 갔지, 왜 선생님 탓예요?"

"그러면 내 탓이 아니고…."

"하로쯤 안 가면 어때요? 뭐."

"왜 하로라도 안 간단 말이오?"

"하로 안 가면 굶어죽을 줄 아세요, 걱정도 팔자시지."

명화는 떠다 박지르는 듯이 여해의 말을 막아 버렸다. 여해는 휘 한숨을 내어쉬고, 스르르 눈을 감았다.

"왜 눈을 감으세요, 왜 또 눈을 감으세요?"

명화는 질색을 하며 환자의 머리를 짚고 가볍게 흔들었다. 아까 한기로 더 홀쭉해진 듯한 얼굴과 관자놀이에 뛰는 맥을 근심하면서, 여해는 다시 눈을 떠서 물끄러미 명화를 바라보았다. 명화는 그 사나운 듯하던 눈길이 어쩌면 저렇게 부드러운가, 하고 내심으로 놀래었다. 그 눈길은 한없이 부드러운 가운데 뜨거운 김이 서리는 듯하였다. 명화는 애욕에 불타는 눈동자도 많이 보았다. 그러나 이런 눈길은 처음 보았다. 그것은 홑으로 사랑에 타오르는 것도 아니다. 그렇다고 단순한 감사의 뜻만 보이는 것도 아니다. 슬픔에만 젖은 것도 아니다. 복잡하면서도 단순한 그 눈길! 그것도 마치 녹아 나리는 쇠끝과 같이 제 마음을 지지며 스며드는 듯하였다.

여해의 눈에서는 굵은 눈물 한 방울이 구을러 떨어졌다.

명화는 재바르게 손수건을 꺼내어 여해의 눈물을 씻어 주었다.

"상심 마셔요, 네?"

명화는 우는 이의 눈 속을 들여다보며 위로하였다. 웬일인지 제 목도 메이는 것을 느끼었다.

여해는 참고 참았던 눈물이 와 하고 눈시울로 몰려드는 듯하였다.

"왜 이러셔요? 우지 마셔요. 같잖은 세상에 이루 상심을 하면 무엇해요?"

명화는 제 인생관을 한마디 일러 들기었다. 그는 여해가 이렇게 우리라고는 정말 생각지 못하였다. 그 사나운 눈썹과 쭉 다문 입에서 이렇게 단순하고 천진스러운 울음이 나올 줄은 정말 뜻밖이었다. 쫄쫄 순탄하게 흐르는 눈물과 삐쭉거리는 입은 여불없이 어린애와 같았다.

"그러지 말래도 그러시네. 상심을 하면 몸에 해로우셔요. 글쎄. 사내대장부가 울 일이 무에요? 나도 설운 일이 하도 많지만, 이렇게 안 울고 견딘답니다."

명화는 이 다 큰 아기를 달래었다. 여해는 더욱 느낀다.

"선생님도, 선생님도 딱도 하시네. 몸에 해로우실 텐데, 제발 고만 끈

치셔요. 네, 선생님."

명화는 여해의 목을 껴안는 듯이 하고 흔들었다. 솟아오르는 눈물을 가라앉히려는 것처럼.

여해는 꿀꺽꿀꺽 울음을 멈추려고 애를 쓴다.

"세상에, 세상에." 하고 여해는 울음을 들여 마신다.

"지극히 사랑하던 사람은 남이 되어버리고, 생면부지한 이에게 이런 지극한 간호를 받을 줄이야 뉘 알았겠소?"

"지극히 사랑하는 이와 짝이 될 말로야, 세상에 슬픈 일이 왜 있겠어요? 훙."

명화도 우는 이의 얼굴을 휩쌌던 팔을 슬며시 풀며, 수건으로 제 눈을 꼭꼭 찍었다. 여린 그의 눈은 눈물이 고인 지 벌써 오래였다. 그는 젖은 눈을 섬벅섬벅하며 멍하니 유리창을 내다본다. 그도 사랑하는 이가 짝이 못 되고 멀리멀리 떨어져 있는 것을 설워함인가. 이윽고 명화는 말그스럼해진 콧잔등을 찡긋찡긋하며 물었다.

"지극히 사랑하시던 이가 누구예요?"

"누구는, 홍영애지."

"입원하신 후 한 번도 안 왔어요?"

"올 리가 있소?"

"어쩌면! 매정도스럽군. 참, 첫날밤에 칼부림을 하셨다니 어찌 오기를 바라요?"

"훙, 첫날밤의 칼부림! 그것도 제 얼굴을 보기 때문에 쑥스럽기만 되었소."

"그의 얼굴을 보실 테면, 무슨 짝에 첫날밤에 칼을 들고 가셨어요?"

여해는 상반신을 벌떡 일으킨다. 피가 벌컥 거꾸로 흐르는 듯이, 눈물 젖은 얼굴에 확 불이 이는 것 같았다.

"그러기에 말이오. 지금 생각하면 어처구니도 없는 일이오. 차라리 그때 한칼로 박병일을 죽여 버리고, 그 칼로 나도 죽어 버렸다면 좋을 것을!"

"그분들은 어데 가만히 있어요?"

"가만히 안 있자도 별수도 없었소. 내 왼손에 박병일의 멱살은 잡히었소. 그자는 사내답지도 않게 멱살을 잡힌 채 벌벌 떨고만 있었소. 내 오른손에 번쩍 칼을 들었으니, 그 목숨은 내 손 한 번 움직이는 데 달렸소…."

명화는 전번 명월관에서 병일에게 들은 것과는 사실이 엄청나게 틀리는데 놀래었다. 같은 사실도 두 입을 거쳐 나오면, 이렇게 정반대로 변해 버리는가. 두 말 중에 어느 것을 믿어야 옳을까? 한다하는 신사의 말을 믿을 것인가, 전과자의 말을 믿을 것인가?

"그래, 어떡하셨어요?"

명화는 침을 삼키며 채쳤다. 여해의 흥분된 목소리는 떨리었다.

"막 칼을 나리치려 할 때요. 그야말로 위기일발이었소. 그 순간에 나는, 나는 아니 볼 것을 보았소…."

명화는 손에 땀을 쥐었다. 공든 탑은 과연 무너지지 않는다. 그의 공들인 보람은 필경 나타나고야 만 것이다. 이야기는 그가 알아내려고 애쓰던 비밀의 구렁텅이로 깊이 구을러 들어갔다.

"그 순간에 나는 신부를 보았소."

여해는 말끝을 이었다.

"눈빛 같은 흰 너울을 두른 신부를 보았소. 눈 속에 피어난 한 송이 장미화 같은 깨끗하고 아름다운 신부를 보았소. 전날 내 사랑을 보았단 말이오. 생기를 잃고 새파랗게 질린 그 얼굴, 꾸짖는 듯한 원망하는 듯한 그 눈을 보았소. 그 눈을 보는 순간 내가 방금 차마 하지 못할 짓을 하려

하는구나, 세상에도 악착한 일을 범하려 하는구나, 하는 생각이 번개같이 떠올랐소. 내 가슴은 곧 터질 것 같았소. 칼 든 내 손은 부들부들 떨리었소. 손아귀 힘이 탁 풀리었소 . 칼은 쟁그렁 소리를 내며 떨어지고 말았소."

여해는 숨길을 돌린다.

"무척 반했구만, 그야말로 외기러기 짝사랑, 흥."

명화는 코웃음을 쳤다.

"아니오, 아니오. 그렇게 말할 게 아니오."

명화의 말을 막는 여해의 목소리는 엄숙하다.

"칼을 떨어뜨리는 그 순간, 내 마음은 무에라 형용할 수가 없었소. 내 생명보담 더한 무엇을 잃어버린 듯도 하였소. 그 대신 세상에도 거룩한 것, 세상에도 깨끗한 무엇을 얻은 듯도 하였소. 한옆으로 섭섭하고 안타깝고 슬프기는 하였지만, 한옆으로는 아츰 결에 해 떠오르는 것을 볼 때처럼 속이 환해지는 듯하였소."

"그래, 곧 달아나셨습니까?"

"달아나기는 왜요? 그 때가 새벽 두 시나 가차이 되었으니, 호텔 안도 괴괴하거니와, 한길에 사람의 발자최도 드물었소. 나를 본 사람은 아모도 없었소. 나는 미친 사람 모양으로 비틀걸음을 쳤소. 아모 의미 없는 소리를 고래고래 질렀소. 한동안 길거리를 헤매다가, 날이 밝은 연에야 내 하숙으로 돌아왔소."

"어쩌면 피신도 않으시고."

"그때 내 나이 갓 스물이었소. 무엇을 아오? 정말 천둥 벌거숭이였소. 내 한 짓이 죄가 되리라고는 몰랐구려. 법에는 걸리리라고 꿈에도 생각지 못했구려. 도리어 엄청나게 어려운 일을 해내었다. ─ 속마음으로 기뻐하였소. 용서 못할 것을 용서한 내 자신이 돋보이고 비장하였소. 마치 소설에 나오는 주인공과 같이 내 자신이 비참하면서 거룩하게 보이었소. 「장한몽」에 나오는 이수일이보담 내가 더 높은 사람 같고, 더구나 베르테르의 번민보담 내 번민이 더 큰 것 같았소. 칼을 가지고 간 것도 조금도 후회하지 않았소. 그자를 혼떨음을 낸 것이 유쾌해서 그 떨던 꼴을 생각하고 이따금 혼자 웃었소."

"그럼 그 날로 잡히신 건 아니구면."

"그런데 그 이튿날 신문을 보고 나는 놀래었소. 그 어마어마하게 큰 활자를 보고 나는 어처구니가 없었소. 그게 하상 대사라고 이렇게 떠들어 놓았을까. 나는 그 전까지 신문에 오르는 사람이면 놀라운 인물이고, 거기 나는 기사는 정말 굉장한 사실인 줄만 알았소. 내 한 일이 이렇게 날 줄은 참으로 뜻밖이었소. 게다가 그게 모두 거짓말이구려. 칼을 슬쩍 병일에게 대다가 말았는데, 입원을 했느니 선혈이 임리했느니, 나는 하숙에 가만히 있어도 잡으러 오지도 않는데 무슨 경찰에서 대활동을 하느니, 호들갑스럽게 떠들어 놓았구려. 나는 처음엔 코웃음을 치고 그 신문을 동댕이를 쳤소. 그래도 어쩐지 마음이 키어서 내버린 신문을 주워다가 다시 보고 또 보고 하는 동안에 번연히 거짓말인 줄 알면서도 어쩐지 그 신문이 믿어지는구려. 내가 한 노릇이건만, 그 기사가 정작 참말 같아지는구려. 병일이가 과연 중상을 당해서 죽지나 않았나 염려스럽고 영애가 좀 슬퍼하랴 하는 생각이 드는구려. 나는 한걸음에 병일이를 뛰어가 보고 싶었소. 나는 정말 궁금해서 견딜 수 없었소. 그러나 웬일인지 마음에 선뜩해서 가 보지는 못하였소. 꼼짝을 않고 하숙에 틀어박혀 있었소."

"그럼 순사 오기를 기다린 폭이구려."

"그런데 며칠이 지나도 내 하숙에는 순사의 그림자도 비추지 않았소. 신문만 갈수록 홍감16)을 떠는구려. 무슨 혐의자가 셋이 잡혔네, 넷이 잡혔네, 나중에는 진범인이 잡혔다고까지 났구려. 나는 날마다 신문을 보고 마음을 죄었소. 나 때문에 애꿎은 사람들이 고생들을 하는구나 하매 안절부절을 못 하였소. 그래, 견디다 못해 내 발로 경찰서에 걸어갔소. 기가 막혀….” 하고 여해는 지난날의 제 행동을 어이없다는 듯이 쓸쓸하게 웃었다.

“저런! 그러면 경찰에 자현을 하셨구려, 그것은 왜…?”

명화는 눈썹을 모으며 딱해 한다.

“아까도 말했거니와 그 때 내 나이 갓 스물이었소. 제 발 뺄 생각은 꿈에도 없었구려. 그 날 밤에 조선호텔에 들어간 사람은 내로라 하면 경찰이 벌컥 뒤집힐 극적 광경을 생각하고, 까닭 없이 흥분하였소. 제가 지은 죄도 없는데 죄 많은 무리를 대신하여 십자가에 못 박히는 예수도 있는데, 내 지은 죄를 남에게 뒤집어씌우고 안연히 있으랴! 이런 빙충맞은 생각이 들었소. 하룻밤을 뜬눈으로 새우고 나는 아츰 일찌감치 경찰서엘 갔소.”

“에그머니나! 뒷생각은 조금도 않으셨구료.”

“앞뒤 생각이 있을 리 있소? 더구나 우스운 것은 내 한 일이 그리 큰 죄가 될 줄 모른 것이오. 경찰에 가서 쫙 말만 하면 애꿎은 잡힌 사람들도 다 나오려니와 나도 무사할 줄 어렴풋이 짐작을 했구려.”

“무슨 말을 어떻게 하시려고?”

“지금 생각하면 그게 더 우습지요. 어떻게, 어떻게 말을 할 것은 생각지 않고 덮어놓고 그저 조선호텔에 들어가서 박병일을 찔르려다가 만 경과를 사실대로 말하면 고만인 줄 알았소. 왜 찔르게 되었느냐, 왜 찔르려다가 말았느냐, 이것은 경찰에서 불으려니 생각도 하지 않았소. 참 어

---

16) 흥캄: 흥감의 경상도 방언. 넌덕스러운 말로 실지보다 지나치게 떠벌리는 짓.

처구니도 없지."

"물으면 대수예요? 바른 대로 말만 하면 고만 아녜요?"

"그런데 당하고 보니 바른대로 말하랴 할 수가 없게 되었구려. 첫째, 영애와의 사이를 말을 해야 될 것 아니오?"

"참 그렇구만, 첫째, 애인이 치이시겠군요."

"이게 죽어도 말을 하기 싫구려."

"애인 낯이 깎이실 테니까."

"낯 깎이는 문제가 아니요, 내게는 정말 생명에 관한 문제이었소. 이 목 숨이 끊어질지언정 그의 말을 어찌 입 밖에라도 내랴! 턱없는 대결심을 하였소. 내 청춘의 감격과 슬픔과 행복을 고이고이 담아둔 이 거룩한 비밀을 누구에게 발설을 하랴! 안 될 말이었소. 하늘이 무너져도 안 될 말이었소."

"그래, 어떡하셨어요?"

"그야말로 혀를 깨물고 말을 하지 않았소."

"말을 안 하신다고 경찰에서 그 눈치를 모를까요?"

"왜 모르기는. 대번에 묻는 말이 그 말이었소. 신부와 사랑을 하였느냐, 관계를 하였느냐, 미주알고주알 캐고 물었소."

"아모리 하긴들 경찰에서 그걸 몰라요?"

"알다 뿐이오? 뻔히 아는 것을 숨기랴 하니 더욱 우습지요. 허."

여해는 제 말을 남의 말하듯 하고는 쓴웃음을 뱉었다.

"그래, 어떻게 되셨어요?"

"어떻게 되기는 살인 미수, 강도 미수, 제령 위반으로 오 년 징역을 살게 되었지요."

"에그 저런."

"그게 내 운명이라 할는지…." 하고 여해는 교묘하게 얽힌 지난 일의 실마리를 풀려는 것처럼 눈을 멍하게 뜬다.

"뻐언히 아는 노릇인데 어째 딴 죄목이 튕겨져 나왔어요?"

명화는 잼처 물었다.

"그것도 철부지한 내 탓이지요. 아모튼지 영애와의 관계를 끝까지 잡아뗐으니까요."

"아모리 잡아뗐다기로서니…"

"그래 경찰에서도 처음에는 나를 정신병자로 알고 내어보내기까지 하려 하였소. 그러나 호텔에 떨어진 칼이 분명 내 칼이고, 그 칼을 산 상점까지 판명이 되었으니 범인은 적실히 진범인데 범행 동기만 좀 미분명한 점이 있었을 뿐이오. 그래 증거 수집에 형사대가 떠서게 된 모양이오. 그래 내가 기미년에 붙들려갔다가 기소 유예된 사실이 드러나고, ○○신문 배달하던 것까지 다 들추어 나오고, 영애의 결혼하던 전 해 겨울에 봉천에 갔던 것도 비어져 나오고, 내게 관한 나도 모르는 모든 사실이 나타났소. 그래 치정관계라고 보던 내 사건은 시국 관계의 중대성을 띠이게 되었소. 필경엔 영애하고 대면까지 시키게 되었소."

"홍영애하고요? 그래, 그이는 무에라고 했어요? 첫날밤에 들어온 사람이 분명하다고 했겠구려, 흥."

명화는 쌀쌀하게 비웃었다.

"아니오, 내가 그 범인이 아니라고 잡아뗐었소."

"그러면 그렇겠지. 그러면 놓이시게 되셨구려."

"말이 되오? 진범인으로는 벌써 점을 찍어둔 지가 오래이었던 모양이오."

"그러면 왜 새삼스럽게 영애 씨를 대면을 시켜요?"

"그 때에는 나 역시 웬 속셈인지 몰랐지만 지금 생각해 보면 내가 진범인인지 아닌지 영애에게 감정을 시켰다는 것보담 두 사람의 기색을 살

퍼보려고 한 짓 같소. 영애가 영절스럽게 부인을 하니까, 경찰도 좀 당황해 하는 눈치였소."

"왜요? 그래도 기연가미연가해서 그런 게지요?"

"아니지요. 치정 관계인가, 시국범인가, 두 가지를 의심하게 된 모양인데, 영애가 딱 부인을 하니까, 둘의 관계는 분명히 깊었던 줄 노린 것이오. 그렇게만 단정을 한다면 시국 관계가 또 미궁으로 들어가게 되어 갈팡질팡한 것 같소."

"그러면 숨기려던 두 분의 관계를 광고한 것이나 진배없게 되었구면요. 아이 딱해라."

"그래도 치정 관계는 쏙 빠지게 되었으니 이상치 않소?"

"그건 또 웬일예요?"

"일이 공교롭게 되자면, 귀신도 생각지 못하는 일이 생기는 법이오. 박병일을 여러 번 임상 심문인가 하고 나중에는 경찰에도 여러 차례 불려다가 물어 본 모양인데 거기서 사건을 결정하는 중대한 증거가 나타났소."

"무슨 증거?"

명화는 놀랜 듯이 눈을 호동그랗게 떴다.

"병일이에게는 큰 부자구 하니까 해외 단체로부터 협박장이 여러 장왔던 모양이오. 이걸 경찰에 숨기고 있다가 이번 통에 자기가 내놓았는지 또는 경찰에서 뒤져내었는지 모조리 드러난 것 같소. 그 중에 한 장이 내 필적과 꼭 같구려. 나는 멋모르고 쓰이는 대로 글씨를 여러 번 써 보였는데 내 필적과, 그 군자 모집의 협박장 필적이 영락없이 꼭 같구려. 이런 기가 막힐 일이 있소?"

"아!"

명화는 가볍게 외마디 소리를 쳤다.

잠차지게 이야기가 오고 가는 바람에 시간은 날개가 돋친 듯 날아갔다. 문병 온 사람을 내어쫓는 종소리가 요란스럽게 울리었다. 명화는 종소리를 듣고도 몸을 움직이려 하지 않았다.

어떤 연애

"가야 되겠구려."

종소리를 듣고 여해는 하던 이야기를 끊어 버렸다.

"안 간다고 설마 예까지 와서 끌어 낼라고요."

명화는 이야기에 잠차져서 모든 것을 잊은 듯하였다.

"늦으면 통행문을 잠궈 버린다는데…."

"잠궈 버리면 대수예요? 나 여기 자고 갈걸요." 하고 명화는 빈 침대 위에 눈을 주었다. 누울 자리를 보자 그는 갑자기 피로를 느끼었다.

"어쩨 등살이 꼿꼿하군. 나도 저 침대에 누울 테니 얘기를 더 들려 주셔요."

명화는 상반신을 한 번 틀고 어깨 죽지를 몇 번 툭툭 치고 몸을 일으켜 빈 침대에 가서 누웠다. 기지개를 늘어지게 켜고 나서 곧 여해쪽을 향해 옆으로 누우며 손으로 고개를 받쳐 들었다.

"얘기가 어데서 중두머리가 됐더라? 오 옳지, 협박장이 어쩌고 어쩌고 하다가 말았지?"

" 그 잘난 얘기는 왜 또 끄집어내시오. 인제 다른 얘기나 합시다."

여해는 쓰라린 제 내력을 늘어놓기에 지친 듯하였다. 그는 화제를 돌려 버리려 하였다.

"그래, 그 협박장인가를 보셨습니까?"

"글쎄, 그 얘기는 고만둬요."

"그래, 끝끝내 영애 씨 말씀을 않으시고 배기셨어요?"

"그야 물론이지요."

"참 갸륵한 사랑이시군! 시쳇말짝으로 신성한 연애라 할까?"

명화는 어데까지 여해의 말을 끄집어내려고 애를 썼다.

"신성한 연애! 흥."

여해는 코웃음을 쳤다.

"왜 웃으셔요? 그러면 두 분의 사이가 신성치 않았단 말씀예요?"

"신성치 않기는. 너무나 신성하여요. 그게 지금 생각하면 우습구려. 신성한 연애! 좀 싱거운 수작이오? 그러나 그때 소설 나부랭이나 읽고 하던 나는 이 신성한 연애란 말에 무한 매력을 느끼었소. 이 신성한 연애만 하면 죽어도 여한이 없을 듯하였소."

"맙시사! 그래 영애 씨와 신성한 연애를 하셨으니 징역도 꿀맛이란 말씀예요?"

"그 때 나는 소설의 주인공이 되려고 애를 썼소. 소설에 나타나는 연애는 모두 달이나 별과 같이 허공에 달린 것이고, 결코 손아귀에 쥐어지는 건 아니었소. 그리고 처음엔 마음이 오마조마하게 얼려 들어가다가는 끝판에 언제든지 슬프게 되는구려. 나는 「베르테르의 번민」을 읽고 「춘희」를 읽고 「장한몽」을 읽고 울었소. 그런데 우리의 연애는 허공에 매달리지 않았구려. 내 품에 참따랗게 안기었구려. 이런 행복을 누리는 사람은 왼 세계에 오직 나 하나뿐인 듯하였소. 이 너무나 큰 행복! 그렇소, 그것은 너무 엄청난 행복이었소. 나는 이 행복에 눌리어 질식을 할 것 같았소. 암만해도 이 행복을 끝끝내 누리기는 너무 복에 과한 듯하였소. 곧 불행이 뒷덜미를 짚을 듯한 예감에 나는 까닭도 없이 마음을 졸이었소. 흉한에게 잡혀가는 그를 구해내다가 왼몸이 피투성이가 되어 죽어 넘어지는 꿈을 여러 번 꾸었소. 그를 위해 불길 속에 뛰어드는 광경도 눈앞에 여러 번 그려 보았소. 그를 멀리멀리 그리면서 눈물을 흘리는 내 자신을 환상하고, 여러 번 울어도 보았소. 과연 불길한 예감대로 불행은 닥치었소….” 하고 물밀 듯 밀려나오던 여해의 말은 잠깐 끊이었다.

“무슨 불행예요?”

명화는 그 동안은 궁금하다는 듯이 채쳤다.

“영애는 시집을 가게 되었소.”

여해의 이 말에 명화는 귀를 쫑긋하였다.

“그야말로 이만 저만한 불행이 아니시군. 왜 별안간에 애인님께서 변심을 하셨나요?”

“변심을 했다느니보담 영애의 집안 사정이 어쩔 수 없게 되었소.”

“두 분의 사랑에 집안 사정이 무슨 계관예요? 우리 기생년들같이 팔려 다니는 몸이 아닌 담에야.”

“영애도 말하자면 불행한 여자였소. 그의 아버지는 일찍이 세상을 떠났고 오라비가 둘인데 작은 오라비는 찰난봉이라 말할 것도 없거니와, 집안을 맡은 큰 오라비란 자가 여간 허욕꾸러기가 아니구려. 미두를 해서 여러 백석하던 살림을 일조에 깝살리고[17] 말았소. 집행이 나오느니 경매를 당하느니 난가가 되었소. 큰 오라비 미두 빚도 빚이지만, 작은 오라비의 난봉 빚도 터져 나온 것이오. 그 때 내 하숙이 바루 그 집 옆집이었는데 대문간에 고물상들이 모여 서고 안에서 울음판이 벌어진 것을 여러 번 보았소. 이 때 구세주같이 그들의 앞에 나타난 사람이 바로 박병일이었소. 영애의 큰 오라비하고 병일은 은행 거래 관계로 잘 아는 터수이고 마츰 병일이가 상처를 한 무렵이었는데, 그 자는 영애를 한 번 보고 고만 넋을 잃었던 모양이오. 그는 천 원이나 하는 보석 반지를 영애에게

---

17) 깝살리다: 재물이나 기회 따위를 흐지부지 다 없애다.

다 사다 주었소."

"그러니 영애 씨가 지금 끼고 있는 반지가 바루 그 때 그 반지로구면. 그래 반지 한 개에 고만 마음이 돌아 앉았나요? 천연 심순애 같구면."

"아니오, 그렇지 않았소. 그 반지를 내 앞에서 동댕이를 치며 울기까지 하였소."

"동댕이를 치고 울기까지 할 것이면, 왜 받기를 받아요? 참 아다가도 모를 일이군요."

"제가 받은 게 아니라오. 제 큰 오라비가 받아 가지고 왔더라요. 처음에는 그렇게 값진 것인 줄도 몰랐고, 제 오라비가 사 주는 것인 줄로만 알았던 모양이오. 한동안은 좋아라고 끼고 다녔소. 나한테 자랑까지 하고. 나종에야 제 오라비가 뚱겨 주었소."

"그래, 그 반지 하나로 혼인이 곧 된 모양입니다그려."

"그 반지보담 더 중대한 문제는 은행에 진 빚 삼만 원 문제요. 영애의 집 전 재산은 가위 전부가 병일의 은행에 들어가 있었소."

"혼인을 하면 그 빚을 탕감을 해 주게 되었나요?"

"병일이가 직접 그런 말은 안 했겠지만 세 든 사람이 그런 소리까지 비친 모양이오. 그야 혼인만 된다면야 탕감은 몰라도 빠득빠득 졸르기야 하겠소? 아모튼지 영애의 집 운명은 이 혼인이 되고 안 되는 데 달렸구려."

"삼 만원! 돈은 꽤 많군요, 그래 삼 만원에 꾸벅꾸벅 팔려 갔나요?" 하고 명화는 입을 비쭉하였다.

"영애는 죽어도 시집은 가기 싫다 하였소. 정말 우리는 죽음을 생각하였소. 눌이 멀리 달아날까, 정사를 할까, 저음에는 이 두 실이 번자례로 머리에 떠올랐소. 그러다가 나는 돌려 생각해 보았소. 나 때문에 그를 불행하게 맨들 수는 없었소. 희생시킬 수는 절대로 없었소. 더구나 그의 집안을 망칠 수는 없었소. 나 하나만 불행하면 고만이 아닌가. 쓰디쓴 실연에 울면 고만이 아닌가. 이렇게 결심을 하였소. 이 결심은 물론 슬 펐소. 그러나 사랑을 잃고 운다는 것이 어쩐지 감격하였소. 나는 무슨 시인이나 된 듯이 고개를 빠뜨리고 앉아서 인생을 생각하고 운명을 생 각하고 우주를 생각하였소. 나는 사랑의 행복을 맛본 만큼 실연의 비애 를 질근질근 씹어 보려 하였소. 나는 졸랐소, 시집을 가라고."

"맙시사. 그래 영애 씨는 애인의 영 떨어지기가 무섭게 시집을 가셨나 요?" 하고 명화는 고개를 살랑살랑 흔들었다.

"아모리 시집을 가라고 졸라도 영애는 듣지 않는구려. 고만 죽어 버리 자고 몇 번을 내 무릎에 울고 쓰러졌소."

여해는 잠깐 말을 끊었다.

"왜 아니 그렇겠어요? 시집을 가자니 사랑을 버려야겠고, 아니 가자니 집안이 망할 테고. 이러기도 어렵고 저러기도 어렵고. 그 때 영애 씨의 처지는 참으로 난처했겠구먼!"

"졸르다가 못해 나는 훌쩍 봉천으로 달아나 버렸소."

"혼자서요?"

"물론 혼자요. 암만해도 내가 가까이 있고는 영애의 마음이 돌아앉지 를 않을 것 같아서 비상수단을 취한 것이오. 유언 비슷한 만지장서를 남 기고 나는 몰래 경성을 떠났소. 다시 돌아오지 못할 길을 떠나는 사람처 럼 내 마음은 슬펐소. 기차가 고동을 틀고 움직이기 시작할 때 어른어른 뒷걸음을 치며 물러가는 플랫폼과 수많은 전송꾼을 보고 나는 울었소. 모든 것이 하직이다 싶어서 눈물이 비 오듯 하는구려. 애인을 두고 나는 간다, 애인을 위해서 애인을 버리고 나는 간다…."

여해는 그 때 일이 선연하게 눈앞에 나타나는 모양으로 눈을 섬벅섬벅 하며 목소리가 메어진다.

"아이 가엾어라. 참말 정거장 이별이란 못할 게예요." 하고 명화도 울 멍울멍한다.

"어디 정거장 이별이오? 정거장에 누구 하나도 없는데, 괜히 차창에 고 개를 내어 밀고 사람이 안 보일 때까지 바라보고 있었구려."

"그러니 더 슬프지 않아요? 봉천 가신 새, 혼인은 되었구먼요?"

"나는 봉천에 몇 달 있지도 못하였소. 처음에는 큰맘을 먹고 떠나갔지 만, 암만해도 견딜 수가 없구려. 애인을 멀리 그리며 눈물만 흘린다는 것 은 소설로 볼 때엔 그럴 듯도 하였지만 정말 겪어보니 못 견딜 노릇이었 소. 나는 되돌아오고 말았소."

"한시바삐 영애 씨를 만나시려고."

"만나자는 생각은 없었소. 결심한 바도 있고, 또 떠날 때 편지도 남겼 거니와 봉천 있는 동안에도 시집가란 권고 편지를 여러 번 한 체면도 있 으니 그를 만날 생각을 하랴 할 수가 없게 되었소."

"그러면 왜 돌아오셨나요?"

"만나지는 않더래도 한 걸음이라도 그가 있는 곳과 가까운 데 있으면 한결 나을 것 같았소. 서울과 봉천의 사이는 너무 멀었소. 그가 사는 한 나라 한 고을에나마 같이 있고 싶었소. 그가 밟는 같은 땅이라도 밟아 보 고 싶었소. 그가 마시는 같은 공기라도 마시고 싶었소. 지금 생각하면 쑥스럽기 짝이 없는 노릇이지만, 그 때는 그렇게 생각이 든 것을 어떡하 오?"

"가까이 있으면 안 만나고 더 배기시기 어려운 줄 모르시고…."

명화는 탄식하였다.

"과연 배기기는 더 어려웠소. 그러나 나는 참았소, 이를 악물고 참았 소."

"참자니 오죽하셨을까!"

"그래도 아주 멀리 떨어져 있는 것보담은 참을 수 있었소. 지금 당장이라도 만나려면 만날 수가 있다, 이 생각이 정말로 당장 안 만나고 참을 수 있게 하였소. 지금 당장이라도! 하는 사이에 날은 가고 밤은 새었소."

"참 그렇기도 하시겠군! 손에 잡힐 물건을 일부러 두고 보는 격으로… 그렇게도 사랑이 도저하셨는데 왜 첫날밤에 칼을 들고 들어가셨나요? 그건 정말 모를 일 아네요?" 하고 명화는 침대에서 일어 앉았다.

여해는 무엇을 노리는 것처럼 이윽히 천정을 쳐다보다가,

"누가 아니라오? 예수교인 같으면 마귀가 붙었다고나 할까? 혼인날을 딱 당하고 보니, 지금 당장이라도 만나려면 만날 수 있다는 마지막 기회까지 놓치고 말았구려. 여태껏 만나려면 만나려니 하고 미룩미룩 참아 나려오다가 최후의 운명을 결정하는 그 날이 닥치고 말았구려. 그 날이 이렇게 갑자기 이렇게 쉽사리 닥칠 줄은 참으로 몰랐구려. 인제는 마지막이다, 인제는 고만이다, 인제는 만나려도 만날 수 없구나! 이런 생각을 하는 내 마음은 어떠하였겠소? 왜 만나지 않았던고. 시시로 만나고 싶던 그 허구많은 시간 가운데 왜 단 한 번만이라도 만나지 않았던고! 아주 남의 사람이 되기 전에 얼굴이나마 한 번 가까이 보아둘 것 아닌가. 나는, 나는 정말 미쳐날 것 같았소. 하숙을 뛰어나왔소. 지향 없는 발길이 진고개를 올라갔소. 철물전 앞에서 번쩍번쩍하는 단도가 눈에 띄었소. 나는 덮어놓고 그것을 하나 샀구려. 처음에는 그 칼을 갖고 어쩌자는 생각도 없었소. 교복 저고리 안주머니에 꽂고 나왔는데 내 발길은 저절로 혼인식장으로 향해지는구려."

"그렇게 사랑하던 여자를 남에게 내어주다니 말이 돼요? 치미는 불덩이를 그야 누르랴 누르랴 눌러낼 장사가 없겠지요. 그래, 오 년 징역을 사시면서도 늘 영애 씨를 그리워하셨겠군요. 남의 사내의 품에 참따랗게 안긴 애인을…."

"아닌 게 아니라 첨에는 그리워도 하였소. 감방 쇠창살에 그의 흰 얼굴이 어른어른하는 듯하였소. 물론 그를 조금치라도 원망치 않았소. 나 때문에 내가 저지른 죄 때문에 되려 그에게 누가 안 될까 걱정하였소. 나는 그의 행복을 마음으로 빌었던 것이오. 내가 그를 위해 이 고생을 한다 하니 감격한 생각이 들었소. 내 몸의 고통이 곧 그의 행복이로구나 하매, 고생을 해도 고생을 하는 보람이 있는 듯하였소."

"맙시사! 사랑도 분수가 없으시군."

"그런데 이태 삼 년 지나갈수록 이런 감격이 줄어지는구려. 여러 죄수들과 접촉을 하는 사이에 어린 나는 차차 정말 인생의 꼴을 보았소. 내가 생각하던 바와 아주 다른 인생의 꼴을 보았소. 악착스럽고 참혹한 인생의 현실이 아름답던 내 꿈을 사정없이 깨치고 만 것이오. 여기는 소위 신성한 연애도 없었소. 사랑을 위하는 희생도 없었소. 듣기만 해도 불쾌한 그저 치정 관계란 한 마디로 돌려버리는구려. 그렇게 거룩하고 훌륭한 노릇을 한 듯하던 내 행동이 부질없는 짓만 같구려. 젖내 나는 어린애 작난만 같구려. 작난으로 징역을 살 노릇이오? 이 생각이 한번 들자 나는 살이 떨리었소. 나는 이 고생을 하는데 연놈은 재미가 쏟아지렷다, 잘도 흥청거리렷다, 하매 이가 갈리었소. 연놈을! 연놈을 하고 내 가슴을 쳤소. 내 머리를 쥐어뜯었소. 연놈이 앞에만 있으면 한 주먹으로 쳐 죽여도 시원치 않을 것 같았소."

여해는 그 이야기만 해도 몹시 흥분해진다. 얼굴이 더욱 상기가 되고 숨소리까지 시근벌떡거린다.

"에그머니나! 변하기는 잘도 하시는군요, 그 끔찍하던 사랑이 어쩌면 일조에 변해요?"

"안 겪어 보고는 그 속을 모를 거요. 그야 일조일석에 변한 건 아니오. 여러 달을 두고, 여러 해를 두고 조금씩 조금씩 변한 게 나종에는 정반대가 되고 만 것이오. 마음이 변하고 보니 징역살이가 더욱 고통이구려. 울화가 치받쳐서 그대로 펄펄 뛰다가 죽고 싶었소."

"그야말로 사랑이 원수로 변하셨습니다그려."

"그렇소. 원수요, 원수구 말구. 아까운 청춘을 철창 앞에서 썩히게 한 연놈이 원수가 아니고 무에요?"

"그러면 왜 출옥하던 길로 영애 씨의 뒤를 줄줄 따라 박병일 씨 댁으로 가셨나요? 원수의 집엘 뭐 하러 가요?"

"왜 영애를 따라갔느냐?" 하고 여해는 명화의 얼굴이 부신 것처럼 눈을 외우쳤다.

"글쎄, 이상하지 않아요? 원수라고 그렇게 치를 떨다가 출옥하던 맡에 그 집엘 꾸벅꾸벅 따라가신 것은 암만해도 모를 일인데요."

"그럴 법도 하오."

"그럴 법도가 아니라 그렇지 않아요? 설마 대뜸 원수를 갚으러 가신 건 아니겠고."

"원수를 갚으려니 갚을 차비가 있소? 또 남 우세만 하고 말 것 아니오?"

"그러니 말예요. 왜 따라가셨나요? 무슨 깊은 곡절이 있었을 듯한데."

"그 까닭은 말하자면 좀 창피하오. 서울에 친척도 없는 놈이 감옥에서 나서서 어딜 가겠소? 원수라도 같이 가자는 사람을 그양 따라갈 수밖에 더 있겠소?"

"그도 그러하시겠지만 분명 딴 까닭이 있는 것 같은데요."

"딴 까닭도 있기는 있었소."

"그 까닭이 무어예요? 좀 들읍시다그려."

"그건 말하기가 더 거북하오."

"기껏 얘기하시다가 그 까닭을 말 못하실 게 뭐예요? 남 궁금해 죽겠는데."

"그게 그렇게 궁금할 게 뭐요? 옛 애인을 따라간 걸로만 생각해 두구려."

"딴 까닭이 있다면서 왜 남을 감질만 내놓아요?"

"명화 씨도 여자니까."

여해는 의미 있는 듯이 이런 말을 하고 싱글싱글 웃었다.

"명화 씨! '씨'자는 뭐구 '여자'는 뭐예요? 놀아먹는 년이 무슨 여자 값에나 가요? 사내 친구끼리 입에 못 담을 말이라도 기생에게 하는 건 괜찮답니다."

"글쎄, 그래도…."

여해는 말하기를 몹시 꺼리는 눈치였다.

"글쎄 그래도가 다 뭐예요? 괜찮아요, 괜찮대도 그러시네."

명화는 오복조림을 하다시피 하였다.

"이건 사내끼리도 할 얘기가 못 되오. 젊은 죄수들 끼리나 할 얘기요. 징역을 못 살아본 사람은 무슨 소린지를 모를 거요."

"온 걱정은! 몰라도 좋아요. 들어만 둡시다그려."

"영애를 따라간 것은 영애가 여자인 때문이오."

말하기 매우 거북해 하다가 필경 여해는 무슨 선고를 나리듯이 이렇게 말을 끊어 버렸다.

"그럼, 영애 씨가 여자지 누가 사내래요? 따라가신 이유가 단지 그것뿐예요?"

명화는 끔찍스러운 까닭을 들으려다가 이 신통치 못한 대답에 적이 실망을 한 듯하였다.

"그렇소. 영애는 분명 사내가 아니요, 여자인 탓이었소. 여자의 환영이란 젊은 죄수에겐 마치 독사와 같은 것이오. 몸에 칭칭 휘감기고 사뭇 가슴을 물어뜯는 것이오, 옥문 밖에 나서자 나는 여자를 보았소. 내 눈에는 영애가 보이지 않소. 옛날 애인도 오늘날의 원수도 보이지 않았소. 개 눈에는 똥만 보인다는 격으로 내 눈에는 계집만이 보이는구려. 환영으로 그리고 그리던 여자가 정작으로 참으로 내 코앞에 있구려. 손만 벌리면 잡힐 자리에 섰구려. 그 물씬한 살내에 나는 금세로 숨이 막힐 것 같았소. 나는 꿈속같이 황홀하고 말았소. 사랑이구 원수이구 다 잊어 버렸소. 이 여자를 버리고 어딜 가겠소? 보송보송 사내들끼리만 있는 지옥을 뛰어나와 이 사바세계에서 처음 만난 여자를 안 따르고 누구를 따라가겠소? 생각을 해 봐요."

"생각을 해 봐도 과연 잘 모르겠군요. 그럴 상도 싶고 안 그럴 상도 싶고!" 하고 명화는 생글생글 웃어버렸다.

해결책

병일은 십년일득으로 저녁때 집에 일찍이 돌아왔다. 진을 치고 그를 에워싼 듯하던 연회가 오늘만은 비었다. 사무와 술과 기생에게 실실이 피로한 몸을 오늘만은 종용하게 늘어지게 쉬고 싶었던 것이다. 한 옆으로 안해에게 미안스러운 생각도 있었다. 그는 본정신으로 안해를 본 지도 여러 날이 되었다. 여러 날보담 여러 달이 되었는지 모르리라. 그렇게 사랑하던 안해, 그렇게 아름답던 안해, 많은 물질을 희생하고 얻은 안해, 하마하드면 제 생명까지 잃을 뻔하고 얻은 안해! 이렇듯이 고귀하고 중난한 안해를 어쩌면 그렇게 오래도록 아니 보고 견디었던가. 그는 중 값을 주고 산 귀중품을 까맣게 잊어 버렸다가 별안간 생각난 것처럼 안해가 그립고 아쉬웠다. 그는 회사에서 자동차를 불러 타고 집으로 향하면서도 자동차의 속력이 느린 듯하였다.

영애는 오래간만에 참으로 오래간만에 남편과 겸상으로 저녁을 먹었다. 영애는 웬일인지 밥이 목에 메이고 잘 넘어가지를 않았다. 숟가락 쥔 손이 이따금 경련을 일으키고 허전거리며 눈물이 쏟아질 듯하여 참을 수 없었다.

그는 남편이 방탕함을 원망함인가, 그런 것도 아니다. 연회의 술타령은 지금 새삼스럽게 시작된 노릇이 아니다. 여간 뭇돈을 쓴늘 끄떡도 않을 줄을 잘 안다. 그러면 명화 년에게 미쳐서 점점 부부의 사랑이 식어감을 슬퍼함인가. 이것은 적이 염려가 안 되는 것도 아니로되, 그는 제 남편이 천 계집만 계집을 본다 하더라도 그 때뿐이지, 결코 끝끝내 빠질 사람이 아닌 것을 굳게 믿는다. 그러면 이 살을 에어내는 듯한 슬픔은 어디서 온 것인가. 영애는 웬일인지 자기네 부부생활의 끝장이 보이는 듯하였다. 암만해도 길게 이 생활을 누릴 것 같지 않다. 모래로 쌓은 궁전같이 언제 바람이 불어 쓰러질지 모를 것 같다. 며칠이나 좋은 낯으로 남편을 대하게 될 것인가. 몇 번이나 겸상을 하고 밥을 먹게 될 것인가. 며칠이 아니고 몇 번이 아니다.

당장 이 숟가락을 놓기가 무섭게 세찬 폭풍우가 불어닥치어 이 평화로운 밥상을 뒤집을는지도 모른다. 이러고 겸상을 하고 밥을 먹기도 이것이 마지막이나 되지 않을지 누가 보증하랴. 왜? 그 까닭은 꼭 집어내어 말하기는 어려웠다. 여러 가지 이유가 얼기설기 얽힌 듯도 하나 다시 생각하면 아모 이유가 없는 듯도 하다. 영애는 머리로 이론적으로 자기의 불안의 원인을 캐어내지는 못할망정 왼 몸으로 불길한 예감을 느꼈다. 새파랗게 개인 하늘 볕은 쨍쨍 쪼이건마는 어데선지 구름장이 일 것 같다. 눈 한번 깜짝일 새에 있는 듯 없는 듯하던 그 구름장은 왼 하늘에 퍼지고 밝은 일광이 금시금시 먹장을 갈아 부은 듯한 구름 속으로 삼켜질 것 같다. 별안간 난데없는 폭풍우가 몰아오고 벽력이 떨어질 것 같다.

영애는 마른 날에 장차 일 폭풍우를 상상하고 몸을 떨었다. 장마 끝이 아니요 마른 날이기 때문에 그의 불안과 공포는 더욱 컸다.

이것은 결코 남편의 사랑이 식어 가는 데서 일어나는 것은 아니다. 도리어 남편의 지나친 사랑에서 피어오르는 구름덩이다. 그는 남편의 사랑을 지나치게 믿고 ― 믿는다느니보담 차라리 지나치게 받아서 지나치게 일을 저질러 놓고 만 것이다.

지나친 사랑에서 생긴 지나친 과실! 그것은 행복의 옥좌에서 비애의 가시덩굴 속으로 거꾸로 떨어지고야 말 것 같았다.

아모 것도 모르는 남편의 얼굴을 보면 볼수록 그의 가슴은 미어지는 듯하였다. 도리어 자기에게 미안해하는 듯한 그 웃음과 표정을 볼 때 그는 더욱 슬펐다.

비감스러운 한 옆으로, 영애는 또 초조하였다. 그는 이 막연한 불안과 공포를 한시바삐 귀정을 내려고 더욱 조바심을 하였다. 매도 먼저 맞는 놈이 낫지 않느냐. 그러나 쉽사리 입이 떨어질 노릇이 아니다. 마른 날에 폭풍우를 제 입으로 불러와야 될 줄이야!

'어떻게 그 말을 하랴. 어떻게 은주의 얘기를 끄집어내랴.'

이런 생각을 하매, 영애는 남편의 얼굴이 불덩이 같아서 바로 볼 수가 없었다.

병일은 밥을 다 먹고 숭늉으로 웅얼웅얼 양치를 치고 나서 안해를 보며 무두무미[18]하게,

"가 봤수?" 하고 싱글싱글 웃는다.

"어델요?"

"병원에 말야."

"병원에?"

"왜 여해 군 입원한 데 말야."

그 말은 영애의 가슴에 칼을 꽂는 듯하였다. 화살을 맞은 꿩이 푸드득거리듯 영애는 저도 모르게 몸을 움찔하였다. 만일 남편이 그 일을 알았으면! 자기의 누이가 여해의 발길에 짓밟힌 줄 알았으면! 또다시 돌이킬 수 없는 처녀의 구실을 빼앗긴 줄 알았으면! 남매간이라도 유만부동이라, 그는 제 누이동생을 유달리 사랑한다. 일찍이 부모를 여읜 어린 누이, 동기라고는 오직 하나밖에 없는 누이가 아니냐. 그는 제 딸보담도 이

_____

18) 무두무미(無頭無尾): 처음과 나중이 없거나 밑도 끝도 없음.

누이를 더 귀애하지 않느냐. 이 어린 누이의 신상에 그런 괴변이 생긴 줄 알았으면! 꿈에도 생각 못한 불행이 일어난 줄 알았으면!

영애는 무에라고 대척을 할 수도 없었다. 남편에게 알리려던 그 말까지 목구녕에 얼어붙고 말았다. 영애가 잠자코 있는 것을 보고 병일은 제 안해가 자기를 꺼리는 줄로만 알았다. 저에게 까닭 붙은 남자가 출옥하던 맡에 병이 나서 입원을 하니 어쩌느니 수선까지 피운 것을 퍽도 미안쩍게 여기는 줄만 알았다.

"그 사람도 불행야. 그 몹쓸 옥고를 겪고, 또 중병을 치르게 됐으니. 어, 안되었거든. 병원에 혼자 누웠으면 매우 사람이 그리울 건데. 내가 더러 가 보아도 좋겠지만 그야말짝으로 죽을 시간이나 있어야지. 허허, 왜 가끔 둘러보잖구 그러우."

영애는 남편의 말이 너그러우면 너그러울수록 마음이 더욱 욱조이었다.

여해에게 동정이 깊으면 깊을수록 가슴이 더욱 나려앉았다. 폭우를 부르는 하늘이 버언하게 밝은 것을 처다볼 때처럼.

병일은 영애의 심중을 알 까닭이 없었다. 여전히 사람 좋은 웃음을 띠우고 재우쳤다.

"그래 한 번도 안 가 봤단 말요?"

"아녜요."

영애는 입안말로 속살거리었다.

"어 그래 쓰나? 아마 한 열흘이나 되었지. 열흘도 더 되겠군. 서울에서 일가도 없고 친척도 없다니 누가 들여다나 볼거요? 그래도 옛날 애인의 얼굴을 보면 얼마나 위로가 되는지 모를 건데, 허허."

남편은 껄껄 웃다가 말고 바싹 영애의 앞으로 다가앉으며 면구스럽게 안해의 얼굴을 들여다본다.

"왜 안 가보는 거요? 응. 사람이 그렇게 매정해서는 못 쓰는 법이래도."

영애는 고개를 탁 숙여 버렸다.

'이런 행복도 몇 분이 남지 않았고나.'

그런 제 콧잔등에 서리는 남편의 더운 숨결을 느끼면서 혼자 생각하였다. 눈물이 곧 앞을 가릴 것 같아서 저고리 고름을 만지작거려 진정을 시키노라고 무진 애를 썼다.

병일은 제 안해가 마치 어린 처녀 모양으로 수줍어하는 꼴이 재미있었다. 그 핼쓱한 뺨엔 발그스름한 홍분까지 떠오른다고 보았다.

"무에 그렇게 부끄럽단 말요? 거두어 주자던 사람을 못 가 볼 게 뭐요? 인제 새삼스럽게 내외를 하려 드는 거요? 응."

남편은 거의 뺨을 한데 부빌 듯하며 자상하게 물었다. 병일은 오늘 따라 안해가 어여뻐 보이기는 근래에 드물었다. 이런 안해를 두고, 밤새움을 하며 술타령을 하고 명화를 데불고 다닌 것이 불현듯 후회가 났다. 일찍이 집에 돌아오기를 정말 잘했다고 생각하였다. 그는 짓궂게 안해를 놀려먹었다.

"그래, 안 가 볼 테요?"

"글쎄요."

영애는 견디다 못해 모기 같은 소리를 짜내었다.

"글쎄가 뭐야? 지금 당장이라도 좀 가 보구려. 혼자 가기 싫으면 나하고 같이 가 보려우? 응."

"…."

"왜 대답을 않소? 어데 갑갑증이 나서 사람 살겠나. 자 생각난 김에 가 봅시다. 자 옷을 입우 응."

병일은 서둔다. 영애의 입술은 실룩실룩 떤다. '은주의 사단을 말할까 말까….'

동부인하고 여해의 문병을 가자고 서둘러 보았지만 안해의 어떡하는 꼴을 보자는 것뿐이요, 정말 가 볼 생각은 물론 없었다. 모처럼 맛보는 부부의 재미를 퀴퀴한 약 냄새로 흐려 버릴 수는 없었다. 이런 좋은 기분을 여해와의 대면으로 깨쳐 버릴 수는 없었다. 거기까지 안해를 괴롭게 한다는 것은 실없는 작난의 정도를 넘어, 악취미가 아닌가.

병일은 안해를 시달리다가 말고 그대로 아랫목에 쓰러졌다. 그는 밥만 먹고 나면 식곤증이 나서 견딜 수 없었다. 푸만한 배를 주체를 못하는 듯이 깔고 엎드려서 씨근씨근하였다.

은주의 말을 할까 말까? 영애는 혼자 애를 부둥부둥 켰다. 벼락이 떨어진다 하여도 이 말을 해야 된다. 집안에 일어난 이런 중대한 변고를 제가 몰랐으면 이어니와, 알고 남편에게 알리지 않을 수는 없는 노릇이다. 십여 일이 지난 오늘날까지 알리지 않은 것만 해도 잘못이 아닌가, 무서운 일이 아닌가. 영애는 몸을 도사리고 아랫입술을 깨물었다.

밥상 물려간 것을 군호로 명희가 또 뛰어들어왔다. 모처럼 아버지가 집에서 진지를 잡숫는 데 부접을 떤다고 멀리하였던 것이다. 명희는 들어오는 길로 쏜살같이 엎드린 아버지의 등허리에 올라앉는다. 그 안상이 같은 두 다리를 벌려 간신히 걸터 타고 펄떡궁질을 한다. 병일은 얼굴이 새빨개 가지고 '어규, 어규!' 하며 낑낑거렸다. 기태나 그는 일어나 앉고야 말았다. 그는 명희를 제 무릎 위에 올려 앉히고 아버지다운 자애 가득한 눈으로 들여다보며,

"너 바바 어데서 먹었니?"

물었다.

"응, 바바 응." 하고 명희는 그 총명한 눈을 말똥말똥한다.

"그래, 바바 말이야. 어데서 먹었니? 아주머니하고 먹었니? 응." 하고 아버지는 제 뺨을 딸의 뺨에 대고 문질렀다. 그는 늦게야 둔 이 외동딸을 구실같이 귀애하였던 것이다.

"응, 아주머니. 응."

애는 어른의 말을 재우친다.

어머니는 딸의 노는 양도 무심히 볼 수가 없었다.

'저러는 것도 오늘이 마지막인지 모른다.'

영애는 눈시울이 서물서물해지며 이런 생각을 하였다.

"참, 은주가 오늘은 왜 얼씬을 않으우?"

병일은 안해를 보고 문득 생각난 듯이 물었다.

"요새 졸업 시험을 치르노라고 바빠서 그러나?"

이 말을 어떻게 대답해야 옳을 것인가 사 년 동안이나 공들여 다니다가 영광의 졸업 날을 내일 모레로 앞두고 학교에 가지 않는 것을 알았으면! 그 쾌활하던 머리를 싸매고 누워서 제 방에서 나오지도 않는 것을 알았으면!

"그래, 졸업을 하고는 기예 동경으로 간다나."

병일은 잼처 물었다. 은주는 졸업만 하고 나면 곧 동경으로 건너가서 음악학교에 들겠다는 것이 그의 소원이었다. 병일은 동경에 가느니보담 차라리 조선에서 이화 전문학교 같은 데나 드는 것이 좋지 않느냐고 늘 타일러오던 터이었다. 그는 어린 누이를 단 혼자 먼 곳에 보내기를 꺼렸던 것이다. 아모리 제 마음이 단단하다 하더라도 흔들리기 쉬운 애들의 마음이 아닌가.

못된 놈의 손에 걸리거나 하면 그야말로 큰일이 아닌가. 더구나 요사이 동경 학생들의 풍기가 자못 문란하다고 하지 않는가.

"기태나 동경까지 갈 게 없다는데 그 애는 기예 가겠다니 걱정이야. 이화 전문학교 음악과 같으면 아수 훌륭하다는데. 여자는 그럭저럭 하다가 좋은 데 시집이나 가면 고만이지, 그렇게 기를 쓰고 공부를 하면 무엇하노? 쭉 해야 학교 선생 노릇이나 할 것밖에."

영애가 대답 없는 것을 보고 병일은 아주 완고한 노인처럼 혼자 중얼거렸다.

영애는 대결심을 하고, 남편 앞으로 바싹 다가앉았다. 거의 남편의 귀에 대다시피 하고 은주의 사단을 얘기하고 말았다.

"모두 제 잘못예요." 하고 말끝도 맺기 전에 영애는 울며 쓰러졌다.

"헉!"

병일은 물에 빠진 사람 같은 소리를 내었다.

병일은 눈만 커다랗게 떠서 멀거니 영애를 바라보며 얼빠진 듯이 한동안 말이 없다가,

"그래, 그게 참말이어?" 하고 허전허전하는 소리를 떨었다. 그 얼굴은 금시금시 흙빛이 되었다.

영애는 그 날에 생긴 일을 울음 반 말 반으로 저저히 속살거렸다.

벼락은 떨어졌다! 어느 모를 어떻게 바수고 깨두드릴 것인가. 영애는 몸을 옹송그릴 대로 옹송그리고, 벌역의 불채쪽이 후려갈기기만 기다리고 있었다.

아니나 다를까, 병일은 두 주먹을 불끈 쥐고 "그놈을, 그놈을!" 하고 부들부들 떨다가 영애를 잡아먹을 듯이 흘겨본다.

"괜히 그런 놈을 집 안에 끌어들여 가지고. 그놈을, 그놈을!"

제가 동의도 한 일이요 승낙도 한 일이건만, 전수히 안해의 탓만 하고 앉았다 일어섰다 하였다. 영애는 이미 각오한 노릇이로되 그래도 설마! 하는 희망이 없지 않았다. 그는 제 남편의 인금을 너무 높게 평가하였던 것이다. 제 남편의 태도가 제가 생각한 바와 조금도 틀리지 않는 것이 도리어 제 기대와는 틀리었다. 세상의 어느 남편과 조금도 다를 것이 없었다. 영애는 마음 어데인지 야속한 생각도 들며 더욱 설웠다. 그는 흑흑 느끼며 울었다.

"그놈을! 그놈을!"

병일은 또 한 번 뇌이고, 안절부절못하다가 방문을 박차고 나가려 하였다.

영애는 본능적으로 남편의 행동에 공포를 느끼었다. 그는 쏜살같이 몸을 일으켜 남편의 마고자 뒷자락을 부여잡았다. 불길 속에 뛰어드는 사람을 잡듯이,

"어델 가서요?"

"어델?"

병일은 씨근벌떡거리며 되려 채쳤다. 실상 그는 갈 곳이 없었던 것이다.

"진정을 하서요, 진정을! 나가시면 어델 가서요?"

"놓아요, 놓아. 그래, 그놈을 그대로 둔단 말야, 그대로 둔단 말야?"

이 말에 병일은 제가 가야 될 곳을 불현듯 깨달았다.

"난 곧 경찰서로 갈 테야, 경찰서요. 그놈을 그놈을 고발, 고발할 테야."

병일은 흥분에 겨워 집안이 떠나가도록 고래고래 소리를 질렀다.

영애는 황급하게 돼지 목 따는 소리를 내는 병일의 입을 손으로 가리우는 시늉을 하였다.

"아랫것들이 듣지 않아요?"

나지막하나마 힘 있게 타이르듯 하였다. 그 말엔 병일도 풀이 죽고 말았다.

방안에 다시 들어와 펄쩍 주저앉았다.

"이 일을 어떡하여야 좋아요?"

영애는 고민하는 남편을 두려운 듯이 바라보며 중얼거렸다. 병일은 무슨 생각을 돌리는 듯이 머리를 북북 긁었다.

"모두가 제 잘못예요. 집에만 안 데리고 와도 좋을걸. 모두 제 잘못에

요."

한참만에야 병일은 다시 일어섰다.

"어떻게 하실 테요?"

"글쎄, 석호 군이나 불러서 의론을 좀 해 봐야…."

"아모리 친하신 어른이래도 남에게 어떻게 그런 말씀을 해요?"

"고발을 하면 다 알걸. 그렇게 쉬쉬하면 무슨 소용야."

"정말 고발을 하실 테예요? 왁자지껄하잖겠어요."

"그렇다면 그대로 둔단 말야. 안 될 말이어, 안 될 말이어! 아모리 너한테 까닭 붙은 사내래도 안 될 말이어!"

영애는 입을 닫쳐 버렸다. '너'라까지 할 때엔 남편의 역정이 머리끝까지 치밀린 모양이다. 설불리 건드렸다가는 무슨 일을 버르집어낼지 모른다.

막연하던 불안은 인제 뚜렷한 윤곽을 나타내었다.

'죽어야! 죽어야!'

영애는 속으로 생각하였다.

전화로 석호는 불려 왔다. 들어닥드미로 병일은 허둥지둥 은주의 사단을 말하였다.

"저런 죽일 놈이! 저런 죽일 놈이!"

석호는 그 조그마한 눈을 찢어지라고 부릅뜨고 펄펄 뛰었다.

"그래, 그놈을 어떡할까?"

병일도 입에 게거품을 풍겼다.

"저런 죽일 놈이! 저런 죽일 놈이! 글쎄, 내가 뭐라던가? 그런 놈을 왜 집 안에 발그림자를 시킨단 말인가? 용서도 유만부동이고 동정도 분수가 있어야지. 에잇"

석호는 병일의 묻는 말엔 대답도 않고, 제 선견지명을 자랑하듯 하며 허를 수없이 찼다.

"원 세상에 짐승만도 못한 놈도 다 많거든. 은혜를 원수로. 허허, 저런 죽일 놈 같으니. 이런 변이 어데 있더람? 허 그것."

"그놈을 그놈을 어떡할까?"

병일은 재우쳤다. 석호는 병일의 홍분된 얼굴을 바라보며 눈을 깜박깜 박한다. 분개할 것은 이만 정도로 끈치고 곧 문제의 해결에 착수하려는 듯하였다. 병일은 침을 삼키며 얼마동안 석호에게 생각할 여유를 주었 다. 이윽고,

"그래, 그놈을 어떡할까? 지금 당장이라도 고발을 해야 될 것 아닌가?"

병일은 또 재우쳤다.

"고발? 글쎄, 나는 그놈의 처치보담 자네 매씨의 장래가 걱정일세."

석호는 칼로 비어내듯이 이렇게 말하였다.

"글쎄!" 하고 병일은 대번에 풀이 죽었다.

"그래, 자네 매씨가 금년에 몇 살인가?"

석호는 물을 치는 듯이 종용히 물었다.

"열여덟일세."

"열여덟!"

석호는 무엇을 헤는지 손가락을 꼽아본다. 주판질 대신으로 주먹구구 를 대는 듯,

"열여덟! 꽃 같은 나일세. 한창 피어오를 인생의 꽃봉오리에 된서리를 맞은 셈일세그려. 저런 죽일 놈 같으니."

그는 몸을 한 번 비꼬며 갑자기 시인이나 된 듯이 영탄하였다.

"그래, 어떡할까?"

"저런 죽일 놈이, 그 아름답고 쾌활하던 규수를. 저런 죽일 놈이. 그래, 금년에 몇 학년인가?"

"올 봄이 졸업일세."

"금년이 바루 졸업이야. 세월은 빠르군. 열여덟, 금년이 졸업! 허, 그
것. 자네에게 동기라고는 그 매씨 한 분뿐이지."

"그러이."

"허, 그것 참 불행이로군. 좀 분하겠나!"

"어떡할까?"

"그래, 그놈은 여전히 팔자 좋게 병원에 자빠졌겠네그려. 별일이어. 아
모튼지 별일이어. 그런 못된 짓을 하고도 시침을 뚝 따고 자네 돈으로 무
슨 입원야."

"그놈을! 그놈을!"

병일의 분길은 바람을 얻은 불꽃처럼 또 활활 타올랐다.

"그래, 매씨의 성적은 어땠누?"

"우등이야. 언제든지 첫째 둘째야."

"허 아까운 일이로군. 기막힐 일이로군. 몸을 버렸으니 허, 옥에라도
티가 있다더니. 진주가 돼지 발에 밟혔네그려, 허."

석호는 딴전만 한다. 그는 문제의 해결보담 마치 매파와 같이 아름다
운 이의 불행을 노래한다. 병일은 갑갑증이 났다.

"그야 두말 할 것 있나? 이 일을 대관절 어떡하면 좋단 말인가?"

석호는 눈을 딱 감았다. 뺨을 손바닥으로 괴이고 고개를 배슷이 뉘었
다. 이런 문제는 참으로 중대해서 여간 생각해 가지고는 풀어낼 수가 없
다는 듯하다. 한참만에야 그는 눈을 번쩍 떴다.

"글쎄, 어떡하면 좋을까? 아모리 생각해도 별수가 없네. 길은 두 길밖
에 없는 듯하이."

"두 길이라니?"

병일은 석호의 말을 움켜쥘 듯이 채쳐 물었다.

"한 길은 자네 말마따나 곧 고발을 하는 걸세. 강간죄로 얽어 넣어 또 징역을 살리는 걸세."

이 점은 석호도 병일의 생각과 다를 것이 없었다.

"그래, 그놈을 징역을 살려야."

"그러나 그건 좀 생각해 볼 문젤세. 징역을 살리면 분풀이는 될까 모르지마는 이 사건을 해결하는 방도는 아닐세. 도리어 문제를 번페스럽게만 맨들 뿐일세. 첫째 자네 몸에 창피만 돌아올 걸세."

"창피라니?"

"생각해 보게. 그놈을 고발을 한다고 하세. 그러면 경찰에서 그놈을 아는 듯 모르는 듯 잡아다가 쉬길로 감옥에나 보내주면 좋겠지만, 어데 그런가. 피해자로 물론 자네 매씨를 호출할 게고 증인으로 사실 목격자 자네 부인을 부른다, 자네를 부른다, 와자지껄하게 해 놓으면 신문에는 좀 좋은 자료인가. 아모 은행 두취, 아모 회사 사장 박 아모개 집에 이러이러한 일이 생겼다고 좀 떠들어 댈 건가. 전번 첫날밤 사단도 그렇게 굉장하게 났었는데 이번에는 몇 갑절 더할 것이 아닌가. 첫날밤에 신랑을 난자한 범인이 출옥하게 되자 그 부인이 옛정을 못 잊고 — 사실이야 물론 그렇지 않지만 — 그 사내를 집으로 끌어들이고 그자는 불같은 성욕을 참지 못해서 그 누이동생을 행실을 내었다고 — 허 기가 막혀! 자 이렇게 되고 보면 자네 모양은 뭐이 된단 말인가. 이런 창피가 또 어데 있겠느냐 말야…."

병일의 부글부글 피어오른 듯이 살찐 얼굴이 금시 할쑥해지는 듯하였다.

"그러니 말야. 그렇게 되면 문제의 해결이 아니라 도리어 문제를 떠벌리는 거란 말야. 안 그런가? 알아듣겠다?"

"그럼…그럼…."

병일은 말도 옳게 못하고 더듬거리며 가위나 눌린 듯이 눈을 멀뚱멀뚱한다.

"말하자면, 자네 매씨의 불행을 세상에 광고하는 거나 진배없단 말야. 그러면….."

석호는 숨이 막힌다는 듯이 말을 끊었다.

"그러면 이 일을 어떡한단 말인가?"

병일은 얼마 만에야 가슴을 쥐어 짜내듯 한 마디 하고 휘 한숨을 내어쉰다.

"허 그놈 그놈이. 자네 집하고 무슨 악인연이란 말인구. 그놈을 그저, 그놈을 그저."

석호는 이를 갈며 그 조그마한 얼굴에 있는 힘줄을 모두 일으켜 세워 보이었다.

"그놈을 그저. 그야말짝으로 소리 없는 총이 있으면 아는 듯 모르는 듯 쏘아 죽이거나 했으면!"

"죽여 버려야, 죽여 버려야!"

병일도 두 주먹을 쥐고 치를 떤다.

석호는 제 말의 효과가 여실하게 나타난 것을 보고서야, 다시 말을 끄집어내었다.

"길은 또 한 길 있네마는."

"그 길은?"

"그 길은 자네를 위하든지, 자네 매씨를 위하든지 그야말로 관무사 민무사[19]할 걸세마는."

"무슨 길인가?"

"무사주의에는 그 길이 제일일세마는 말하기가 좀 거북하네."

---

19) 관무사 민무사: 공사간(公私間) 모두 별일이 없음.

"말하기 거북할 게 무엔가?"

병일은 간원하다시피 채쳤다.

"병일은 암만해도 자네가 감정상으로 용서를 할 것 같지 않네."

"감정상으로?"

"그래 얼른 감정을 돌리기는 어려울 걸세. 자네, 돼지에게 진주 던진다는 얘기 알지?"

"돼지에게 진주를 던지다니?"

"어, 가련한 일이거든! 악착한 일이거든! 그러나 돼지 발에 밟힌 진주니 돼지에게 던져 주는 수밖에 더 있는가?"

"그게 무슨 말인가?"

"무사주의의 해결의 길은 자네 매씨와 그 여해란 자와 결혼을 시키는 걸세. 이게 제일 상책일세."

석호는 차마 못할 말을 한다는 드키 병일의 시선을 피하였다.

"응? 여해와 결혼?"

병일은 제 귀를 의심하는 듯하다.

"그러이. 여해와 매씨와 결혼을 시킨단 말일세. 무사타첩20)하자면, 그 수가 제일 좋은 수일세."

석호는 냉랭하게 말을 한 마디씩 꼭꼭 끊어가며 떠먹듯이 일렀다.

"그게, 그게 말이 되나?"

물론 병일은 펄쩍 뛰었다.

"그러리, 그야 될 말인가? 감정상으로야 도저히 용서 못할 겐 줄 나도 모르는 바가 아닐세만은, 그렇다고 그놈을 죽일 수도 없는 노릇이고, 그놈이 죽지 않는 담에는 자네 매씨의 해자를 덮어낼 수가 없단 말이야. 그

---

20) 무사타첩: 아무 사고 없이 무사히 잘 끝남.

런 일이란 아모리 쉬쉬하더라도 괴상하게 소문이 잘 나는 법이거든. 말이 떡 벌어지고 보면, 자네 꼴만 더 깎일 것 아닌가? 그렇게 진작 결혼을 시켜 버리거든. 그러면 그자야 물론 찍말없을 게고. 자네 매씨인들 어쩌나? 이왕 버린 몸이니 팔자 한탄이나 할 밖에."

"그놈하고 내 누이하고 될 말인가, 될 말인가?"

병일은 혼잣말같이 뇌인다.

"혼인이란 별수 없으니 끼리끼리 짝을 맞추는 수밖에 더 있는가?"

석호는 '끼리끼리'란 말에 이상한 힘을 주며 타일르듯 하였다.

"끼리끼리란 말이 웬 말인가?"

어이없어하던 병일도 벌컥 성을 내었다.

"글쎄, 뭐라고 하면 적당할까? 끼리끼리란 말은 좀 어폐가 있을는지 모르지만 그 — 그 — 그 여해란 자와 자네 매씨와 경우가 비슷하다고 할까. 그 자도 전과자로 사회상 폐인이 되었고, 자네 매씨도 뭐라고 할까 — 버린 여자라고 할밖에 없거든…."

"그래, 내 누이하고 그놈하고 같단 말인가? 그놈은 죄를 짓고 전과자가 되었지마는 내 누이야…."

"알아들었네. 물론 그자하고 경우가 다르기는 하네마는, 어데 세상이란 그런가. 그 잘못으로 제 팔을 제가 비여서 병신이 되는 것이나, 도적놈을 만나 칼을 얻어맞아 병신이 되는 것이나 병신은 일반이거든. 세상 사람이 그 원인을 따져 보고 그 결과를 평하지는 않는단 말야. 그 결과만 가지고 절름발이면 절름발이 곰배팔이면 곰배팔이라지, 어데 저 사람은 어떡해서 절름발이가 되고 이 사람은 어떡해서 곰배팔이 되었다고 구별을 해 주던가.

아모튼지 애석한 일일세. 여자란 그게 안 되었거든. 아모리 귀한 몸이라도 한 번 버리면 고만이란 말야."

"그야! 그야…."

병일은 석호의 말을 여지없이 반박을 하려고 둘러보았으나, 입술만 뻥 긋뻥긋 할 뿐이고 얼른 말이 나오지 않았다.

"그야 원인 결과가 모두 다르고 말고."

석호가 병일의 할 말을 대신 해 주듯 넙적 말을 받았다.

"충분히 동정할 여지도 있고, 동정만이 아니라 듣는 사람마다 분개도 할 노릇이지만, 그게 아모 실속 없는 동정이란 말일세. 신도덕이 어떠니 구도덕이 어떠니 날뛰는 놈들이라도 그놈들더러 헌 계집을 제 평생 정당한 안해로 사랑하겠는가 물어 보게. 다 체머리를 흔들 걸세. 그야 신부의 처지를 잘 알고 특별한 의협심으로 아는 듯 모르는 듯 받아주는 사내가 있다면야 그는 또 모르지. 제 안해의 불의의 불행을 가엾게 생각하고 더욱 극진히 사랑해 주는지는 모르지만, 어데 그런 사람을 구할 수가 있느냐 말야. 섣불리 구하다가는 괜히 말만 퍼뜨리고 모양만 흉하고 죽도 밥도 안 될 거란 말야. 그러니 말일세. 감정으로는 아모리 용서를 못한다손 치더래도 그자와 결혼하는 게 제일 상책이란 말일세."

병일의 고개는 천근 무게의 돌에 나려 눌리듯이 밑으로 밑으로 숙여졌다. 그는 인제 석호의 말을 반박할 용기조차 없는 듯하였다.

석호의 그 조그마한 눈에는 야릇한 웃음의 그림자가 반짝하다가 지워졌다.

그는 다시 탄식조로,

"딱해, 딱해, 참 딱한 일야. 여자란 그게 큰일야. 백락천의 시가 아니라도 일생 고락이 다른 사람에게 달렸거든. 허 기막힐 일야."라고 의미 깊게 혼자 중얼거렸다. 그리고 문득 생각난 듯이 시계를 꺼내 보고,

"벌써 여덟 시가 지났네, 늦었군. 오늘 저녁에 일곱 시부터 무슨 과장 회의가 또 있다나. 나는 가 봐야겠네. 아모튼지 잘 생각해서 신중히 처

사를 하게. 워낙 일이 괴상망칙해 놔서. 회의가 일찍 끝나면 밤이라도 또 옴세. 자네 어데 나가지는 않겠지?"

병일은 맥없이 고개만 끄떡였다.

병일의 집을 나오는 석호의 입술에는 쉴 새 없이 미소가 흘렀다. 까닭 없이 입이 뻥긋뻥긋 벌어지는 것을 걷잡으랴 걷잡을 수가 없었다. 그는 은주를 잘 안다. 어릴 적 코 흘릴 때부터 늘 보아 잘 안다. 그 탐스러운 얼굴과 총명한 눈과 옥 같은 손을 잘 안다. 그보담도 은주가 누거만 재산가의 외동딸로 외누이로 얼마나 사랑을 받고 귀염을 받고 자라난 것을 더 잘 안다. 이것은 석호의 은주에 대한 지식 가운데 가장 중대하고 긴요한 점이다. 그 미모와 재주는 이 점에 대면 부속품이요 허접쓰레기다.

그는 홀아비가 된 뒤, 미래의 안해를 꿈꿀 때 미상불 은주 생각이 아니난 것도 아니다. 그러나 그는 이 어처구니없는 공상을 물리쳤다. 은주는 높게 높게 하늘에 매어 달린 별이었다. 구름 위에 피인 꽃이었다. 그것은 가망 밖이다. 아모리 바라보고 치어다본들 제 손아귀에 떨어질 것이냐. 자기가 아모리 병일과 친하고 병일의 경영하는 모든 은행 회사에 아모리 중요한 지위를 차지했다 하더래도 자기는 병일의 한낱 사용인에 지나지 않았다. 옛날 말이면 청지기에 틀리지 않았다. 주인댁 아가씨에게 장가들기는 언감생심이 아니냐. 세상이 변하였다 한들 지체와 근지에 대한 애착심은 좀처럼 변하지 않는다. 그것은 실생활과 아모런 상관이 없는 듯하면서도, 기실 실생활의 등 뒤에서 은근히 실생활을 지배하는 유령이었다. 더구나 혼인에 들어서는 석호 제 말마따나 끼리끼리다. 양반은 양반을 찾고, 부자는 부자를 찾는다. 낡아빠진 옛 양반은 유령의 말을 들을 근력조차 없이 되었지만, 부자란 새 양반은 뜻대로 마음대로 가릴 것을 가리지 않느냐.

고양이같이 약은 석호는 결코 안 될 일에 머리를 썩히지 않는다. 제 품에 기어 들어올 파랑새가 아닌 줄 안 다음에 헛침을 삼킬 석호가 아니다. 그는 물론 그런 사색조차 보이지 않았다.

그런데! 그런데! 구름 위의 별은 땅 위에 떨어졌다. 달 속에 핀 월계화는 뜻밖의 광풍에 휘날리어 구렁에 떨어졌다. 인제는 자기도 손만 내밀면 부여잡을 수 있게 되었다. 꺾으려면 꺾을 수 있게 되었다. 옥황상제의 후원에서나 지저귀는 듯하던 파랑새는 부러진 쭉지를 떨면서 어느 사람의 아모 품에라도 안기기를 애원하게 되었다.

이 꽃을 꺾어 주랴. 꺾는대도 전부터 잔뜩 욕심이나 낸 것처럼 허겁지겁 꺾어서는 꺾는 이의 인품이 깎일 염려가 있다. 본래 원하던 바도 아니요, 싫기는 싫으면서도, 어쩔 수 없어 꺾는다는 듯이 꺾어야만 쓴다. 한껏 생색을 낼 대로 내어야 한다. 그러하자면 그 꽃을 무여지게 하잘것없이 보잘 나위 없이 더럽게 더럽게 떨어뜨리는 것이 더욱 좋다. 언짢으나마 꺼림칙하나마 친구를 위하여 주가의 명예를 위하여 그 꽃을 맡는 듯이 되어야 찬연한 생색이 나는 것이다.

그는 물건 값을 깎는 비결을 여기 이용한 것이다. 제발 팔아지이다, 맡아지이다, 하고 비두발괄[21]하도록 내버려 두어야 한다. 자기는 사기 싫으니 다른 사람에게 팔라고 내밀어야 한다. 적은 흠절이라도 크게 크게 배집어 내어야 한다.

이왕지사 버린 사람이 되었으니 헌계집이 되었으니, 여해 같은 자하고나 끼리끼리 혼인을 하라고, 가정적으로 원수요 사회상으로 폐인이 된 전과자하고나 짝을 맞추라고, 그가 기를 쓰고 주장한 이유가 실상 여기 있었던 것이다 제가 사려는 물건 . 값 떨구는 비결이었던 것이다. 이런 엉뚱한 수작을 붙여놓으면 쉽사리 제 내심을 들여다볼 수도 없거니와

---

21) 비두발괄: 비대발괄의 잘못. 억울한 사정을 하소연하면서 간절히 청하여 빎

물건 값은 저절로 더할 나위 없이 떨어질 것 아니냐. 이야말로 일거양득의 기상천외의 좋은 생각이 아니냐.

은주를 여해에게 시집 보내라 한 것은 이 사건을 해결하는 제일 좋은 상책이 아니라 기실 자기의 야망을 채우는 데 가장 첩경이요 상책이었던 것이다.

'내가 말을 너무 박절하게 하였지?'

석호는 인력거 위에서 생각하였다.

'내 말이 너무 심했을까? 헌 계집, 흥 사실이 그런 걸 어떻게 하노! 그야 갈데없는 헌계집이 별수가 있나? 몸을 버린 계집애니 헌계집이래지, 새 계집이라고는 할 수 없거든. 사람의 운명이라고는 참 알 수 없는 게야. 그 계집애가 그렇게 될 줄이야, 귀신인들 알았겠느냐 말야, 흥.'

'대관절 여해란 놈은 어떻게 생겨먹은 놈인구. 출옥하던 길로 — 하룻밤 새에 — 허 그놈 — 몸기운도 좋거든. 허 고얀 놈! 그 옥 같은 살을 — 아모도 손 못 대인 그….'

석호는 예까지 생각하고 제절치는 듯이 몸을 비꼬았다.

"죽일 놈! 죽일 놈!" 그는 수없이 중얼거렸다. 질투의 불덩이가 머리끝까지 치밀어 올라오는 듯하였다.

"죽일 놈! 죽일 놈! 죽일 놈!" 하고 석호는 마른 침을 연거푸 튀튀 배알았다.

'그런데 가만 있거라. 그 고지식한 병일이가 내 말을 곧이곧대로 들었으면 어떡할까? 정말 그 여해란 자에게 시집을 보내면 큰일이 아닌가? 설마! 설마!'

석호는 고개를 흔들었다.

'저도 사람 놈인 다음에야 그러지야 않겠지. 제 원수에게 제 누이를 내맡기지야 않겠지. 도적놈, 살인 미수범, 전과자, 강간범! 그놈에게 제 누

이를, 설마 사람의 가죽을 쓰고야! 될 말인가 될 말인가. 슬슬 기회를 보아 내게로나 보내랄까.'

석호는 웃입술에 하릴없이 붙여놓은 듯한 솔잎 수염을 한번 쓰다듬어 보았다.

'나이 사십이니 벌써 중늙은이는 된 셈이것다. 그런 아름다운 아가씨의 신랑감이 될까. 아가씨, 홍! 급살을 맞아 뒈어질 아가씨, 홍! 인제야 정조를 잃은 천둥이가 됐지, 홍 그걸 얻어 주어?'

그의 커다란 입은 또 옴질옴질하여 벌어지려 한다.

'얻어 준다면야 감지덕지하럿다. 헌 계집이 되어서 미상불 꺼림칙하기는 한걸. 꺼림칙해도 눌러 보아 줄까. 뭐 죽 떠먹은 자리지 뭐. 그 대신 벼 천이나 붙어 보렷다. 가만 있자, 병일의 재산이 얼마나 될꼬? 추수는 한 삼만 석 착실하고, 현금도 돈 백 만원은 되렷다. 부자는 더러운 부자여. 동기라곤 그 누이 하나뿐이니 설마 재산의 십분의 일이야 안 줄라구. 그러면 여러 천 석이 되게. 너무 과한데. 천 석? 이천 석? 얼마나 떼어 주려누?'

석호는 속으로 주판질을 하고 또 해 보았다. 아모리 줄잡고 줄잡아도 천 석 하나는 무난히 떼어낼 자신이 생겼다. 천 석! 소 부르주아 생활에 감질이 나는 그는 천 석만 생각해도 마음이 흐뭇하였다. 그 잘난 거마비[22]로 한 이백 원 받는 것 정말 기름을 짤 노릇이다. 뜯기는 데는 왜 그리 많은지.

시골집으로 궁한 일가와 친구로. 돈은 마치 손으로 움켜쥔 물 모양으로 용하게 새어나가지 않으냐. 그런데 천 석만 덜썩! 한꺼번에 생기면!

---

22) 거마비: 수레와 말을 타는 비용이라는 뜻으로, '교통비'를 이르는 말. 여기서는 '수고비'라는 의미로 쓰임.

'첫째 초월이를 좀 푼푼히 주어야 해. 빠듯빠듯한 월급에서 저고리 한 감만 끊어 줘도 돈 아귀가 빈단 말야. 그래도 여전히 웃는 얼굴을 보이는 건 제법야, 참 제법야. 이 판에 집칸이나 장만해 줄까? 아니지, 아니야. 은주를 얻거든 초월은 버려야 해. 부마가 되시고 함부로 계집 주전부리를 해서 쓰나. 아주 착실하게 얌전하게 보여야만 쓰거든. 그래야 벼 천이나 줄지 누가 아나. 그래, 초월이 년은 고만두고 신혼여행이나 한번 굉장하게 해 볼까? 대판으로 동경으로. 이왕 내어 디디는 걸음에 아주 양행洋行을 해 버릴까? 이러쿵저러쿵 말 나기 전에 서양을 한 바퀴 둘러온다면 병일 군도 좋아할 거라 꽃의 파리나 보고, 이탈리아에서 곤돌라나 타 보고, 남빛 지중해나 보고, 북구 미인이나 구경하고.'

석호는 학생 시대에 꿈꾸던 찬란한 공상까지 새삼스럽게 되풀이하였다.

'그런데 어떻게 그 말을 끄집어낼까. 병일이란 위인은 영리할 때엔 무척 영리하지만, 또 둔할 때는 아주 숙맥같이 둔하니 걱정야. 저편에서 나에게 맡으라면 좋겠지만 얼굴이 바시어서 내 편에서 말하기는 어렵고. 그러면 비위를 너무 긁어 주었게. 너무 나리깎아 놓아서 내게 맡으란 말이 얼른 떨어지지를 않으렷다.'

그러나 석호는 자기에게로 굴러들 이 행복을 어데까지 믿었다.

"뭐, 인제 한 번만 더 술술 말을 돌려 버리면 고만 될 거야. 그러면 오늘 밤에라도 이 눈치를 보일까? 아니 아니, 그렇게 조급하게 서둘 건 아니야. 청처지막하게 일을 꾸며야 해. 좀 뜸을 들여야."

그는 자신 있게 중얼거렸다. 그 손바닥만한 얼굴엔 악마의 그림자가 지나갔다.

파랑새 오던 날

　병일은 그 날 밤 이슥해서 집을 나가더니, 그 이튿날도 그 사흗날도 돌아오지 않았다. 영애는 혼자 애를 켜다가 못하여 넌지시 회사와 은행으로 알아보았다. 남편은 평일과 다름없이 일을 보는 줄 알고 적이 안심은 되었으나마 암만해도 남편의 행동이 위태위태해서 마음이 놓이지 않았다. 암만해도 무슨 일을 낼 것만 같았다. 새벽 늦게라도 꼭 집을 찾아들고 명화 년 때문에 근래에 와서는 이따금 왼 밤을 새우는 수도 혹 있었지마는 그 이튿날 아침을 절대로 넘기는 법은 없었다. 동녘이 환해서 집에 돌아오는 날이면 일부러 술이 더 취한 척을 하고 너스레를 치며 미안쩍어 하지 않았던가. 그러하였거늘 왼 밤은커녕 연일을 거퍼서 들어오지 않을 뿐인가. 사흘 만에 들어온다는 것도 오정 때나 겨워 고주망태가 되어 가지고 안에는 들어오지도 않고 사랑 그대로 쓰러졌다. 끙끙 앓는 소리를 내며 왼 종일 누워 있다가 밤늦게 또 집을 나가 버렸다. 이틀 동안 집에 들어오지 않는 것을 큰 변으로 알았더니 이번에는 사흘이 되어도 나흘이 되어도 들어오지를 않았다. 인제 와서는 나흘 닷새 예사로 집에 들어오지 않게 되었다. 그의 행동은 분명히 상궤를 벗어났다. 마치 돛대 잃은 배 모양으로 비틀거렸다.

　영애는 남편의 빈번을 심작하였다. 심작하면 할수록 그의 고봉은 컸다. 회사나 은행으로 전화를 걸어 보아 분명히 남편이 거기 있는 줄을 알았다. 있는 줄 알면서도 전화를 대어 달라는 말이 선뜻 나오지 않았다.

그는 남편의 목소리가 얼마나 그리웠던가. 그 목소리만 들어도 조바심을 하는 마음을 얼마쯤 놓을 것을! 그러나 안타깝게 전화를 끊는 수밖에 없었다. 떳떳한 부부간이 아니요, 마치 뒷전에서 은근히 사내의 안부를 걱정하는 둘째나 셋째 계집처럼. 영애는 이것이 끝없이 슬펐다.

모처럼 돌아오는 남편이라도 그는 반색을 하며 맞을 수도 없었다. 혹시 남편이 돌아왔나 하고 그는 열 번 스무 번 사랑에 부리는 계집애를 내어보내 보았다. 깊은 밤과 새벽녘에는 제가 몸소 몇 차례씩 사랑까지 나와 보았다.

얼마 전까지도 사랑을 기웃거리는 것은 점잖은 부인이 못할 짓인 줄 여겼었다. 인제 그런 체모를 돌아볼 마음의 여유조차 남지 않았는가.

이렇게 기다리는 남편이건만 정작 남편의 들어오는 기척만 나면 기겁을 하고 몸을 피하는 영애였다. 째기 발을 디디고, 남편의 숨소리를 들으면서도 와락 들어가 보지 못하는 영애였다. 내켜지지 않는 발길을 종용히 옮겨 안으로 들어올 제, 샐 무렵의 봄바람은 유난히 목덜미에 쓰리었다.

무슨 낯으로 남편을 대할 것인가. 무슨 말로 남편을 위로할 것인가. 제 얼굴만 보여도 남편의 역정을 더 돋울 것만 같았다. 남편을 위로하기는커녕 남편을 보기만 하면 제가 먼저 울고 쓰러질 것만 같았다.

하로는 애저녁에 병일이가 황황히 돌아왔다. 허둥지둥하며 쉰길로 안방에 들어온다. 그 걸음걸이로 보아 오랫동안 두고 고민하던 것을 귀정을 내려고 서두는 듯하였다.

영애는 기름기가 쭉 빠진 듯한 남편의 얼굴이 무서웠다.

"여보, 여보!"

병일은 채 자리도 잡기 전에 황급하게 불렀다.

"네?"

"여보, 여보! 여해 군 가 봤수?"

"아녜요."

"아니라니?"

남편은 버럭 화를 냈다.

"가 보란 제가 언젠데 입때 가 보지를 않았단 말이오? 왜 말을 듣지 않는 게야."

"…."

생트집이다. 영애는 어이없이 도적질하듯 남편의 기색만 살피었다.

'무슨 일을 내려는고?'

영애는 속으로 생각하며 몸을 오그라 붙이었다.

"왜 가보라니까 안 가는 거야."

병일은 눈까지 부라린다.

영애는 웬 영문인지 곡절을 알 길이 없었다. 그런 몹쓸 짓을 저지른 여해를 병문 않았다고 이대도록 역정을 낼 리야 있을 것인가. 아모리 예수와 같은 거룩한 마음을 가진 이라 한들 그 짓까지야 용서를 할 수 있을 것인가.

남편의 뜻은 분명 딴 데 있는 것이다. 나를 골리려고 일부러 말 허두로 꺼낸 것이다.

영애는 정말 벼락이 떨어지기를 기다리며 우레 소리를 흘려들었다.

"지금이라도 가우."

남편은 내던지듯 또 한 마디 뇌까린다.

"어딜 가요?"

"여해 군 병원 말야. 입때 한 말은 뭘루 들었누?"

"지금 가란 말씀예요?"

"그럼, 지금 당장이라도 다녀와!"

"참 말씀예요?"

"그럼, 내가 거짓말할까. 얼핏 가요, 가."

"지금 어떻게….'

"지금 어떻게라니 아직 아홉 시도 못 되었는데 가면 어떻단 말요?"

"왜 별안간에….'

"왜 별안간은? 내가 가 보라고 한 제가 그래 시방이 처음이란 말요?"

"가 보면 뭘 해요?"

"어 가 보라도 또 그러는군. 글쎄 좀 가 봐요."

남편의 화중은 조금 수그러지는 듯하였다.

"무슨 전할 말씀이나 계셔요?"

"전할 말이 무슨 전할 말이람? 그저 가 보는 게지. 입원한 지도 하두 오래고 하니, 인정간에 가 봐야 될 것 아니오?"

"그저 다녀만 와요?"

"그래, 그저 다녀만 오란 밖에."

암만해도 남편의 참뜻을 알아차릴 수가 없었다.

영애는 있는 용기를 다 내어 남편의 말을 거절하기로 결심하였다.

"난 싫어요. 가기 싫어요."

영애는 재바르게 말을 끊고 남편의 호통을 기다렸다.

"어, 가 보라도 그러는군. 좀 가 보아요."

병일의 성은 웬일인지 짚불처럼 사그라졌다. 고래고래 소리를 지를 줄 알았더니 나직나직하게 마치 사정을 하는 듯하다. 남편의 태도는 갈수록 수수께끼였다.

"왜 그러셔요? 가 봐야 될 일이 뭐예요?"

영애도 도지게 먹었던 마음을 풀고 은근히 물어보았다.

"그 까닭은 차차 말할 테니, 위선 가 봐요. 가서….'

"가서?"

"가서 눈치나 좀 보고 오구려."

"무슨 눈치를 봐요?"

"어, 그 눈치가 아니라…."

병일은 더듬거린다.

"어, 그… 그 어떻게 하고 있는 꼴이나 보고. 어, 그 입원비도 오래 치르지 못했을 테니, 이걸 갖다 주고…."

(1페이지 공유저작물에 내용 없음)

"뒷집 큰애기 단봇짐 쌀 때구려, 흥."

"큰애기 아니라도 가슴이 술렁술렁해지는걸!"

여해는 빙그레 웃었다.

"참, 봄이 되면 왜 가슴이 술렁거릴까요?"

"그걸 누가 아오? 술렁거리는 가슴에게 물어 보구려."

"선생님, 가슴은 왜 술렁거려요?"

" 내 가슴 술렁거리는 건 내가 알아 할 테니, 명화 씨 가슴이나 물어 보구려."

"내 가슴 술렁거리는 까닭이야 나도 안답니다."

"옳거니, 그 까닭을 좀 들읍시다."

"그 까닭이야 뭐, 그 까닭이야 뭐…."

명화는 말을 얼버무린다. 그는 전에 없이 얼굴을 붉히었다.

"에이, 그 얼버무리는 것, 왜 똑똑히 말을 못해요?"

여해는 선날 명화의 말씨를 고대로 흉내내었다.

"남의 말 책이야 잘 잡으시지. 남의 말 되풀이하기도 고만이구."

"말 배우는 사람이 말 잘하는 사람의 말본이나 떠야 될 것 아니오?"

"에그머니나 선생 빰치겠네."

"황송합니다. 선생님께옵서 너무 제자를 꾸중만 하시니 어데 견디어나 겠소? 가슴 술렁거리는 까닭이나 일러 주소서."

"잘한다, 잘한다. 왜 오늘밤에는 까짜만 올리서?"

명화는 성을 내며 딱새같이 소리를 질렀다.

"까짜는 누가 올려요? 그 까닭이나 좀 들읍시다그려."

"까닭이 무슨 까닭예요? 온 참."

"압다, 그러지 말고. 왜 기껏 얘기를 하다가 그 까닭만 말 못할 게 뭐란 말이오?"

여해는 명화가 자기를 졸르던 그대로 성화를 바치었다.

"참 사람 죽겠네."

"그만 일에 죽을건 천부당만부당한 일, 그 까닭만 좀 들읍시다그려. 요새 병일이와 밤마다 밤새움을 한다더니 그 까닭이 그 까닭이오?"

"병일 씨하고, 홍." 하고 명화는 입을 비쭉하였다.

"그런데, 참 그 어른이 요새 웬일이예요? 밤마다 고주망태가 돼 가지고 사람을 못살게 구니."

"봄바람에 놀아나는 게지."

"놀아나는 것도 아녜요. 오만상이나, 찌푸리고, 그저 술 술, 술타령만 하겠지. 요릿집에서 밤을 뻐언히 밝히고."

"아름다운 마누라에 아름다운 기생에 왜 술맛이 안 날거요? 더구나 봄이것다,"

"그런 것도 아닌가 보던데. 아마 무슨 걱정이 있던가 보던데요."

"팔자 좋은 사람이 걱정이 무슨 걱정이오? 그야말로 걱정도 재미겠지."

빈정거리고 여해는 한숨을 내어쉬었다.

"아녜요. 걱정도 이만저만한 걱정이 아닌 것 같아요. 까닭 없이 골딱지를 내고, 성미를 부르고, 술주정을 마구 하고. 전에 없이 사람을 잡으면 놓지 않고."

"명사것다, 부자것다, 잡히면 좀 좋겠소? 그래서 가슴이 술렁거리는 게로군!'

"아이 선생님도 자그마치 비꼬아요. 돈에만 눈 어두운 명화 년은 아니랍니다. 가슴 술렁거리는 까닭은 따로 있답니다."

"정말 가슴 술렁거리는 까닭이 있구려."

"있기만 있어요."

명화는 자랑스럽게 되받았다.

바람은 더욱 몹시 불어제친다. 우지끈 뚱땅 들부수는 듯한 가운데 껄껄거리는 호탕한 봄의 웃음소리가 높게 들리는 듯하였다. 유리창은 물결처럼 구비를 치며 울렁거리었다.

명화는 품안에 손을 넣어 훔척훔척한다. 품속 깊이 든 무엇을 찾아내는 모양이다. 이윽고 찾기는 찾았으나 이것을 꺼내 보일까 말까 망설이는 듯하며, 지그시 가슴을 누르고 얼른 손을 빼려고 하지 않았다.

"뭘 가지고 그러우?"

여해는 조급한 듯이 채쳤다.

그제야 명화는 말없이 손을 빼내는데 그 손에는 네모난 양 봉투 한 장이 쥐어 있었다. 제 품속을 떠나 바람을 쏘이는 것이 차갑기나 하다는 듯이 다시 제 뺨에 대고 비비다가 여해를 준다.

그 편지는 땀기에 젖고 살의 온기에 녹아서 녹신녹신하였다.

겉봉에는

'조선 경성 부교정 ○○번지 이명화 씨 앞朝鮮 京城 武橋町 ○○番地 李明花 氏 앞'

또박또박하게 여무진 먹 글씨로 썼고, 뒷장엔 편지 부친 이의 주소 성명은 적지 않고, 편지 봉한 어름에 정情자 한 자만 큼직하게 쓴 것이었다.

여해는 '이명화 씨 앞'이란 앞 자를 한글로 쓴 것이 눈에 조금 서툰 듯하면서도 어쩐지 정다웠다.

여해는 곧 편지 알맹이를 뽑았다. 편지는 해사하나 능란한 철필 글씨다.

명화는 이 사연을 열 번 스무 번 읽고 또 읽어 보았으련마는, 여해의 보는 것을 또 한 번 더 보겠다는 듯이 여해의 턱밑으로 얼굴을 디밀었다.

그러나 그 편지에는 명화가 그렇게 심심장지[23]할 만한 특별한 사연은 없었다. 허두에는 오랫동안 청조青鳥가 끊어졌으니, 필적도 잘 몰라보리라는 걱정을 하였다. 그것은 자기가 무정한 탓만이 아니요, 해외 생활이란 자연 바쁘고 총총해서 편지 한 장 부치기에도 여간 힘이 안 드는 것이라고 순순히 가르치듯 하였고, 수이 귀국을 하게 되어 만날 날이 멀지 않다는 사연이었다. 연애편지답게 아기자기한 잔사설도 없고 흐무러진 정열의 형용사도 찾을 수 없었다. 화류계의 정찰에 흔히 쓰는 멋질린 근경도 없었다. 그러나 담담한 가운데에도 아끼고 생각하는 정은 번뜩였다.

— 몸이나 건강하오? 고달픈 생애에 남달리 부대끼는 양, 눈앞에 보는 듯하오. 너무 눈살을 찌푸려 그 숱한 눈썹이 줄지나 않았는지 —. 하는 것이라든지, 자기가 온다고 너무 조바심을 하고 기다릴까 보아, — 이 파랑새가 그대의 손에 잡힐 무렵에는 내가 벌써 이곳을 떠났을는지도 모를 것이오. 그렇다고 조급하게 기다리지는 마오. 한 달 두 달 지체 될는지도 모르니—.

아주 마음을 턱 눅혀준 것이라든지, 유야랑과 기생 사이에 오고가는 예사 사연 뿐만은 아니었다. 그런데 이상한 것은, 이러한 두 사이로 여러 해포 만에 만나게 되는 것을 조금도 기뻐하는 듯한 구절이 없는 것이었

---

23) 심심장지: 소중한 물건을 깊이 감추어 둠.

다. 도리어 처량하고 절망적이요, 비장한 울림이 떠올랐다.

우리의 만날 날이 멀지 — 않았소. 나에게는 슬픈 일이지만 우리에겐 기쁜 일이라 할지. 나는 이곳을 떠나려 하오. 육칠 년을 제 이의 고향으로 정들인 이곳을 나는 길이 작별하려 하오. 내 몸은 해외 풍상을 겪기에 너무 지치고 약해진 것이오. 내 마지막으로 남은 것은 그리운 고토로 돌아갈 길뿐이오. 그리운 애인의 품속으로 뛰어들 길뿐이오. 그 부드러운 살이 나를 받아주게 못 된다면은 그 맑은 공기 가운데서나 사라진들 어떠하겠소. — 여해는 편지 사연을 여러 번 훑어보고 나서 편지를 접어 다시 봉투에 넣고 유심히 일부인[24]을 보았다.

그것은 중국 상해 우편국 일부인이 찍힌 것이었다.

명화는 여해가 다 보고 난 그 편지를 받아서 도루 가슴속 깊이 감추었다. 기껏 보이고 나서 누구에게 들킬까 두려워하는 것처럼,

"편지한 이가 누구요?"

한동안 묵묵히 말이 없다가 여해는 힘없이 물었다.

"누구라면 아실 테요?"

명화의 대답은 비양스럽다. 저절로 떨어지는 입귀에는 웃음이 방싯방싯 터져 나왔다.

수이 그이와 만난다는 행복에, 그는 거의 압도가 되었던 것이다. 혼자 속에 접어 넣어두기엔 너무 크나큰 기쁨이었던 것이다. 그에게 이런 애인이 있는 것을 자랑이 하고 싶어 견딜 수 없었던 것이다. 이 아름답고 거룩한 비밀! 이날 이때까지 아모에게도 알리지 않은 이 비밀은 인제 더 그의 좁은 가슴속에 갇혀 있기 싫다고 발버둥질을 하는 듯하였다. 사바

---

24) 일부인: 편지를 받으면 날짜와 발신 우체국의 소인이 찍혀 있는데, 이것을 일부인이라고 한다.

세계와 인연이 끊어진 여해 같은 사람이야말로 제 속의 비밀을 흘리기에 가장 적당한 대수가 아닌가.

편지한 그이는 바루 김상열 그 사람이었다. 제 팔뚝에 뚜렷이 백년랑군이라 새겼던 그 사람이었다.

그이는 야학교 선생이었다. 명화는 얼마나 여학생이 되기를 원하였던가. 그러나 가난한 그의 부모는 그의 소원을 풀어주지 않았다. 그의 아름다운 얼굴에 빨랫줄 같은 희망을 걸고 하나 딸을 기생에 집어넣었다. 딸의 살점을 파는 뉘도 오래 못 보고 일찍 죽을 것을.

명화는 양금을 치고 승무를 배우면서도, 생각은 학교로 달리었다. 그는 틈만 있으면 제 집에서 멀지 않은 보통학교 문에 붙어 섰다. 운동장에 헤어져 뛰노는 제 동무들! 그는 그 조그마한 목마와, 일렁일렁 움직이는 방아 같은 '부랑꼬25)'를 꿈에도 보았다.

"기생, 기생, 콩까리, 방구 돼지 네 돼지."

그는 애들에겐 이런 놀림을 받고 몇 번이나 울었던가.

가정부인과 학교에 못 가는 애들을 위해 그 야학교가 설립되자 그는 부모도 몰래 입학을 해 버렸다. 그 때는 그의 나이 벌써 머리 얹기가 늦었지만, 어릴 때의 꿈이 그때도 그리웠던 것이다. 부모도 기를 쓰고 말리지는 않았다. 별로 큰 돈 드는 노릇도 아니요, 기생이란 식자가 있어야 장래에도 잘 불린다는 바람에.

명화는 저녁마다 얼굴의 분때를 지우고 야학에를 갔다. 그는 다 아는 본문과 아라비아 숫자를 다시 배우는 것이 그리 신통치는 않았으되, 나도 학교에 왔다! 하는 기쁨에 가슴은 울렁거렸다. 더구나 교단에 나타나는 젊은 선생들이 딴 세상 사람같이 보이었다. 자기를 보고 놀리고 시달

---

25) 부랑코: 그네.

리지 않는 남자도 있고나 하고 그는 스스로 놀래었다. 그 중에도 얌전스럽고 자랑스러운 김상열의 일거일동은 까닭 없이 그의 마음을 끌었다.

이런 행복도 명화에게는 길지 않았다. 그가 쭈뼛쭈뼛하던 본색은 그예 탄로가 나고 말았다. 기생년이 다니는 학교에 귀한 딸과 며느리를 보낼 수 없다고 부형들이 떠들고 일어났다.

학교는 명화를 퇴학시키는 수밖에 없었다. 사무실에 불려 가서 이 말을 들을 때 어떻게 무안하고 설웠던가. 땅바닥이나 진배없는 몬지투성이 마룻장에 그대로 울고 쓰러졌다.

그의 손길을 잡아 일으켜 준 사람은 상열이었다. 선생의 체면도 돌아보지 않고 우는 그를 집까지 데려다 준 사람도 상열이었다. 상열은 입에 침이 없이 그를 위로해 주었다. 학교에 다니는 것이나 다름없이 자기가 틈나는 대로 와서 가르쳐 주겠다고까지 약속하였다.

상열은 날마다 왔다. 아침 일찌감치도 오고 야학 파한 밤늦게도 왔다.

그의 행동은 어디까지 점잖았다. 가르칠 것을 가르치고 나면 그는 언제든지 선선히 일어났다. 그 때 상열의 나이도 어렸다. 서울서 중학교를 갓 마치고 시골에 나려와 있던 터로, 명화와 네 살밖에 틀리지 않았다. 그는 명화를 가르치는 데 청춘의 정열과 감격을 쏟는 듯하였다.

처음에는 상열의 태도가 어디까지 의젓하고 다정하게만 보였지만, 차차 날이 갈수록 너무 점잔만 빼는 듯하였다. 물같이 싱거운 듯하였다. 명화에게 이것이 미협하였다. 미협하면 할수록 그에 대한 마음은 더 쓰이었다. 올 시간이 조금만 지나도 애가 마르는 듯하였다. 명화는 상열에게 홀로 선생만 되지 말고, 다른 무엇도 되어 주기를 은근히 바라게 된 탓이리라. 그러자 명화와 상열의 두 사이에 성분났다는 소문이 높아졌다. 이 소문은 마치 될 듯 말 듯한 그들의 사랑의 꽃에 봄바람과 같았다. 명화는 자기가 그에게 누가 된다고 울었다. 상열은 무어 상관이 있느냐고 웃었다. 이러하여 그들의 인연은 맺어졌다.

그 뒤로 상열은 몹쓸 놈이 되고 명화는 싹수없는 기생이 되었다. 세상의 조소와 박해를 입으면 입을수록 단둘의 세상은 더욱 훗훗하고 오붓하였다. 그러나 상열은 아녀자의 사랑에만 매여 있을 녹록한 장부가 아니었다. 그들에게 안타까운 이별의 날은 왔다. 상열은 표연히 상해로 건너가게 된 것이다. 그때 상열은 열아홉, 명화는 열다섯. 애송이 남녀는 풋사랑에 쓰라린 작별에 울고 또 울었다. 명화는 그리 변하지 않을 이 사랑을 맹서하고 싶었다. 그는 푸른 점쯤 뜨는 것으로는 만족하지 않았다. 대규모로 백년랑군이란 말과 김상열이란 성명 삼 자를 제 팔뚝에 먹실을 넣기로 결심하였다. 어린 그는 옛날 열녀의 본을 받아 이 살이 썩을지언정 이 정절은 지키리라 결심하였다.

상열도 그 결심을 말리지 않았다. 그도 제 사랑의 자취가 명화의 살 속에 뚜렷이 남는 것을 깊이 감동하였다.

명화는 아픈 것을 기쁘게 참았다. 바늘 끝에 비치는 피를 보며 눈물 걸씬걸씬한 눈에 웃음의 그림자를 띠었다. '백년랑군 김'까지 새기고는 상열은 애처로워서 바늘을 뽑아 버렸다.

그들은 으스러지도록 서로 안으며 또 한 번 울었다.

처음 떠난 뒤 얼마 동안은 편지가 거의 날마다 오다시피 하였다. 그들은 이 편지를 두 사이에 넘나드는 '파랑새'라고 불렀다. 사람 없는 어둑한 들판에 외로이 남은 듯한 명화에게는 이 파랑새가 얼마나 그립고 아쉬웠던가. 하로 한 번을 와도 도수가 뜬 듯하였다. 그러나 한두 달 지나는 사이에 이 파랑새의 나래는 점점 쉬었다. 날마다가 이틀 사흘을 건너게 되고 일주일이 되고 잊은 듯이 달을 넘기는 수도 있었다. 명화는 그의 무정을 원망하였다. 그럴수록 세월은 흘러가고 편지의 동안은 더욱 떴다. 명화는 야속하였다. 슬퍼하였다. 못 믿을 것은 사내라고. 그러나 명화 자신도 그에게 대한 정절을 일 년 나마를 지키지 못하였다.

부모가 욱대겨서, 촌부자 상투배기에게 첫 남편을 하고는, 죽고만 싶었다. 그는 정말 목숨 끊을 자리를 찾아 방천둑까지 나갔다. 푸르게 넘실거리는 물결에 눈물을 떨구고 있노라니 찾아 나선 부모에게 들키어 개 패듯 맞고 집으로 끌려왔다.

첫 번을 치르고 나서는 그는 수 없는 사내에게 쉽사리 몸을 내맡기었다. 그럴 적마다 팔뚝에 넣은 먹실은 그를 비웃는 듯하였다.

육체의 정절은 지키랴 지킬 수 없다. 차라리 마음의 정절이나 지키리라. 그는 마음을 곤쳐 먹었다.

이 마음의 정절조차 이따금 흔들리었다. 부자도 겪고 건달도 겪고 호화 자제며 해뚝해뚝한 학생이며 우락부락한 부랑자와 달착지근한 시인을 겪는 사이에 하마하더면 마음의 정조도 잃을 뻔하였다. 다행하게도 이런 유혹은 오래지 않았다. 자주 만나는 화류계의 사랑은 파탄이 쉬웠다. 그리울수록 떨어져 있을수록 첫사랑은 더욱 깊어가고, 깨끗해지는 듯하였다. 하늘이 높을수록 공기가 맑아지는 모양으로 처음 동안이 떠가는 것으로 보아서는 아주 끊어질 듯하던 상열의 서신은 여러 해를 지나도 그저 그만치 계속되었다. 해가 바뀐다든지 주소가 변경이 된다든지 할 때면 꼭 파랑새를 날리었다. 무상심심장류수! 옛말 그른 데는 없었다.

명화 저도 슬픈 경우와 설은 사정을 당할 적마다 만지장서를 늘어놓았지만, 인제 와서는 저도 제 집이나 옮길 때가 아니고는 별로 편지질을 하지 않았다. 편지질보담 마음속에 넣어두고 종용히 생각하는 것이 더욱 깊숙한 맛이 날 것 같아서였다. 두 속은 피차에 환하게 들여다보고 있는 듯하여 잔사설을 늘어놓는 것이 도리어 군더더기 같아서였다.

기생으로 환갑을 지낸 오늘날, 한 해 두 해 지내갈수록 그는 기생 노릇을 서둘렀다. 돈냥이나 걷어쥐면! 그는 상해로 멀리 뛸 작정이었다. 그래 가지고 상열과 사랑의 둥우리를 얽는 것이 그의 최고 이상이었다. 세상은 반드러워졌다.

기생에게 그렇게 어수룩하게 돈을 쓰는 사내가 어디 그리 쉬운가. 이 목적을 달해 볼까 하고, 그는 요새 갖은 재조와 수단을 있는 대로 다 부려 병일을 얼르는 판이었다.

그런데 그이가 온다고 하지 않는가. 조선 땅에는 아주 나오지 못할 줄 알았던 그이가 이편에서 가기 전에 저편에서 먼저 온다고 하지 않는가. 죽었던 사람이 살아온다 한들 이에서 더 반가우랴, 이에서 더 기쁘랴.

명화는 생시가 아니고 꿈이나 아닌가 하였다. 편지 사연이 누가 곁에서 보아도 좋을 만큼 잔재미가 없고 어떤지 비창한 것이 마음에 걸리기는 걸리었다. 거기서 부접지를 못할 무슨 탈이 생겼는가. 몹쓸 병이나 생기지 않았는가. 그러나 몸이 약해졌으면 대수인가. 병이 들었으면 대수인가 도리어 자기의 있는 정성과 마음을 다할 좋을 기회가 아닌가. 만나기나 하면! 마주 앉기만 하면! 쌓이고 쌓인 회포, 그리고 그리던 정이 봄바람 쏘인 얼음처럼 풀어질 것이 아닌가.

명화는 뺄 것을 빼고 추릴 것을 추리면서도 제법 자세하게 제 경력을 늘어놓았다.

"그러면 팔뚝에 새겼다는 것이 아직도 남았겠구려."

여해는 재미있다느니보담 차라리 처참한 표정으로 명화의 이야기를 듣고 나서 물었다.

"사내들은 다 저러겠다. 팔뚝에 새긴 것 새긴 것하고 사죽들을 못 쓰니, 온 별일야."

명화는 대번에 골을 낸다.

"아모라도 그게 궁금할 게 아니오?"

"그 궁금하다는 심사가 밉쌀맞단 말예요. 남의 팔뚝에야 뭘 새겼거나 왜들 상관이야?"

명화는 더욱 성을 낸다.

"대관절 있단 말이오, 없단 말이오?"

"그게 입때 남아 있어요? 사내들의 짓궂은 심사가 그걸 입때 남겨둘 줄 아슈?"

명화는 별안간 훌쩍훌쩍 울기 시작하였다.

"남의 정표를, 그렇게 아픈 것을 참고 떠둔 남의 정표를 갖다가 …그이가 나오면 뭘 보이누…."

명화는 넋두리를 넣어가며 흐득여 울었다.

"살에 넣어둔 게 없어졌단 말이오?"

"사내들 등쌀에 오려내고 말았다우."

"오려내다께?"

여해는 놀라며 일어앉았다.

"칼로… 칼로… 도려 내었다우…. 내손으로…."

명화는 울며 여해의 무릎에 쓰러졌다.

"그걸 두자니 놀림감만 되고, 세상 사내들이 마음을 턱 주지 않는구려. 그이를 위한 정표가 도리어 우리 일에 방해만 되는 그걸 두면 뭘 해요?"

"그러면 도려낸 것도 그이를 위한 탓이구려."

"그야 그렇다 뿐예요? 그렇지만…."

"어디 좀 봅시다."

명화는 저고리 고름을 끌르고 팔쭉지를 걷어내었다. 보얀 살 위에 한 뼘만치나 찌그러붙은 자욱이 천연 굵은 지렁이가 기는 듯하다.

"이럴 수가!"

여해는 끔찍스러워하였다.

"이걸 보면 그이의 마음이 어떠하겠어요? 제가 남기고 간 사랑의 자취가 이 꼴이 된 걸 보면 그이가 용서를 해 줄까요? 내 마음을 믿어 줄까요? 내 마음이 변해서 이런 끔찍스러운 짓을 한 걸로 오해나 않을까요?"

명화는 눈물이 그렁그렁한 눈을 들어 물끄러미 여해를 바라보며 근심스럽게 물었다.

바람은 여전히 분다. 와글와글 유리창에 발버둥질을 치는 듯하였다.

여해의 가슴속에는 분화산이 탁 터지는 듯하였다. 뜨거운 김이 전신에 확 끼쳤다. 그는 명화를 으스러지라고 안았다.

명화는 몸을 빼려고도 하지 않았다. 여해의 쇠깍지 같은 팔 속에서 조그마한 새 모양으로 할딱거리며 입술을 쳐들어 여전히 근심스럽게 물었다.

"그이가 용서를 해 줄까요? 마음을 알아줄까요?"

여해의 눈 밑에는 눈물을 들이마신 명화의 입술이 이슬 머금은 꽃잎같이 떨리었다. 여해의 팔깍지는 더 좁아들었다. 그의 입술은 명화의 입술을 쥐어뜯을 듯이 달라붙었다….

바람 소리는 지동을 일으키는 듯하다. 병원 부속 건물의 양철 지붕을 벗기는지 야단스러운 음향을 내었다.

그들은 자기들 병실 문을 뚜드리는 소리를 듣지 못하였다. 문이 열리는 것도 몰랐다. 영애가 들어선 것도 얼른 알아보지를 못하였다.

밟히는 지폐

영애는 내켜지지 않는 걸음으로 병원에를 왔다.

그는 기뻐해야 옳을 일이 아닌가. 여해의 장래를 아름답게 훌륭하게 꾸며 주려던 그가 아니었던가. 그렇다면 은주보담 더 좋은 신부감을 구해낼 수 있었을까. 한다하는 명사, 한다하는 재산가의 외누이요 미인이고 재원인 당자! 왼 조선을 뒤져도 이런 색시를 찾아내기 어려웠으리라. 여해의 앞길은 양양한 봄 바다와 같이 열릴 것이 아니냐, 옛 애인을 위하던 자기의 공상이 쩍말없이 찬란하게 실현될 것이 아니냐, 이 걸음이야말로 어깨춤이 절로 날 걸음이 아니냐.

이래도 그는 부족하였던가, 미협하였던가?

영애의 가슴속엔 복잡한 감정이 얽히고 얽히어 영애 자신도 웬 셈인지를 몰랐다.

'여해 씨와 아가씨와 결혼?'

아모리 뇌어 보아도 머리에 선뜻 들어오지를 않았다.

'그럴 수가…' 하고 영애는 웬일인지 제 가슴이 텅 비어지는 듯한 무엇을 에이는 듯한 이상한 감정을 느끼었다 . 이 야릇한 감정은 여해가 은주 방에서 튀어나오는 것을 볼 때에도 그의 사시나무 떨듯 하는 몸을 스쳐 지나간 것이었다.

은주는 여해의 안해 되기에 너무 귀하였다, 너무 어여뻤다.

그는 여해의 출옥 임물에, 여해를 위해 갖은 공상으로 밤새움을 할 때

불꽃처럼 돋았다가 스러지고 스러졌다가 돋는 생각 가운데는 미상불 여해의 장래 안해도 아니었다. 어떤 인물이라고 구체적 상상은 해 본 것이 아니나, 그러나! 은주와 같이 귀하고 미인은 아니었다. 자기와 대등되는 인물은 아니었다.

그는 그 일이 생긴 뒤로 은주 보기가 면구스럽기도 하였지마는 보기도 싫었다. 어쩌다가 마주뜨리면 까닭 없이 얼굴이 화끈하고 달아오르는 것이었다.

여해에 대한 감정은 이를 악물고 물리쳤다. 어떻다고 생각조차 못할 일이었다. 한바탕 악몽으로 돌려버리려 하였다.

그가 여해와 다시 만나게 될 줄이야, 그러나 누구의 영이라고 그일 수 있는가. 그가 제 마음을 제가 두려워하였다. 밉광스럽고 무섭고 징그러운 생각이 솟아오르는 것을!

그는 다리를 질질 끌다시피 하였다.

그는 내켜지지 않는 손으로 병실 문을 뚜드렸다. 여러 번 뚜드렸다. 아모 기척이 없다. 그는 서먹서먹하면서도 문을 열고 들어섰다. 그 순간 제 눈앞에 벌어진 광경이란! 그는 하도 무참해서 문을 탁 닫고 도루 나와 버렸다.

여해와 명화는 방문 앞에 사람 얼굴이 얼씬하다가 사라진 것을 보았다. 여해는 감았던 팔을 풀었다. 명화는 눈이 호동그래지며,

"누구일까…?" 하고 고개를 제싯하였다.

"글쎄…." 하고 여해도 무엇을 엿들으려는 것처럼 귀를 쫑긋 하였다. 명화는 몸을 털고 일어나 슬리퍼를 짤짤 끌며 종종걸음을 쳐서 문 밖까지 쫓아왔다. 거기는 뜻밖에 영애가 서 있지 않는가. 명화는 일 찰나 어리둥절하다가 짐짓 아모 일도 없었던 것처럼 방글방글 웃었다.

"난 누구시라구."

잠깐 말을 끊었다가,

"아이구 아씨님, 오서겝쇼." 하고 나붓이 절이라도 할 듯하다.

영애는 살이 떨리도록 얄밉다 분한 생각이 났다. 도끼눈을 뜬 눈엔 실낱같은 불길이 이는 듯하였다.

"여기에 왜 이러고 계서요? 어서 들어가서요."

명화는 깍듯이 손목이라도 잡아 끄을 듯하다.

이 천도깨비 같은 년을 여기서 만날 줄이야!

영애는 대꾸도 않고 새근새근 어깨로 숨을 쉬었다.

영애는 일껏 왔다가 그냥 돌아설 수도 없었다. 쇠꼬챙이같이 몸을 꼿꼿이 세우고 명화를 따라 들어왔다.

"T동 아씨님 오셨어요."

명화는 병실에 들어서며 전갈 사령 모양으로 부르짖었다.

여해는 그대로 앉았기도 무얼하였던지 어느 결에 누워 있었다. 영애는 병상 가까이 왔다.

"좀 어떠세요?"

떨어지지 않는 입을 간신히 떼었다. 그는 환자의 얼굴을 마주보기가 바시다는 듯이 눈을 떨어뜨리었다.

"네 많이 나았습니다. 염려하신 덕택으로."

여해는 소리를 버럭 지르다시피 쾌활한 목청을 내었다. 그 말 속에 거슬거슬한 뼈가 섞인 것은 장님이라도 만져볼 수 있었다.

영애는 귀청이 잉하고 울리는 듯하였다.

'자기는 무얼 잘했다고 퉁명인구?'

무두무미하게 이런 생각이 지나간다.

"참 많이 나으셨어요. 그 때 입원을 안 했더면 큰일 날걸. 다시 살아나신 거나 진배없지요."

명화는 거들어 치하하듯 말하였다. 입술이 빗슥해지는 것을 참노라고 입을 오무려 붙이었다.

영애는 두 남녀의 입을 모은 총공격에 뒤로 넘겨 박힐 듯한 것을 억지로 버티었다. 그도 응전할 준비로 첫째 명화를 향해 곱지 않는 눈살을 쏘았다. 그 눈살은 이년아, 너는 입을 담치고 있어 하는 듯하였다.

"어휴, 무서워라 왜 남을 그렇게 흘겨보십쇼? 전 잘못한 일도 없는데 자 이리 앉기나 하십쇼. 두 분이 오래간만에도 만났으니."

곱지 않은 눈살쯤으로 거꾸러질 명화가 아니었다. 그는 적을 어린애 다루듯 하였다. 둥근 의자를 적의 궁덩이 밑으로 떠다박지르듯 밀어 넣으며 고분고분하게 권한다.

영애는 가뜩이나 허전허전하는 정강이가 의자에 밀려 힘없이 접치었다. 그는 무너지는 듯이 주저앉고 말았다.

"오 옳지, 그렇게 앉으시고, 두 분이 무슨 정담이라도 하십쇼. 쇤네는 물러갑니다." 하고 명화는 슬쩍 몸을 돌려 나가려 한다,

영애는 또 한 번 명화를 노려보았다. 별안간 한기가 드는지 이가 딱딱 마주치었다.

"왜 그럽시오? 나가지 말란 말씀예요?. 있으라면 있읍지요. 난 또 두 분께 방해가 될까 봐서, 호호."

명화는 깔깔 웃었다.

'이년이 모든 것을 아는고나!'

불현듯 이런 생각이 비수와 같이 영애의 가슴을 에이며 떠올랐다. 야속과 미움에 타는 눈초리를 이번에는 여해에게로 돌리었다.

"귀하신 몸으로 그 바람을 쏘이시고 오시느라구 얼마나 수고를 하셨습니까?"

여해는 명화가 자기를 찾아온 첫밤에 하던 말이 불쑥 입을 뚫고 나와

버렸다.

'내 말이 너무 심하고나.'

여해는 진작 후회하였으나 벌써 말은 나온 뒤였다.

"그렇구 말구요. 그 귀하신 몸에 그 높으신 몸에 병환이 나면 어쩌자고 그 모진 바람을 쏘이시고…. 이번에도 자동차는 타고 오셨겠지요?"

명화는 한 술 더 뜨고 생글생글 웃었다.

여해는 명화를 향해 눈을 껌뻑하고 손을 저어 보이었다. 그런 소리를 마구 말라는 뜻이리라.

영애는 자기에게 대한 모욕의 언사보담도 이 눈껌쩍이만은 정말 참기 어려웠다. 그는 곧 자리를 차고 일어서려 하였으나 문득 제가 온 사명을 생각하였다.

'환심을 못 사 둔다손 치더라도 이 돈을 전하고 가야.' — 세상에 이럴 수도 있는가. 이렇게 남의 본정을 모를 수도 있는가. 어쩌면! 어쩌면! 두 사이의 비밀을 기생년 따위에게, 저 천도깨비 같은 명화 년 따위에게 까바치고 그년과 한편이 되어 가지고 눈껌쩍이를 해 가며 나를 모욕할까?

영애는 야속해 하기엔 너무 분하였다. 그의 입술은 파랗게 질리며 실룩실룩 떨리었다. 눈물 한 방울이 빠작빠작 타는 듯한 눈에서 기름같이 떨어졌다.

'내가 왜 천착스럽게 눈물을 흘리고?'

영애는 제 눈물을 보고 질색을 하였다.

'수인사나 치루고 돈이나 주고 선선히 일어서면 고만이 아닌가.'

영애는 마음을 도사리었다.

"인젠 많이 나으시대요?"

"낫지를 못해 걱정이오."

"잡숫기는 뭘 잡수서요? 진지를 좀 잡수서요?"

"죽도 먹고 밥도 먹고!"

여해의 엇먹는 대꾸에 부애가 끓어오르는 것을 참노라고 영애는 무진 애를 썼다. 저편에서 무슨 말을 하든지 들은 척을 말아야 한다. 기계적으로 내 물을 말이나 물으면 고만이 아닌가.

"의사가 언제쯤 퇴원을 하셔도 좋겠답디까?"

"좋을 때가 따루 있겠소? 오늘이라도 나가면 나가는 게지."

"좀 오래 조리를 하셔야지."

"흥! 조리? 무슨 놈의 팔자로."

"수술한 자리는 어때요?"

"어떻기는 그저 그렇지."

"지금도 심을 박나요?"

"심을 박는지 뭘 박는지."

"인젠 고약이나 붙여 두잖을까요?"

"글쎄 뭘 붙이던가!"

문답은 건성으로 오고갔다.

"두 분이 무슨 신파 연극을 하셔요? 듣자니 우스워 죽겠네. 호호!"

명화가 옆에서 말을 넣었다.

영애는 급하였다. 이 바늘방석 같은 자리에서 일초 바삐 떠나고 싶었다. 그는 낌새를 볼 여유도 없었다. 핸드백을 열고 불쑥 돈을 꺼내었다.

"이거 약소하나마 병비에 보태 쓰시라고 애 아버지가 보내십디다. 백원이야요." 하고 환자의 벼개 옆에 놓았다.

여해는 고개를 들어 영애의 돈 놓은 것을 얼른 보고 더러운 것을 본 듯이 곧 눈길을 돌리었다. 그 눈에는 불이 번쩍 나는 듯하였다.

"병비에 보태 쓰라고, 흥. 가련한 전과자에 대한 천만장자의 동정은 감사합니다만, 병비는 치렀으니 이 돈을 도루 집어넣으시오."

"무슨 돈으로?"

영애는 저도 모르고 불쑥 이런 말이 나와 버렸다. 지금까지 참고 참았던 분이 이 한 마디에 뭉친 듯하였다. 무슨 입찬 소리냐, 무슨 주리를 할 청관이냐 하는 듯이,

"흥, 무슨 돈으로?"

여해는 곱새겼다.

"흥, 무슨 돈으로?"

명화도 메아리처럼 되받는다.

"흥, 무슨 돈으로! 엊그제 감옥에서 나온 놈이 무슨 돈이 있겠느냐? 그 럴 일이오."

여해는 벌떡 일어났다. 그의 전신은 떤다.

"박 사장께 똑똑히 전해 주시오. 박 사장 살해 미수범 김여해는 감옥에서 나온 덕택에 돈이 있더라구. 쇠창살 속에서 썩으며 번 돈 사십팔 원 오십 전이 있었더라구. 이것도 박 사장께서 징역을 살리시지 않았더면 없을 돈이니 사장님께서 주신 거나 다름이 없다구. 그 은혜는 백골난망이라구. 애인을 팔아 징역을 살고 돈벌이를 한 놈에게 입원비까지 주셨으니 그만하면 김여해 애인 사신 값은 치르고도 남은 게라구…."

"조섭이나 잘 하셔요."

영애는 귀를 막고 일어서서 몸을 돌렸다.

"이걸 가지고 가시오."

여해는 침대 위에 놓인 지폐장을 들어 영애의 뒤꼭지를 후려갈기듯 던지었다.

십 원짜리 지폐 열 장은 영애의 머리 위에서 쫙 헤어져서 너울너울 춤을 추며 제 주인을 옹위하듯 앞뒤로 떨어졌다.

"이게 무슨 짓이야요?"

돌아서던 영애는 멈춰 섰다.

여해는 돌쳐서는 영애를 바라보고 부들부들 떨다가 픽 코웃음을 웃어 버렸다.

"이게 무슨 짓이냐? 흥 그럴 일이오. 잘못 되었구려. 황금과 결혼합신 귀부인께 돈을 던져서 대단 죄송합니다. 맞으셔도 지폐 뭉치에 맞으셨 으니 과도히 노여우실 건 없으실 텐데…."

파랗게 질리었던 영애의 얼굴은 대번에 피를 뿜는 듯이 새빨개졌다. 그는 한 걸음 다가들어 왔다.

"무슨 말씀을 어떻게 그렇게 하셔요? 이러실 줄은 정말 몰랐습니다. 이렇게 저를 모욕하시다니…."

영애는 여해에 대한 원정과 야속과 분함이 일시에 복받쳐 올랐다.

"저는 여해 씨를 위해 무슨 노릇이라도 하려 했습니다. 제 집안 사정 탓으로 사랑의 맹서를 어긴 것이 죄밑이 되어서 무슨 수로든지 그 죄의 만분지일이라도 삭쳐 보려 했답니다. 출옥하실 무렵에는 정말 밤잠도 달게 자지 안 했답니다. 어떻게 하면 장래를 보장해 드릴까, 어떻게 하면 그 몹쓸 고역을 치르신 대신으로 즐겁게 기쁘게 해 드릴까 하고."

"거룩하시군. 바루 전지전능의 신이구려. 병도 주고 약도 주고. 황금이 이 세상을 지배한다니까, 재산가의 안해가 되면 모든 것이 뜻대로 될 줄 알았구려, 흥."

"황금과 결혼! 재산가의 안해! 말말이 꼬집으셔도 저는 달게 듣겠습니다. 그러나 그 때 제가 결혼을 한 게 어데 제 혼자 자의로 한 노릇입니까? 저를 버리고 달아나기까지 않으셨습니까? 집안을 위해 일신을 희생하자고, 우리의 사랑을 희생하자고, 그 깨끗하던 마음, 그 높으시던 뜻은 어데다가 내어 버렸습니까?"

"감옥에다 내어 버렸소. 오 년 동안 청춘의 피가 썩을 때 마음도 썩고 혼도 썩어 버렸소, 허."

여해는 서글픈 웃음을 웃었다.

"아모리 하기로서니 그렇게 변하실까요? 우리의 사랑이 좀 깨끗하였습니까? 저는 우리의 사랑이야말로 불에 넣어도 타지 않을 줄 믿었습니다. 아모리 서로 갈리고 경우가 변하더래도 우리 사랑의 구실은 깨어지지 않을 줄 믿었습니다."

영애는 흑흑 느낀다.

"그것은 꿈이오. 우리 어릴 적 꿈이오. 입으로는 그런 소리를 하지마는 정말 지금도 그런 생각을 하고 있소? 가슴에 손을 대고 물어 보오. 그것은 새빨간 거짓말이오."

"꿈이야 꿈이지요. 이렇게 되고 보니 꿈이라도 어림없는 꿈이지요. 그래도 저는 그렇게 생각을 하지 않았답니다. 본래부터 정신적인 우리 사랑이 아니예요? 그러니 여해 씨, 그 때 말씀마따나 하필 부부가 되잖아도 좋지 않아요, 남매의 의를 다시 맺고, 정말 친동기같이 지나면 그만 아니예요. 그런데…."

"애인도 되었다가, 남매도 되었다가, 인생이 어데 떡가루 반죽 같은 줄 아시우?"

여해는 두꺼운 유리 곱보에 침을 튀 하고 배앝았다.

"마음대로 휘저어서 송편도 만들고 경단도 만들고. 흥 그런 말로야 무슨 걱정. 아스세요."

잠자코 있던 명화가 말참견을 하며 입을 비쓱하였다.

영애는 힐끗 명화를 흘겨보고 다시 여해를 보며 애닯은 목소리를 떨었다.

"저는 정말 여해 씨를 믿었습니다. 저는 여해 씨가 그러실 줄은 참말 몰랐습니다. 그런 우리 사이를, 그런 우리의 비밀을 되지 않은 기생년 따위에게 다 말씀을 하시고."

영애는 어깨를 부들부들 떤다.

명화는 남의 싸움을 재미있게 구경하다가 난데없는 총알이 제 살을 뚫고 지나가는 것을 보고 처음에는 어이없어하다가 나중엔 독사같이 골이 올랐다.

명화의 입술에는 찬바람이 훌훌 나는 듯하였다.

"아니, 아씨님 망녕이 나셨어요? 왜 기생은 걸고 드십니까? 기생년은 워낙 신성하여서 그런 사랑 얘기는 못 듣는단 말씀예요? 그런 염려는 놓으세요. 기생년들도 귀부인만은 못하지만 더러 그런 사랑도 겪어 본답니다. 말씀 좀 하신들 하상 대사예요? 어서 그 진저리 먼저리 나는 사랑 타령이나 늘어놓으세요. 그런 객쩍은 염려는 마시죠."

영애는 흡뜬 눈으로 명화를 바라보며 입술이 벌벌 떨리기만 하고 말을 이루지 못하였다.

"어규 아씨님, 왜 이러십쇼? 왜 도끼눈을 뜨시구 상없게. 아스세요. 어서 하실 말씀이나 하세요. 아씨님께서야 사랑을 하든 안방을 하든 내게 무슨 상관이 있다구 그러십쇼? 걸고나 들지 맙쇼."

명화는 냉랭하게 웃었다.

영애는 명화를 쏘던 눈살을 여해에게로 돌리었다. 모든 것이 네 탓이다 하는 듯이.

"이게, 이게 무슨 모욕이에요? 어쩌면! 어쩌면! 저를 이렇게도 모욕을 주십니까? 저는 정말 제 힘껏 제 정성껏 여해 씨를 위한다고 했답니다. 저는 떨어지지 않는 입을 떼어 애 아버지를 졸랐답니다. 그이도 선선히 승낙을 해 주었답니다. 어데까지 여해 씨의 장래를 보장해 주마고, 취직도 시켜 드리고, 장가도 들여 드리고 집도 사 드리고."

여해는 끙 하고 황소의 울음 같은 신음성을 내었다. 침대가 쩌렁하고 울었다.

"오 년 징역을 살리고 제 할 것을 다 하고 나서 취직을 시킨다 장가를 들인다… 천만장자란 못할 일이 없군!"

"어데 징역이야 그이가 살렸어요? 제 탓이라면 제 탓인지는 몰라도…."

"영애 씨는 입때 그렇게만 생각하시우? 나도 처음에는 그렇게만 생각 하였소. 그게 틀린 생각이었소. 그 놀라운 어른이 황금만으로 올가미를 삼아 가지고 나를 얽어 넣었소. 당신의 그 알뜰한 남편이."

"그건, 그건 억설이시지. 그럴 리야."

"그럴 리야 없다? 그러하겠소. 그러나 사실로 얽어 넣고 징역 살고 나온 내가 여기 이렇게 눈이 등잔같이 살아 있는 다음에야 어떡하겠소?"

"어데 그야…."

"어데 그야, 내가 칼을 들고 들어간 탓이지, 그 어른의 탓이 아니란 말이오? 그럴 거요. 대관절 내가 무슨 증거로 군자금 모집원의 혐의를 받은 줄 알기나 하우. 댁의 벽장에서 뒤져 나온 협박장의 필적과 내 필적이 같은 까닭이었소."

"그야 우연히 같을 수도 있을 것 아녜요?"

"나도 처음에는 그런 줄 알았소. 그리고 공교로운 내 운명으로 돌려버리었소. 지금 생각하면 그게 어림없는 생각이었더란 말이오. 세상일이란 공교로우려면 무척 공교롭게 되는 수도 있지마는 어디 그렇게 공교로울 수야 있소? 여러 해 동안 의심해 나려오던 것이 인제야 바루 풀리었소."

"그럼 그 협박장을 애 아버지가 일부러 꾸며내기나."

"그렇소. 꾸며내었소, 꾸며낸 거나 조금도 다를 것이 없소."

"어떻게 그렇게…."

"어떻게 그렇게? 홍, 그 협박장을 꾸미는 데는 영애 씨도 한 몫을 착실히 본 것이오."

"제가 그런 벼락을 맞을….”

"벼락은 두었다가 맞고, 말이나 들어 보시오. 내 필적과 댁에 온 여러 협박장 가운데 같은 것이 있다기로, 나는 하도 이상해서 보여 달라고 졸랐소. 그러나 경찰에서는 세상 보여주지를 않았소. 나종 검사국에서야 그 협박장을 얼른 보았소.”

"그래, 그게 꾸민 협박장이란 말씀예요?”

"아니오. 그건 협박장이 아니었소. 편지 봉투이었소. 편지 봉투라도 겉 장에 편지 받을 사람의 주소 성명을 쓴 것은 뜯어내었고 뒷장에 부친 사람의 주소 성명만 적은 것이었소. 그것도 연 월 일과 봉천 서탑奉天西塔이란 네 글자만 남은 것이었소. 그것은 갈데없는 내 글씨였소. 나는 기가 막히었소. 운명의 작난에 한탄만 하였을 뿐이오. 더구나 그 때는 영애 씨 말은 입 밖에도 아니 내고, 무슨 죄목으로든지 징역만 살 작정이었으니까. 그 수상한 편지 봉투를 따져볼 생각도 아니 하였소. 더구나 누가 나를 얽어 넣으려고 악마와 같은 수단을 부릴 줄이야 꿈에도 하지 않았 었소. 그게, 그게.”

영애와 명화의 눈은 다 같이 호동그래졌다.

"그게, 그게, 인제 생각하니 바루 내 글씨구려. 내 필적이니 같을 것이 당연하지 않겠소?”

"그게 웬일일까? 그럴 리가….”

영애는 놀라면서 그래도 못 믿어한다.

"그만하면 그게 무슨 편지의 겉봉인 줄 알겠구려.” 하고 여해는 영애를 노려본다. 먹장 같은 눈썹 하나 하나가 꼿꼿이 일어섰다. 왼 몸의 뼈가 으적으적 소리를 내었다.

"그럴 리가, 그럴 리가….”

영애는 간신히 모기 같은 소리를 떨었다. 그는 너무 엄청나고 무서운 사실을 믿으랴 믿을 수 없었다.

"그럴 리가? 그럴 리가? 그렇소. 그럴 리가 없어야 당연한 일이오. 제 사랑의 편지를 이용해서 제 애인을 얽어 넣을 리야 만무한 일이오. 엊그제까지 죽네 사네 하던 사내의 편지를 제 남편을 주어 가장 교묘한 방법으로, 가장 음흉한 수단으로 변작을 해 가지고 청년 하나를 감옥에 썩히다니! 사람의 가죽을 쓰고야 차마 못할 일이거든. 하물며 한다하는 명사, 한다하는 귀부인의 하실 짓이겠소? 그러나 사실인 걸 어떡하오? 엄연한 사실인 걸 어떡하오?"

"그건 오해십니다. 암만해도 그건 오해십니다. 그럼 제가 봉천에서 주신 편지를 애 아버지를 드렸단 말씀예요? 어디 그런… 그런…."

"그럼, 그 편지가 지금도 영애 씨한테 있소? 하나도 잃어버리지 않고 고대로 남아 있소? 나는 지금도 역력히 기억하오. 어느 날 어떤 사연의 편지를 한 것까지 외우자면 외우겠소. 헤이라면 헤이겠소. 그 편지를 나를 갖다 주시겠소? 봉투를 맞추어서 나를 찾아다 주시겠소? 그렇다면 내가 오해를 풀겠소. 내 살과 내 혼을 지옥의 가마솥처럼 지글지글 끓이는 이 의심을 풀겠소"

"…."

영애는 고개를 바루 들지도 못하였다. 그에게는 문득 생각나는 일이 있었던 까닭이다. 결혼한 지 얼마 만에 제 세간을 챙기다가 그 편지 꾸러미가 튕겨 나와서 병일이가 보고 뺏아 간 것을.

"이거 정말 보물이구려. 당신의 사랑의 금자탑이구려." 하고 제 남편은 싱글싱글 웃으며 아모리 달라고 졸라도 영영 주지 않던 것을.

"왜 대답이 없소? 응 그 편지를 어떻게 했단 말이오?"

"…."

"아이, 선생님도 딱하십니다그려. 없어진 편지를 내 놓으시라면 어떡하신단 말씀예요? 죽은 애를 찾아오라는 게지. 부부간에 그런 편지를 보이기도 예사구, 사내란 그런 편지를 보면 어데 뺏구 주나요? 뻔한 노릇이지. 그러기에 비밀이란 지키기 어렵다는 거예요. 선생님도 기생년 따위에게 그런 말씀을 다하시지 않으셨어요. 구만두세요, 인젠 다른 정담이나 하시는 게 좋지 않아요."

명화는 보고나 온 듯이 가루맡아서 죽 설명을 하였다.

"그러기에 사람이란 입찬소리를 못하는 게야. 선생님께 비밀을 안 지켰다고 그렇게 울며불며 하시더니만, 그 말이 침도 마르기 전에 아씨님께서 비밀을 안 지킨 것이 또 탄로가 났으니 어차피 피장파장이야. 호호!"

명화는 재미있다는 듯이 땍때글 웃었다.

영애는 어마어마한 바위덩이에 엎눌리고 짓바수인 듯하여 갱신을 못할 듯하다가 명화의 웃는 소리를 듣고 왼몸의 피가 거꾸로 흘렀다. 제 앞에 설설 기는 듯하던 기생년이 이렇게 골을 올리고 빈정거리고 조소를 할 줄이야! 그는 명화를 대매에 쳐 죽여도 시원치 않을 것 같았다. 뜯어먹어도 분이 풀리지 않을 것 같았다. 그는 체모고 무엇이고 다 벗어 던졌다.

"너 이년, 너 이년!"

영애의 입술은 금시 금시 쪼글쪼글 말라붙었다. 그만큼 그의 입김은 뜨거웠던 것이다.

"너 이년! 뉘 앞이라고 함부로 조동아리를 놀려. 아가리를 찢어 놓을 년!"

명화는 영애의 공격을 예기나 한 듯이 별로 놀라지도 않고, 여전히 생글생글 웃었다.

"어규, 아씨님, 말씀을 좀 더 낮춰 하실 수 없어요? 뉘 앞은 뉘 앞이에요? 색시 적에 서방질한 귀부인 앞이지요. 그런 놀라우신 어른 앞에는 입을 꿰매어 두는 걸 어데 기생년 따위가 그런 법을 아나요? 그저 죽여만 줍쇼. 호호….” 하고 명화는 능글능글하게 웃다가 별안간 약오른 살무사 모양으로 회회 바람을 낸다.

“흥, 뭐 이년! 뭐 뉘 앞! 그런 소리가 만만히 나오는 건 무엇 때문인구!”

혼잣말같이 뇌이다가 너저분하게 떨어진 지폐장을 보고,

“오 옳지, 이것 때문이군!”

명화는 지폐장을 벌레나 문질러 죽이는 것처럼 지근지근 밟았다.

한참 밟다가 제기나 차듯이 지폐장을 영애를 향해 차 던지었다.

“엿소, 이거나 줏어 가우. 이 아까운 돈, 애인도 헌신짝 같은 이 돈, 귀부인으로 곤댓질을 하는 이 돈, 이년 저년 소리도 나오는 이 돈! 엿소, 어서 줏어 가우. 흥, 잘난 놈도 못난 돈, 못난 놈도 잘난 돈, 흥.”

보석 반지

병일은 명화를 데리고 고월旵月이란 일본 요릿집에서 애저녁부터 단둘이 노닥거리고 있었다. 고월의 주인은 예기 퇴물로 육십을 바라보는 노파였다. 그 짐동 같은 몸집에는, 장삼같이 너불너불한 그 옷도 좁았다. 늙은이답지 않게 피둥피둥한 살은 옷을 찢고 나오려고 몸부림이나 치는 듯하다. 그는 분때 밀린 주름을 펴고 눈을 껌적껌적하고 웃으며 언제든지 손님을 정이 뚝뚝 듣도록 맞았다. 이 눈껌적이 속에는 이루 헤일 수 없는 의미가 품겼다. 요릿집이라고 간판은 내어 걸었지만, 이 눈껌적이 속에는 이루 헤일 수 없는 의미가 품겼다. 요릿집이라고 간판은 내어 걸었지만, 이 눈껌적이 한 번이면 조용한 밤에 지리멘 이불을 깔고 곧잘 잘 자리도 차려주었다. 남의 눈을 꺼리는 사랑의 짝에 오작교를 건너 주기를 그는 결코 꺼리지 않았다.

남산 약수터에서 얼마 나려오지 않은 그 위치부터 그럴 듯하였다. 남산 잠두를 엇비슷하게 짊어지고 숲 속에 들어앉아 어른어른하는 나무사이로 게딱지를 엎어 놓은 듯한 만호 장안을 굽어보는 것이 미상불 시원도 하거니와 은근도 하였다. 이런 자리에서 정결하고 후미진 방에 단둘이 붙어 앉아 사랑을 속살거리는 맛이란! 청춘 남녀의 가슴을 두근거리게 하기에 넉넉하리라. 그러나 정작 청춘 남녀들은 이곳을 이용하기 어려웠다. 음식값도 호되고 방값도 호된 까닭이다. 재산가가 아니면 월급쟁이라도 과장급 이상이라야 이 집 재미를 볼 수 있었다. 이 집에서 주고

받는 사랑은 마치 주인 노파의 몸집과 같이 늙고 흐무러진 것이었다. 원체 널리 알려진 집도 아니다. 단골손님이라야 헤일 수 있었다. 더구나 조선 손님은 열 손가락이 넘지 못하였다.

병일은 자기네들의 비밀 회합에 가끔 이 집을 이용했지만 명화를 안 뒤로는 이 집에선 빼어놓지 못할 단골손님이 되고 말았다. 명월관이나 식도원에서 늦게 연회를 파할 때 흔히 명화를 끌고 이 집엘 달겨들었다. 명화 집으로 가자니 기생집에 자주 자는 것이 체모에도 안 되었고, 더구나 취체나 당할까 보아 오마조마하였다. 마음놓기로야 자기 집 사랑이 제일이로되 그도 하인 소시에 볼상이 사나웠던 것이다. 전번 사흘씩 나흘씩 집에 돌아오지 않을 때에도 그는 노박이로 이 집에서 먹고 자고 은행 회사에 출근까지 하였던 것이다.

작난감같이 가느다란 난간 앞에 두 남녀는 술상을 끌고 나앉았다.

어느덧 문을 닫고 들어 앉았기엔 갑갑할 만큼 봄은 겨웠다. 땅 위에 깔린 무수한 별처럼 반짝거리는 전등불도 어째 물을 머금은 듯 촉촉해 보인다. 밤하늘에 기름기름하게 뻗은 포플러 나무들은 그 동여 놓은 듯하던 가지들이 실실이 풀려 파름파름하게 피어오르는 것 같다.

병일은 입에 짝짝 붙는 듯한 정종이 벌써 얼근하게 취해 오른다. 껍데기 채 볶은 소라 고동과 배차 절임이 봄맛을 자아내는 듯하였다.

"봄날에 덴뿌라는?"

병일은 명화가 어우적어우적 새우 덴뿌라를 씹는 것을 보고 핀잔을 주었다.

"자, 술이나 한 잔 먹으라구." 하고 찔끔 쏟는 듯이 병일은 명화에게 술한 잔을 부어 수었다. 명화는 덴뿌라 기름이 번지르하게 발리어 유난히 붉은 입술을 맛난 듯이 쪽쪽 빨아당기다가,

"전 인제 그만해요. 술이 이렇게 오르는데." 하고 두 손으로 호끈호끈

다는 제 뺨을 자근자근 누르는 듯이 만져 본다.

"이것 좀 봐요, 이렇게 호끈거리는데."

"그까짓 걸 먹고 뭘 엄살이야!"

병일은 거의 꾸짖는 듯하고 그래도 손을 들어 명화의 뺨을 만져 본다.

"요런 거짓부리. 호끈거리기는커녕 싸늘하게 얼음장 같으이, 허허….."

"누가 거짓부리예요? 이게 호끈거리지 않아요, 참."

명화는 대들어 병일의 손을 집어다가 다시 제 뺨에 댄다.

"어데 더운가? 얼음 같기 네 마음 같구나." 하고 병일은 손을 떼었다.

"왜 또 비꼬아요? 제 마음이 얼음 같으면, 선생님 마음은, 선생님 마음은 뭐라고 할까?"

"얼음보담 더 찬 게 있나, 어데 좀 찾아보게나, 허허….."

병일은 개가를 부르듯 웃었다.

"뭐랄까 선생님… 마음은… 선생님 마음은 싸늘하기 칼날 같애요."

"칼날? 칼날이 얼음보담 다 찰까?"

"차갑기야 얼음보담 못하지만 얼음은 더운 데 대면 녹기라도 하지요. 칼이야 어데 녹아요? 참 선생님 마음이야말로 칼날이야요. 무딘 칼날이야요."

"어째 또 무딘 칼날이람?"

"그러기에 남의 마음을 그렇게 몰라 주시지."

"야, 이건 굉장한 비유로구나. 그래, 너는 얼음이 되어서 여해에게 녹았단 말이냐?"

"여해라께?"

명화는 얼른 못 알아듣는 척을 하고 눈을 커닿게 떠서 병일을 본다.

"대관절 여해란 이가 누구예요? 알기나 합시다."

생관으로 시침을 딴다.

"왜 또 능청을 부리는 게야?"

"제가 능청을 부려요? 선생님이 괜히 알지도 못하는 사람을 가지고 한 번 넘겨 짚으시지."

"잘도 모르겠다. 그래, 모르는 사람의 병실에 조석 대령을 해여?"

"병실에 조석 대령? 무슨 말씀일까?…"

명화는 고개를 제싯하고 무엇을 이윽고 생각하는 척을 하다가,

"오 옳거니. 마님의 옛 애인 말씀이시군. 저 의전 병원에 계시는. 그렇지요?"

"농간은 잘도 붙인다."

"농간? 갈수록 못 하실 말씀이 없네. 그이에게 제가 왜 조석 대령을 한답디까?"

"얼음이 되어 녹은 탓이겠지."

"그이에게 제가 왜 녹아요? 저마다 녹는 곳이 다 다른 거예요. 어데 제가 녹는다구 남도 녹을 줄 아나베. 흥."

명화는 별소리를 다 듣겠다는 듯이 뾰로통하게 성을 낸다.

"말을 지어내도 터무니가 있어야지. 아모리 노는 넌이라구 얕잡아 본들 그렇게 음해를 한단 말예요? 젊으신 부인이 망녕이 나셨나베. 알뜰한 애인이 감옥에서 나오셔서 또 중병을 치르게 되니 망녕도 나실 만하게 일이 되었지만, 흥."

병일은 영애로부터 병원의 사단을 대강 들어 알았다. 영애는 아모리 남편의 앞이라도 제가 당한 모욕을 샅샅이 일러바칠 수는 없었다. 제일 분하기는 명화가 여해와 한 편이 되어 가지고 못할 소리가 없이 나대더란 말과, 여해가 논을 안 받더란 말만 대두리판 따서 하고, 병일이가 봉투를 이용해 여해를 얽어 넣었다는 소리는 차마 하지 못하였다.

명화는 여자에게 특유한 무서운 통찰력으로 영애가 병일에게 무슨 말

을 하고 무슨 말을 못했으리라는 것을 짐작하였다. 자기가 병일로부터 떨어지느냐 영애를 꺼꾸러뜨리느냐, 대두리판에 들어선 것을 그는 느끼었다.

"내가 그 날 일수가 사나워서, 무슨 정성이 뻗쳐서 동무 문병은 갔던구!"

명화는 혼잣말같이 중얼거리다가,

"제 동무 하나가 병이 들었어요. 시골서 올라온 지 며칠이 못 됐으니 아마 선생님은 모르시리다. 김추월이라구, 그 애가 늑막염을 앓아서 의전병원에 입원을 하지 않았겠어요. 그래 그 날 제가 문병을 갔었지요. 문병을 하고 나오는 길에 부인께서 거기 계시더군요. 그래 저를 보시고 반색을 하시며 마츰 잘 되었다, 내가 지금 누구 문병을 왔는데, 사내 어른이 되어서 혼자 들어가기가 무얼 하던 차에 자네를 만났으니 잘 되었다, 같이 들어가 보자구 하시길래 큰아씨의 영을 어데 그일 수 있어요? 그래 따라 들어가 봤더니 그 말이 이렇게 뒤집힐 줄이야 정말 꿈에나 생각했을까. 정말 그래, 여해란 이에게 녹아서 병원을 조석 대령을 한다구 부인께서 그러십디까?"

명화는 엉뚱한 거짓말을 순식간에 지어서 늘어놓고 새매같이 쌕쌕거리며 덤벼들었다.

병일은 얼떨떨해졌다. 명화의 말이 그럴 상도 싶었던 것이다. 사내란 옆에 앉은 계집의 말이면 팥으로 메주를 쑨대도 곧이듣기가 십상팔구다. 하물며 명화의 거짓말은 빈틈없이 째였음에랴. 명화는 재바르게 병일의 기색을 살피었다. 이런 쯤을 놓칠 명화가 아니다.

"뭘 얻어먹자구, 고 비렁뱅이 전과자한테 반했답디까? 감옥에서 벌어 나온 사십 원 오십 전을 얻어먹겠답디까? 맙시사."

명화는 어이없다는 듯이 픽 웃었다.

"아모리 돈에 노랑때가 오른 기생년이라구 설마 그러지야 않을 거구. 그럼 반한 게 뭣인고? 오 옳지, 얼굴이 하도 잘났으니까. 머리란 개 파먹은 밥통 같구, 눈썹은 숯꺼멍 같구, 그 흰 죽사발같이 헐건 눈을 보구, 맙시사."

명화는 또 한 번 웃었다. 여해의 용모를 나리깎는 것이 만족하였던지 병일도 빙그레 웃었다.

"그런 사내에게도 옛날엔 애인이 있었으니 참 세상이란 우습고도 가소롭지. 정에는 눈도 먼다더니 그래 두구 하는 말이야, 홍."

명화는 또 한 번 웃었다.

"그런 작자에게 꽃 같은 여학생이 죽네 사네 하다가 시집을 가게 되었으니, 어째 첫날밤에 칼을 들고 안 올거요? 오 년 징역을 살아도 그야말로 깨소금이지, 맙시사."

명화는 또 한 번 웃는다.

"왜 남을 헐뜯는 거야? 너하구 정분이 났으면 어떠냐? 얼음이 녹으면 물밖에 더 되겠니? 허허."

병일은 무슨 재담이나 한 듯이 소리를 높여 웃어 버렸다. 그는 명화의 변명을 듣고 있노라니 웃음이 절로 나왔다. 여지없이 그려내는 여해의 모양새하며, 그런 위인이 그런 애인을 두었으니, 그 동티로 오 년 징역살이도 깨소금이란 말이 더욱 그의 비위에 들어맞았다. 그는 함함하고 옹글졌다.

"에구 척척해라, 콧잔등부터 녹아나리나베. 호호호…."

명화는 콧등에 고였던 땀을 씻고 구슬을 구을리듯 웃었다. 주기와 흥분과 긴장이 일시에 확 풀어지며 왼봄의 땀이 끈끈하게 솟았다. 그는 병일이 주는 술잔을 받아 단숨에 홀짝 소리를 내고 마서 버렸다.

"그런데 선생님과 그 여해란 이와는 무슨 원수예요? 부인께서는 선생님 전에 그이를 사랑하셨고 전 선생님 뒤에 또 그이와 정분이 났으니 온 별일이야. 그도 무슨 전생업원인 게야, 호호."

"글쎄 말이지. 그자허구 나허구 참 적지 않은 연분인 게야."

"그 꼴을 해 가지고 그래도 호기가 당당하던걸. 부인을 개 꾸짖듯 하고, 선생님을 죽일 놈 살릴 놈 하고, 홍."

"그놈이 되려 날 죽일 놈 살릴 놈 해, 응?"

병일은 갑자기 용수철에 튕기듯 몸을 솟구친다.

"그뿐예요? 정말 입에 못 담을 욕을 다 하던데."

"무슨 까닭으로? 그래 내 여편네는 그 소리를 그대로 듣고 있었단 말이야."

"그대로 듣고만 있어요. 울며불며 비두발괄을 하던데요. 사랑의 맹서를 어기고 선생님께 시집을 온 건 죽을 때라 잘못되었다고, 지금 와서는 후회막급이라구."

"뭐 후회막급이라구?"

병일은 무릎을 일으켜 세운다.

"그 말뿐일 줄 아셔요? 정말 괴란쩍어서 이루 옮길 수도 없어요. 정이 더럽다는 건 그래 두고 하는 말이야."

"들은 대로 말을 좀 해봐, 응."

병일은 숨이 찬다.

명화는 말없이 고개만 살랑살랑 흔들어 보인다.

"말을 좀 해, 후회막급이고, 또…."

"그런 말을 함부로 옮겼다가 괜히 큰일 나게요. 미리 방패막이를 하노라고 그이와 저와 정분났다는 말까지 지어내는데…. 사정은 과연 딱하더군. 옛정을 다시 이어 보자니 벌써 남의 안해 된 몸이고…. 홍, 그런 데 들어서는 우리네고 귀부인이고 일반인 모양이더군."

"그래 또 뭐라던가?"

병일은 갑갑해서 못 견디겠다는 듯이 채쳤다.

"몰라요, 왜 저 보고 오복조림을 하셔요. 부인보고 물어보시면 좀 말을 잘 해 드릴라구."

"그러지 말구, 응? 그래 또 뭐라고 하던?"

병일은 애원하다시피 하였다.

"그까짓 상없는 소리를 옮겨 들으시면 뭘 해요? 그런 말이란 안 듣는 게 제일이야요."

"그러지 말고, 응. 그 말만 하면 네 소원은 뭐든지 들어 주마."

"절 어린앤 줄 아셔요? 사탕발림을 시키시게."

"너 원하던 그 반지를 사 줄게."

"정말?"

"그럼!"

"부인 끼신 거와 꼭 같은 거라야 해요."

"그보담 나은 거라도 사 주지."

"정말이예요?"

"그렇다니까."

"오늘밤으로 사야 돼요. 쇠뿔도 단결에 빼랬다구."

"그럼, 오늘밤도 좋아."

"꼭이오."

명화는 또 한 번 다지었다.

"그래, 글쎄."

병일은 숭을 내었다.

"후회막급이라고 하고, 그리고 또 뭐라던가?"

명화는 고개를 갸우뚱하며 그 때 들은 말을 생각하는 모양이었다.

"보석 반지를 못 끼었으면 못 끼었지, 암만해도 그 말을 못하겠군요."

이윽고 명화는 난처해한다.

"그 애길랑은 구만두고, 술이나 잡수십시다요."

명화는 술병을 들어부으려다가,

"쓸데도 없는 얘기하는 새 술이 식었네." 하고 손뼉을 친다.

"술은 구만두고 어서 그 얘기나 하라니까."

"참 땀을 낼 노릇이군. 전 다 아시는 줄 알고 그 말을 했다가 생판으로 까바치라시니… 이를 어떡하나…? 제가 어떻게 그 말을 합니까. 그렇지 않아도 잔뜩 미움을 받치고 있는데 저 때문에 두 분 새라도 티각태각 하신다면 제가 무슨 낯으로 부인을 또 뵈요?"

"왜 하라는 얘기는 않고 요리 뺏긋 조리 뺏긋 하는 게야?"

병일은 참을성이 터지고 말았다. 버럭 짜증을 내었다.

"아주 안 뵈올 어른 아니고, 부인께서 제가 그런 말을 한 줄 아셔 봐요. 좀 치를 떠시겠어요? 큰일 나지."

"알기는 어떻게 안단 말이야. 여기서 단둘이 한 얘기를."

"그래도…. 낮말은 새가 듣고 밤 말은 쥐가 듣는다구."

"그러면 내가 네가 하더란 말을 할 듯하냐?"

"두 분 새를 누가 알아요? 저는 노는 년이고 그 어른은 부인이신데."

"없다 없어. 다짐장이라도 써 주마."

"얘기를 할까 말까. 하는 엄청나서."

"하는 엄청나다니?"

"그 여해란 이가 아주 개골이 나서 부인을 보고 '이년, 저년' 하고 내 사랑의 편지를 아귀를 맞춰서 찾아오너라 말아라, 호령호령하겠지요. 그만저만한 정분이 아니고야 첫날밤에 칼을 들고 들어섰다가 신부를 보고 물러서기도 안 했겠지만 어쩌면 옛날이야 갔던지, 오늘날 남의 부인을 보고 호년을 마구 해요?"

"제 사랑의 편지를 찾아오라구?"

"그래요. 그 사랑의 편지를 가지고, 선생님께서 협박장을 위조를 했다나 어쨌다나…."

"응?"

병일은 외마디 소리를 쳤다. 명화는 제 화살이 제 적의 심장을 바루 뚫고 나가는 것을 보고 속으로 웃었다.

"그래요. 말 같지도 않은 말을 하더군요. 뭐 그 사랑의 편지를 선생님께서 알맹이를 뽑아버리고 겉봉도 앞장은 찢어 없애고, 뒷장 몇 글자 남은 것을 경찰에 바쳤다나 어쨌다나, 그래 그게 증거가 되어 가지고, 군자금 모집원의 혐의로 오 년 징역을 살게 되었다고, 아주 야단야단을 합디다. 제가 사람 죽이러 간 것은 생각도 않는지."

병일은 단박에 얼굴이 흙빛이 되었다. 명화는 그 기색을 보고,

'이놈! 멀쩡한 놈!'

속으로 부르짖었다.

"그래 우리 선생님을 갖다가 백 번을 죽여도 죄가 남느니 천 번을 죽여도 죄가 남느니 뭐니 괴란쩍은 소리를 하더군요."

병일의 솟구친 두 어깨가 땅으로 기어들듯이 축 쳐졌다.

"그 말은 부인께서도 처음 듣는 모양이십디다. 어쩌면 그런 말 같지도 않은 말을 꼬박이 듣고만 계서요. 옆에서 보려니깐 참 딱도 하더군. 더군다나 그만 그이의 말을 그대로 믿어 버리겠지요. 내 남편이 그런 위인인 줄 몰랐소. 그런 짐승만도 못한 짓을 한 줄은 몰랐소. 그런 악마인 줄은 몰랐소. 하고 울며불며… 홍."

"짐승만도 못한 짓, 악마!"

병일은 풀기 없이 혼자 뇌었다.

"그런 인형을 쓰고 개 혼신이 덮인 자에게 내가 왜 시집을 갔던고, 굶어 죽어도 당신과 살 것을, 당신의 사랑 속에 영원히 묻힐 것을, 내가 잘못하였습니다, 죽일 년입니다, 황금에 눈이 어두워 일생을 버렸습니다 하고, 엉엉 우시겠지요. 보다가 보다가 별꼴을 다 보았지, 신파 연극도 어데 그런 신파 연극이 있겠어요?"

명화는 말과는 딴판으로, 눈에 살기를 띠우고, 제 말의 마디마디가 적에게 주는 영향을 빼지 않고 보살피었다. 완전한 승리였다. 이만큼 되면 죽이든지 살리든지 제 손아귀에 달리게 된 것이다. 명화는 승리의 미소가 저절로 떠올랐다.

"얘기를 다 들으시니 인제 시원하겠군. 자동차를 부를까요? 반지를 사러 가야지."

그는 전리품(戰利品)을 찾기에 서슴치 않았다.

병일은 곰부임부 술을 들이켰다.

"두 발 가진 짐승이란 참 제도할 수 없고나. 은혜도 모르고 죽일 놈! 허허…."

병일은 취한 척을 하고 호걸스럽게 껄껄 웃었다. 어처구니도 없다는 눈치를 보이려고 애를 쓰는 모양이다.

명화는 맞장구를 쳐 주었다.

"그러게 말에요. 인간 구제하면 양분한다고… 감옥에서 나와서 갈 곳 없는 것을 댁에까지 데려오시고, 앞으로 거둬 주시겠다니 그런 고마울 데가 어데 있겠어요? 병까지 난 것을 입원도 시켜 주시고, 또 돈을 백원 템이나 보내 주셨으면 감지덕지할 일이지. 붉은 옷 벗은 지가 며칠이나 된다고 바루 제가 젠 체를 하고, 그 귀한 돈을 동댕이를 치고 까치 뱃바닥 같은 소리를 하고…. 입에 못 담을 욕설을 하고."

병일은 손뼉이라도 칠 듯이 좋아라고 연신 고개를 끄덕였다.

"생각을 하면 내가 부질없는 짓을 하였지. 인생이 불쌍해서 구해 주었더니 되려 엉뚱한 소리를 하니, 기가 막혀, 허."

"그래, 편지 봉투를 경찰에서 가져가기는 갔나요?"

명화는 슬쩍 묻고 병일의 기색을 살폈다.

"그 누 누가 아나? 형사들이 나와서 뒤져간걸 허. 그놈 때문에 난생 처음으로 가택수색을 다 당하고."

"겉봉 앞장을 뜯었더라니, 그건 정말일까요?"

병일은 변하려는 제 얼굴빛을 가리우는 것처럼 얼굴을 쓰다듬었다.

"그 그건들 누가 안다는 거야. 경찰에서 미쳤다고 그런 증거품을 보여줄거야. 설령 그런 일이 있다손 치더래도. 환한 거짓말이지."

"앞장은 뜯어 버리고, 뒷장만 남겼더라는데."

명화는 연거푸 질문의 화살을 쏘았다. 병일의 기색은 좋지 않게 변하였다.

"그래, 내가 그런 짓을 했단 말이냐?" 하고 버럭 소리를 질렀다. 그러나 그 소리에는 속힘이 없었다. 허전허전하다.

"누가 선생님께 그런 짓을 했답니까? 하두 이상하니 말이죠."

"그래, 너도 그 말을 믿느냐?"

"부인께서도 믿으십디다."

"그래, 너도 따라서 믿는단 말이냐?"

"어떤 미친년이 그런 종작없는 소리를 믿어요. 인젠 그 얘기는 구만두고 술이나 잡수십시다."

"그래라, 그래라. 네 말이 옳다. 너도 흥껏 맘껏 먹어야만 한다."

"그래요. 선생님 화나시는데 저도 덩달아 먹어 드리지. 수정을랑은 받아주세요. 호호."

두 남녀는 제각기 다른 생각을 하면서도 술에 취하고 사랑에 겨운 듯하였다. 언제든지 체통을 잃지 않는 병일이건만, 오늘밤은 아주 명화에게 미친 척을 하였다. 술잔을 제쳐놓고, 그는 명화를 못 견디게 굴었다. 까실까실한 웃수염을 수없이 들이대고 젖가슴을 주무르고….

'누구를 구슬리는 셈이냐? 아서라!'

명화는 속으로 웃으며, 사내 하는 대로 내버려 두었다.

병일은 명화의 무릎을 비고 네 활개를 쭉 뻗고 누웠다가 별안간 화닥닥 일어 앉으며,

"너 내 마누라 노릇하련?" 하고 묻는다.

"큰 마나님이 눈이 등잔 같으신데, 그런 벼락을 맞을."

"큰 마누라고 뭐고 인젠 하직이다. 그깟 년을 누가 데리고 산담?"

"취담이라도 그런 말씀 아예 마세요."

"너도 의젓한 남의 부인이 되면 좋을 것 아니냐?"

"무슨 복으로?"

"정말이다. 내가 왜 실없는 소리를 하겠나? 너만 좋다면 내일이라도 결혼식을 하자꾸나."

"아스세요. 괜히 남의 간에 헷바람만 넣지 말아요."

"너도 소박이냐? 허허." 하고 병일은 명화를 부둥켜안았다. 명화는 팔목시계를 보더니,

"벌써 열 시일세. 자, 진고개를 가서요. 가가 문 닫기 전에. 부인은 나중에 되더래도 반지부터 낍시다그려."

"야, 이건 정말 현금이로구나."

"그럼요. 노는 년이 뭘 믿고 사내에게 외상을 놓아요? 호호."

"그러면 그 반지가 제물에 엔게이지 링이 되겠고나."

"뭐 되든 부인 끼신 거와 꼭 같은 것만 사 주어요."

어여쁜 희생

　은주는 거울을 보았다. 거울은 너무 오래간만에 그의 얼굴 비치기를 놀래기나 한 듯이 울렁울렁 떨리는 것 같았었다. 눈물 어린 시선이 핑핑 내어둘리는 탓이리라. 그는 거울을 보고 또 보았다. 아모리 보아도 제 얼굴이 낯이 설었다. 아늘아늘 터질 것 같은 뺨은 탄력을 잃고 새들새들 늘어진 듯하였다. 몽실몽실하던 턱도 까부러졌다. 양양이뼈 언저리에 도톰하게 솟았던 야들한 살은 누가 오려간 듯. 어쩌면 눈두덩이 이렇게 부어 올랐을까. 눈엔 무슨 티가 들어간 모양으로 개이고 어홍하다.

　그는 화장 제구를 있는 대로 삼면 경대 위에 늘어놓았다. 있는 대로 늘어 놓는대야, 구라브 크림통, 물분병, 분청강 등 너댓 가지밖에 되지 않았다.

　꾸미는 여학생 같으면 은주 같은 처지에 이런 제구가 수십 종이 넘으련만, 은주에게 이런 것이나마 있는 것이 오히려 변이었다. 이 빈약한 화장 제구일망정 그는 별로 손을 대어본 적이 드물었다. 찬찬치 못하고 곰살궂지 못한 그는 제 몸치장에도 등한하였던 것이다. 몸꼴을 내기엔 키만 엄부렁하였지, 마음은 아직 어리었던 것이다.

　그는 분첩으로 두 뺨의 눈물 얼루기를 지웠다. 그러나 전 것을 메워 놓으면, 새 것이 다시금 분가루를 제치고 실개천을 그리며 구을러 떨어졌다. 그는 분첩을 놓고 그대로 쓰러져 울었다. 전 같으면 그는 엉엉 소리를 내고 발버둥질을 치며 울었을는지 모르리라. 그러나 그는 숨을 죽이고 소리 없이 운다. 종용종용하게 누가 들을까 꺼리는 것처럼.

그는 이 한달지간에 정말 노성하고 말았다. 어리광 피우던 말괄량이로 부터 대번에 눈물 잦은 계집이 되고 말았다.

그는 물론 금이야 옥이야 길러났다. 응석과 귀염으로 길러났다. 바람도 모르고 치위도 모르고, 무르녹은 봄바람에 무줄래같이 자라났다. 인생의 첫 아침은 그에게 미소만 던지는 듯하였다.

청천의 벽력! 그의 몸에 꿈에도 생각지 못할 괴변이 일어났다. 따스한 오월에 쏟아진 된서리! 그는 아모런 견딜 경도 없었다. 저항력도 없었다. 온실에서 고이고이 피어난 꽃은 이 모진 서리에 그대로 이울었다. 생각하면 꿈인지 생시인지 분별조차 못할 일이었다. 그는 이것이 한바탕 악몽으로 사라지기를 바랐다. 그러나 흐트러진 머리칼과 수세미가 된 옷은 무서운 사실을 역력히 말하고 있지 않느냐.

그는 그 일 생긴 며칠 밤은 뜬눈으로 새웠다. 잠 안 오는 밤! 난생 처음으로 불면증이란 것을 알았다. 갖은 생각이 물 끓는 듯하면서도 저도 무슨 생각을 하는지 몰랐다. 멍하게 얼이 뜬 것 같으면서도 왼몸이 찢어지는 듯이 쑤시고 아팠다.

얼마 만에야 첫째로 떠오른 생각은 자기가 밖을 나가서는 안 된다는 생각이었다. 사람 대하기가 가장 싫었다. 누운 자리에서 꼼짝도 않고 그대로 사라졌으면 싶었다.

그는 햇빛도 겁이 났다. 그 밝은 광선이 한 번 제 몸에 닿기만 하면 피문은 상처가 그대로 환하게 드러날 것만 같았다. 누가 밖에서 제 행동을 엿보는 듯하여 몇 번을 미닫이를 다시 닫았다. 조금만 문틈이 벌룸하여도 그는 맘을 놓지 못하였던 것이다. 나중엔 덧문까지 닫아걸었다.

은주는 덧문까지 닫아걸었건만 그래도 마음이 놓이지 않는 듯이 다시 이불을 뒤집어썼다. 몸으로 똘똘 감고, 바람 한 점 들어오지 않도록 얼굴을 꽁꽁 싸매다시피 하였다. 그리고 숨도 크게 쉬지 않고 죽은 듯이 누워 있었다.

"이 이불도 그 이불이 아닌가!"

문득 이런 생각이 났다. 그 무서운 밤에 덮던 그 이불이 아닌가. 그 지긋지긋한 일을 겪는 통에 밀리고 꾸기던 그 이불이 아닌가. 그 더러운 손길은 분명히 이 이불에도 닿았다. 그 무지한 발길은 분명히 이 이불을 밟았다! 은주는 제 코와 입을 뒤덮은 이불자락에 척척하게 사내의 숨길이 서린 듯하였다.

그는 이불을 활딱 벗어 던졌다. 가위눌린 듯한 눈으로 사면을 둘러보았다. 따스한 봄볕은 유난히 밝게 미닫이에 깃들었다. 조그마한 책상은 전대로 제 자욱에 앉았다. 책꽂이에는 나란히 교과서가 꽂히었다. 제 입던 교복은 여전히 마구리에 걸렸다. 자수판도 이전과 조금도 다름없이 벽에 고개를 처박고 비스듬히 누웠다.

아모 것도 변한 것이 없건만 은주에겐 모든 것이 변한 듯하였다. 생전 처음 대하듯 서름서름하고 서툴렀다. 마음에 쌓이지 않고 정이 떨어졌다. 제 정이 붙고 제 손때가 묻은 이 물건들은 하룻밤 사이에 남이나 된 듯하였다.

'그게 무슨 짓이냐, 그게 무슨 짓이냐.'

그들은 빙글빙글 비웃는 듯하다. 그놈을 가만 둔단 말이냐. 그 몹쓸 짓을 꼬박이 당한단 말이냐.

'그래, 그놈을 못 이겼단 말이냐. 예끼, 못생긴 년, 미친 년, 더러운 년!'

그들은 대어들고 욕설을 하고 꾸짖는 듯하다.

그들은 이 일의 목도자였다, 증인이었다. 은주를 놀리고 휘박았다. 가지각색의 형들과 같이 은주를 깎고 저미었다.

방안의 공기조차 변한 듯하다. 퀴퀴한 사내 냄새가 떠도는 것 같다. 구역이 날 듯한 비리비리한 냄새! 은주는 이 방에서 일 분 일 초를 배기기가 어려웠다. 그는 방문을 박차고 뛰어나가고 싶었다. 그러나 어데를 가랴. 누구를 대하랴.

낮은 그래도 나았다. 미닫이의 광선이 사라지고 어슬렁어슬렁 밤의 그림자가 짙어올 제면 그의 마음은 오그라붙기 시작하였다. 그의 몸서리나는 밤이 또 닥친 것이다.

밤이 고요해 갈수록 이슥해 갈수록 그의 피는 한 방울 두 방울 말라 들어가는 것 같았다. 찢어지게 긴장한 신경엔 털끝만한 소리도 인종人鍾같이 울리었다. 바시락 소리만 나도 가슴은 덜컥덜컥 나려앉았다.

뒷마룻장이 가만가만히 울린다. 분명히 '찌극' 소리가 났다. 그 발자최는 갈데없이 이리로 향해 가까워진다. 악마는 다시금 발소리를 죽이고 다가들어 오는 것이다!

은주는 왼몸의 피가 얼어붙는 듯하였다. 그는 벌떡 일어나 몸을 도사리었다. 방 한편 구석에 붙어섰다. 미닫이만 열리면 그는 악 소리를 지르고 곧 몸을 빼쳐 달아날 작정이었다.

인제나 저제나! 아모리 기다려도 미닫이는 열리지 않았다. 그는 참다 못해 적의 동정을 살피려고 제 손으로 문을 빠끔히 열어 보았다. 덧문이 철통같이 닫혀 있지 않으냐. 그래도 그는 미심다웠다. 덧 문살을 뚫고 구녕을 내어 밖을 내다보았다.

밖에는 물론 인기척도 없었다. 악마는 제가 내다보는 줄로만 알고 어데로 숨었구나! 그는 대담하게 덧문을 확 열어젖히고 내다보았다. 아모도 없다. 달빛 어린 마룻장에 산들바람이 보금자리를 치며 굴렀다.

부끄럼과 공포의 뒤에 찾아오는 것은 절망이었다. 또다시 돌이킬 수 없는 '처녀'의 구실! 여자의 한평생에 가장 귀하고 중한 이 구실을 이렇게 헛부게 무참하게 아일 줄이야. 아름답고 깨끗한 '처녀'는 그 순간에 죽었다. 방싯방싯 피어나려던 생명의 꽃봉오리는 그 찰나에 떨어졌다.

탄력 있는 애젊은 육체는 하룻밤 사이에 송장이 되고 말았다. 공작의 꼬리처럼 찬란하던 꿈도 깨어졌다. 봄풀처럼 싹 돋던 희망도 쓰러졌다.

그는 졸업하기가 바빴었다. 졸업식만 치르면 그 날 밤차로 동경을 향하리라 하였었다. 가기만 가면 소원대로 동경 음악학교에 입학이 되리라 하였었다.

그는 제 성대에 자신이 있었다. 깎아질르는 듯한 소프라노를 내는 데에는 아모도 그를 따를 아이가 없었었다. 옥을 바수어내는 듯한 제 목소리를 제가 들어도, 어쩌면 내 목에서 이런 목청이 나올까 하고 스스로 경탄하였던 것이다, 흘리었던 것이다.

음악학교를 졸업하고 악단의 꽃으로 피는 자기! 화려한 음악회! 황홀한 청중! 사나운 박수 소리의 물결…. 앙코르! 또 앙코르! 빗발치는 듯한 꽃다발! 그는 적막한 조선 악단에, 더구나 여류 악단에 명성으로 번쩍이리라 하였었다, 여왕으로 군림하리라 하였었다.

이 더러워진 몸으로 어떻게 학교에를 들 것이냐, 남의 앞에 설 것이냐. 그것은 상상조차 못할 일이었다.

절망! 절망! 먹장 같은 절망이 그의 가슴을 어둡게 할 뿐이다.

혼을 잃어버린 빈 껍데기, 목숨만 붙어있는 산송장! 이 몸을 어데다가 두랴. 오직 한 길밖에 남지 않은 듯하였다. 죽음!

은주는 가장 자연스럽게 죽음을 생각하였다. 무서움과 부끄러움과 슬픔밖에 남지 않은 이 목숨을 끊어버리는 외에 아모런 다른 도리가 없을 듯하였다. 그는 쥐 잡는 약을 생각하고, 단도를 생각하고, 기차를 생각하였다. 그러나 이 모든 것이 다 같이 목숨을 끊는 것이라 하여도 어쩐지 싱글싱글하고 부시부시하였다. 그는 마지막으로 한강을 생각하였다. 그 푸른 물결에 풍덩실 몸을 던지는 것이 얼마쯤 시적이었다.

한번 죽음을 작정하고 나니 모든 것이 시들하였다. 사 년 동안 바라고 기다리던 졸업 날이 닥치어도 예사로 지날 수 있었다. 원하던 음악학교에를 못 가는 것도 그리 원통치 않았다. 애닲음과 안타까움도 얼마쯤 완화가 되었다. 죽으면 고만이 아닌가! 슬픔도 기쁨도 물거품과 같이 사라질 것이 아닌가.

그 후부터는 조석도 여전스럽게 먹을 수 있었다. 뒤안에 거닐 수도 있었다. 제가 가꾸어 놓은 화초의 싹이 파름파름하게 내어 솟는 것을 시름없이 들여다 볼 수도 있었다.

몇 날이 지나갔다. 하로는 오래간만에 그는 오라비의 소리를 들었다. 이 세상엔 오직 하나밖에 없는 동기! 며칠이 못 되어 그의 곁을 길이 떠나겠고나 하매 다시금 슬픔이 사무쳤다. 눈물은 진정을 하려 할수록 더욱 쏟아졌다. 우는 낯으로야 오빠를 볼 수 없었다. 그는 눈물을 닦고 또 닦았다. 그는 아모 일도 없었던 것처럼 하고 오래간만에 제 오빠를 만나 보려 하였다. 제 마음속으로나마 작별을 하여 두려던 것이다.

문득 병일의 고래고래 소리질르는 것이 들리었다.

"그놈을! 그놈을!"

"난 곧 경찰서로 갈 터야, 경찰서로. 그놈을, 그놈을 고발, 고발할 터야."

그놈이라 함은 어느 놈을 가리키는 것을 은주는 직각적으로 깨달았다.

"오빠가 아셨고나!"

은주는 오라버니의 분개가 당연하다 하였다.

내 핏줄이 땡길 제, 오빠의 핏줄도 땡기리라 하였다. 내 살이 떨릴 제 오빠의 살도 떨리리라 하였다. 오빠가 아시고야 그 악마를 가만히 두랴. 경찰에 고소를 하고 징역을 살리고 시원스럽게 분풀이를 하시고야 말리라 하였다.

이 세상에 외로이 호젓하게 단 혼자 남은 듯하던 은주는 자기와 같이 분해하고 같이 슬퍼하는 동기가 있는 줄 알고 마음이 얼마쯤 든든해졌다. 나 때문에 오빠가 괴로워하시는고나 걱정을 하시는고나 하매 은주는 더욱 슬펐다.

나중에 영애의 붙잡는 소리도 듣고, 그렇게 와자지껄하게 하는 것이 재미없다는 말도 들었다.

올케의 심정도 그러려니 하였다. 떠들지 말고 쉬쉬 감추려는 그의 마음도 고마웠다. 자기가 시킨 노릇은 아니지만, 자기 때문에 그 악마가 들어오게 되고 그런 몹쓸 짓을 저질러 놓았으니 올케의 가슴인들 여북하랴 하였다.

은주는 더욱 슬펐다. 이래도 슬프고 저래도 슬픈 일이었다. 이렇게 알뜰하게 자기를 위하는 오빠 부부를 아주 떠날 생각을 하니 눈물이 절로 쏟아졌다. 그들의 정이 아모리 깊고 중하다 한들 이 마지막 길이야 아니 갈 수가 있느냐. 이왕 죽는 바에야 분풀이를 하면 무엇하랴, 원수를 갚으면 무엇하랴. 고소를 하면 무엇하고, 징역을 살리면 무엇하랴. 올케 말마따나 와자지껄하게만 될 뿐 아닌가. 내 한 몸만 죽으면 그만이 될 것을.

은주는 제 죽은 뒤에 자기로 말미암아 청년 하나가 징역을 살고 있다는 것이 고통이었다. 이승의 지옥에서 헤어나지를 못하고 청춘의 피를 썩히는 것이 애처로웠다.

죽음을 작정한 은주는 악마에게도 동정이 갔다. 그도 징역을 살고 나온 지가 며칠이 못 되지 않았느냐. 그 지긋지긋한 쇠사실에 다시 얽히게 되면 아모리 제 지은 죄의 탓이라 하더라도 너무 악착하지 않으냐. 은주는 그를 구해 주고 죽고 싶었다. 그는 제 오빠를 말려 보려 하였다.

병일이가 사랑에 나갔다가 다시 들어오는 기척을 듣고, 은주는 몸을 일으켰다. 그는 울면서, 분노에 떠는 제 오빠를 말리려고 결심하였던 것이다. 제발 고소는 말아 달라고.

'무슨 낯으로 오빠를 대하랴.'

은주는 한동안 망설이다가 제 방을 나왔다. 안방 문까지 왔다. 선득 문을 열지 못하고 주뼛주뼛하는 사이에 그의 귀에는 꿈에도 생각 못할 말낱이 띄엄띄엄 들리었다.

'헌 계집'이니 '더럽힌 몸'이니 '돼지에게 밟힌 진주는 돼지에게 던져 줄밖에' 없으니, 무사타첩하자면 '여해와 은주를 결혼'을 시켜야 하느니.

은주는 어릴 때 몇 번 보아 석호를 잘 안다. 그 체신머리없는 얼굴과 몸피! 그 조그마한 눈에 띠우는 간드러진 웃음. 저를 무척 귀애하는 것 같았지만, 어쩐지 얄미운 생각이 들고 정이 붙지 않았었다. 제 사단으로 그런 자와 의론을 할 줄이야! 더구나 기가 막히는 것은 듣기만 하여도 더러운 그 깜찍스러운 의견에 제 오빠가 그럴싸하게 여기는 말투이었다. 그 악마가 입원한 데 가 보라고 올케를 조른다. 병비를 주라고 돈까지 주고, 어서 가 보라고 성화같이 조른다.

"환심을 사 두란 말이야." 하고 웃는 제 오빠의 웃음소리는 어쩐지 지옥에서 울려나오듯이 징글징글하고 흉물스러웠다.

은주는 앞으로 고꾸라질 듯하는 몸을 간신히 가누었다.

영애가 병원에를 간다고 나오는 것을 보고 은주는 기계적으로 몸을 피하여 제 방에 돌아와 쓰러졌던 것이다.

그의 앞에는 하늘이 무너졌다. 믿고 바랐던 제 오빠! 온 세상 사람이 다 저를 손가락질을 하고 비웃고 욕지거리를 하더라도 저를 귀애하고 위해 줄줄 알았던 제 오빠! 앞뒤를 헤아리지 아니하고 제 분풀이를 해 주고, 제 원수를 갚아줄 줄 알았던 제 오빠! 저와 같이 피를 끓이고 살을 저며낼 줄 알았던 제 오빠! 제 불행을 저보담도 더 슬퍼할 줄 알았던 제 오빠! 체면이고 명예고 다 벗어 던지고 그 악마를 이승의 지옥에 집어넣으려던 제 오빠가 아니었던가! 그것을 말리려고 떼어지지 않는 발길을 옮긴 자기가 아니었던가. 그러하였거늘! 단 몇 시간이 지나지 않아서 오빠의 마음이 이렇게 정반대로 변할 줄이야! 그 작은 악마 석호가 속살거리는 대로 '헌계집' '더럽힌 몸'이란 말에 솔깃하고 말았다. 듣기만 해도 얼마나 치가 떨리느냐. 그 지긋지긋한 악마에게 누이를 서슴지 않고 내어 줄 작정을 하고 말았다. 이게 있을 수 있는 일이냐!

아까운 진주가 돼지 발에 밟혔으면, 곧 뺏어내고 씻어주는 것이 인정이 아닌가. 돼지 발에 어째 잘못되어 밟힌 것도 애닮고 원통하려든 도리어 돼지에게 던져 준다는 것은 사람으로 차마 못할 소리가 아닌가.

자기의 경우는 돼지에게 진주가 밟혔다느니보담, 차라리 사나운 짐승의 아가리에 물렸다는 것이 맞을는지 모르리라. 부드러운 살은 찢어지고 붉은 피는 쏟아진다. 이것을 보고도 그대로 범연히 지낼 것인가?

사나운 이빨이 아름다운 육체와 넋을 뜯어먹는 대로 내버려둘 것인가.

여해와 결혼시킨다는 것은 이보담도 더 심한 말이었다. 이 처녀는 이미 짐승에게 물렸으니, 짐승의 잇자국이 난 계집이니 '헌계집'이니 '더럽힌 몸'이라 하여 엇매어다가 그 몹쓸 짐승에게 갖다 주자! 하는 것이나 조금도 다름이 없었다.

'사람으로 어째 그런 생각이 날까?'

은주는 며칠을 두고 생각하다가 혼자 중얼거리었다. 암만해도 모를 것은 제 오빠의 마음이었다. 언제는 징역을 다시 살린다고 고래고래 소리를 질르고, 그 말이 침도 마르기 전에 그 원수와 혼인할 작정을 하니, 수수께끼라면 이보담도 더 풀기 어려운 수수께끼가 어데 있으랴!

원수가 되고 매부가 되는 것이 종이 한 겹도 가지지 않은 듯하였다. 은수에게 이것이야말로 기적이었다.

그는 얼마 만에야 이 기적의 정체를 풀어낼 수 있었다. 풀고 보니 그 까닭은 자못 간단하였다. 그것은 명예와 체면을 위하여는 제 누이야 어찌되든 조금도 상관이 없는 것이었다. 은주는 누구보담도, 석호보담도, 여해보담도, 제 오빠가 원망스러웠다. 야속하였다.

은주는 한동안 울다가 다시 일어나 거울을 보고 다시금 눈물 얼룩이를 지웠다. 그는 교복을 떼어 입었다. 그는 깨끗한 학생으로 죽고 싶었던 것이다. 그는 오늘, 내일 하면서 이 날까지 마지막 길을 내어 디디기를 미룩미룩하여 온 것이 분하였다. 끊어야 할 목숨을 진작 끊지 않고 멀거니 그날그날을 보내다가 오늘 아침에 또다시 귀에 못 담을 소리를 듣게 된 것이 분하였다. 이왕 죽을 것을, 좀 더 종용하게 좀 더 깨끗하게 좀 더 가라앉은 마음으로 죽으려고 한 것이, 도리어 갈수록 비위를 뒤집는 일만 생기게 되었다.

은주는 오늘 아침에 사랑으로 불려 나왔던 것이다.

병일은 잔뜩 얼굴을 찌푸리고 앉았다가, 은주가 그림자같이 들어서는 것을 보고, 제 앞 가까이 앉으라 하였다. 퉁퉁 부은 눈과, 멀쩡하게 양복을 입고 있는 것을 보면, 어젯밤에도 집에 들어오지 않고 어데서 밤새움을 하고 아침결에야 집에 돌아온 모양이었다.

은주는 제 오빠의 얼굴을 보매 원망과 설움이 일시에 복받쳐 오르는 것을 억지로 참았다. 그는 몸이 꼿꼿해지는 듯하여 앉을 수도 없었다.

병일은 얼굴빛을 펴고,

"이리 가까이 와서 앉아라."라고 또 한 번 재우쳤다.

은주는 마지못해 앉기는 앉았으나, 멀찌감치 앉았다.

"이리 좀 가까이 오너라."

병일은 또 한 번 재우치다가, 은주가 움직이는 기색이 없는 것을 보고, 제가 방석을 당겨 다가앉았다. 말하기 거북한 듯이 한참 웅얼웅얼하다가,

"어 어, 너도 인제 시집을 가 봐야지. 허허."

말은 나직이 하고 웃음소리는 크게 내었다.

은주의 귀엔 그 웃음소리가 능청스러웠다. 제 오빠의 얼굴이 다시금 쳐다보이었다.

'필경 그 말씀을 하시려나 부다. 그 여해란 자와 결혼을 하라구.'

은주는 속으로 생각하고 몸이 더욱 굳어졌다. 그러나 제 오빠의 말은 뜻밖이었다.

"너 원석호 씨 알겠지?"

'왜 석호의 말을 끄집어낼까?'

은주는 속으로 의아해하면서도 안다는 듯을 보이었다.

"어… 그 사람이 말야. 사람이 얌전도 하고 착실도 하거든. 이번에 상처를 하고 아직 속현을 못했는데…. 어, 그 사람이 사람도 재미가 있구. 해뚝해뚝한 젊은 애들보담 늙수구레한 사람이 외려 낫단 말야. 안해 사랑할 줄도 알구…. 그래 네 혼인은 그리로 정해 두었다. 응, 그래, 네 마음에는 어떠냐?" 하고 병일은 면난하도록 은주의 얼굴을 들여다보며,

"별수 있니? 혼인이란 다 그런 거니라."라고 혼잣말같이 뒤를 붙이었다.

병일은 어젯밤에 석호와 단둘이 밤새도록 술을 먹었었다. 명화까지 물리치고. 병일은 아모리 생각해 보아도 제 사랑하는 누이를 여해 같은 놈에게 내어 줄 수 없다는 뜻을 말하였다.

"그럼 어떡하나?" 하고 석호는 한 걱정을 하였다.

"그런 사정을 알아서 아는 듯 모르는 듯 맡아줄 사람도 구하기 어렵고…."

이윽고 석호는 무슨 단단한 결심이나 한 듯이 꽉 다물었던 입을 열며,

"자네 댁 불행이면 곧 내 집의 불행이 아닌가. 그런 일이란 왁자지껄하게 맨들 수도 없는 일이구… 별수 없네. 그러면 자네 매씨의 평생은 내가 맡음세. 나이 사십에 말이 안 되는 소리지만, 일이 이렇게 된 다음에야 어떡하겠나. 남의 부인이 되고 보면 이러니저러니 하는 뜬소문도 날래

야 날 수도 없고 또 난다 한들 결국 헛소문이 되고 말 테니까…" 하고 석
호는 바루 순진한 청년과 같이 그 조그마한 얼굴을 게딱지처럼 붉히었
던 것이다. 석호는 처음엔 슬슬 눈치만 보이어 병일로 하여금 저에게 청
혼을 하도록 맨들어보려 하였지마는, 둔한 병일이가 게까지는 생각이 미
치지 못하는 모양이고, 초조증을 건디다가 못하여 필경 바른 대로 쏘아
본 것이었다. 자식이 늘은 듯하고 사십이 넘은 자가 제 어린 누이에게 청
혼을 하리라고는, 병일도 과연 상상도 못하였던 것이다. 그러나 그 말을
듣고 보니 이왕 여해와 결혼을 못 시키는 바에야 석호에게 보내는 것이
든든하고, 마음이 놓일 것 같았다.

"자네가 맡아 준다면 그런 고마울 데가 없겠네." 하고 대번에 승낙을
해 버렸다. 승낙을 한 다음에야 질질 끄을 필요는 조금도 없었다. 불이
야불이야 서둘러서 일주일 이내에라도 곧 성례를 시키고 싶었던 것이
다. 그래 집에 돌아오는 길로 곧 은주를 불러내어 그 의향을 물어본다느
니보담 미리 통고를 해 버린 것이다.

'그 애도 지금 어쩔 줄을 모르렷다. 제 혼처가 작정된 줄을 알아야 안심
이 되렷다.'

병일은 이렇게 생각하였던 것이다.

은주는 저와 석호와 정혼하였다는 말을 듣고 하도 어처구니가 없었다.

"좋은 자리가 따루 있느냐. 집안 사람 같구, 믿음성 있구, 든든하고 그
만하면 네 일평생을 맡겨도 내 생각엔 괜찮을 것 같다. 더구나 그런 저런
속사정도 알구…"

병일은 은주가 불만해 한다느니보담 차라리 놀래는 듯한 기색을 알아
보고, 변명 비슷하게 연송 석호를 치켜 올렸다. 그리고 '속사정도 알구'
한 끝엣말에 힘을 주고 뒤끝은 얼버무렸다.

"그야 나이도 많구, 걸맞다구야 못할 게지마는, 그러나 어떡하니. 여자

란 한 번 몸을 그르치면 다시 어쩌할 도리가 없단 말이야. 네 운명에 돌리는 게지 어쩔 수 있느냐. 응?"

병일은 눈물이 그렁그렁한 은주의 눈을 보고 제법 우애 깊은 듯한 목소리를 내었다.

'오빠 너무 심하십니다. 너무 심하십니다.'

은주는 속으로 부르짖고 자리를 차고 일어났다. 그는 차마 더 듣고 있을 수 없었던 것이다. 도망꾼 모양으로 사랑을 빠져 나와 제 방으로 뛰어 들어 왔다.

그는 참으로 귀를 씻고 싶었다. 저만한 아들딸이 있는 석호, 체신머리 없이 얄미운 석호, 북어 대강이 같은 얼굴에 깜찍스러운 작은 눈이 깜빡거리는 석호! 그와 저와 정혼을 하였다는 것은 듣기만 해도 지긋지긋한 소리였다. 입에 못 담을 소리였다.

생글생글 눈웃음을 치는 석호가 눈앞에 선연히 나타났다. 배암과 같이 나근나근하게 제 몸에 휘감기는 듯하여 은주는 몸서리를 쳤다. 여해는 사나운 범이라면, 석호는 징글징글한 독사에 틀림이 없었다. 범의 아가리에 물렸던 자기를 그 범에게 도루 던져주자 하더니, 이번에는 독사에게 내버리려 한다.

'어쩌면 오빠의 마음이 그럴까? 언제는 그놈을 징역을 살린다고 떠들다가 또다시 혼인을 하려 들고, 인제 와서는 석호와 정혼을 하였다니.'

은주는 생각할수록 오빠가 야속하였다. 하늘같이 믿었던 제 오빠가 이렇게 변덕스럽고 주책이 없고 인정머리가 없을 줄이야. 같은 뼈와 살을 나누었거늘 애연한 생각도 없는가, 가엾은 생각도 없는가. 제 오빠의 사랑까지 빈 것인 술이야! 은수는 너무 쓸쓸하였다, 너무 호젓하였다. 그는 아모 것도 없이 텅 비인 듯한 제 가슴을 부둥켜안고 울었다.

이랬거나 저랬거나 죽으면 고만이었다. 한시바삐 어머니 아버지 계신 곳으로 찾아갈 것을, 구차히 하로 이틀의 목숨이나마 이어두었다가 이런 더러운 소리까지 듣게 된 것이다.

은주는 제 죽음이 늦은 것을 한하였다.

그는 속옷도 새 것을 갈아입었다. 양말도 새 것을 갈아 신었다. 교복의 몬지를 몇 번이나 털었다. 그 잔잔한 구김살까지 만적거리며 폈다.

그는 입을 것을 다 입고 참따랗게 책상머리에 앉았다. 제 손때가 묻은 교과서, 잡기장, 참고서 등속을 이것저것을 빼어보고 또 보았다. 아까운 이별을 아끼는 듯이.

마지막으로 그는 편지지를 폈다. 그는 아모래도 제 오빠에게 유서 한 장을 아니 남기고 갈 수는 없었다.

철필 끝은 떨었다. 지렁이 같은 글자가 꾸물꾸물하며 춤을 추었다. 채 마르지도 않은 잉크 위에 눈물방울이 떨어져서 글자가 피어나고 흐려졌다.

그는 몇 장을 버리고 몇 장을 다시 썼다. 그리고 빼죽이 내다보이도록 책 틈에 꽂아두었다.

거울을 몇 번을 다시 보고 눈물 얼루기를 지웠다.

그는 밤 들기를 기다렸다.

'어찌하면 아모 눈에도 들키지 않구 집을 빠져 나갈구?'

그에게 마지막으로 남은 것은 오직 이 걱정뿐이었다. 성욕의 제단의 어여쁜 희생은 마지막 길 떠날 준비를 다 차리고 만 것이다.

급보

그 날 밤에도 병일과 석호와 명화는 명월관 별실에서 놀았다.

병일의 짝으로 명화를 불렀으면, 석호의 짝으로 초월이가 으레 대어 설 것이언만, 석호는 웬일인지 굳이 사양을 하였다. 명화가 기생 하나는 심심하니 기어이 초월을 부르자고 부득부득 졸랐으되 석호는 끝까지 거절하였다.

"언제는 그렇게 좋아하시더니 그새 마음이 변하셨나요? 변덕스러우시긴."

"내가 초월에게 실없이는 굴었지만, 언제 좋아야 했나?"

석호는 진국이다. 그리고 그 고양이 상판 같은 얼굴을 살짝 붉힌다.

"암 그러시지, 어쩌면 저렇게 시침을 따실구. 가을 하늘과 사내의 마음!"

"정말일세, 참말일세. 내가 초월을 건드렸다면 맹서라도 하겠네."

석호는 뿌옇게 변명을 한다.

"왜 이러셔요? 맙시사. 이런 데 여럿이 모여서 엄벙덤벙 노는 것보담 단 두 분이 그림자처럼 붙어 앉아 노는 게 재미는 더 있을 게지. 그도 그 래, 마음이 도저해지면, 제 애인을 남 보이기도 싫어지렸다. 그러지 마시고 고만 떼어들이시는 게 어때요?"

"이 애가 왜 이러는 게야? 생사람을 잡으니. 난 난 초월의 집에 발그림 자를 한 일도 없단다."

"발 그림자는 않으셔도 몸 그림자는 하셨지. 그럼 벌써 떼어들여 앉히신 게로군. 초월이가 안방마님 노릇하는 꼴을 좀 보았으면… 호호….."

"괜히 요릿집에서 자주 불렀더니만 헛소문이 났어. 그래 내가 기생 따위를 사랑할 것 같으냐."

석호는 얼굴이 뻘개지며 노발대발한다.

그 서슬에 명화는 무참해졌다. 그러나 기생 따위란 말이 비위에 거슬리어 뉘엿뉘엿 올라올 듯한다.

"그러시구 말구. 기생 따위를 사랑이야 하셨겠소? 데불고 작난이나 하신 게지. 작난이 지나쳐서 그 애 배가 통통 부은 게로군요. 그래, 산삭이 어느 달예요?"

명화는 초월의 애 뱄다는 얘기는 않으려 하였으나 석호의 꼴이 얄미워서 필경 그 말을 끄집어낸 것이었다.

"뭐, 초월이가 애를 뱄나?"

병일이가 귀가 번쩍 뜨이는 듯이 묻는다.

"애를 뱄으면 한두 달이야요? 아마 여섯 달은 되었을걸."

석호는 한 번 병일을 힐끗 보고 얼굴빛이 노오래졌다.

"그년이야 뉘 애를 뱄던지, 내가 무슨 상관이람?" 하고 어색하게 소리를 빽 질렀다.

그 반들반들하는 눈은 명화를 당장에라도 뜯어먹을 것 같다.

명화는 심상치 않은 석호의 기색을 얼른 살피었다.

'요 깜찍스러운 놈팽이가 또 무슨 궁리를 하길래 초월의 말이라면 질겁을 할까? 초월의 애 뱄다는 게 아마 제일 듣기가 싫은가 부다. 실컷 골을 좀 올려줄까?'

명화는 속으로 이런 생각을 하였다.

"그래, 그 애가 선생님 애가 아니란 말예요?"

"내 애? 원 말도 되지도 않는 소리를…."

"정말이야요? 분명 그 애가 선생님 애가 아니란 말예요? 시침을 따도 작작 떼요. 초월이 말에는 선생님 만난 지 석 달 만에 그 애가 들었다는 데, 그리고 아들만 낳으면 곧 떼어들여 부인을 삼으시겠다구 떠먹듯이 약속을 하셨다는데, 초월이가 좋아라구 한턱 내는 걸 얻어먹기까지 했는 데, 그래도 아니예요?"

"미친년이지, 내가 저를 상관이나 해야 애를 배든지 뭘 배든지 하지."

석호는 또 힐끗 병일을 본다.

"다 아는 그것을 그렇게 시침을 딴다구 누가 속을 줄 아서요? 그러시지 말구, 언제 국수를 먹이실 테요? 네 선생님?"

명화는 석호에게로 바싹 대어들었다.

"응 못되게도 구는군. 국수? 왜?"

석호는 잇새로 소리를 내었다.

"초월이와 혼인하는 국수 말예요."

"초월이의 혼인 국수를 왜 날보고 달라는 게야?"

"선생하구 혼인을 할 테니 말이죠."

"왜 내가 미쳤던가? 원 그 애는…."

"그럼 남의 계집애를 배만 인왕산 더미만큼 맨들어 놓으시고 박차실 작정이야요?"

"어떤 놈의 애를 가지구 왜 내게 뒤집어씌우는 게야. 난 꿈에도 모르는 일이래두…."

"정 그렇게 잡아떼실 테요? 그럼 초월이를 불러 봅시다. 당자의 핵변(覈辨[26])을 들으면 제일 좋을 것 아녜요. 네 선생님, 조월이를 불러 봐요?

---

26) 핵변(覈辨): 사실에 근거하여 밝힘.

네? 그러면 선생님의 의심도 풀릴 게구. 네, 박 선생님, 그렇지 않아요?"

명화는 말부리를 병일이에게로 돌리었다.

"불러도 좋지."

병일은 쉽사리 승낙을 한다.

"그래, 박 선생님도 승낙을 하셨으니, 자, 원 선생님, 고집 그만하시구 우리 초월이를 부릅시다. 네?"

명화는 잔상히 졸랐다. 명화가 기를 쓰고 초월을 부르려는 것에는 중대한 이유가 있었다. 오늘 그에게는 김상열이가 온다고 전보가 왔다. 그리고 그리던 애인은 온다. 꿈 아닌 생시에 그이와 만날 시간은 한 시 두 시 다가온다. 놀음에 오기는 왔지만, 그의 마음은 공중에 떴다. 전보가 다 저녁 때에 왔기 때문에 멀리 마중은 못 나갔을망정, 세상없어도 정거장에는 나가 봐야 될 것 아니냐. 무슨 탈을 어떻게 하더래도 몸을 빼어나가야 될 것 아니냐. 그런데 기생이 단 하나로는 탈하기가 매우 거북하다. 다른 손님 아니고 병일이니 덮어놓고 뿌리치고 갈 수도 없는 것이다. 더군다나 요새는 병일이가 저에게 휘어들어 일이 그럴듯하게 되어가는 판이니, 이런 무렵에는 그의 의심을 사게 되면 그야말로 다 된 죽에 코가 빠지는 격이다. 어떻게 하든지 초월을 불러야 한다. 초월이만 오면 무슨 수단을 어떻게 쓰더래도 감쪽같이 이 자리를 빠져나갈 수 있을 듯싶었던 것이다.

일이 공교스럽게 되노라고 으레 부를 초월을 석호의 반대로 못 부르게 되었다. 아모리 구슬러 보아도 석호는 천 길 만 길 뛴다. 배랑뱅이 석호가 초월이와 무슨 일로 어떻게 틀렸는지 알 수 없는 노릇이로되, 제 일에는 정말 큰 낭패다. 홧김에 초월의 애 밴 것까지 들추어내고 만 것이다.

"네 선생님, 초월이를 불러 물어 봐요. 그러면 선생님 애 아닌 걸 곧 알 것 아네요? 네, 자 불러요." 하고 명화는 뽀이를 부르려고 손뼉을 쳤다.

"안 돼! 안 돼!"

잠자코 있던 석호는 고개를 내저었다.

"왜, 저러실까? 무슨 살이 붙었남? 선생님, 원 선생님, 한 번만 불러 봐요. 살풀이도 하실 겸."

"압다, 한 번만 부르라게그려."

병일이가 거들어주었다.

"그래요. 박 선생님 말씀이 옳아요. 아모리 척이 지셨더래두 알던 사람이니 한 번만 더 불릅시다요."

석호는 명화의 말엔 대꾸도 않고 병일을 향해 진국으로,

"인젠 술도 아주 끊겠네. 기생도 끊겠네. 나도 갱생을 해 볼 작정일세. 나이 사십에 그렇게 엄벙덤벙 지나 쓰겠나? 난 깊이깊이 결심을 하였네."

병일은 그럴싸하게 고개를 끄덕였다. 석호가 초월을 부르지 않는 까닭은, 물론 은주와 혼담이 있기 때문이었다.

그는 야멸치게도 병일에게 얌전히 보이려고 염량이 환하게 보이도록 애를 쓴다. 귀하신 아가씨를 맡을 몸이 전에 알던 계집을 보는 것만 해도 불경한 일이라고 생각한 듯하였다.

명화는 손뼉을 쳤다. 뽀이는 들어왔다.

"배초월이 불러요!"

명화의 말이 떨어지기가 무섭게 석호는 소리를 벽력같이 질렀다.

"구만둬라, 구만둬!"

"불러요, 불러!"

명화도 지지 않고 부르짖었다.

뽀이는 싱글벙글 웃으며, 어쩔 줄을 모르는 듯이 하이칼라 머리를 긁고 섰다가 병일을 향해,

"어떻게 하랍쇼?" 하고 묻는다. 병일은 묻는 뽀이는 보지 않고 석호를 보며,

"이 사람, 그렇게 고집 세울 것 없네. 불러보세그려, 응."

"안 되네, 안 돼."

"안 되기는 왜 안 된단 말이야? 원, 그 사람은 허허."

"아까도 말했거니와, 난 기생을 끊은 사람일세."

"기생이 술 담밴 줄 아세요? 끊기는. 아스세요. 오늘 밤 한 번만 더 보아요."

"한 번 아니라 반 번이라두 싫다니까."

"어떡하랍쇼?"

뽀이는 세 사람의 얼굴을 번갈아 보다가 병일에게 또 한 번 묻는다.

"있나 알아 봐라."

병일은 시비를 갈르는 듯이 판단을 나리었다.

뽀이는 몸을 굽실하고 나갔다. 조금 있다가 뽀이는 다시 와서 문만 열고 묻는다.

"배초월이 있답니다. 부르랍쇼?"

"그래 불러요."

명화가 가루채어서 얼른 대답을 해 버렸다. 석호가 미처 반대를 하기 전에, 뽀이는 '네에.' 긴 대답을 남기고 사라졌다.

석호는 깡충 뛰는 듯이 일어났다. 그는 모자를 떼어 썼다.

"이 사람이 왜 이래?"

병일은 말리는 눈치로 석호를 보았다.

"나는 가야겠네. 생각을 해 보니 볼일이 좀 있네그려."

석호는 아주 새모록하게 대꾸를 한다. 그의 눈썹에는 모욕을 당한 사람처럼 분기가 떠돌았다.

"그만 일에 가실 거야 뭐 있어요? 앉으세요, 안 부르면 구만 아녜요."

명화는 하는 수 없이 다시 뽀이를 불러 초월이 부르는 것을 구만두라 하였다. 석호는 다시 주저앉기는 앉았으되 여전히 뽀르퉁하게 성을 내었다.

요리상은 들어왔다.

석호는 앞에 놓인 술잔을 엎어놓았다.

술을 치려던 명화는 무참해 하며,

"왜 술을 안 잡수서요?"

"술도 끊었네."

석호는 팍 무는 소리를 내었다.

병일은 한 잔을 훌쩍 먼저 들이키다가, 석호와 명화와 승강하는 것을 보고,

"왜 그러나? 술까지 안 먹을 거야 있는가?" 하고 얼굴을 찡기었다.

"아닐세, 술도 끊겠네."

"그러면 나 혼자만 먹으란 말인가?"

병일도 화를 버럭 낸다. 석호는 난처한 듯이 고개를 빠뜨리고 앉았다가 마지못해 하는 듯이,

"그러면 오늘밤에만 먹겠네. 인제는 아주 술하구 하직일세." 하고 씩 웃고 간신히 술잔을 받는다.

좌석이 턱 어우러지지를 못하고 어째 까실까실하게 되어 명화가 재조를 부리랴 부릴 수가 없게 되었다. 그런 사이에도 시간은 나래가 돋친 듯이 훨훨 날아간다. 십분, 이십 분! 명화의 정거정에 나갈 시각은 가까워 온다. 명화는 속으로 기름을 끓이고 안절부절을 못하였다.

시간은 열 시를 넘었다. 열 한 시 이십 분 차면, 여유는 한 시간밖에 남지를 않았다. 명화는 탈할 궁리를 아모리 해 보아도 그럴듯한 것이 나서

지 않았다.

마침 뽀이가 왔다.

"박 선생님 댁에서 전화가 왔습니다."

"내 집에서 전화가 와?"

병일은 얼근한 얼굴을 들었다.

"누가 걸었단 말이냐?" 하고 불쾌한 듯이 물었다.

"부인께서 거신 듯합니다."

"내 여기 없다구 하렴."

"대단히 급하신 일이라구 하시는뎁쇼."

병일은 여해와 영애가 병원에서 옥신각신이 있고 명화의 위조 전갈을 들은 뒤로 아직까지 한 번도 영애를 대하지 않았었다. 며칠만큼 집에 돌아가는 것이나마 안에는 들어가 보지도 않고 사랑에만 휘 둘러나오고 말았었다. 영애도 남편의 마음을 알아차린 듯하여, 여러 날 들어가지 않아도 은행이나 회사로 전화 한 번 거는 법도 없었다.

병일은 제 안해가 어떻게 괘씸한지 몰랐다.

'남편이 닷새씩 열흘씩 들어가지 않아야 한 번 찾을 생각도 않구…'

병일은 노여웠다, 분하였다. 그러나 한 옆으로 쓸쓸하였다. 안해에게 대한 제 사랑도 식어 가거니와 제 안해가 이다지 끊고 빈 듯이 냉정해질 줄이야.

'그깟 년 내버리면 구만이지, 인제는 남이지, 아주 남이다. 남!…'

속으로 부르짖고, 성날 대로 할 것 같으면 당장에라도 요절을 내고 싶었다.

'하로바삐 이혼을 해 버려야…'

그는 여러 번 막다른 결심을 하였다. 그러나 이 결심을 실행하기엔 여러 가지 난처한 일이 있었다.

첫째는 왁자지껄한 것이었다. 여해를 고소를 하려다가 구만두고, 은주를 여해와 결혼을 시키려다가 말고, 석호와 정혼한 것과 마찬가지로, 쥐도 새도 모르게 이혼을 할 도리가 없었다. 까닭 붙은 자기네 부부가 갈린다면 왁자지껄해질 것은 환한 노릇이었다. 신문에 오르나리고, 남의 입길에 오르나리는 것이 그는 제일 무서웠다.

둘째는 영애를 제 안해로 맨드는 데, 그는 너무나 많은 물질과 정신을 희생하였다. 값진 것이 아까웠다.

셋째는 아직도 남은 듯한 애정의 찌꺼기와 질투다. 저와 결혼한 것을 후회하는 년이니, 내쫓아서 비렁뱅이가 되어 고생하는 꼴을 상상하는 것은 그리 애연할 것이 없으되, 다른 사내의 품속에 안긴 꼴은 생각만 해도 살이 떨리었다. 더구나 제가 내버리면 제 사랑의 원수 여해에게로 갈 것 아니냐. 그놈과 참따랗게 살 것 아니냐.

부부 사이가 이쯤 되었으니, 병일은 영애가 전화 걸었던 말을 듣고 화를 버럭 낸 것이었다.

"급하신 일이라시는뎁쇼." 하는 뽀이의 말에도 병일은,

"급한 일? 급한 일은 다 뭐냐? 그양 끊어라. 끊어 버려!" 하고 소리를 질렀다.

"급한 일이라는데 받아 보서야지."

명화가 옆에서 권하였다.

"무슨 얼어 죽을 급한 일이야, 구만둬."

병일은 여전히 역정을 낸다.

"그럼 제가 받아볼까요? 그렇게 받기 싫으시면."

명화는 바시시 일어났다.

"누구세요?"

명화는 수화기를 귀에 대고 물었다.

"누구예요?"

저편에서도 묻는다.

"아씨님이세요? 전 명화예요."

전화 받는 이가 뜻밖이란 듯이 저편의 말이 뚝 끊긴다. 저편의 마음의 파동을 전하는 것처럼 전화선은 쇄 하고 떨었다.

"전 명화예요. 무슨 말씀예요?"

망설이는 저편을 재촉하는 듯이 명화는 채쳤다.

"박 선생님 안 계서?"

분명히 볼멘 소리가 들려온다. 왜 네가 가루맡아서 전화를 받느냐고 노골적으로 못마땅해 한다.

"박 선생님 찾으시는 줄 누가 몰라요? 계시기는 계시지만 전화는 안 받으신답니다. 그양 끊어버리라 하시는 걸 급하신 일이라시기에 제가 받아 드리는 거예요. 그럼 전화를 끊을까요?"

명화는 골딱지를 내었다.

"선생님을 못 대 주겠어? 큰일 났는데….""

저 편에서는 매우 안타까워하는 모양이다.

"뭐 제가 들어서 대구 떼구 하는 줄 아세요. 안 받으신다니 그렇지. 그럼 전화를 끊을 테예요."

명화는 더욱 골을 내었다.

"급하시다기에 제가 대신이라도 전화를 받아 드린 게지. 저에게 말하시기 어려운 일이면 전화를 끊어 버릴 테예요." 하고 명화는 홧김에 정말 전화를 끊으려 하였다.

병일이가 덮어놓고 끊으라는 것을, 그래도 그렇지 않아서, 받아주었으면 고마워해야 옳겠거늘, 도리어 볼멘 소리를 하고, 제가 병일을 전화도 못 받도록 꿰어차고나 앉은 듯이 퉁명을 부리는 것이 마뜩치 않았다.

명화의 내던지는 듯한 이 말은 분명히 저편을 위협한 듯하였다.

"아 아 아니…."

당황해 하는 비명에 가까운 소리가 수화기 속에서 떤다.

"왜 그러서요? 그럼 말씀을 하서요. 속시원하게…."

"저 저…."

섭적 말하기를 저편에서는 그래도 꺼려하는 눈치였다.

"무슨 말씀이서요? 어서 말씀을 해요. 제가 전해 드리기는 할 테니."

"저 저, 은주 아가씨가 집을 나갔다고 여쭤어 주우."

"은주 아가씨가 집을 나가요? 어델 갔어요?"

명화는 의외의 말에 깜짝 놀래었다.

"유서를 보면 한강으로 나간 듯하우."

"네! 유서? 한강?"

명화는 엉겁결에 수화기를 탁 놓고 근두박질을 하다시피 제 놀던 방으로 뛰어왔다.

"큰일 났어요. 큰일 났어요."

명화는 힘에 버거운 장짓문을 메다붙이는 듯하고 외우쳤다.

술이 얼쩍지근하게 된 병일은 개개풀리는 눈을 치뜨며,

"웬 방정이야? 무슨 큰일?" 하고 유사태평이다.

"댁에 큰일 났어요, 큰일. 은주 아가씨가 댁을 나갔대요."

"은주가?"

그제야 병일의 눈은 뚱그래졌다. 석호도 톡 튀는 듯이 몸이 솟구치며, 그 조그마한 눈을 찢어지도록 호동그랗게 뜬다.

"유서를 보면 한강에를 나간 듯하대요."

"응?"

두 손님은 일시에 기함하는 소리를 내고 벌떡 일어선다. 일어섰으되,

어쩔 줄을 모르고 쩔쩔매다가, 눈은 다시금 명화의 입술로 물리었다.

"자동차를 부를까요? 얼른 댁에를 가 보셔야지."

명화는 그들의 취할 행동을 지시하였다.

"그래, 그래. 자동차를 불러!"

병일은 허둥지둥하며 모자를 떼어 쓰고 스프링 코트의 소매를 꿰는 둥 마는 둥 하고 방 밖엘 나섰다.

"응, 응."

석호도 끙끙 앓는 소리를 내며 모자와 외투를 되는 대로 걸치고 나섰다.

명화는 뽀이를 부르러 제비같이 날아갔다.

명화는 자동차 두 대를 불렀다. 손님만큼 그도 급하였다. 집에 들러 옷이나 바꿔 입고 정거장엘 나가자면 그도 시간이 바빴던 것이다. 무슨 탈을 하고 빠져 나갈까, 궁리 궁리하던 명화에겐, 이 뜻밖의 사건이 불행 중 다행이었다.

자동차는 곧 왔다. 병일과 석호는 한 자동차를 타고 갔다.

명화도 뒤미처 자동차를 탔다. 그는 아모리 급하더라도 이 은주의 사단을 여해에게 알리리라 하였다. 여해는 얼마 전에 퇴원을 해 가지고 있을 데가 만만치 않아서 우선 명화의 집에 묵고 있다. 명화는 집에 들어 닥치는 길로 여해의 방문을 펄쩍 열었다.

여해는 혼곤히 잠이 들었다. 아직도 병기가 가시어지지 않은 핼쑥한 얼굴엔 눈썹만 유난히 검다. 움쑥 들어간 관자놀이엔 식은땀이 촉촉하게 맺히었는데 이불을 차 던지고 방바닥에 구을며 잔다.

명화는 곤히 든 잠을 깨우기가 애처로워서 방문을 도루 닫고 나오려 하였다. 문 닫는 서슬에 여해는 돌아누우며 눈을 번쩍 떴다.

"명화 씨! 명화 씨!"

돌아서는 명화의 등 뒤에서 잠깬 이는 부르짖었다.

명화는 다시 몸을 돌쳐설 겨를도 없었다. 어느 틈에 일어난 여해의 쇠 깍지 같은 팔뚝은 등과 앞가슴을 으스러지라고 껴안는다. 불같은 사내 의 숨결은 계집의 귀밑에 서리었다.

"명화 씨! 명화 씨! 왜 들어왔다가 도루 나간단 말이오? 잠이 들었으면 왜 깨우지를 못하구 도루 나간단 말이오? 난 지금도 명화 씨의 꿈을 꾸 었소. 꿈도 하두 뒤숭숭해서 갈피를 잡을 수 없지마는 맨 마지막엔 내가 개천에 떨어졌는데 명화 씨가 위에서 나려다보고만 있구려. 그래, 나는 몸부림을 치며 우는 무렵이었소. 내 곁에 명화 씨가 있는 줄도 모르고 나 는 헛애만 썼구려. 명화 씨가 나를 어떻게 생각하는지 나는 몰랐소. 정 말 몰랐소. 나는 병원에 있을 적보다 여기 와서 되려 명화 씨가 그리웠 소. 나는 어제도 생각해 보고 오늘도 생각해 보았소. 나는 알았소. 명화 씨를 잃고는 살 수 없는 것을. 그러나 그게 될 말이오? 여러 해 그리고 그리던 애인이 온다는데 그게 될 말이오? 나는 이를 악물고 단념을 해 버렸소. 그런데 명화 씨가 내 방에 올 줄은 정말로 몰랐소."

사내의 목소리는 부드럽게 떤다. 솟아나는 감사와 정열을 주체를 못하 는 것처럼 그의 몸은 부들부들 떤다.

'에그머니나.' 싶었다. 은주의 사단을 알리려고 들어온 것을 무슨 다른 뜻이 있어 들어온 것으로 오해를 하였구나 하였다. 하도 어림없는 오해 에 기가 막히었다.

명화는 포옹의 중압에 가슴이 답답해졌다. 첫째로 몸을 빼려고 버둥거 려보았다. 그럴수록 쇠깍지는 더욱 조아들었다.

"사람을 좀 놓으서요. 왜 이리 하서요? 좀 놓구는 말씀을 못하서요?"

명화는 여해의 행동이 너무 뱅충맞고 불쾌하고 또 한옆으로 우습기도 하였다.

"아니오. 놓을 수 없소. 명화 씨의 마음을 안 다음에야…."

"아녜요. 놓으시고 내 말을 들어 보셔요. 이 팔을 풀어요. 네? 사람 갑갑해 죽겠네."

명화는 한증막 속에 든 것처럼 땀방울을 떨구며 부르짖었다.

쇠깍지는 한순간 더욱 좁혀 들었다. 정열의 불덩이가 명화의 왼몸을 태우는 듯하였다. 그러자 문득 두 팔은 풀어졌다.

명화는 휘 하고 가쁜 숨길을 내쉬었다. 옷매무새를 잠깐 고치고 바루 막질러 말하기 어려운 듯이 잠깐 망설이다가,

"그건 선생님이 순전히 오해십니다. 내가 무슨 딴 생각이 있어서 이 방엘 들어온 건 정말 아녜요. 아예 그런 생각은 마셔요 그건 단념해 주셔요. 박병일 씨 댁에 괴상한 일이 생겨서 그걸 알려 드리려고 잠깐 들어온 거예요."

여해는 빙그레 웃고만 섰다. 그것은 제가 오해한 것을 무안해하는 것이 아니요, 명화가 무안해서 거짓말을 꾸며대는 줄로 또다시 오해한 모양이었다.

"아녜요, 그건 오해예요, 선생님 오해예요. 난 지금 정거장엘 나갈 길예요. 왜 그이가 오지를 않아요? 선생님도 아시지?"

명화는 또 한 번 다지고 은주가 유서를 써 놓고 나갔단 말을 알리었다.

삶과 죽음

은주는 거진 열 시나 되어서 집을 빠져 나올 수 있었다.

그는 여상스럽게 저녁을 먹었다. 평일보담도 오히려 더 먹어 보려 하였다. 마지막 저녁밥! 이걸로 길이 하직하는 이 세상의 음식이어니 하고 억지로라도 많이 먹어 보려 하였건만 국 맛은 소태였다. 밥 낟은 모래알 같았다.

늦은 저녁이 끝나고 서름질이 끝나고 아랫두리 사람들이 제각기 제 방을 찾아들기를 인제나 저제나 하고 기다리었다.

미닫이 틈을 여러 번 벌리고 밖을 내다보고 또 내다보았다. 밤은 짙어 온다. 뒤뜰에 한 겹 검은 그림자가 진해 갈수록 안마당에 발자최 소리도 드물었다.

봄밤은 짧건마는 은주에겐 길었다. 왼 집안이 괴괴해지기를 기다리는데, 시간은 뒷걸음질을 치는 듯하였다.

집안이 죽은 듯이 고요해지자 은주는 제 방문을 열고 나왔다. 미닫이를 닫히려다 말고, 문설주를 짚고 서서, 제 숨길과 체온과 가지가지 지난 일의 생활 조각이 서리고 엉킨 제 방안을 다시금 둘러보았다. 제 팔꿈치의 자욱이 난 책상과 제 손때 묻은 책꽂이와 제 얼굴을 비춰 주던 경대들은,

'어데를 가요? 어데를 가요? 우리를 버리고 어데를 가요? 가지 말아요. 가지 말아요. 다시 들어와요!'

손짓을 하며 부르는 듯하다.

은주의 눈엔 또다시 눈물이 핑 돌았다.

그는 뒤도 아니 돌아보고 뒤안을 빠져 나왔다. 휘 넓은 마당에 발소리를 죽이느라고, 그는 마음이 조마조마하였다. 뛰고 굴리고 놀던 이 마당을 이렇게 쭈뼛쭈뼛하며 지나갈 줄이야.

그의 눈엔 새로운 눈물방울이 번쩍였다.

솟을대문을 지나 골목을 나와 한길로 꾸부러질 때, 그는 언뜻 한 번 돌아보았다.

드높은 안채의 기왓장과 으리으리한 사랑의 양관이 침침한 어둠 속에 옛 얘기의 궁궐과 같이 꿈결같이 떠 보이었다.

"잘 있거라!"

은주는 들릴 듯 말 듯 혼자 속살거리었다.

그는 분명히 구두를 신었건만 또박또박 하는 소리가 나지를 않았다. 슬리퍼를 낀 듯 펄석펄석 하고 질질 끌리었다. 무거우나 힘없는 걸음! 비슬비슬 누가 손가락 끝만 대어도 곧 쓰러질 듯하였다.

길 한복판을 의연히 걷지를 못하고 가가의 추녀 끝에 몸을 감추는 듯하며, S동을 지나 K동 입새를 돌아 네거리로 꺾이려 할 임물이었다.

"아가씨, 어델 가셔요?"

누가 코앞에서 부르짖었다. 은주는 깜틀하며 주춤 걸음을 멈추었다. 핑핑 내어 둘리는 시선에 싱글벙글 웃는 어멈의 얼굴이 보이었다.

"제 자식이 앓는다 해서 지금 갔다 오는 길예요."

어멈은 제가 밤늦게 돌아다니는 변명부터 먼저 한다.

"아가씨는 어델 가셔요? 이 밤중에."

은주는 이런 길에 집안 식구와 마주친 것이 아찔이었다.

"저 저."

머뭇머뭇하고 무에라 해야 좋을지 몰랐다.

"벌써 열 시는 넘었을걸입슈." 하고 어멈은 수상하다는 드키 은주의 얼굴을 들여다본다.

"동무를 잠깐 찾아보려구…."

은주는 모기 소리같이 중얼거렸다.

"그럼 제가 모셔다 드릴까요?"

"아니, 아니."

은주는 당황히 거절하였다.

"전차를 타고 갔다가 곧 올 테니." 하고, 은주는 왜 내가 거짓말을 않을 수 없는가 하매, 다시금 슬픈 생각이 복받쳐 올랐다.

"그럼 다녀옵슈." 하고 어멈은 돌아서 가기는 가면서도 힐끔힐끔 뒤를 돌아보고 또 보았다. 암만해도 수상쩍다는 듯이.

은주는 어멈과 마주친 뒤로는 거의 달음박질을 하다시피 재바르게 걸었다. 급한 마음 같아서는 자동차라도 불러 타고 싶었지만 자동차부에 들어가기가 싫거니와, 혼자 타는 것이 도리어 수상쩍을 듯도 하였다.

그는 만만한 전차에 올랐다. 전차 한 모서리에 자리를 잡고, 쩔쩔 끓는 뺨을 유리창에 대었다. 전차는 그리 붐비지 않았으되 동승객들의 시선을 피하여 얼굴을 숨기는 듯하고 창밖을 내다보았다.

출렁출렁 물결치는 듯한 수없는 전등 빛에 눈 익은 건물들이 어른어른하며 지나친다. 밤눈에도 퍼렇게 물오른 길나무街路樹들이 푸수수하게 가지를 풀어 헤치고 뾰족뾰족 잎사귀를 내밀었다.

'이 집들과 이 나무들도 다시는 못 보겠고나.'

은주는 여러 번 속으로 뇌이고 이별을 아끼었다.

전차는 귀에 익은 땡땡 소리를 연송 내며 종로 네거리를 지나고 조선은행 앞을 지나고 경성역을 지났다. 마지막으로 화신상회에도 한 번 들어가 보고 싶었다. 진고개도 한 바퀴 휘 돌아보고 싶었다. 작년 가을 수

학여행 가던 것이 문득 생각이 나며 정거장에도 마지막으로 둘러 나왔으면 싶었다. 삼각정을 지나고 용산역을 지나자 차 안의 승객들은 하나씩 둘씩 사라졌다. 차 안의 사람의 그림자가 드물어지매, 창 밖의 전등불도 차츰차츰 줄어들었다. 어웅하고 컴컴한 밤빛이 심술 사나운 제 운명 모양으로 은주의 눈물 어린 눈에 대질렀다.

은주는 창 안으로 고개를 돌렸다. 전차 속은 어느 결엔지 텅 비었다. 승객이라고는 저 하나밖에 남지를 않았다.

은주는 문득 호젓하고 무시무시한 생각이 들었다. 쨍쨍한 전등불도 어쩐지 흉물스러웠다. 찌렁찌렁 쇠를 끊는 듯한 전차의 커브 도는 소리와 잉잉하는 바퀴의 울음이 유난히 또렷또렷하게 들리었다.

은주는 치운 듯이 몸을 한 번 흠칫하였다. 유리창엔 바람이 부딪는다. 전차는 바람에 날릴 듯 비틀거렸다.

봄밤은 싸늘하게 식었다. 축축한 냉기와 바람이 어우러져서 은주의 무릎 속으로 기어든다.

은주는 한기가 드는 듯 위아랫니가 마주치었다.

'내가 지금 어데로 가누…?'

은주는 새삼스럽게 생각해 보았다.

'한강으로 가는 길이다. 죽을 곳을 찾아 한강으로 가는 길이다.'

속으로 스스로 타일러 보았다.

'왜 죽지 않으면 안 되는가? 이 치운 밤에, 이 바람 부는 밤에.'

이 의문엔 선뜩 대답이 나오지 않았다. 설움만 괴어올랐다. 코끝이 맹맹해지며 눈물은 비 오듯 흘렀다.

은주는 전차가 선 줄도 몰랐다.

"다 왔소. 나리우!"

차장은 흔들흔들 피로한 몸을 흔들며 차 안으로 들어와 부르짖었다.

은주는 아뜩 정신을 차리고 몸을 일으켰다. 늙은 버드나무 가지가 흐트러진 머리칼같이 늘어진 가운데 전차는 딱 서있었다.

와! 하고 모래와 몬지를 끼얹으며 세찬 강바람은 은주의 잠바 자락을 날리었다. 양말 하나만 치켜 신은 정강이와 종아리가 선뜩선뜩하게 쓰리었다. 은주는 날리는 잠바 자락을 얼음 같은 손으로 여미며, 조그마한 새처럼 올올 떨었다. 은주는 바람과 싸우며 뒤로 불려가려는 몸을 억지로 버티고 한 걸음 두 걸음 내어디디었다. 바람은 온통 눈 속으로만 들어오는 듯하여 쉴 새 없이 눈물을 흘리었다.

철교는 곧 나타났다. 밤눈에 거무스름한 난간이 이승과 저승을 막은 한 겹 벽과 같이 흉물스러웠다.

은주는 비실비실 곱드러지려는 몸을 기대는 듯이 난간에 붙이고 한 손으로 부여잡았다. 그는 어찔어찔하는 눈으로 다리 아래를 나려다보았다. 밑에는 아직 물이 보이지 않았다. 손으로 난간을 쓸며 무의식적으로 발길을 옮기었다.

치운 봄밤엔 사람의 그림자 하나 없었다. 송판 위에 또닥또닥 떨어지는 유난히 분명한 제 발자최 소리와 이따금 우 하고 간 속까지 불어 들어가는 듯한 바람 소리뿐이었다. 얼마를 걸어가니 손에 잡았던 난간이 끝이 났다.

'철교를 지내왔다.' 하고 은주는 숙였던 고개를 들었다. 제 앞에는 홍살문 같은 붉은 쇠둘레가 활개를 벌렸다. 그제야 지금 제가 지나온 것은 정작 인도교가 아니요 소한강교인 줄 알았다.

'인제 내 죽을 자리에 들어서는고나.'

은주는 정말 인도교로 옮아서며 생각하였다 힘과 혼이 일시에 빠져나가는 듯하였다. 또 아까 모양으로 한 손으로 난간을 짚고, 눈은 거의 감고 비칠비칠 걸었다. 출렁출렁하는 물결 소리에 제 디딘 것이 단단한 널조각이 아니요, 굽이치는 물결을 그대로 밟고 나선 것처럼 어지러웠다.

은주는 주춤 발길을 멈추고, 눈을 들었다. 사면은 괴괴하다. 하늘은 별로 슬쩍 가리운 듯이 어슴푸레하나마 구름 한 점도 없었다. 별이 총총 났다. 그들은 장차 일어나려는 인생의 비극을 구경하려는 것처럼 눈도 깜빡이지 않았다.

강 건너 언덕 위엔 포플러 숲이 한 덩이 구름같이 피어난 가지를 떠 보이었다. 쓸쓸한 불빛이 한 점 두 점 새어 흐르는 곳은 손님 없는 음식점들이리라.

은주의 눈은 강 위로 떨어졌다. 강물은 멀어갈수록 좁아들었다. 저 멀리 일렁일렁 흰 돛이 조는 듯한 낚싯배를 지나매, 물결은 곧 하늘 자락 속으로 움추러들었다.

'내 시체가 제까지나 흘러갈까?'

문득 은주는 이런 생각을 하고 제 발 아래를 나려다보았다. 이때까지 그는 먼 눈만 살피고, 차마 던질 자리를 나려다보지 못하였던 것이다. 울긋불긋하게 휘장을 두른 놀잇배들은 빈 상여와 같았다. 물 가장자리에 늘어놓인 뽀트들은 해골을 엎어놓은 듯하다.

검푸른 물결은 소용돌이를 친다. 그 엎치락덮치락 하는 물결은 마치 사나운 짐승의 뼈가 어마어마한 헛바닥을 널름거리며, 제 희생을 기다리는 듯하다.

은주는 처음 죽음을 작정할 때 독약도 생각해 보았다. 목매는 것도 생각해 보았다. 독약은 너무 끔찍스럽고 목매는 것도 남볼상 사나왔다. 더구나 철도 자살은 지긋지긋하였다.

푸른 물결에 풍덩실 몸을 던지는 것은 다 같이 죽는 일로되, 로맨틱한 공상까지 자아내었던 것이다. 바그르 괴어 오르는 꽃잎 같은 거품, 수멸수멸 구슬 같은 잔무늬를 그리는 물속에 고요고요히 잦아지고 싶었던 것이다. 번뜩이는 달 그림자를 안고 끝없이 흘러가리라 하였었다. 맑고 시원한 물에 더럽힌 몸이 씻기고 밀리며 은하수 끝까지라도 흘러가리라 하였다.

현실은 언제든지 아름다운 꿈을 깨뜨린다. 은은한 달빛도 없다. 맑고 고요하고 벽옥 같은 줄 알았던 물결이 이렇게 우중충하고 감때사나웁고, 무시무시할 줄이야! 죽으려는 은주의 오직 하나 슬픈 공상조차 여지없이 부서지고 말았다.

강바람은 우르르 무엇을 무너뜨리는 듯한 우렁찬 음향을 내며 불어닥치었다. 휑뎅그렁하게 비인 철교 위를 거칠 것 없이 호통을 치며 재조를 넘으며, 쇠둘레를 쩌렁쩌렁 울리었다. 조그마한 소녀의 애처로운 운명쯤은 버들잎보담도 더 가볍게 하잘것없이 날려버릴 듯하다. 물결은 길길이 뛰었다. 바람의 거센 발길과 손길에 채이고 쥐어질리는 듯이 펄펄 몸을 솟구치다가 좌르르 쏴르르 게거품을 흘리고 부서진다.

용솟음을 하며 어둠 속에 허옇게 춤추는 물꽃은 마치 어마어마하게 큰 이빨과 같았다. 그 흰 이빨은 제 희생이 떨어지는 대로 한 입에 집어 삼키려고 넘실거리는 듯하다. 이 날까지 애닯게 잦아진 무수한 영혼들은 근두박질을 하며 비명을 질르며 새로운 제 동무를 향해 사나운 손짓을 할 듯하다.

은주는 아찔하였다. 쇠난간을 짚은 가냘픈 팔이 휘청하고 넘어갔다. 와 하고 왼통 은주에게 몰려든 바람은 그 불쌍한 희생의 갈 길을 재촉하는 듯이 떠다넘길 듯하다.

삶과 죽음의 일순간!

은수는 아뜩 정신을 차렸을 때, 제 봄은 아직도 난간 이쪽에 곱드러진 것을 발견하였다. 그는 한 발자욱을 떼었다. 암만해도 저 섰던 그 자리는 제 죽을 곳이 못 된다는 듯이.

그는 또 아까 모양으로 난간을 부여잡고 한 걸음 걷고 쉬고, 두 걸음 걷고 쉬었다. 쉬는 곳마다 밑을 나려다보았건만 제 몸 떨굴 만한 자리를 찾지 못하였다. 손 밑에서 싸늘한 쇠난간이 끝났다. 그는 인도교를 건너온 것이다. 은주는 깜짝 놀라는 듯이 몸을 돌쳐서서 다시금 쇠난간을 쓸며 급한 듯이 오던 길을 도루 걸었다. 새로운 결심과 용기가 그를 채쪽질하는 듯하였다.

저 멀리 문안이 꿈결같이 떠올랐다. 푸른 남산 등성이엔 길다란 전등불 줄이 서리를 친 듯하다.

'저 속에는 우리 학교도 있고나, 우리 집도 있고나.'

은주는 안개 자욱한 속을 시름없이 바라보며 문득 이런 생각을 하였다. 번들번들한 자기 집 벽돌담과 새 쭉지같이 구부정하게 활개를 벌린 학교지붕이 선하게 보이는 듯.

왼몸의 맥이 일시에 풀리었다.

'집에도 다시 못 가 보고, 학교도 다시 못 보고.'

눈물에 흐린 눈 아래 굽이치는 물결도 구름장과 같이 멍울멍울하다. 구실 같은 눈물은 밑도 없고 끝도 없는 어홍한 낭떠러지로 연거푸 구을러 떨어졌다.

제가 써 두고 나온 유서가 마음에 키이었다.

— 오빠!

혼인은 아모 데도 정하지 말아요, 여해는 징글징글하고, 석호는 얄미워요. 하필 원수에게로 시집 가라시는 오빠가 야속합니다.

저는 죽어요.

지금 한강으로 나가는 길이야요.

부디 안녕히 계셔요. —

말은 비록 간단하나마 제 마음에 품긴 원한과 슬픔과 분노를 고대로 쏟아놓은 것이었다.

'유언까지 써 놓고 안 죽으면!'

은주는 다시 생각하였다. 그것은 죽음보담 더한 치욕이었다, 고통이었다. 눈을 꽉 감았다. 두 손으로 잔뜩 난간을 부여잡고 몸을 넘기려는 순간 멀지 않은 앞길에서 뻥뻥 하는 자동차 소리가 들리었다.

'나를 잡으러 오는구나.'

이런 생각이 번개같이 꿈속 같은 머릿속에 번쩍하자 은주의 몸은 팔랑개비 모양으로 난간을 휘어 넘었다. 그 서슬에 난간을 잡았던 두 손도 떨어졌다.

은주가 몸을 던지는 찰나, 저를 잡으러 오는 줄 알았던 자동차는 과연 병일과 석호를 태운 자동차였다. 그들은 명화의 지시대로, 한 자동차를 타고 스피드를 낼 수 있는 대로 내어 순식간에 병일의 집에 들어닥치었다. 병일을 선두로 석호는 서슴지 않고 안에 들어섰다. 제 꿈과 행복과 기쁨을 한 몸에 짊어진, 제 장래 안해가 죽고 사는 한 고비가 아니냐. 어느 겨를에 체면과 예절을 돌아보랴. 그들은 대뜸 은주의 방으로 뛰어갔다. 주인 잃은 방은 말짱하게 치워져서 티끌 하나 떨어지지 않았다.

영애가 마주 내달으며 제 남편에게 떨리는 손으로 종이쪽지를 하나 전하였다. 그것은 은주의 유서였다.

황황히 보는 병일의 어깨 너머로 석호도 동그란 눈을 나리쏘았다.

— 여해는 징글징글하고, 석호는 얄미워요. —

석호는 무참하여 눈을 떼었다.

"응으, 응으."

솔잎 수염을 뜯으며 끙끙 앓는 소리를 내었다. 발끈해지는 것을 억지로 참고, 허둥허둥하는 병일을 따라 다시 자동차를 몰아 한강으로 달리었던 것이다. 소한강교를 다다랐을 때, 병일은 그래도 동기의 정이라 엉거주춤하고 반쯤 일어서서 뚫어지라고 앞을 내다보았다. 어둑한 인도교 위에 어릿거리는 은주인 듯한 흰 점을 알아보았다.

"저기 있군, 저기 있군, 어서 어서!"

운전수를 재촉하였다. 운전수도 급한 듯이 연해 찢어질 듯한 사이렌 소리를 외쳤다. 난간에 붙어선 은주와 자동차의 거리가 세 간 통도 남지 않았을 일순간 은주의 몸은 나비처럼 날아 난간을 넘으며 바람에 불리는 한 송이 꽃과 같이 어둠 속에 번뜩하자 사라졌다.

"앗!"

병일의 외마디 소리가 채 끝나기 전에 자동차는 은주의 섰던 자리에 닿았다.

"풍!"

물 밑에서 울려 올라오는 흉칙한 음향!

오빠와 정혼 남편은 자동차 문을 박차고 나려섰다. 그들은 부산하게 떨어진 이가 기대었던 난간으로 몰렸다. 잠바의 뒤폭이나 잡으려는 듯이.

그들은 넋을 잃은 듯이 이윽히 침침한 물결만 나려다보다가 서로 돌아다보았다. 하나는 강 이편을 향해, 하나는 강 저편을 향해 달음박질을 쳤다.

"여보! 여보!"

그들은 허공과 어둠을 향해 부르짖었다.

쏴 하고 불어대는 강바람이, 그들의 얼빠진 소리를 지워버린 듯하였다. 그들은 서로 마주보고 달음박질을 쳐서 가던 길을 도루 오며,

"여보! 여보!"

돼지 목 따는 소리를 외쳤다.

그들은 마주쳤다. 쩔쩔매었다. 허둥지둥하였다.

병일의 발부리에 무엇이 툭하고 채이었다.

"윽!" 하고 그는 곱드러질 듯하며 소리를 버럭 질렀다. 그는 제 몸이 강속으로 떨어지기나 한 듯이 겁을 집어먹었던 것이다. 그러나 그것은 은주의 벗어 놓은 구두이었다.

"구두는 여기 있는데…."

석호를 향해 바루 눈물 어린 소리를 떨며, 무슨 보물이나 얻은 것처럼, 구두를 움켜쥐고 그 자리에 털썩 주저앉는다.

"웅! 신이 거기 있어?"

석호도 제 친구가 움켜쥐고 있는 구두를 진기한 물건이나 되는 듯이 들여다보며 주춤 걸음을 멈추었다.

그들은 자기들이 이러고 지체를 하는 사이에 구할 사람을 구해내지 못하였다고 책망하는 이가 있으면, 그들은 이렇게 대답하였으리라.

"어떡하오, 무가내하[27] 아니오?"

싸늘한 봄바람은 스프링 코트를 벗기에도 치웠다. 입을 옷을 다 입고 있어도 덜덜 떨리었다. 발을 빼고 물에 뛰어들기는 생각도 못할 노릇이었다. 옷 입은 채 물평덩이를 하는 것도 무모한 짓이었다.

동생이 죽는다니, 친구의 누이가 죽는다니, 자동차로 예까지 달려왔으면 의무를 다한 것이었다. 인사치레를 마친 것이었다.

뒤미처 난데없는 자동차 소리가 철교를 요란스럽게 울렸다. 그 자동차는 사나운 경적을 울리며 번개같이 달려온다. 그 자동차는 인도교를 올라서며 곧 걸음을 멈추었다. 그 안으로부터 동저고리 바람의 청년이 까치집 같은 머리를 날리며 떨어지듯 나려선다.

———————————

27) 무가내하: 어찌할 수가 없이 됨.

그는 김여해이었다.

명화로부터 은주가 자살의 길을 찾아 한강으로 나간 듯하다는 말을 듣고, 그는 자리옷 그대로 문을 박차고 나선 것이었다. 금방 명화에게 쏟으려던 뜨거운 정열도 간 곳이 없었다. 금세로 눈길이 뒤집혔다. 두루막도 잊었다. 양말도 잊었다. 맨발로 뛰어 나섰다.

"어데를 가서요?"

명화는 돌변한 여해의 태도에 놀래었다.

"한강에!"

여해는 벌써 중문을 빼개고 나서며 대답하였다.

"그렇게 급하서요? 옷이나 입으셔야지."

명화는 뒤따라 나오며 부르짖었다.

"아니오, 아니오."

여해는 허둥거리며 손을 내저었다. 어느덧 대문을 열고 나섰다.

"그럼 제가 타고 온 자동차를 그대로 타고 가서요."

"네? 자동차! 고맙습니다, 고맙습니다."

뒤도 돌아보지 않으나마, 자동차란 말이 번쩍 뜨이는 듯하였다.

"웬일일까?"

명화는 의아한 듯이 혼자 중얼거렸다.

여해는 자동차에 올르며, 숨찬 소리로 연송 부르짖었다.

"한강에, 한강에!"

그에게는 자동차의 속력이 너무도 느리었다, 지지하였다. 앉았다 일어섰다 하며 펄펄 뛰었던 것이었다. 여해는 바람결같이 뛰어서 병일의 털썩 주저앉은 앞으로 왔다. 그는 병일을 보았다. 석호를 보았다. 병일의 손에 움켜 쥐인 은주의 구두를 보았다.

여해는 억센 손으로 병일의 먹살을 추켜잡듯 하고 뒤흔들었다.

"어찌 되었소?"

병일은 웬 영문을 모른다는 듯이 눈을 멀뚱멀뚱하다가,

"지금 막 떠 떨어져서….''라고 더듬거렸다.

"웅!"

여해는 맹수의 휘파람 같은 신음성을 발하였다. 잡았던 병일의 먹살을 놓고 일순간 팔짱을 끼었다가 여해는 눈을 부릅떴다. 그 눈에서는 불길이 이글이글 타올랐다. 몇 걸음 뒤로 물러섰다가 나는 새와 같이 난간 위에 올라설 겨를도 없이 두 팔을 꼿꼿이 세우며 그대로 푸른 물속을 향해 거꾸로 떨어졌다.

"아!"

병일과 석호는 일시에 부르짖고, 그제야 새로운 정신과 용기가 난 것처럼 달음박질로 강을 건너 배 매어 놓은 데로 뛰어나려왔다. 그들은 고래고래 뜻도 모를 소리를 외쳤다.

술집에서 사공들도 뛰어나왔다. 곤드레만드레 곤죽이 다 된 술꾼들도 몰려들었다. 어둑어둑하고 쓸쓸하던 강가는 시끌시끌해졌다. 찌극 삐극 출렁, 배 세 개는 닻줄을 풀었다. 어둡고 물결치는 강 위에서 배들은 길을 잃은 듯이 비틀거리고 헤매었다.

제 희생을 도루 뺏아 가려는 데 심술을 낸 것처럼 물결은 더욱 높이 뛰며 와그르 버그르 뱃전에 발버둥을 친다.

여해는 물속 깊이깊이 떨어졌다. 그 찰나 삶과 죽음의 관념이 무서운 속력으로 주마등과 같이 얼른하다가 사라졌다. 그에게는 삶도 없었다, 죽음도 없었다. 삶보담 죽음보담 다 강렬한 의식이 그를 지배하였던 것이다.

'은주를 구하자!'

육체적 정신적 찢어질 듯한 긴장이 왼통 이 한 가지 생각에 몰리고 뭉치었다. 은주가 유서를 써 놓고 한강에 나갔다는 말을 들을 때 그는 모든 것을 알았다. 이론적으로 이 갈피 저 갈피를 따져서 안 노릇이 아니요, 상상으로 이렁저렁 경우를 추측해서 짐작한 것도 아니다. 그는 왼몸과 마음으로 은주의 행동의 원인을 느끼었다, 깨달았다. 누가 이 어린 여학생으로 하여금 죽음의 길에 나아가게 하였는가. 누가 방싯 웃으려는 인생의 꽃봉오리에 끝없는 슬픔을 안고, 푸른 물결에 몸을 던지게 하였는가. 그 쾌활하고 명랑하고 어여쁜 처녀로 하여금 번민과 오뇌와 원한에 조그마한 염통을 갈기갈기 찢게 하였는가. 기쁨과 행복의 절정에서 종달새같이 뛰노는 철없는 아가씨로 하여금 제 목숨을 끊으려는 막다른 곳에 뛰어들게 하였는가. 이 악착한 비극의 절대 책임자는 갈데없는 자기였다. 짐승과 같은 제 정열 때문이었다. 악마와 같은 제 성욕 때문이었다. 이 너무도 어여쁘고 너무도 참혹한 제 희생을 구해내지 않고는, 살려내지 않고는, 여해는 살랴 살 수 없었다. 죽으랴 죽을 수 없었다. 여해는 물속 깊이깊이 떨어졌다.

미끈하고도 부실부실한 물 밑바닥이 슬쩍 얼굴에 닿을 듯 말 듯 하다가, 무의식적으로 제 몸을 한번 번뒤치는 바람에 일렁 하고 고개가 앞으로 내어 밀려지며 몸은 풍선보담 더 가볍게 술렁술렁 떠올랐다.

그는 중학생 시절 한강에서 뽀트를 타고, 헤엄질 치는 것이 가장 좋아하는 스포츠의 하나였다. 그러나 그는 수영 선수의 차례에는 들지 못하였다. 개헤엄에서 발거리로 한두 간통을 왕복하는 데 지나지 않았었다. 철창생활 오년 동안에 그는 물론 물 구경도 못하였거니와, 더구나 그렇게 높은 데서 떨어져 보기는 난생 처음이었다. 죽음의 위험에 그는 제 몸을 내던진 것이나 조금도 다름이 없었다.

한껏 긴장한 정신과 육체는 이따금 기적을 나타내는 것이다. 그는 손가락 하나 다치지 않고 곱다랗게 물위에 떠오를 수 있었다.

푸우! 숨과 물을 한꺼번에 뿜으며 칼등 같은 물결 위에 몸을 비스듬히 누이고 자질하듯 한 팔로 물을 헤치며 발로 물고비를 돌리며 위로 위로 몸을 밀었다. 땀과 물방울에 무겁게 감기었던 눈시울을 찢어지라고 뜨고, 불 같은 동자를 물 위로 굴리었다.

어둠침침한 물결은 경련을 일으킨 듯이 수멀수멀 떨다가, 발작적으로 길길이 뛰엄질을 하며, 두 자 높이나 대강이를 쳐든 용솟음이 와그르 하고 여해의 얼굴 위에서 부서졌다. 여해는 눈을 감았다 떴다 하며, 물등성이를 넘고 또 넘었다.

은주의 모양은 찾으랴 찾을 수 없었다.

'내가 방향을 잘못 잡았고나!'

여해는 아뜩 정신을 차리었다. 그는 물결을 따라 나려가지 않고 죽을 힘을 다 써 가며 물결을 거슬러 올라가고 있었다. 그는 무의식한 가운데 어쩐지 은주가 상류로 흘러간 듯이 착각을 한 것이었다.

물결에 반항하는 잠재의식이 여해로 하여금 위로 위로 치거슬러 올라가게 하였던 것이다. 그러나 죽음을 결단하고 물에 던진 은주가 헤엄을 치며 치거슬러 올라갈 까닭은 절대로 없었다. 물결 밀리는 대로 밑으로 밑으로 흘러 나려갔음에 틀림이 없었다.

삶과 죽음의 아슬아슬한 선 위에서 여해는 입때껏 헛노력을 한 것이었다. 방향을 바꾸려고 돌릴 겨를도 없이 세찬 물결은 그의 등을 밀어 미끄러질 듯이 몸은 흘러 나려갔다.

순식간에 인도교 밑을 지나고 어느덧 기차 지나가는 철교 가까이 나려왔다. 물결은 더욱 사나워졌다. 와그르 버그르 하는 우렁찬 울림이 소리 소리 지르며 물에 젖은 고막을 따리었다. 넘실거리는 검푸른 바윗덩이가 일어섰다. 주저앉았다 하며 여해의 몸을 바람개비보담 더 가볍게 흔들고 놀리었다.

철교 밑에는 물결이 돈다. 헤엄치는 이나 뽀트 타는 이에게 가장 위험한 관문! 여해는 약간 피로해지려는 몸에 새로운 힘을 주며 이 난관을 얼른 돌파하려 하였다. 그러나 몸은 조리를 돌리는 것처럼 빙그르 돌았다. 물속으로 빨려들어 가는 듯이 몸이 잦아지는 한 순간, 정신이 아찔해지며 돌다리 가까이 휘몰아 박힌 몸이 간신히 떠올랐다.

회호리바람 속에 든 듯한 의식 가운데 제 발길에 무엇이 걸리는 것 같았다. 그는 본능적으로 공포를 느끼고, 재바르게 발을 빼었다. 그러자 이번에는 버르둥거리는 제 손길에 무엇이 물씬하고 만치었다.

'송장이다.'

이런 생각이 번개처럼 번쩍하자 왼몸에 소름이 쭉 끼치었다.

그 다음 순간!

'은주다!' 하는 생각이 돌았다. 그러나 그 때는 벌써 늦었다. 엉겁결에 그의 손에 잡히었던 은주의 팔인 듯한 무엇을 놓은 뒤였다. 그는 놓친 것을 다시 부여잡으려고 팔을 내저었다. 손끝에 닿일 듯하던 그 무엇은 뱅뱅 돌며 멀어지려 한다.

여해는 몸을 솟구치며 뛰엄을 뛰다시피 그 무엇을 향해 돌진하였다. 그 서슬에 제 의사와는 정반대로 몸은 사나웁게 까불리는 듯하더니, 그 소용돌이의 테 밖을 벗어나 한간 통이나 밀려 나려왔다.

여해는 물속에서 발을 동동 굴렀다. 제 이맛전을 갈기며 역류하는 물결과 같이 왼몸의 피도 거꾸로 흐른 듯하였다. 물방울에 감겨지려는 눈을 찢어지라고 부릅뜨고 으적! 하며 입술을 깨물며 또 한 번 몸을 솟구쳐서 그 소용돌이로 뛰어들었다. 버르적거리는 여해의 손가락 끝에 기적적으로 은주의 머리칼이 잡히었다. 은주는 지푸라기보담 더 가볍게 물 얼굴에 딸려 올라왔다. 그러자 문득 은주는 마지막으로 용을 쓰는지 몸을 번드치는 바람에, 여해의 손에서 머리칼이 빠져나갔다.

"앗!"

여해는 외마디 소리를 치고, 은주의 몸을 다시 잡으려고 놀랄 만치 기민하게 오른팔을 내어 밀었을 제, 허공을 향해 버둥거리는 듯한 은주의 손이 어깨에 와서 닿았다.

은주의 두 팔과 몸은 여해의 팔뚝 위에 무겁게 무겁게 매어 달리었다. 여해는 놓친 은주를 다시 부여잡은 기쁨도 한 순간이었다. 은주의 몸은 쇳덩이보담 더 무겁게 그의 팔을 밑으로 나꾸치는 듯하였다.

여해는 몸을 움직일 자유를 잃고 말았다. 물에 빠진 사람은 지푸라기라도 부여잡는 법이다. 은주에게는 물론 의식은 없었다. 생명의 최후 본능이 그로 하여금 여해의 팔뚝에 매어달리게 한 것이었다.

'이래서는 안 된다. 이래서는 안 된다.'

여해는 은주의 무게에 끄들리어, 몸을 마음대로 쓰지 못하고 물속으로 빨려 들어가면서 속으로 부르짖었다. 중병을 치른 끝이라, 아모리 몸과 마음이 건장하였다 하더라도, 몇 십 분 동안 물결과의 싸움은, 자칫하면 여해의 팔과 다리의 힘을 송두리째 뽑아버릴 것 같았다. 제 홑몸이라도 헤어나기가 어려웠으리라. 게다가 은주의 몸이 천 근 무게로 매어 달리었으니 용신을 하랴 할 수 없게 되었다.

'이렇게 헛부게 죽는가. 내 팔에 매어 달린 은주를 이렇게 죽이는가.'

여해는 애닯았다, 원통하였다. 제 죽는 것은 그리 섧을 것도 없지마는 은주를 찾기까지 해 가지고 살려내지 못하는 것이 절통하였다. 그는 마지막 용기를 떨치어 푹 솟구쳐 올랐다. 그 찰나 무겁던 오른팔이 거든해졌다. 앞으로 닥치는 물결을 잡아당기는 듯이 헤치매 몸은 쉽사리 수면에 떠올랐다. 휘 숨을 내어 쉴 겨를도 없이,

'앗! 은주를 놓쳤고나!'

자기가 용을 쓰는 서슬에 은주를 뿌리쳐 떨군 것을 깨달았다. 두 팔로

물 속을 휘저어 보았건만 파레같이 제 팔뚝에 걸리었던 은주의 손은, 다시 잡을 수 없었다.

여해의 창자는 찢어지는 듯하였다. 물속에 발버둥을 치며 엉엉 소리를 내어 울고 싶었다. 송장 다 된 그의 얼굴은, 비통한 결심에 실룩실룩 떨리었다. 죽을 애를 써서 떠오른 제 몸을 다시 물속 깊이 떨어뜨렸다.

물속에 얼마 나려가지 않아 그의 팔은 다시 은주의 허리 어름을 부둥켜 잡을 수 있었다. 그러나 거기는 물밑이었다. 더구나 한 팔로 은주를 안은 터이었다. 다시 몸을 번디칠 힘도 자유도 그에게는 없었다.

코로 입으로, 물은 거칠 게 없는 듯이 들어왔다. 그는 제 운명을 제 죄책을 제 벌역을 달게 받는 듯이 입을 벌리었다. 그의 의식은 물속과 같이 거물거물해졌다. 캄캄해 오는 의식意識의 밤 가운데 오직 한 개의 등불이 반짝하였다.

'나는 은주에게 죽음으로써 용서를 빈다.'

마지막 의식도 사라졌다. 다만 은주를 부여잡은 그의 손아귀만 있는 힘이 모조리 몰리었다. 인제는 다시 놓치지 않으려는 것처럼….

병일과 석호가 지휘하는 배 세 척이 등불과 횃불을 잡히고 나려왔다. 난데없는 불빛에 사람을 둘씩 삼킨 물결은 놀랜 듯이 제 희생을 뒤덮는 모양으로 좌 하고 물 한 두께를 퍼뜨렸다.

배는 쉽사리 여해가 자므러진 자리에 와서 비척비척하며 돌았다. 조금 전에 여해가 버르적거리는 것을 그리 멀지 않은 거리에서 알아본 까닭이었다. 익숙한 사공의 손에 두 남녀는 어렵지 않게 건져내이었다.

배가 닿자, 송장이 될지 환자가 될지 모르는, 여해와 은주는 곧 자동차로 용산 ××병원에 실리어 갔다.

돌아온 애인

명화는 여해를 보내고, 자동차 한 대를 다시 불러 경성역으로 달리었다. 정거장 이맛전에 붙은 둥그런 시계는 벌써 열한 시 십 분을 가리킨다. 기차 닿을 시간은 십 분도 남지 않았다.

구을르는 듯이 자동차를 뛰어나린 명화는 허둥지둥 입장권을 사 가지고 개찰구로 달음박질을 하였다. 마중 나온 사람들을 벌써 들이기 시작한 것이다.

명화의 마음은 까닭 없이 급하였다. 앞엣사람을 거의 떠다박지르는 듯이 하고 개찰구를 뛰어나왔다. 구름다리를 지날 때에도 괜히 종종걸음을 쳤다. 층층대를 나려가는데 몸이 앞으로 앞으로 쏠리어 하마하더면 곱드러질 뻔하였다.

플랫폼에서 차를 기다리는 단 오 분의 시간도 명화에게는 일 세기나 되는 듯이 지루하였다. 어둠을 뚫고 멀리멀리 바라보는 명화의 시선 가운데 불배암 같은 기차가 검은 몸뚱아리를 나타내었다. 명화에겐 숨이 답답해지는 듯한, 가슴이 뻑적지근해지는 듯한 한 순간이 지났다.

어느덧 기차는 뛰이 소리를 높이 지르고 눈 한번 깜짝일 사이도 없이 어마어마하게 커지며, 명화를 위협하는 듯이 압도하는 듯이 들이닥치었다. 이리 닫고, 저리 닫는 종종한 발자욱에 플랫폼은 와글와글해졌다. 사람의 그림자는 불개아미떼 모양으로 기차를 향해 몰려들었다.

바쁘고 시끄럽고 요란하고, 허둥지둥하는 순간, 명화는 어깨 틈을 비집고 헤엄치듯 종종걸음을 쳤다. 다리가 뛰는 대로 심장도 뛰었다.

밖에서 아모리 차 안을 눈여겨 보았지만 어수선하게 일어선 사람의 그늘로 말미암아 분명히 훑어볼 재조가 없었다. 이 찻간에서 저 찻간으로 건둥건둥 더듬어보며, 바람 맞은 꽃잎처럼 명화는 재바르게 떠나갔다.

그리운 그이의 모양은 어데서도 찾을 수 없었다. 맨 끝의 찻간까지 쏜살같이 뛰어갔다가 다시 돌쳐서서 다시금 앞의 찻간에 눈을 팔리고 허전거리는 걸음을 재촉하였다.

'안 왔을 리가 없는데.'

명화는 가벼운 실망을 느끼었다. 몇 번 차안으로 뛰어 들어가 보고 싶었지마는 붐비는 그 안에, 한 번 들어서면 찾을 이를 더욱 찾기 어려울 듯하였다.

'영등포까지라도 마중을 나갈걸.'

명화는 중도에 마중을 못 나간 것을 여러 번 뉘우쳤다. 발을 동동 굴렀다. 내릴 승객은 거지반 다 나린 듯 플랫폼이 빡빡하도록 거뜩 들어찬 사람의 물결은 출구를 향해 흘렀다.

명화는 짜증이 나서 구만 울고 싶었다.

그때였다. 누가 등 뒤에서 명화의 어깨를 가볍게 흔들었다. 명화는 힐끔 돌아다보았다.

거기는 외투깃을 턱까지 치켜올리고 중절모를 눌러 쓴 청년이 커다란 가방을 들고 서 있었다. 그 청년이야말로 자기가 찾는 그이인 줄 명화는 직각적으로 깨달았다. 그렇다. 그것은 직각에 틀림이 없었다. 직각으로 몰라보았으면 얼굴을 마주보았다 할지라도 낯 서투른 사람으로 지나쳤을는지도 모르리라.

그대도록 그이의 얼굴은 변하였다. 얼굴뿐이 아니요, 체격조차 변하였다. 그래도 상열은 명화를 알아본 모양이었다. 제 앞을 지나가는 명화를 보고, 뒤를 좇아와서 알은 체를 한 모양이었다.

김상열은 본래 작은 키는 아니었다. 그러나 위아래 구격이 꽉 찼을 때에는 훤출한 중키밖에 더 되지 않았었다. 목고개도 달라붙지 않을 정도로 보기 좋게 펴인데 지나지 않았었다. 그런데 이렇게 멋거리없이 왜가리 모양으로 기름해졌을 줄이야. 더구나 그 건드렁건드렁 하는 목은 바람만 불어도 떨어질 듯하다. 전에도 해사한 얼굴이었지마는 연연한 흰빛이 눈이 부실 지경이다. 둥그스름하던 뺨이 홀쩍 빨아들고, 드러난 광대뼈 언저리엔 발그스름한 도화색이 떠돈다.

서글서글하고 든든하고 다부진 옛 모양은 찾으랴 찾을 수가 없다. 빳빳하고 건들건들하고 마른 나뭇가지처럼 꼬장꼬장은 하건마는 손만 대면 뚝 하고 뿌러질 것 같다. 조금 날카롭게 변하기는 하였으되, 그래도 다정하고 영채 도는 눈만이 옛날 상열을 방불하게 할 뿐이었다.

'무척 여위었고나. 앓는다더니 무슨 몹쓸 병인구?'

명화는 상열이 툭 불거진 울대뼈와, 앙상하게 치떨어진 어깻죽지 근처를 치어다보며, 속으로 생각하였다.

두 애인은 서로 멀거니 바라만 볼 뿐이요, 한동안 말이 없었다.

명화는 널뛰는 듯한 가슴이 간신히 진정이 되자 반가운 생각보담도 어쩐지 슬픔이 앞을 가리었다. 방정맞은 눈물이 기예 한 방울 구을러 떨어졌다. 무슨 말을 해야 되겠다 싶으면서도 말만 꺼내면 이 사람이 오락가락하는 번잡한 곳에서 울고 쓰러질 것 같았다.

목은 까닭 없이 메이었다.

상열도 감개무량한 듯이 물끄러미 명화의 얼굴을 들여다볼 뿐이요, 입을 벌리지는 않았다. 이윽고 핏기 없는 상열의 손은 명화의 손을 덥석 잡았다. 나긋나긋한 명화의 손은 나무껍질 같은 상열의 손아귀에서 바스러지는 듯하였다.

명화는 부드럽고 따뜻하던 상열의 손이 해골과 같이 싸늘해진 것이 더욱 슬펐다.

상열이가 쥐고 있던 제 손을 빼자, 이번에는 명화가 상열의 손등을 얼싸 잡았다.

"가서요."

명화는 상열을 끄는 듯하며 처음으로 입을 떼었다. 이 데면데면하고도 안타까운 무언극을 오래 계속하는 것이 남볼상 사나웠던 것이다.

층층대를 올라가는데 상열의 다리는 떨리는 듯하였다.

명화가 반은 부축한 셈이었지만, 상열은 층층대를 반도 올라오지 않아서 숨길이 헐떡거렸다.

"왜 거북하서요?"

명화는 숨소리를 듣고 걱정스럽게 물었다.

"인 주서요, 그 가방을. 제가 들게." 하고 명화는 상열의 든 가방을 뺏으려 하였다.

"아니 괜찮아. 그양 두어."

상열은 말로는 사양하면서도 가방을 놓기는 놓았다. 그의 숨길은 더욱 가쁜 듯하였다. 층층대를 거진 다 올라와서 상열은 별안간 딱 선다. 억지로 참고 참았던 기침이 필경에는 나왔다. 처음에는 쿨룩쿨룩하다가 나중에는 왼몸을 사나웁게 뒤흔들며 기침은 가슴을 찢어내는 듯하다.

"왜 이러서요, 왜 이러서요?"

명화는 놀라 부르짖었다.

무서운 기침은 한동안 끈칠 줄 몰랐다.

덜덜 떠는 턱, 피멍이 든 듯이 자줏빛이 되는 얼굴, 사나웁게 물결치는 안 가슴! 명화는 애처로워 견딜 수 없었다.

칵 소리가 나고 고개가 앞으로 폭 꼬꾸라지며 무엇이 올라오는 듯한 기척을 알아차리자 명화는 재바르게 제 손수건을 갖다대었다. 새하얀 수건에 새빨간 핏덩이가 울컥 쏟아졌다.

명화는 하도 끔찍스러워서 오싹 하고 몸을 떨었다. 얼마 만에야 상열은 거르렁거르렁하고 담 끓는 소리를 겨우 진정을 하고 걷기 시작하였는데, 다리를 아까보담도 더 가누지를 못하여 비실비실 쓰러질 듯하였다.

명화도 바싹 달라붙어서 뒤로 거의 얼싸안는 시늉을 하고 걸으면서 등어리를 문질렀다. 겹겹이 입은 옷 속으로도 앙상하게 뼈만 만치었다.

'해외 풍상이란 이렇게 지독한가?'

명화는 협수룩한 상열의 목덜미를 데밀어보며 혼자 생각하였다. 즐거웁던 환상은 부서졌다. 칠팔 년을 그리고 그리다가 막상 만나 보니, 애인의 몸은 벌써 여지없이 파괴된 뒤일 줄이야, 몹쓸 병이 든 뒤일 줄이야.

명화는 피를 배앝는 것을 보고 상열의 병이 무엇인지 물론 짐작하였다. 끔찍한 폐병! 환자의 목숨을 세상없어도 빼앗고야 만다는 무서운 폐병! 명화는 상열만 나오면 기생 생활을 집어치우려 하였었다. 화려하나마 신산한 생활! 웃음과 아양의 그늘에 숨은 눈물과 한숨의 생활. 꾸밈과 거짓에 몸과 마음이 실실이 풀리는 생활. 이런 생활도 인제 며칠만 지나면 떴다봐라다. 알뜰살뜰한 애인의 품속에 깊이깊이 안기리라. 참된 정과 솟아나는 사랑에 뒤덮이고 파묻히리라. 오붓하고 안온한 사랑의 보금자리에 피로한 몸과 마음을 늘어지게 쉴 날도 멀리 않았다.

그는 이런 생각을 하고 새 생활의 준비에 바빴었다. 요사이는 새로운 용기와 가라앉은 배짱으로 손님을 대할 수 있게 되었다. 더구나 병일을 구스리는 데도 그리 힘들지 않았다. 제 정실 부인이 되어지라고 오복조림을 하며 명화의 청구라면 헙헙하게 들어주었다. 감아올릴 대로 감아올렸다. 인제는 만단의 준비가 완성이 됐다 해도 좋았다. 은행에 남 몰래 맡겨놓은 돈도 만 원대를 넘어선 지 오래다. 집도 제 집이었다. 틈틈이 사 모은 땅도 양식거리는 되었다. 세간도 그리울 것 없이 장만해 두었다. 패물 나부랭이도 값을 친다면 몇 천원은 되었다.

그러하였거늘 돌아온 애인은 앞날이 얼마 남지 않은 폐병 환자가 아니냐. 제 마음의 태양등을 정작 꺼내 놓고 보니 타고 남은 재일 줄이야. 오늘날까지 모으고 모은 건사가 물거품으로 사라지는 듯하였다. 째기발을 디디고 기다리고 기다리던 행복의 장미화는 잡고 보니 슬픔의 가시였다.

명화는 비척비척하는 상열을 부축해 나오며, 제 눈이 휘황한 전등불 가운데도 캄캄해지는 듯하였다.

명화와 상열은 자동차를 탔다.

"바루 병원에를 갈까요?"

명화는 근심스럽게 물었다.

"아니, 아니, 그럴 것까지는 없어. 들어닥치는 길로 병원은 불길한걸. 허허."

상열은 쾌활한 듯이 웃었다. 기침할 때보담은 훨씬 원기가 난 모양이다. 얼굴은 아까보담도 더 핼쑥해진 듯하였다.

"그렇기는 허지만서두…."

명화도 하염없는 웃음을 띠웠다.

"오시노라구 병환이 더치신 듯헌데…."

"왜 기침하는 걸 보고 그러나? 그 기침한 지는 벌써 삼 년이 넘는데 아직 이렇게 까딱이 없다네."

"벌써 삼 년이나 됐어요? 에구머니나!"

"삼 년은커녕 백 년을 가면 어떨라구, 허허."

상열은 침통하게 웃었다.

"어데로 가십쇼?"

운전수는 돌아보지도 않고 묻는다.

"글쎄, 어데로 갈까? 병원은 싫다시구. 아모튼 종로통으로 흘러갑시다 그려."

명화는 익숙한 솜씨로 운전수의 말을 선뜻 받아주고 다시 상열을 향해,

"그럼 어데로 가실까, 제 집으로 가실까?"

"글쎄⋯."

상열은 잠깐 무엇을 생각하는 듯하다가,

"요새도 손님들이 많이 찾아오겠지." 하고 의미 있게 웃었다. 기생집에 가기는 꺼리는 눈치였다.

"그래요, 종용치는 못해요. 그럼 어데로 갈까⋯? 좀 편하게 누우시기라 두 하셔야 될 텐데⋯. 아주 여관으로 갈까요?"

상열은 고개를 흔들었다.

"여관은 더 번잡할 텐데, 어데 후미진 염집이 없을까?"

사람 많이 뀌이는 데는 어데든지 싫은 모양이었다.

명화는 이윽히 생각하다가,

"그럼 좋은 데가 있어요. 우리 취월이란 요릿집으로 갈까요?"

"요릿집이 종용할까? 부랑자 취체에나 걸리면 재미가 없는데⋯." 하고 상열은 눈을 깊숙하게 뜬다. 그 눈에는 공포의 빛이 역력히 움직였다.

오랫동안 해외에 있던 사람이 경찰을 꺼리는 것을 명화도 잘 안다. 설 령 아모 일이 없다손 치더라도 귀찮음에 틀림이 없었다.

"막상 취월이란 요릿집이 좋아요. 일본 요릿집이구, 손님도 그리 많지 않구, 누울 방도 곧잘 빌려 주구, 취체 같은 것은 절대로 없어요."

명화는 상열을 안심시키는 듯이 죽 설명을 해 들리었다.

"단둘이 가는 것이 수상쩍게 보이지 않을까?"

상열은 그래도 마음을 놓지 못하는 모양이었다.

"괜찮아요. 거기는 그런 짝패 손님들만 오는 데랍니다. 더구나 난 주인

을 잘 아니까요."

"잘 아는 게 병통이 되지 않을까? 아모개란 기생이 어떤 사내를 데리구 왔더라구."

상열의 생각은 물 부어 샐 틈 없이 주밀하였다.

자동차는 어느덧 종로통에 들어섰다.

"어디로 가십쇼?"

운전수는 자동차를 멈칫거리면서, 또 한 번 이 수상쩍은 남녀의 갈 곳을 물었다.

"남산으로 가요. 취월이란 요릿집으로요."

명화는 망설이는 운전수에게 명하였다. 아모리 생각해 보아도 집에 가자니 수없이 올 인력거를 일일이 따기도 성가시고 더구나 병일이나 찾아오는 날이면 더욱 귀찮을 듯하였다. 그렇다고 여관에 들기도 꺼리는 터이면 취월밖에 만만한 곳은 없었다. 주리를 하도록 능갈스러운 주인 노파에게 돈이나 두둑이 쥐어 주면 아모리 끔찍한 죄를 저지른 범인이라도 감쪽같이 감춰줄 것이었다. 한 달 두 달은 마치 모르겠으되, 며칠쯤은 그리고 그리던 사랑을 쥐도 새도 모르게 속살거리기엔 가장 좋은 처소라 할 수 있었다.

상열은 사정도 들어보고 밝은 날 서서히 다른 곳으로 옮겨도 늦지 않으리라 하였다. 더구나 밤중이니 이런 데밖에는 갈 곳이 없지 않으냐.

자동차는 오던 길을 되짚어서 남산으로 향하였다.

"괜찮을까?"

상열은 명화를 보고 다심스럽게 묻는다.

전일에도 자상은 스러웠지만 뇌뢰낙락하던28) 상열이어늘 어떻게 이렇

---

28) 뇌뢰낙락하다: 마음이 매우 너그럽고 시원하여 작은 일에 얽매이지 아니하다.

게 다심스러우랴. 중병이 들면 성격까지 변하는가. 그렇지 않다면 무서운 비밀을 지닌 것이나 아닌가.

"괜찮아요. 조선 요릿집과 달라서 첫째 조선 손님이 적고, 방이 떨어져 있기 때문에 손님끼리 마주칠 기회도 없어요. 손님 좌석엔 세상없는 일이 있더래두 경관은 절대로 들이지 않아요."

명화는 염려를 놓으라는 듯이 또 한 번 설명을 해 들리었다. 상열은 고개만 끄덕였다.

자동차는 남산 잔등의 누그러운 구배를 기어올라 숲 사일 질팡갈팡하다 약수터로 더듬어 휘어들어 취월 안문까지 쑥 들어섰다. 자동차 소리를 듣고 하녀들이 우 하고 뛰어나왔다.

익숙한 명화가 앞장을 서서 종용한 방을 찾았다. 상열은 스프링 코트 옷자락을 더욱 치켜올리고 모자를 나리누르며 뒤따라 들어갔다.

현관에 올라서자 주인 노파도 내달았다. 그 뚱뚱한 배를 치술러가며 웃으며 명화를 보고 꼬박이 절을 하였다.

병일이와 여러 번 온 탓으로 주인 노파는 끔찍이 명화를 대접하였다.

명화는 제 뒤에 선 상열을 눈으로 가리키며 눈을 껌쩍하였다.

노파는 상열을 보고 익히 알던 손님처럼 깍듯이 인사를 하고 나서 벌써 만사를 알아차린 모양으로 제가 앞장을 서서 후미진 방 중에도 후미진 방을 골라 인도를 해 주었다.

상열이가 방에 들어선 뒤에, 명화는 주인 노파를 데리고 나왔다. 사양하는 노파의 손아귀에 십 원짜리 두 장을 꽁치꽁치해서 쥐어 주었다. 노파는 흐뭇하게 웃으며 절을 열 번이나 더 하였다.

명화는 첫째 병일이에게 제가 다른 손님을 끌고 왔더란 말을 말라고 부탁하였다. 둘째 누가 저를 찾더라도 여기 있단 말을 말라고 하였다.

"그렇다 뿐예요, 그렇다 뿐예요." 하고 노파는 수없이 고개를 꼬박꼬박

하였다. 마지막으로 명화는 눈짓을 하고 웃었다.

"만사를 제게만 맡겨 주서요."

노파도 알아차리고 웃었다.

"음식은 간단히 해 주서요."

명화는 끝으로 한 마디 남기고 방으로 들어와 웃목에 우뚝하게 서 있는 상열의 모자와 외투를 벗기었다.

고국의 흙

봄밤은 선선하게 따뜻하였다.

명화는 뜰로 향한 장지를 열고 상열이와 나란히 앉았다. 정원에는 은은한 전등불이 운모 조각처럼 번뜩였지만, 나무 그림자만 어른거릴 뿐이요, 사람의 자취는 없었다. 상열은 나무 진과 풀 향기를 실은 눅눅한 공기를 살 것같이 들여마시며, 적이 안심을 하는 모양이다.

"어때요, 한적하지 않아요?"

명화는 난쟁이 황양목으로 곱게 선을 두른 화단에 옹기종기 놓인 일찍 피는 꽃들이 밤눈에도 방싯방싯 웃으려는 것을 내다보다가, 상열에게 말을 건네었다.

"그렇군. 바루 절간에나 들어온 것 같은데."

상열은 맞장구를 치고 멀리 서울의 불바다를 그리운 듯이 바라다보았다.

두 애인은 잠깐 말문이 막혔다.

산같이 쌓이고 쌓이었던 회포가 마주보는 순간에 봄눈 슬듯 사라지고 만 것 같았다.

명화는 문득, 처음 만날 때부터 상열이가 너무 점잔을 빼던 것을 생각하였다. 그 때에도 제 마음에 쏟는 정을 열에 하나도 드러내지를 못하였다. 숫색시같이 남의 눈을 꺼리고 부끄럼을 타고 가슴을 울렁거리고 까닭 없이 얼굴이 화끈해지는 것이었다.

상열을 그리는 여러 해 동안 이따금 어린 자기의 안타까웁던 사랑을 돌아보고 우습게 생각하였다. 왜 그 때는 의젓이 할 말도 못하였던고. 부여잡고 싶은 두루막 뒷자락을 물끄러미 바라만 보았던고. 상해를 건너갈 때만 해도 왜 말리지 못하였던고. 내가 잡으면 설마 뿌리쳤을까. 죽음으로 매어 달렸으면 그런 슬픈 이별을 안 하고도 말았을 것 아닌가. 이렇게 그릴 것을, 이렇게 안타까울 것을. 어쩌면 그렇게도 병신스러웠던가. 벙어리 놀음을 하였던가.

이번에 만나고만 보면 세상없어도 놓치지 않을 작정이었다. 살면 같이 살고 죽으면 같이 죽을 작정이었다. 하늘이 무너지고 땅이 꺼지는 한이 있더래도 둘이 얼싸안고 쓰러졌으면 쓰러지리라 하였었다. 두 손목을 마주잡고 한 자리에 거꾸러졌으면 거꾸러지리라 하였었다.

두 사이에 체면이 있을 리 있느냐, 부끄러워할 까닭이 있느냐. 마음에 있는 대로, 가슴이 원하는 대로 불덩이 같은 사랑의 포옹에 왼몸의 피를 태우리라고, 참고 참았던 정열의 회호리바람에 그를 휘술레를 돌리리라, 높고 높게 막았던 방축이 터져 나오는 물과 같이 그를 둥둥 띄우리라 하였었다.

그러하였거늘, 그 용맹은 어데로 갔는가, 그 결심은 어데로 사라졌는가. 한적한 이 자리! 엿보는 것은 나무 그늘밖에 없건마는 단둘이 무릎을 마조대고 앉았건만, 왜 가슴이 설레기만 하는가. 왜 목이 메이기만 하는가. 왜 쪽진 머리가 그닐그닐하고, 얼굴에 분때가 꾀죄죄하게 흘러나리는 것 같은가. 무슨 까닭으로 고개를 바루 쳐들 수가 없는가. 무슨 까닭으로 데면데면하게 수인사만 하고 있는가.

명화는 제가 여러 번 비웃던 제 어릴 때로 다시 돌아온 것이었다.

애인의 얼굴은 그를 칠팔 년이나 다시 어리게 맨들어 놓은 것이었다. 난잡하고 능란한 기생의 탈을 벗겨 버리고, 숫색시의 순정으로 다시 돌아가게 한 것이었다. 지나친 다정이 무정과 흡사하다 함은 이를 두고 이름이리라.

안타까웁게 오락가락만 하는 눈길. 올올 떨리는 가슴. 손가락 하나 꼼짝달싹 할 수 없이 왼몸이 자지러지는 듯한 순간. 뼈끝까지 녹신녹신 저리는 듯. 숨 쉬는 것조차 까맣게 잊어버렸다가 이따금 생각난 듯이 후 하고 내쉬는 한숨….

가까이 보면 볼수록 애인의 모양은 가엾게 변하였다. 첫째로 얼굴색이 변하였다. 윤기가 흐르는 그 흰빛이 보송보송하게 시어졌다. 번듯하고 팽팽하던 이마에는 굵은 주름이 여러 줄 글리었다. 정거장에서와 같이 사나운 기침은 하지 않았지만, 쿨룩쿨룩 예사 기침을 할 때에도 왼 얼굴이 땅기고 켕기는 것 같고, 새파란 힘줄이 군데군데 일어섰다. 떡 벌어졌던 어깨판이 착 까부러지고, 그 통통하던 손등엔 뼈가 울근불근 드러났다.

명화는 애인의 변한 점을 한 점 두 점 눈으로 더듬으며 가슴이 미어지는 것을 느끼었다.

— 내 몸은 해외 풍상을 겪기에 너무 지치고 약해진 것이오. 마지막으로 남은 것은 그리운 고토로 돌아갈 길뿐이오. 그리운 애인의 품속으로 뛰어들 길뿐이오. 그 부드러운 살이 나를 받아주게 못 된다면 그맑은 공기 가운데서나 사라진들 어떠하겠소. —

수수께끼 같은 편지의 한 구절이 불현듯 머리에 떠올랐다. 골백번이나 그 사연을 읽고 또 읽어 보았지만 암만해도 무슨 뜻인지를 또렷이 알 길이 없었던 것이다. 편지를 한 그이가 마주앉은 이 자리에도 그 뜻을 완전히 짐작은 못할망정 반쯤은 풀린 듯싶었다.

저 몸으로 과연 해외 풍상을 겪어내지를 못하리라. 그러니 불야불야 고국에 돌아오게 되었으리라. 그렇다면 애인의 부드러운 살이 받아주지를 않으면 맑은 공기 가운데 사라진다는 말은 대체 무슨 소리인가?

'애인'이란 말이 저를 가리켰을진대 '맑은 공기'란 웬 말인가?

명화는 별안간 가슴이 덜컥 나려앉았다.

'조선에 나와서 제 품에 안겨 죽겠다는 뜻이 아닌가?'

'사라진다'는 말은 분명히 죽음을 의미하는 것이리라. 병이 저렇게 깊었으니 아모리 든든한 장부의 마음이라도 죽음을 생각하기도 하였으리라. 만리타국 외로운 객창에서 중병을 앓는다는 것은 얼마나 호젓한 일이랴, 쓸쓸한 일이랴. 내 땅에 나와 내 품에 안겨 최후를 맞으려 한 것이리라.

명화는 너무도 애연하였다. 너무도 억색하였다. 바라고 바라던 애인이 저를 찾아올 때엔 벌써 죽음의 그림자를 띠었을 줄이야. 죽음을 선물로 마지막 방문을 올 줄이야.

명화는 다시 상열을 곤쳐 쳐다보고 고개를 흔들었다.

'설마' 만일 편지의 그 뜻대로 된다면 너무 악착한 일이었다. 참혹한 일이었다. 자기 말마따나 부드러운 내 살에서 다시 살아나리라. 힘과 정성을 다한 내 구원에서 제 아모리 지독한 병이라도 낫고야 말리라 하였다.

명화는 슬픈 자신에 스스로 뽐내었다. 그러나 그 사연의 '애인'이란 말이 단순히 자기를 가리킨 것이 아니요, '사라진다'는 것이 오직 병 때문만이 아닌 것을 명화는 몰랐다.

"늙었구려."

상열도 요모조모를 뜯는 듯이 물끄러미 명화를 바라보다가 가볍게 어깨를 어루만지며 한 마디를 꺼내었다.

"왜요? 벌써 늙어요."

명화는 고개를 뒤로 기우뚱하며 하염없이 웃었다.

"세월이 얼마나 갔는데 벌써라니?"

"그까짓 세월이야 암만 가면 무엇해요? 속살 없는 세월이야…."

"속살 없다구 가는 세월이 멈칫멈칫할라구, 제 갈 길을 가고야 말지."

"저는 싫어요, 속살 없이 가는 세월이. 세월이 제가 제멋대로 간 게지. 제게 무슨 상관이야요?"

"그러면 어릴 때 그대로 남아있는 줄 아는군."

"그러면요, 저는 선생님을 뵈오니 그 때 시절이 그대로 안 가고 있는 것 같애요."

"그래, 지금도 열일곱이람?"

"그럼, 열일곱이지요. 누가 쓸데없이 나이를 먹어요?"

"눈 가장자리에 잔금이 갔는데."

"애규 맙시사. 벌써 주름살이 잡혔단 말씀예요?"

"그럼 그 숱한 눈썹도 준 것 같구…."

"어느 새 눈썹이 빠져요."

"빠지지는 안 해도 너무 뽑아버린 게지."

"왜 눈썹을 뽑아 버려요?"

"모양을 내노라구."

"애규 망측해라."

"그래야 고운 님이 많이 생길 것 아니야?"

"그 잘난 고운 님이 생기면 무엇해요? 괴롭기만 하지."

"괴로워도 생앤 걸 어떡하누."

"정말 그 생애는 인젠 진저리 넌더리가 나요."

명랑하던 명화의 말씨는 대번에 흐려졌다.

"벌써 그 생애가 진저리가 나?"

"그럼 늙어 죽도록 기생 노릇만 하란 말씀예요?"

명화는 조심스럽게 눈을 살짝 흘겼다.

"벌써 늙어 죽기는."

"언제는 늙었다 하시더니."

"어릴 적보담 늙었단 말이지, 어데 죽도록 늙었단 말인가, 허허….."

상열은 웃었다. 그리고 명화의 어깨를 힘 있게 흔들었다. 명화도 반쯤 상열에게 쓰러지며 웃음을 풍겼다.

"죽도록 늙는 법도 있어요? 늙으면 죽는 게지. 아이 우스워라."

"그래, 죽게 늙었단 말이구려."

"저는 늙기 싫어요. 죽기도 싫구. 인제는 아주 안 죽을 작정이야요."

"누구는 죽을 작정하구 죽는가, 뭐."

"그래도 저는 죽지 않을 테야요. 늙지도 않구요. 선생님을 뵈웠으니."

"내가 뭐 불로초인가 생명수인가?"

"그럼 제게는 생명수 아니구."

명화는 날씬한 두 팔을 늘여 상열의 목덜미에 깍지를 끼고 엿가락처럼 늘어졌다.

두 애인은 이윽히 마주보았다.

"인젤랑은 아모 데도 가시지 말아요. 꼭 제 곁에 계셔 주셔요 네?"

한참 만에 명화는 눈물 소리를 떨었다. 상열은 아모 대꾸가 없다.

"왜 대답을 않으셔요? 또 어데를 가실 작정이어요? 인제는 안 돼요. 인제는 세상없어도 제가 놓지를 않을 테예요. 그 때만 해도 제가 철이 없어서 가시게 하였지, 지금부터는 무가내하예요. 인젠 아모 데도 못 가셔요. 참말 못 가셔요. 안 가시지요. 네? 그렇다구 해 주셔요. 고개라두 끄덕여 주셔요."

명화는 벼르고 벼르던 말을 기태나 하고야 말았다. 말없이 명화의 얼굴을 데미다보는 상열의 얼굴엔 처참한 표정이 움직였다.

이윽고 눈을 스르르 감는데 눈시울엔 서리가 번뜩였다.

명화는 상열의 목덜미에 감았던 제 팔을 풀어 다시 허리 어름을 잡으며 찜부러기하는 어린애 모양으로 제 얼굴을 애인의 가슴에 비비적거리었다.

"왜 아모 대답을 않으서요? 그러면 또 가신단 말씀예요? 저를 버리구 또 가실 작정이야? 칠팔 년을 두고 그리웠으면 무던하지 않아요? 인제 또 이별이란 정말 싫어요. 죽어도 싫어요. 네? 선생님 안 가시겠지요. 영영 우리는 다시 떨어지지 않겠지요. 네? 선생님!"

명화의 등은 그대로 자지러질 것같이 구비를 쳤다. 그는 애인의 침묵이 슬펐다. 불길한 예감이 비수와 같이 그의 창자를 에어내었다. 오래간만에 만난 이 자리어늘 벌써 쓰라린 이별이 자기네의 뒷덜미를 짚은 것을 느끼었던 것이다.

상열은 물결치는 명화의 등을 어린애를 달래는 것처럼 따둑따둑 어루만지었다. 이윽고 명화는 눈물 젖은 얼굴을 쳐들었다.

"그래, 또 가시렵니까? 시원스럽게 말씀이나 하서요."

상열은 야속해하는 듯한 애원하는 듯한 명화의 눈물 어린 눈시울을 애연하다는 듯이 손으로 씻어 주었다. 그리고 길게 한숨을 쉬었다. 그 핏기 하나 없는 얼굴은 더욱 핼쓱해진 것 같았다.

"마지막으로 왔는데 가기는 어데를 간단 말이어?" 하고 웃음을 짓는 것이었다.

그 웃음은 물을 것 없이 명화 자기를 위로하려는 웃음이리라. 그러나 세상에 저렇게 쓸쓸하고 슬픈 웃음이 또 있을까. 그것은 울음보담도 몇 곱절 더 처량한 웃음이었다.

명화는 간신히 가라앉히려던 방정맞은 눈물이 또다시 눈시울로 몰려 떨어졌다.

"그게 참말씀이야요? 참 정말 아모 데도 안 가신단 말씀이야요?"

명화는 상열의 웃음을 보고, 그 말까지 믿기 어려워한다.

"그럼 참말이지. 가기아 어데를 가?"

상열은 쾌활한 목소리를 내었다. 그러나 뒤끝은 굴리지 못하고 힘없이 사라졌다.

"가기야 어데를 가다니요? 그럼 가시지는 않더라두 또 다른 무슨 일이 있단 말씀예요?"

명화의 가슴에는 무엇이 선뜩하고 지내가는 듯하였다. 독립문 앞을 지나치며 보던 감옥의 번들번들한 벽돌담이 눈앞에 얼른하였다.

상열은 다시금 입을 다물었다. 이 순정의 애인을 거짓말로 속일 수도 없고, 그렇다고 참 사정을 알리기엔 너무 애처롭다는 표정이었다.

"그렇지요. 어데 가시는 일 말구, 여기 서울에 계셔두 무슨 딴 일이 있단 말씀이지요? 무슨 일이야요 네? 좀 알으켜 주셔요 네? 선생님."

"그건 명화 씨가 알아선 무얼하우?"

상열은 무거운 입을 떼어 달래는 듯이 말하였다.

"제가 알아서 안 될 일이 뭐예요? 만나던 맡에 우리를 또 갈리게 하는 그 일이 무슨 일예요? 알고나 있게 말씀을 좀 해 주셔요. 네?"

상열은 명화를 끌어안아 어릴 때 하듯 제 무릎 위에 올려놓았다. 그리고 야학교 선생 시절처럼 타일르듯 말하였다.

"그건 명화 씨가 알아서 쓸데도 없는 일이오. 또 알아서는 안 될 일이오. 다만 이것 하나만 생각하오. 사람이란 제 한 몸의 행복만 위해서 사는 것이 아니라구."

상열의 어조는 장중하고도 침통하였다.

명화는 상열의 무릎에서 털썩 나려앉았다.

"사람이란 내 한 몸의 행복을 위해서 사는 게 아니라구요? 전 그런 말은 듣기 싫어요. 전 이날 이때까지 제 한 몸을 위해서 살아본 적이 없습니다. 남의 작난감이 되고, 남의 노리개가 되고 남을 위해 웃음을 웃고, 남을 위해 속을 끓이었습니다. 언제 한 번 성나는 대로 해 보았을까, 언제 한 번 내 울 일에 울어 보았을까, 벙어리 냉가슴만 앓았답니다. 아모리 울화가 치받쳐도, 내색도 못 내었답니다. 아모리 분한 일이 있어도 애꿏이 제 입술만 깨물었답니다. 저야말로 남을 위해 살았어요. 인제 싫어요, 딱 싫어요. 남을 위해 사는 것은…."

명화는 설움이 일시에 복받치는 듯하였다.

"인제 저도 저를 위해서 좀 살아볼 작정이야요. 거짓의 탈을 훨훨 벗어버리고 알몸뚱이의 본정대로 살아볼 작정이야요. 슬프면 슬퍼하구 기쁘면 기뻐하구. 선생님을 모시고 새 생활로 돌아갈 터이야요. 암만 선생님이 마다서두 인제는 안 돼요. 세상없어도 안 돼요. 네? 선생님! 저를 버리지 않으실 테지…."

상열은 눈물 속에서 정열에 타는 명화의 시선을 차마 바루 쳐다볼 수 없다는 듯이 시선을 떨어트리었다.

"명화의 말이 일면의 진리가 없는 것두 아니네. 그러나 사람이란 어느 때는 남을 위해 살고, 어느 때는 내 몸을 위해 살겠다고 작정을 할 수가 없는 것이거든. 그렇지 않아. 사람의 한 평생에 선을 그어놓고 이짝 저짝에서 남 위하는 것과 내 위하는 것과 구별을 지을 수야 없는 게 아니야, 응. 더구나 명화는 남이니 나이니 또렷이 구별을 하지마는 크게 생각하면 내 남이 없는 것이어든. 남을 위하는 것이 곧 나를 위하는 거란 말야. 명화의 경우는 물론 좀 다르지마는…."

역시 지난날의 선생의 티를 잃지 않고, 순순히 가르치는 듯한 부드러운 말씨였다.

"그러면 한평생을 남을 위해 산단 말씀이야요? 제 사랑도 버리구, 제 행복도 버리구…."

"사랑? 행복? 허"

상열은 쓴웃음을 배알았다.

"왜 웃으세요? 그럼 사랑도 버리란 말씀예요? 10년 가까이 건사를 모은 사랑을…."

"10년! 나도 10년 동안 고생살이에 얻은 것은 병뿐이구려…." 하다가, 제 말이 너무 센티멘탈에 흐르는 것을 고치는 듯이,

"해외에 나가 보면 10년이란 세월은 눈 한번 깜짝일 새에 달아나는 거야. 10년이 아니라 백년이라도 할 노릇은 해야 될 것 아니야? 응."

"10년 동안 째기발을 딛고 기다리던 행복도 버려야 된단 말씀예요? 아스세요, 아스세요. 그것은 너무 심하지 않아요, 너무 참혹하지 않아요? 네, 선생님!"

"아모리 참혹하더래두…."

"그런 말씀이 어데 있어요? 아모리 참혹하더래두, 저를 버리시겠단 말씀예요?"

"왜 버리기야…."

"그럼, 어떡하신단 말씀예요? 저를 어떡하신단 말씀예요…?"

"이렇게 만난 것두 행복이 아닌가? 만나는 동안이 길든지 짧든지 간에…."

"왜 짧아요, 왜 짧아요? 평생을 같이 모실 텐데…."

담박하고 간드러진 요릿상이 들어왔다. 껍질 채 구운 소라. 센 머리칼 같은 무채에 연분홍 생선회 갓, 어느새 골패짝 같은 오이나물, 눈깔만한 잔. 대륙적으로 텁텁하고 질번질번한 청요리만 보던 상열의 눈엔 진기하고도 서툴렀다. 간나위 같고 가려웠다.

여러 해포를 못 먹어보던 음식이라 눈에도 서툴거니와 입에도 서툴렀다. 닝닝하고 야릇한 냄새가 비위를 뒤집었다.

얼마 먹는 체하다가 상열은 젓가락을 던졌다.

"왜 비위에 받지를 않으서요? 딴 걸 좀 시켜 올까?"

명화는 소라구이를 뜯어먹다가 근심스럽게 물었다.

"뭘, 괜찮아, 술이나 한두 잔 먹지."

"밤이 늦었으니 시장도 하실 텐데."

"아니, 찻간에서 저녁을 든든히 먹었어."

"뭘요. 그까짓 변또가 무슨 배가 불러요?"

"그래도 해외 있을 적보담은 갑절이나 먹은 셈인걸, 허!"

"그러면 거기 계실 때엔 노상 굶으신 게지요."

"그야 굶다가 먹다가 했지만⋯."

"아이." 하고 명화는 목이 메어 말 뒤끝을 잇지 못하였다.

튼튼하던 몸이 이렇게 볼상없이 말르고 중병까지 든 것이 온전히 고생살이 까닭이어니 하매 새삼스럽게 안타까웠다. 해외에 나가면 웬만한 고생이야 짐작 못한 바도 아니지만 끼니를 궐한다는 것은 상상조차 못하였던 것이다.

"그래, 조석도 제때에 못 잡수셨단 말씀예요?" 하고 명화는 술을 부었다.

"조석이 제때라니? 그러면 누가 해외 풍상이 고되다 할꺼요?"

상열은 눈깔만한 잔을 홀쩍 마셨다.

"그런 고생을 하고, 왜 거기 계셔요? 글쎄 얼른 나오실 게지."

"허!"

상열은 어이없다는 듯이 웃었다.

"끼니를 에우니 어떻게 병환이 안 나요?"

"그까짓 밥 좀 굶는 거야 상관이 없지만, 마음의 고통이 몇백 곱을 더하니까⋯." 하고 후 한숨을 내어 쉬고 눈을 멍하게 뜬다. 지긋지긋한 지난날의 고생을 눈앞에 그려보는 듯.

두 잔밖에 안 먹은 술이 벌써 올랐다. 그 핼쓱하던 얼굴은 피를 발라 놓은 듯이 붉었다.

"술도 그렇게 못하서요?"

"본대 잘 먹지도 못하겠지만, 병 때문에 몇 해를 끊어서….."

"아규, 그럼 왜 술을 잡수서요?"

"인제는 먹어도 괜찮아."

"병환이 나으신 것 같지도 않은데….."

"병이야 안 나았지만 인제 올 데를 왔으니."

"올 데를 오시다니?"

"그리던 고장에를 돌아오고, 또 이렇게 그리던 명화를 만나지 안 했나? 허허."

"그럴수록 몸을 더 조섭을 하서야지." 하고 명화는 상열이가 또 들려는 술잔을 뺏으려 하였다.

"뭘, 몇 잔 먹은들 어떨라구?"

"병환이 더치시지."

"더치면 대수요? 얼마 남지 않은….." 하다가 상열은 말을 잘라 버렸다.

"얼마 남지 않은 게 뭐예요?"

"얼마 남지 않은 인생이 아닌가?" 하고 필경 그 잔을 말려 버렸다. 얼굴은 더욱 연연하게 붉어지고 숨길까지 씨근씨근해 가빠졌다.

"왜 인생이 얼마를 남지 안 해요?"

명화는 다시금 항의하였다.

"명화도 벌써 짐작했을는지 모르지만, 내 병이 이렇게 중하지 않나? 구태여 산다 한들 며칠이나 살거요? 그러니….."

명화의 항의에 상열은 목소리를 떨어뜨렸다.

"뭘요? 무슨 병환이 그렇게 중하시단 말씀예요? 소복만 잘하시면 곧 나을 것 아녜요?"

상열은 고개를 흔들었다.

"그렇게 나을 병이 아니야."

"세상에 아니 낫는 병이 어디 있단 말예요? 해외에서 너무 고생을 하셔서 난 병환 아녜요? 끼니를 굶으시구 그렇게 난 병이야 조섭을 웬만만하면 쉽사리 나을 거예요. 아예 비관을랑 마셔요. 네? 선생님."

요리상을 가운데 놓고 마주앉았던 명화는 상열의 곁으로 맹그적맹그적 무릎으로 걸어서 다가앉았다.

"네, 선생님. 마음을 단단히 잡수셔요. 그까짓 병이야 걱정을 할 게 뭐예요? 제가 있잖아요? 제가 이렇게 있는 담에야…."

명화의 뺨은 상열의 뺨에 쓰러졌다.

"네, 선생님, 우리도 좀 살아봅시다. 하늘이 두 쪽이 나더래도 우리 둘이 살아봅시다. 네 선생님 딴 말씀 마시구, 불길한 말씀 마시구, 남 위하는 생각 마시구, 네, 선생님. 병만 곤치기로 힘을 씁시다. 산수 좋은 데로 전지轉地라두 하시구. 네? 선생님. 세상없어도 병을 곤치기로 해요, 네? 선생님!"

명화는 왼몸이 정열의 덩어리로 화한 듯 입에서 불길이 홀홀 나왔다.

"아, 아."

상열은 짤막하게 탄식을 배앝았다. 가슴이 찢어지는 듯한 울림이다.

"나을 병도 아니구, 곤칠 필요도 없는 병이오."

"또 저러시네. 또 저런 말씀을 하시네."

명화는 질색을 하고,

"네, 선생님. 그러지 마시┼. 제발 그러지 마시┼. 세상없어도 우리 살아보아요. 네? 선생님."

슬픔과 애원에 삐뚤어진 명화의 입술에 상열은 제 입술을 찍었다. 꼬창이 같은 팔뚝이 똑 부러질 듯이 명화를 쓸어안았다. 몸과 마음이 바스러지는 듯한 포옹의 한 순간! 상열의 팔은 맥없이 풀리었다.

명화는 제 애인의 뼈만 남은 딱딱한 안간힘과 아귀힘이 약한 것이 슬펐다. 가엾었다. 객쩍은 짓을 하였다는 듯이 상열은 가볍게 명화를 밀어내고 자기도 물러앉았다. 명화는 밀려나온 것보담 더 다가들어갔다.

"선생님, 왜 밀어내셔요? 암만 밀어내셔도 밀려나갈 제가 아녜요. 네 선생님, 아모 다른 생각 마시구 제 말만 들으셔요. 왜 한눈을 파셔요? 왜 다른 데를 보셔요? 또 무슨 딴 생각을 하시는 게로구만. 제 얼굴을 보셔요. 네? 선생님, 제 얼굴을 좀 보아요. 글쎄."

명화는 만 가지 생각에 잦아진 듯한 상열의 얼굴을 두 손바닥에 끼어서 제 앞으로 돌려놓았다.

상열은 앞으로 푹 고꾸라지는 듯이 고개를 숙이자 오른손으로 이마와 머리를 얼싸 잡아서 떠받쳤다. 무거운 머리를 고이기 어렵다는 듯이 가느다란 팔목이 휜 것 같았다.

한참 한참만에야 상열은 고개를 번쩍 들었다. 그 얼굴엔 비창하나마 굳은 결심이 움직였다. 그는 조끼 단추를 끌르고 조끼 주머니에서 하얀 수건에 싼 무엇을 끄집어내었다. 오랫동안 그리고 그리던 애인을 위하여 깊이 감추어둔 선물을 내놓기나 하는 듯이.

"명화 씨, 이걸 좀 보시오!"

얼굴빛도 엄숙하거니와 말씨조차 정중하였다.

"이게 뭐예요?" 하고 물었다.

"끌러만 보오!"

명화는 위에 싼 수건을 끌렀다. 그 속에서는 두꺼운 조선 장지의 봉투가 나왔다. 보실보실한 무엇이 맞히었다. 명화는 진기한 듯이 겉봉을 떼었다. 가볍게 봉투를 기울이매 명화의 손바닥엔 흙 같은 것이 솔솔 부어졌다.

"이게 뭐예요? 흙 아네요?"

"그렇소. 흙이오. 내 고향의 흙이오. 조선의 흙이오."

명화는 기대에 어그러진 듯한 고이쩍은 듯한 눈으로 어이없이 상열을 처다보았다.

"흙을 왜 이렇게 심심봉지를 하였을까?"

명화는 흙을 한 줌이나 되도록 더 쏟아보며 혼자 중얼거렸다.

"명화 씨가 이상스럽게 생각하는 것도 용혹무괴한 일이오. 세상에 흙을 싸 두는 사람은 없으니까. 그러나 내게는 그에 더한 보물이 없었소. 나의 최후의 동반자가 될 것은 그 흙뿐이었소…."

명화는 무슨 뜻인지를 잘 몰랐지만 어쩐지 슬펐다. 잠자코 설명을 더 기다렸다.

"명화 씨는 상상도 못하리라. 해외 객창에서 병을 얻은 몸이 얼마나 쓸쓸한가. 병이라두 유만부동이오? 사형 선고를 받은 것이나 진배없는 폐병이 든 것을 알 때 그 마음이 어떠할까. 십년 풍상에 아모 것도 이뤄진 것이 없고 하로하로 죽음을 기다리는 심정이 어떠한가. 고국을 떠나 있으면 고국이 얼마나 더 그리운가. 남들이 비웃는 붉은 산이 얼마나 보고 싶은가. 맑은 하늘과 맑은 물이 얼마나 눈앞에 어른거리는가…. 더구나 인제는 죽는다. 반생에 애쓴 것이 속절없는 물거품으로 사라진다. 인제는 다시 고향의 공기를 마셔 보지도 못하겠구나, 인제는 다시 고향의 흙을 밟아 보지도 못하겠구나 하며 내 마음은 , 어린애와 같이 센티멘탈해진 것이오. 그래, 이 흙을 구한 것이오. 내 고향의 흙을. 어릴 때 발로 짓밟고 손가락으로 휘젓던 흙을…. 병이 불시에 더치어 조선에 나간다는 조그마한 소원조차 이루지 못할 것 같으면 나는 이 한줌 흙을 품고 고요히 죽을 작정이었소."

명화는 이야기를 듣는 사이에 쉴 새 없이 눈물을 흘렸다. 하두 가슴이 억색해져서 위로할 말조차 나오지 안 했다.

"인제 내 목적은 반은 달해진 셈이오. 아모튼 죽기 전에 조선의 흙을 밟았고 조선의 공기를 마시게 되었으니… 그리고 또 내 청춘의 감정을 사루잡았던 명화 씨를 이러구 만났으니 인제는 세상에 원될 것도 없고 한 될 것도 없게 되었소. 마음 놓고 내 갈 길을 가면 구만이오…."

명화는 소리를 내어 울다가,

"갈 길이 또 어데란 말씀예요?"

울음 반 말 반으로 물었다.

상열은 대답이 없었다.

정열의 회호리

용산 S의원에 실려간 은주와 여해는 인공호흡과 응급수단으로 목숨들은 다 건지게 되었다. 그 이튿날 아침까지도, 은주는 열이 오르나리고 혼수상태에 빠져 있었지만, 여해만은 완전히 정신을 수습하였다.

환하게 병실 유리창으로 흘러 들어오는 햇발을 얼굴에 느끼자 여해는 벌떡 일어나 앉았다. 팔다리가 욱신욱신하고 쑤시기는 하였지마는 머리는 거뿐하였다. 붉은 햇살이 가슴속까지 쏘아 들어오는 것 같다. 웬일인지 근래에 없이 심기가 좋았다.

검누른 흙탕물이 입으로 코로 벌떡벌떡 들어갈 제 속이 능글능글하기는 하였으되 은주를 부여잡은 때의 기쁨이란! 지금 생각해 보아도 아슬아슬하고 유쾌하였다.

그는 물에 젖었던 후줄근한 옷을 주섬주섬 주워 입고 병실을 나섰다. 그는 은주에게 가 볼 작정이었다. 조그마한 그 병원은 병실이라고 몇 개가 없었다. 복도에서 은주를 맡아 보는 간호부를 만나 물으니 은주의 병실은 바루 제 병실의 다음 다음 방이었다.

곧 들어가 보려다가 여해는 주춤하고 걸음을 멈추었다.

'은주가 나를 보면 놀라지나 않을까. 죽음을 결단하게 한 장본인을 눈앞에 본다면 어린 신경에 또 얼마나 흥분이 될 것인구. 그녀에게는 악마인 내가 아닌가.'

문득 이런 생각이 떠오르며 가뜬하던 기분이 다시금 흐려지고 마음은 또다시 천근 같이 무거워졌다. 발길을 돌리려다가 다시 생각하니 은주가 아직 완전히 정신을 차렸을 것 같지 안 했다. 나를 알아볼까. 아직 삶과 죽음의 갈림길에서 방황하고 있지나 않을까.

여해는 지금 당장이라도 이 병원을 나가고 싶었다. 깨어난 다음에야 일시인들 진절머리 나는 병원에 있기가 싫었던 것이다. 병원을 나가기 전에 그는 은주의 얼굴을 한 번만 보고 싶었다. 이번 한 번만 보고 나면 이 앞으로야 다시 만날 기회도 없고 필요도 없을 것 아니냐. 제 지은 죄는 삭치려 삭칠 수 없는 노릇이니 이번 한 번으로 이 괴상한 인연을 청산하는 수밖에 없지 않으냐. 은주 몰래라도 은주의 용태나 보살펴 보고야 발길이 떨어질 것 같았다.

필경 여해는 은주의 병실 문을 열고 들어갔다.

은주의 병상 곁에는 아모도 없었다. 여해는 물론 병일과 석호가 남아 있을 줄 알았다. 그러나 그들은 은주가 피어나는 것을 보기가 무섭게 아까 여해가 복도에서 만난 간호부에게 맡겨 놓고, 그들은 제 갈 데로 가 버린 것이었다. 그들은 은주의 유서를 읽고 은주 곁에 있기가 면구하였던 탓도 탓이리라.

은주는 여해의 추측과 같이 과연 잠이 들었다. 은행 껍질 같은 눈시울이 지그시 감기고 이글이글 타는 듯하는 눈은 핼쓱하게 여위었다. 어젯밤까지 죽음의 고통과 싸우던 흔적은 그 얼굴 어데에도 없었다. 평화하고 종용한 빛이 그린 듯이 깃들인 듯하였다. 그 하붓이 열린 입으로 하하하는 단 숨길이 흐르지 않고 가슴 언저리에 멎은 흰 이불자락이 달싹거리지 않았던들 누구라도 고요히 운명한 줄로 알았으리라.

여해는 이윽히 들여다보다가 발길을 돌렸다.

그 서슬에 은주는 눈을 큼직하게 떴다.

천만무량의 감회를 남기고, 발길을 돌린 여해가 문을 열고 나가려다가 말고 마지막으로 돌아보는 순간! 은주의 시선과 마주쳤다. 여해는 아뿔 싸 싶었다. 환자의 신상에 일어날 무거운 변화를 기다리며, 일찰나 움직 이지 않았다. 뚱그런 눈동자가 두리번두리번할 뿐이요, 아모런 표정도 떠오르지 않았다.

은주는 여해를 몰라보았음인지 삶과 죽음의 실낱같은 경계선에서 오 락가락하는 그의 정신은 아직도 꿈과 생시를 구별하지 못하였음인가. 이랬거나 저랬거나 여해에게는 어떻게 다행한지 몰랐다. 최후로 제 희 생의 얼굴을 한 번만 보아두겠다는 안타까운 희망이 이렇다 할 지장 없 이 이루어진 것도 다행하거니와, 마지막 길에 제 눈으로 은주가 깨어난 것을 본 것이 더군다나 안심이 되었다.

여해는 마음 놓고 문을 열고 나오려 하였다. 그 때였다. 등 뒤에서 동 강동강 끊어진 말이 들리기는,

"누 누구세요?"

긴장한 여해의 신경은 깜짝하고 놀래었다.

'인제 정말 깨었나 부다.' 하고 당황히 나와 버렸다. 본정신이 완전히 돌아오는 다음에 자기를 본다면! 큰일이 아닌가.

강 속에서야 초죽음이 된 뒤이니 의식이 있을 리 없고 따라서 저를 건 져낸 사람이 누구인 것을 모르리라. 설령 여해인 줄 안다 하더라도 자기 를 죽음의 길로 이끌어 넣고 죽으려는 슬픈 소원까지 방해한 그를 더욱 미워는 할지언정 고마워할 까닭은 없으리라. 여해는 문 앞에서 제 방에 서 나올 때 만났던 그 간호부와 마주쳤다.

왼 얼굴에 주근깨를 뒤집어 쓴 갈걍갈걍한 그 간호부는 여해를 보고,

"환자가 어때요, 깨어났어요?" 하고 물었다.

여해는 그렇다는 뜻으로 고개만 끄덕여 보이고 어슬렁어슬렁 복도를 걸어나려왔다.

현관까지 나와서 생각하니 제 신이 어떻게 되었는지 알 수가 없었다. 급한 김에 고무신을 걸치고 한강으로 뛰어나온 것은 생각이 나지마는 신을 벗고 강물에 뛰어들었는지 또는 그대로 뛰어들었는지 기억이 흐리마리하다. 설령 벗어놓고 떨어졌다 하더라도 그 신을 어떻게 했는지 알 길이 없었다. 동저고릿 바람은 그래도 괜찮다 하겠지마는 아모리 한들 맨발을 벗고야 병원을 나갈 수 없었다. 이럴까 저럴까 하고 현관에서 망설이고 있는 즈음에 간호부가 종종걸음을 쳐서 달려온다.

"여보세요, 여보세요." 하고 가쁘게 부른다.

"왜 그러십니까?"

여해는 의아한 듯이 물었다.

"저, 환자가 찾으셔요."

"누구를요?"

"아마 손님 말씀인가 봐요."

"나를 찾아요?"

"지금 이 방에 들어왔던 이를 불러 달라구 그러더군요."

여해는 어리둥절하였다.

"정말 나를 찾아요?"

여해는 간호부의 말을 못 미더워하는 듯이 재우쳤다.

"지금 막 병실에 들어갔다 나오셨죠?"

간호부는 되짚어 묻는다.

"그렇소."

"그럼 분명히 당신을 찾습니다. 내가 들어갔더니 막 나간 이가 누구냐고 묻지 않아요. 어쩌면 자기를 물속에서 구해낸 은인의 얼굴도 몰라 볼까. 그래 내가 그 말을 했죠. 그이가 바루 당신을 구해낸 이라구…."

간호부는 어젯밤의 비극을 잘 안다. 여학생이 빠지고 청년 하나가 그를 구하려고 뛰어들고, 배를 풀고 한 사단은 이 근방에 짜하고 퍼졌었다. 그는 여해가 은주와 아모 상관이 없는 사람으로 지나치는 길에 은주가 빠지는 것을 보고 뛰어 들었다가 하마하더면 제 목숨조차 잃어버릴 뻔한 줄로 안다. 그의 눈에 여해가 세상에도 용감한 청년으로 보이었던 것이었다.

'객쩍은 것을 알렸고나.' 하면서 여해는,

"그래서?" 하고 잼쳤다.

"그랬더니만, 정신을 모으는지 눈만 말뚱말뚱하고 있겠죠…."

간호부는 제 목숨을 구해준 은인을 몰라보는 은주를 비난하는 어조다.

"그래, 내가 들은 대로 얘기를 해 들렸죠. 그이가 철교 난간 위에서 — 그 높은 데서 거꾸로 떨어져서 당신을 건져내다가 자칫하더면 죽을 뻔했다구…."

"그런 말은 왜 해요?"

여해는 민망한 듯이 간호부를 나무랬다.

"왜요? 제가 어째 살아난 줄이야 알아야죠."

간호부는 잘한 듯이 항의를 하였다.

"그제야 내 말을 알아들은 모양예요. 몹시 감동이 된 눈칩니다. 그래 불러! 불러! 라구 애처럼 동강 말을 쓰겠죠."

"나를 누군지도 모르는데 괜한 말씀을 하셨구려. 난 지금 병원을 나가 봐야겠는데…."

사람의 목숨을 구해 주고도 제 생색도 내지 않고 그대로 가 버리려는 이 헙수룩한 청년의 행동에 간호부는 더욱 감탄하였다.

"왜 그대로 나가신단 말예요? 그 오빠가 되는 이를 보지도 않고."

"그런데, 내 신이 어데 있소?"

여해는 간호부의 말을 귀에 담아듣지도 않고 제 물을 것을 물었다.

"그 그 고무신 말이죠? 그건 저 신 상자 속에 들었지만, 하여간 환자가 보자구 하는데 잠깐만 들어와 주세요, 네."

여해가 그대로 가 버리려는데, 간호부는 간원하다시피 말리었다.

여해는 일초 바삐 이 자리를 떠나고 싶었다. 이 병원을 나가는 것이 곧 지긋지긋한 은주에 대한 추억에서 벗어나는 것이었다. 지글지글 지옥의 가마솥 같은 고통에서 달아나는 것이었다. 그리고 정신이 돌아가는 즉시로, 그는 명화의 일이 까닭 없이 궁금하였다. 온다던 애인은 정말 왔는가. 오래 그리던 두 애인은 어데서 어떻게 하고 있는가. 병원을 나가는 길로 위선 명화의 집에를 뛰어가 볼 작정이었다.

지금 또다시 은주를 대하기는 정말 괴로웠다. 혼곤히 잠든 틈을 타서 잠깐 보고만 간다는 것이 간호부의 수다로 말미암아 이렇게 발목을 잡히게 될 줄이야. 그러나 이왕 자기를 불러 달라는 바에 떼치고 가는 것이 애연도 하였다.

여해는 간호부의 뒤를 따라갔다. 여해는 은주의 침대 앞에 와서 섰다. 은주는 파리한 얼굴로 말미암아 더욱 큼직해진 눈을 들어 물끄러미 여해를 바라볼 뿐이요 아모 말이 없다.

"나를 찾으셨소?"

여해는 은주가 분명히 자기인 줄 알아본 뒤에도 예기한 변화가 일어나지 않는 것을 보고 적이 안심하며 물었다. 은주는 가늘게 고개를 끄덕였다. 그 커다란 눈과 앳된 입모습 언저리에 그윽하나마 호의와 감사의 기색이 움직이는 듯하였다.

"왜 나를 찾으셨소? 이 못된…" 하다가 여해는 옆에 있는 간호부를 힐끗 보고 입을 닫치었다.

은주의 조금 짧은 듯한 윗입술이 달싹하는 것 같았다. 무슨 말을 할 듯하면서 가슴이 억색해져서 나오려던 말이 주저앉고 앉고 하는 모양이었다. 가까이 보면 볼수록 여해는 설레는 가슴을 억제하랴 억제할 수 없었다. 그 가느다랗게 부러지게 된 목과 배꽃같이 핼쑥해진 얼굴 어디에, 그 쾌활하고 영롱하던 은주의 티가 남았는가. 무서운 오뇌와 번민의 흔적이 암담한 그늘 모양으로 그의 심신을 휩싸놓았다.

여해는 참다 못하였다.

"무슨 말입니까? 얼핏 들려 주시오. 나는 가 봐야겠습니다. 이 자리를 떠나야 되겠습니다. 이러구 은주 씨를 보고 있는 것이 나에게는 말 못할 고통입니다. 무슨 말이든지 얼핏 들려주시오."

"저… 저… 왜 저를 구 구해…."

은주의 목에서는 모기 같은 소리가 울려나왔다. 그러자 멍하게 뜬 눈시울에서는 굵은 눈물방울이 흰 누에같이 기었다.

복도가 쿵쿵 하고 울리고, 어지러운 발자취 소리가 났다. 병실 문이 사나웁게 열어제쳐지며 병일과 석호가 달겨들었다. 그들은 요릿집에서 밤새움을 하고 그대로 오는 길이리라. 병일은 넥타이도 매지 않았고, 석호는 그의 눈도 보이지 않도록 모자를 눌러쓰고 비척거리며 들어왔다.

병일은 여해를 보든 맡에 고함을 질렀다.

"너 이놈, 또 여기를 왔구나. 우리 없는 새, 또 무슨 짓을 저질를라구…." 하고 눈을 부라린다.

여해의 얼굴에 피가 벌컥 솟았다. 불끈 쥔 두 주먹은 벌벌 떨리었다. 그는 맹호와 같이 병일에게 일격을 주려는 자세를 취하였다.

간호부의 올올 떠는 몸과 석호의 비실비실하는 몸이 두 사이를 재바르게 막아섰다.

"이놈아, 넘벼라 넘벼! 이 개만도 못한 놈 같으니…."

병일은 눈을 홉뜨고 팔을 부르걷고 뽐내며 허장성세를 하다가 술기운에 밀리어 비실비실 뒷걸음질을 친다.

간호부는 얼른 뒤로 돌아 쓰러지려는 병일의 몸을 떠받치듯 가누며,

"구만 찬으셔요, 구만 찬으셔요." 하고 달래었다.

"그래, 그래, 네 말도 옳다. 고만 참을까. 헌데, 저런 죽일 놈이 어데 있단 말이냐. 이놈, 뉘 앞이라고 언감생심인들 손짓을 하려고. 저런 놈은 붉은 옷을 입혀 두는 수밖에는 별 수가 없단 말야. 이놈, 이놈. 그래, 덤빌 터야. 이놈 이놈." 하고 병일은 황소처럼 머리로 떠받는 시늉을 하며 발을 쾅 하고 굴렀다.

여해는 하도 어처구니가 없어서 껄껄 웃어 버렸다.

"오냐, 내가 이 방에 들어온 것은 잘못이다. 나는 간다."

여해는 몸을 돌려 방을 나가려 하였다.

이때에 은주가 침대에서 별안간 일어앉았다.

"선생님, 선생님, 가시지 말아 주셔요."

아까와는 딴판으로 제법 또렷또렷한 소리를 낸다.

여해는 주춤하고 걸음을 멈추었다.

"가지 말아 달라? 그깟 놈을 잡고 시비를 캐면 뭣하니? 가도록 내버려두지 않구."

병일은, 여해를 부르는 제 누이의 말을 되받으며 중얼거렸다.

은주는 더욱 분명한 음성으로,

"그러구 오빠는 가셔요." 한다.

"뭐 뭣이 어째? 나더러 가거라? 이 애 봐라." 하고 병일은 눈을 커닿게 떠서 은주를 바라본다.

"그래요. 오빠는 가셔도 괜찮아요."

"이 애가 미쳤나? 너 그건 어떻게 하는 말이냐?"

병일은 제 누이에게로 한 걸음 들어선다.

"그래 여해는 있구, 나더러는 가란 말이냐."

왼 방안의 시선은 은주에게로 몰리었다. 은주는 그 석고 같은 얼굴에 잠깐 붉은 빛이 피어올랐으나, 고개를 크게 끄떡였다.

병일은 새벽녘에 취한 술이 주렁주렁 매어 달린 듯한 눈을 한 번 쓰담 았다.

"저 원수놈은, 저 악마는 가지 말구, 나더러 가거라. 허, 얘가 정말 미쳤 고나! 허 여기 이러구 있을 일이 아니다. 피어난 담에야 어서 집으로 가 자. 어서 집에 가서 어찌하든지." 하고 석호를 보며,

"자동차는 기다리라 하였지?"

석호는 모자 쓴 채 머리를 까딱하였다.

"어서 일어나거라. 집으로 가자. 오빠 망신 구만 시키구."

"저는 가기 싫어요."

"가기가 싫다니? 그럼 이 병원에서 살테냐, 어서 일어나."

"저는 싫어요. 오빠의 집에 가기는."

"이애 좀 봐, 그러면 어데를 갈 테란 말이냐? 허 일껀 건져 내놓으니 까…."

"어디 오빠가 건져내셨어요? 뭐."

"그러면 누가…." 하다가 여해를 보고 눈을 부라리며,

"이게 모두 저놈이 주둥아리를 놀린 탓이구나. 그 잘난 물에 좀 뛰어든 걸 하상 대사라구, 무슨 은혜나 입힌 듯이 어린애를 꼬득였구나. 놈 천착 스럽기는. 우리는 철교 위에서 쩔쩔매고만 있는데 저 혼자 물에 뛰어나 렸다구 흰소리를 했겠구나. 너 이놈, 너도 다 뒤어진 걸 우리 배가 아니 면 어떻게 건져내었겠느냐 말야. 인생이 불쌍해서 살려 놓으니까…."

병일은 몹시 흥분해 한다. 양심에 찔리는 것을 억지로 누르고 생판 억 설을 늘어놓은 까닭인가.

여해는 그 넙적한 입을 한 번 쭉 다물었다. 두 볼의 근육이 떤다. 사나

운 말씨가 우박같이 쏟아지려는 것을 꾹 참는 눈치였다.

"어러 말쓈 마셔요."

은주의 약간 떨리는 듯한 말이 물을 끼얹듯이 냉연히 떨어졌다.

"오빠의 동생은 어젯밤에 죽었어요. 저는 인제 오빠의 동생이 아녜요. 죽어도 오빠의 집에는 가기 싫어요."

은주의 쪼글쪼글해진 입술에는 돌릴 수 없는 결심이 보이었다.

"허, 저 애가 암만해도 미쳤군. 허."

병일은 석호를 돌아보며 혼잣말같이 뇌이었다.

석호는 졸음 오는 듯한 눈을 깜빡깜빡하며,

"응으, 응으."

고양이 같은 소리를 내다가 살짝 은주를 한번 곁눈질해 보고,

"지금은 몹시 흥분되신 모양이니, 안정을 하시도록 하게나." 하고 까딱까딱 걸어나간다.

"미친 애를 두고 그양 가면 어떡한단 말인가?"

병일은 허둥지둥 석호를 잡았다.

"미치기는 왜. 조금 딴 생각이 계신 게지." 하고 석호는 눈으로 여해를 가리키고 잇새로 쌕 웃어 보이었다

은주는 독사가 지나가는 소리를 들은 것처럼, 오싹 몸을 떨었다.

병일과 석호가 웅얼거리고 있는 사이에, 여해는 서슴지 않고 성큼성큼 병상 가까이 걸어갔다.

"나는 가 봐야겠습니다. 또 오지요."

"네에…."

은주는 목 안에서 잡아당기는 듯한 소리를 들릴 듯 말 듯 대답하고 고개를 외우 꽂았다.

여해는 휙 나와 버렸다. 은주의 수수께끼 같은 태도의 하회가 궁금은

하였지마는 불쾌한 그 자리를 벗어난 것이 마치 지렁이가 움지럭거리는 수렁을 뛰쳐나온 듯이 상연하였다.

전찻길까지 나오자 전차 탈 돈 오 전까지 지나지 않은 자신을 발견하였다. 한강통에서 청진동까지는 정말 걷기에 벅찬 거리이었다. 여해는 두 주먹을 불끈 쥐고 달음박질을 하다시피 빨리 걸었다. 다리는 허정허정 공중을 차고 나는 듯하다.

그대도록 그는 은주보담도 명화의 일이 몇 백 곱절 더 궁금하였다. 명화의 얼굴이 보고 싶었다. 일분 바빠 일초 바빠 명화의 목소리를 듣고 싶었다. 뻘뻘 땀이 흐르고 피곤한 다리가 느릿느릿 늘어질 임물이면, 명화는 갖은 포즈로 그의 눈앞에 얼렁거렸다. 그는 헐떡거리며 씨근거리며 불채쪽으로 종아리를 후려갈기는 듯이 걸었다.

그는 단숨에 명화의 집에 뛰어왔다 해도 과언이 아니리라. 그는 다짜고짜로 안방문을 펄쩍 열었다. 명화는 없었다. 부리는 계집애 겸, 명화의 대를 받을 동기 겸으로 있는 옥연이가 혼자 양금을 치다가 바시시 일어난다.

"안 계시니?"

"안 계셔요. 보다 모르셔요?"

옥연은 무엇에 성이 났는지 그 뾰족한 입을 더욱 뽀르퉁하게 내어민다.

"어데를 가셨니?"

"누가 알아요?"

"식전에 어데를 나갔단 말이냐?"

"식전에는. 어젯밤 나가셔서 어데 들어오시기나 했어요, 뭐?"

"정거장에는 나가셨다 돌아오셨지?"

"돌아오시긴! 그대로 가물치 코야, 참 사람 속상해 죽겠어. 손님은 왜 어데 갔다가 인제 오신단 말예요? 난 무서워 죽을 뻔했는데."

옥연은 안차고 당알진 계집애였지만, 열네 살이란 나이가 있어 휑덩ㄱ
렁하게 빈집을 혼자 지키느라고 꽤 무서웠던 터에 여해를 보고 화풀이
를 하는 것이었다.

여해는 그대로 털썩 주저앉았다.

그는 명화가 그 애인인가 하는 자를 끌고 갈데없이 제 집으로 돌아와
있는 줄로만 알았었다.

집에 안 왔다면! 명화는 분명 그 애인이란 자를 끌고, 제 집보담도 더
조용한 데를 찾아갔음에 틀림이 없었다. 훌쩍거리고 노닥거리고 애무로
포옹으로 흠씬 그리던 회포를 푸는 두 남녀를 상상하매, 여해는 견딜 수
없었다. 가슴속에서 불기둥이 떠받치고 일어서는 것 같다.

"그래 어디 있는지 권번에 전화도 안 걸어 봤단 말이냐? 망할 년 같으
니."

말씨까지 사나워졌다.

"왜, 이년 저년 해요? 전화를 안 걸어 보긴. 오늘 아침에만 해두 두 번
이나 걸어 보았는데."

"그래, 어데 있다던?"

"권번에나 알려 두셨으면 작히나 좋게. 권번에서도 모른대요. 되려 날
더러 어디 좀 찾아보라겠지. 참 기가 막혀. 어디 가시면 세상없어도 권
번에는 알리시는데, 어젯밤에는 권번에 안 알려서 남 잠자는데 인력거까
지 와서 등쌀이야. 밤새도록 인력거꾼 소리에 몇 차례 깨었는지 가뜩이
나 무서워 죽겠는데…."

옥연은 연거푸 종알거렸다.

여해는 제가 묵고 있는 아랫방으로 돌아와, 네 활개를 쭉 뻗고 누웠다.
눕고 보니 피로가 왼몸의 근육을 자근자근히 쑤시고 퍼져서 몸을 꼼짝

도 못할 것 같았다. 그는 피로한 김에 잠이나 한 숨 잘까 하였다. 슬픔도 기쁨도 빠지짓빠지짓 타는 가슴도 이 망각의 세계에서는 안식을 얻으리라. 솜 같은 피로도 풀리리라 하였다. 자는 동안에 명화는 오리라. 어젯밤을 밝혔다면 오늘 낮에나 집에 아니 돌아올 리 없으리라 하였다. 그도 내 일이 궁금하리라. 집에 돌아오면 내 방에 먼저 오리라. 또 어젯밤 모양으로 자는 내 옆에 참다랗게 앉아 있을는지 모르리라 하였다. 터무니없는 달착지근한 공상에 여해는 치밀리던 불덩이가 잠깐 주저앉았다.

그는 정말 자는 듯이 눈을 감고 잠을 청하여 보았다. 손끝 발끝이 저리도록 몸은 노곤하게 풀리며 엷은 안개 자락 같은 잠이 스르르 덮어지는 듯도 하였다.

그러나 잠은 올 듯 올 듯하면서도 좀처럼 오지는 않았다. 눈시울까지 무겁게 나려앉았다가 말고 요리 삐끗 조리 삐끗 감질만 내고는 휙 달아나고는 하였다.

여해는 이리 궁글 저리 궁글 목침을 가로 세로 모로 바로 여러 번 곤쳐 비어 보았다. 곤쳐 빌 적마다 잠은 천 리나 만 리나 달아나는 듯하였다. 배포 유하게 잠 올 터수가 아닌 것을! 머리는 쨍쨍하게 밝아진다.

여해는 필경 잠을 단념하고 말았다.

인제나 저제나 하여도 명화의 들어오는 기척은 나지 않았다. 칼날같이 날카로워진 신경은 가장 가느다란 음향에도 널뛰듯 뛰었다. 눈은 감고 있을 수도 없게 되었다. 눈만 감으면 환영이 다시금 그를 괴롭게 하였다. 명화와 그의 애인과의 러브신이 쉴 새 없이 떠올랐다. 누으락 앉으락 하였다. 이유도 없고 염치도 없는 이 정열의 회호리바람에 그는 안절부설을 못하였다.

저녁 때가 되어도 명화는 오지 않았다. 밤이 되었다.

여해는 명화의 집을 나왔다. 근처 중국 요릿집에서 전화를 빌렸다. 먼저 권번에 물어보았다. 아까 옥연이 말마따나 권번에서도 명화의 거처를 몰랐다. 생각다 못해 각 요릿집으로 물어보았다. 명월관 식도원 등 서너 군데 걸어 보는 사이에 여해에게도 자신이 없어졌다. 대답은 한결같이 안 왔다는 말뿐이었다.

조선 요릿집은 끝이 났다. 이번에는 일본 요릿집으로 대모한 데를 골라서 더러 걸어 보았다. 결과는 역시 실망이었다.

일찍이 명화에게 들은 취월이 언뜻 생각이 났다.

"옳지, 옳지. 분명히 거기를 갔을 게다."

여해는 혼자 중얼거렸다. 애인과 단둘이 간다면 그런 후미진 요릿집을 찾았음에 틀림이 없었다.

'왜 입때 취월을 생각지 못하였던고.'

여해의 직각은 취월에 명화가 있다는 것을 알리었다. 그는 전화도 구만두고 곧 취월로 뛰어가고 싶었다.

아모튼 전화를 걸어는 보았다.

"잠깐만 기다리셔요."

일본 여자의 혀를 감아올리는 듯한 친절한 대답이다. 여해는 몸과 맘으로 부르짖었다.

"있고나!"

사랑하는 이의 직각은 틀리지 않았다. 바루 전화통 옆에서 얘기를 하는 듯한 말낱이 동강동강 들려왔다.

"어젯밤부터 있는 그 조선 기생 말이지."

"…전화가 오드래두 따 버리랬어…."

여해는 전화통을 내동댕이를 치듯이 걸고 뛰어나왔다.

사랑은 준다

　명화는, 상열의 숨을 집을 구하러 나간다 나간다 하면서도, 그 날 밤을 그대로 새우고 그 이튿날도 그냥 보내고 밤이 또 깊었다.

　어젯밤 상열의 결심과 비밀을 듣고 보니, 한시라도 이런 데 한만히 있을 경우가 아니건만, 그런 끔찍한 일이라면 이곳을 나가는 것이 도리어 위험도 하였다. 밖에 나갈 생각만 해도, 공연히 가슴이 덜컥덜컥 나려앉고 머리끝이 쭈볏쭈볏해진다. 다리가 떨리고 어깨가 천근같이 무거워진다. 더구나 마음이 아슬아슬해서 상열의 곁을 떠나랴 떠날 수가 없었다. 자기만 없고 보면 곧 상열의 신상에 무슨 변이 생길 것만 같았다. 한 번 갈리면 다시는 만날 수가 없을 상도 싶었다.

　그는 상열의 말에 동의를 않으랴 않을 수 없게 되었다. 제가 아모리 말려도 빌어도 안 될 일인 것을 알게 되었다. 10년을 쌓은 사랑의 탑은 무너졌다. 알 수 없는 커다란 힘 앞에서 너무도 하잘것없이 쓰러지고 말았다. 슬프고 애닯고 쓰리고 아프나마, 명화는 상열을 제 갈 길을 가게 하는 수밖에 어쩌는 수가 없는 줄 깨달았다.

　상열은 제 무릎 위에 고개를 박고 우는 명화의 등을 흔들었다.

　"자, 일어나요. 인제 밤도 깊었으니 좀 나가 보라구. 왜 동무들도 많을테니 언줄 언줄로 구하년 그리 어렵지도 않을 것 아니냐. 그래누 기생집은 안 되거든. 꼭 염집이라야 써, 응? 내 말 알아듣지, 응? 자, 일어나요, 응."

　상열의 목소리는 달래듯 부드러웠다.

명화는 울어서 퉁퉁 부은 눈을 쳐들었다.

"저 나간 뒤에 무슨 일이나 생기면 어떡해요?"

"일이 무슨 일?"

"혹시 누가 찾아 오드래두 선생님 혼자만 계시면…."

"혼자 있으면 생길 일이 둘이 있다구 안 생길 거요? 허허…."

"그래도 제가 있으면 무슨 말을 어떻게 꾸며 대드래두…."

"명화만큼 나도 말을 꾸며댈 줄 안다오."

"웬걸."

명화는 슬프게 웃었다. 그리고 상열을 가리우는 듯이 앞으로 안았다.

"암만해도 마음이 놓이지를 않아요."

귀에 뺨을 비비대며 속살거리었다.

"둘이 있다구 든든할까?…."

"그래도…."

"첫째 ○○을 숨겨 놓아야 될 것 아니야? 이렇게 몸에 지니고 있다가

(1페이지 공유저작물에 내용 없음)

"웬일이서요? 남 놀라 죽을 뻔하게스리."

"사람을 사람이 찾아오는데 놀라 죽을 게 뭔구? 그렇게 놀랄 때면 단둘이 죽을죄를 저질른 게지. 하핫하, 하핫하."

여해는 부자연스럽게 소리쳐 웃었다. 어데서 먹었는지 술내가 확 끼치었다.

"어째 여기 있는 줄 알고 오셨어요?"

명화는 재우쳐 물었다.

"어 어데를 간들 내가 모를 줄 아나베. 명화는 땅속으로 들어가도 찾아

넬 내란 말이어. 흥 그게 사랑이란 게거든. 그게 소위 애인의 육감이란 게거든. 알았어?" 하고 삐적삐적 명화의 앞으로 대어선다.

명화는 여해의 야릇한 태도에 불안을 느끼고 대어드는 대로 물러서며 상열에게 변명하듯,

"사랑은 무슨 경칠 사랑이구, 애인의 육감이란 또 뭐예요? 그런 말씀을 랑 마시구 이리 앉으셔요."

"너의 사랑은 경을 칠지 모르지만, 내 사랑이야 왜 경을 친단 말이냐? 압다, ○○ 가진 자를 애인으로 둔 게 그리 대단하냐?"

명화는 얼른 손으로 여해의 입을 막는 시늉을 하였다.

"왜 그런 말씀을 소리소리 질러요? 글쎄."

"왜 겁이 나니? 겁날 짓을 누가 하라더냐?"

"겁이구 뭐구 이리 앉기나 해요. 두 분이 인사나 하시구."

명화는 여해의 손목을 끌어 앉히려 하였다. 여해는 명화의 손을 뿌리치고 상열을 노려보았다.

"그깟 놈하고 인사를 하면 뭘 하누? 몇 분이 못 가서 발고랑을 찰 놈하구."

"애그 이게 무슨 사나운 말뿐이오? 전에는 안 그러시더니 미치셨소?"

"그래, 미쳤다 미쳤어. 너에게 미쳤다. 무슨 놈의 팔자가 사랑을 얻는 족족 딴 놈에게 뺏긴단 말이냐. 이번에는 안 돼, 안 될 말이어. 이번에는 또 뺏기지는 않을 테란 말이어!"

"여보! 노형"

상열이가 말을 건네었다.

"노형 애인을 누가 뺐는단 말요? 자, 이리 앉기나 하오. 우리 얘기를 좀 해 봅시다그려."

"얘기를 좀 해 보자? 그래 건방지게 네가 누굴 구슬리는 수작이냐?" 하

고 여해는 상열을 후려갈기기나 할 듯이 와르르 달겨들다가, 바루 상열의 코앞에 털썩 주저앉았다.

"누구시오?"

상열은 침착하게 물었다.

"난 김여해다. 너는?"

"나는 김상열."

"김상열? 옳지 인제는 성명까지 알았것다."

"성명까지 알았다니?"

"뻔한 노릇이지. 경찰에 고발을 하려면 성명을 알아야 될 것 아니냐?"

"앗!"

명화는 까무러치는 소리를 내었다.

"그래, 여해 씨가 우리를 고발한단 말예요?" 하고 명화는 여해를 흘겨보았다.

"암 그렇다 뿐이냐. 그어 두말 할 거 있나? 사랑의 원수를 갚는 데는 그게 제일 첩경이거든."

"아니, 그게 본마음으로 하는 소리요?"

"그럼 본마음이구 말구. 거짓 마음이라면 고발을 할 것도 않는다 할 것 아니냐."

"우리하고 무슨 원수로?"

"사랑이 원수지, 흥."

"여해 씨하고 나하고 사랑이 무슨 사랑이오? 나는 그저 여해 씨의 처지에 동정을 하였을 뿐인데…."

"명화야 나를 동정하였거나 말았거나 나는 명화를 사랑하였으면 구만 아니야 . 그것도 오늘부터란 말이야. 오늘밤부터란 말이야."

"무슨 사랑이 그런 천도깨비 같단 말예요?"

"천도깨비 같든, 만도깨비 같든 솟아나는 불길을 너면 어떡할 테냐?"

그리고 상열을 향하여,

"그 좋은 상해에서 뭘 얻어먹자고 조선에를 들어왔느냐 말이야. 나 같으면 만 년을 있어도 돌아오지를 않을 게다. 그래, 이 요리 접시나 얻어먹으려고 돌아왔단 말이냐?"

상열은 무슨 좋은 일이나 생긴 듯이 싱글벙글 웃었다.

"자네 말이 그럴 듯도 하네마는, 고향을 오래 그리면 생각도 나는 법이니."

"요 알뜰한 고향이 생각이 무슨 생각이란 말이냐. 바른 말로 계집이 보고 싶어 나왔다구나 해라."

"아모렇게나 상관이 있느냐?"

"그럴 게다. 이러나 저러나 상관이 무슨 상관이냐. 어차피 계집의 꽁무니나 따라다니는 바에야. 저 따위가 무슨 일을 한답시구 돌아다니니, 참 기가 막혀. 그래 기생년을 보고 ○○을 어쩌느니, 숨을 집을 구하느니. 참 알뜰도 한 비밀인걸."

"자네가 벌써 와서 우리 얘기를 죄다 들은 모양일세그려."

"듣다 뿐이냐. 그렇지 않고야 고발을 할 수 있느냐."

명화는 별안간 상열의 무릎에 쓰러졌다.

"십 년을 그리다가 만나 보니 이 꼴이 될 줄이야. 저 때문에 경륜하시는 일도 다 틀리구. 우리 그걸로 죽어나 버립시다. 잡히기 전에 죽어 버립시다. 우리 시첼랑은 여해 씨께나 맡기고⋯. 여해 씨야 고발을 하든지 뜯어 자시든지⋯."

명화는 울기 시작하였다.

"이왕 틀린 바에야 한 자리에서나 죽어 버립시다. 네 선생님, 제 목숨을 먼저 끊어 주서요. 참 정말이지 저는 선생님이 끌려가는 건 죽어도 보기 싫어요. 네, 선생님. 그걸 꺼내서요. 네, 선생님. 우리 둘이 죽어 버려요. 네 선생님."

멀거니 명화의 얘기를 듣고 있던 여해는 별안간 몸을 벌떡 일으켰다. 그는 쏜살같이 밖으로 뛰어나가 버렸다. 명화는 울다가 말고 놀라 일어나 앉았다.

"어데를 갔을까요?"

"어데를 가긴? 고발을 하러 간 게지."

"무슨 원수로, 설마?"

"고발을 하면 대수냐. 이왕 죽을 목숨이니 이러나 저러나 마찬가지지."

"그럼 여기 이러구 잡으려 오기를 기다린단 말예요?"

"이 일을 어떡하면 좋아요? 모두가 제 탓이에요."

명화는 상열을 바루 보지도 못한다.

"지금 와서 네 탓 내 탓을 찾으면 무얼 할 테요? 탓을 하자면 내 몸 탓이나 할 밖에. 만일 내 몸이 웬만만 했으면 정거장에 나리는 길로 할 일을 해 버릴 것을 어디 발길이나 바루 놓여야지. 명화의 따뜻한 손에서 단 하로라도 소복을 해 보겠다는 것이 틀린 생각이거든. 그리던 정을 백 분의 일이라도 풀어 보자던 것이 잘못이야, 잘못."

상열은 명화의 들먹거리는 등을 어루만지었다.

"그래, 그자를 그대로 내버려 둔단 말씀예요?"

"내버려 안 두면 어떡할 거요? 지금 쫓아가서 요정을 낸다면 까닭 없는 인명만 상할 뿐이지, 일은 벌써 탄로가 되고 말 것 아니오?"

"정말 고발을 할까요? 괜히 얼러보는 것 아닐까요?"

"글세, 그건 나보담도 명화가 잘 알겠지. 그자의 평소 사상이라든지 성격이라든지, 난 어떤 위인인지 초대면이니 짐작도 할 수 없지 않아?"

"제 생각 같에서는 무슨 업원으로 그런 끔찍한 짓을 할 것 같지는 않습니다마는."

"대관절 명화하고는 어떤 관계요?"

"그 말을 하자면 길어집니다. 나는 저를 구해 주고 은혜를 입혔지, 털 끝만치라도 무슨 원한 먹을 노릇을 한 기억이 없답니다."

"사랑은 하였소?"

"사랑이 무슨 사랑이에요?"

"그러면 저편의 짝사랑인가?"

"그건 몰르지만!"

"은혜를 경계하오, 짝사랑을 경계하오. 둘이 다 위험성이 있는 거요. 은혜가 원수 된단 말은 자고로 있는 말이지만, 더구나 짝사랑이란 물불을 헤아리지 않으니까…."

"그럼 어떡해요?"

"어떡하기는! 기다리는 수밖에…."

"잡으러 오기를?"

"혹은 그자가 돌처올는지도 모르지. 내가 걸리는 것보담 제 애인이 걸리는 게 궁금도 할 테니."

"제가 뒤를 밟아볼걸."

"지금이라도 늦지는 않았을 거요."

"나간 지가 오랜데…."

"만일 그자에게 정말 사랑이 있었다면 바른 길로 뛰어가지는 않았을 거요. 저도 번민이 있을 테지."

"그럼 가 볼까요?"

"그건 마음내로 하오마는 아모튼 일은 틀렸소."

"뒤를 쫓아갔다가 길이 외우나서 그자를 못 만나고, 저 없는 새 무슨 일이 일어나면…."

명화는 차마 말 뒤끝을 맺지 못한다.

"또 그 걱정이구려."

"어떻게 걱정이 안 돼요? 구만 선생님을 잃어버리게 될걸."

"설마."

"설마가 사람 죽인답니다. 저는 일시 반시라도 선생님 곁을 떠나기 싫어요. 서로 보는 이 짤막한 동안에 그나마 또 이별을 해요. 같이 있어 보아요. 고발이야 하든 마든 같이 있다가 같이 잡혀 가요. 선생님을 모시고 가는 바에야 어데를 간들."

상열은 말없이 명화의 손을 꼭 쥐었다. 오냐, 아모 데도 가지 말아라, 내 곁을 떠나지 말고 있으라는 듯이.

장지에 사람의 그림자가 어른하였다.

여해는 비틀비틀 쓰러질 듯한 걸음걸이로 또다시 들어왔다.

"그걸 나를 주시오."

여해는 털썩 주저앉으며, 거의 성난 듯이 부르짖었다.

"그게라니?"

상열은 여해가 다시 들어오는 것을 보고, 안심의 빛을 감추지 못하며, 채쳐 물었다.

"왜 시침을 따시오? ○○말이오. 그걸 쓸 사람은 노형이 아니요, 내가 가장 적임자란 말이오. 그러니 그걸 나에게 맡기시오. 그리고 노형의 사명을 나에게 일러 주시오."

"그게 될 말인가?"

"안 될 말은 뭐요? 제 몸도 옳게 가누지 못하는 노형이 그걸 어떻게 사용한단 말이오? 쓰다가 옳게 써 보지도 못하고 실패할 것은 뻔한 노릇 아니오?"

"아모리 내 몸이 약해졌다 하드래도 내 맡은 일을 남에게 미룰 내가 아니오."

"노형이 나를 못 믿는구려. 그걸 증거삼아 정말 노형을 고발이나 할 줄 아시오? 아깟 말은 이 자리에서 취소하겠소. 나는 지금 당장 죽는다 하여도 이 세상에 끼일 것이 아모 것도 없는 사람이오. 부모가 있나, 형제가 있나, 애인이 있나.…."

여해는 후 한숨을 내쉬었다.

"앞날이 창창한데 그렇게 비관할 것은 없소. 건전한 육체에 건전한 정신을 가지기 바라오."

"몸뚱아리는 튼튼할지 모르나, 건전한 정신이 들기는 벌써 틀린 지 오래요. 이 튼튼한 육체가 걱정이오. 이 불길같이 타오르는 성욕 때문에 하마하더면 꽃다운 생명까지 하나 죽일 뻔하였소.

"참, 은주 씨가 어찌 됐어요?"

명화가 생각난 듯이 물었다.

"건져내기는 내었소. 살리기도 살리었소."

"정말 한강에 빠졌습디까?"

"빠지다 뿐이오."

"그래, 어떡하셨습디까?"

"그대로 물에 뛰어들었지."

"저런, 같이 빠지면 어쩌자구."

"같이 빠지면 대수요. 내 죽는 거야 내 벌역을 내가 받는 것이니 아까울 것이 없는 목숨이지만, 은주야 죽을 까닭이 있소? 무슨 죄가 있다구. 말하자면 은주의 죄 없는 덕에 나도 죽지 않고 살아난 셈이오."

"은주 씨와 그런 깊은 까닭이 있었넌가요?"

"깊은 까닭이 있었다 뿐이오? 내 성욕의 제단에 어여쁜 희생이었소."

"에그머니나!"

"그래도 다시 살아난 그 눈에는 나에게 대한 감사의 빛이 역력히 움직였소. 나는 차마 그걸 볼 수가 없었소."

"그래, 지금 은주 씨는 어데 있어요?"

"용산 ××병원이오."

"그럼 병일 씨도 거기 있겠구려."

"있기는 거기 있습디다마는 은주가 죽어도 제 오빠의 집에는 가기 싫답디다."

"그건 또 웬일일까?…."

"천진난만한 마음은 거짓과 건성으로 속이지 못하는 것이오. 그는 제 오빠의 심사를 바루 알아본 모양이오. 참, 상열 씨, 이 불쌍한 처녀의 운명도 맡아 주시오. 저의 오빠의 집에 아니 간다면 은주는 갈 곳도 없소. 해외로 데리고 나가서 그 운명을 개척해 주시오. 총명한 자질을 가졌으니 잘 가르치면 훌륭한 인물이 될 것이오."

"내가 어떻게 맡을 수 있나? 나는 내 할 일이 따루 있는 사람인데…. 차라리 여해 씨가 명화의 운명을 맡아 주시오. 내가 없어진 뒤는 명화도 마음의 의지를 잃을 테니 여해가 맡아 가지고 그야말로 해외로 데리고 나가든지 해서 신생의 길을 열어 주시오."

여해는 상열의 말에 머리를 흔들었다.

"그것은 안 될 말이오. 내가 해외에 나간다 한들 어디가 어디인지 알 길이 있소? 내가 형만큼 지경을 닦자면 또 십 년의 세월이 걸릴 것 아니오? 그러니 차라리 형이 가주시오. 명화 씨를 데리고 그렇게도 깨끗한 사랑, 그렇게도 열렬한 사랑이 꽃도 피기 전에 그대로 이울어진다는 건, 차마 못할 일이오. 입술에 발린 말뿐이 아니오. 참으로, 참으로 죽음으로 맹서한 사랑, 죽음을 향하여 눈을 딱 부릅뜨고 뛰어드는 사랑, 그야말로 죽음보담 몇 백 곱절 강한 사랑을 나는 내 눈 앞에서 보았소. 내 귀로 들었소. 당신네의 사랑은 이 못된 놈의 비틀어진 심장도 뒤흔들어 놓고야 말았소. 이 못된 놈의 고개도 숙여놓고야 말았소."

마츰내 여해는 제 말에 스스로 감격된 듯이 훌쩍훌쩍 운다.

"명화 씨가 왜 병원으로 나를 찾았는지 나는 그 본 뜻을 모르오. 영애에 대한 단순한 여성의 질투였든지 또는 병일을 농락하는 한 수단이었든지 나는 모르오. 이랬거나 저랬거나 명화 씨는 나의 마음의 태양이었소. 연소하는 내 생명의 태양이었소. 나는 죽어도 이 태양을 놓치기 싫었소. 가장 비열한 수단, 가장 천착한 방법으로라도 나는 나의 최후의 광명을 움켜쥐랴 하였소. 구축축하고 더러운 심사! 오직 죽음으로 용서를 빌 뿐이오."

여해는 명화와 상열의 앞에 두 팔을 짚고 푹 꼬꾸라지는 듯이 고개를 숙이었다. 상열은 여해의 손을 잡아 일으켰다.

"형은 충정은 잘 알았소. 무쇠라도 녹일 그 열정, 잠깐 그 방향을 그르쳤을 뿐이지, 나는 그 열정을 취하오. 그 열정을 개인의 감정에만 쓰지 말기를 바랄 뿐이오…."

"그러니 형의 사명을 나에게 맡겨 주시오. 부족하나마 내 힘껏 정성껏 다해서 형에게 누를 끼치지 않을 테니…."

"내 사명은 내 사명이지, 형의 사명은 아니오. 내가 왜 형을 희생시키고…."

"또 그런 말씀을 하는구려. 입때껏 말씀을 해도 내 말을 못 알아듣는구려."

여해는 화증을 버럭 내었다.

"그러먼 내야말로 형의 최후의 광녕을 빼앗는 게 아니오?"

상열은 목소리를 떨어뜨린다.

"아니오, 아니오. 인제는 형의 사명을 대신 맡는 것이 나의 최후의 광명이오. 이 최후의 희망을⋯."

"우리 모두 같이 달아나요."

명화는 딱해서 못 견디는 듯이 말을 넣었다.

"그건 안 될 말이오."

상열과 여해가 일시에 부르짖었다.

"일은 작정이 되었소. 긴 말은 구만둡시다. 인제 나에게 어떻게 할 것만 일러 주시오."

상열은 입을 다물고 무엇을 이윽히 생각한다.

"참 한 마디 부탁할 것을 잊었소."

여해는 다시 말을 꺼내었다.

"여기 불쌍한 여성 하나가 있소. 그는 아귀 같은 성욕의 제단에 불쌍한 희생이 된 처녀요. 그는 죽음으로 뛰어들다가 모든 인생의 허위를 느끼고, 지금 쓸쓸한 병원에서 울고 있소. 그는 이 세상의 오직 하나 동기인 오라비의 정도, 올케의 정도 거짓에 싸인 것인 줄 깨닫고 지난날의 제 원수에게 도리어 눈물겨운 손을 내어 미는구려. 세상에 이런 가련한 희생이 또 어데 있을 거요? 두 분이 해외에 떠나시는 날 이 불쌍한 희생도 데려가 주시오. 좋은 공부도 시키시고, 잘 지도하시어 훌륭한 일꾼을 맨들어 주시오."

"은주 씨 말씀이구려."

명화가 목 메이는 소리를 낸다.

"맡아 주시겠소?"

상열은 고개를 끄덕였다. 여해는 상열의 손을 굳게 굳게 쥐었다. 세 남녀는 소리 없이 감격의 눈물을 떨구었다.

인생의 적도

사월 십삼일, 봉천행 밤차 이등실에는 신랑 신부의 일행이 탔다. 신랑은 갈쭉갈쭉한 키에 미목이 청수하나 삼십이 넘은 노신랑, 신부는 백설같은 너울로 부끄러운 듯이 슬쩍 얼굴을 가리어 나이를 분명히 알 길이 없으나 그 아른아른한 뺨과 앳된 입모습으로 보아 이십 안팎밖에 되지 않았을 듯. 신부 쪽으로 처형이 되는지, 신랑 쪽으로 누이가 되는지 스물 너덧밖에 되어 보이지 않는 젊은 부인 하나가 후행 겸 하님 겸 따랐을 뿐이다. 흰 숙고사 겹저고리에 다듬은 모시 치마, 그리고 흰 고무신, 수수하나마 깨끗하게 차린 그 부인은 어데를 보든지 틀에 박은 구식 가정부인임에 틀림이 없었다. 객지에서 쓸쓸하게 혼례식을 지냈음이리라. 전송 나온 사람 하나 없었다. 아니다. 결혼식을 끝내고 신혼여행을 떠나는 길인지, 또는 혼례식을 치르러 가는 길인지, 그것조차 분명치 않다. 침대에도 들지 않고 신랑 신부가 곁눈질 한번 않고 시침을 따는 것을 보면 결혼 전인지도 모르리라.

이 일행은 앉은 고 자리에서 꼬박이 밤을 세우고 안동현에 대어도 나리지 않았다. 그 이튿날 밤에 잠깐 봉천에 나렸으나 그것은 천진행 기차를 바꾸어 타기 위함이었다. 천진에 나리자 신랑은 두 여자를 데리고 정거장 근처 객산客棧에 들어 하룻밤을 쉬고, 그 이튿날 정거장에 나오는 길에 신랑은 일본 돈을 따양으로 바꾸고, 여자 청복 두 벌을 사고 마침 지나치는 일자 신문 천진 신문을 한 부를 사 가지고 왔다.

그들은 다시 총총히 남경행을 바꾸어 탔다. 기차가 움직이자 그들은 완전히 마음을 놓은 모양이었다. 중국 기차 이동은 휑덩그렇게 비었다. 그들은 경찰의 눈을 피하기 위하여 꾸민 신랑과 신부 놀음을 구만두고 말짱하게 청복을 갈아입었다. 신랑만은 그대로 모닝을 입고 있었다.

신랑과 신부는 물을 것 없이 상열과 은주, 후행은 명화였다.

새 옷을 갈아입으매 두 여자의 기분은 새로워졌다.

"밤낮으로 아모리 가도 왜 이리 지리편편만 해요?"

명화는 멍하게 차창을 내다보다가 혼잣말같이 중얼거렸다.

"그게 광막한 인생의 벌판이구려." 하고 상열은 의미 있게 웃는다.

"그래요, 이 질펀한 광야가 끝나는 곳에 새로운 희망의 나라가 있을 것 같애요."

은주가 맞장구를 친다. 두 여자의 눈은 새 희망에 번쩍인다. 상열은 생각난 듯이 신문을 펴들고 이리 뒤척 저리 뒤척 하다가, 별안간,

"앗!"

외마디 소리를 쳤다.

"왜 그러서요?" 하고 명화와 은주도 신문 위에 고개를 디밀었다.

"이걸 봐요. 여해가 죽었구려."

"네!"

두 여자도 놀라 부르짖었다. 상열의 떨리는 손가락은 다음과 같은 간략한 기사를 가리켰다.

제목도 이단 두 줄이었다.

취조중 선인 청년
폭탄 깨물고 즉사
「경성전보」 경성 ××서에서는 지난 12일 밤 조선인 청년 한 명을

검거하여 취조 중, 그 청년은 어데 감추고 있었던지 폭탄 한 개를 깨물어 굉연한 음향과 함께 현장에서 즉사하였는데, 취조 받은 피의자가 폭탄을 깨물고 자살하기는 전무후무한 사실로 일대 센세이션을 일으켰으며, 그 청년은 상해 방면에서 잠입한 듯한 모라고 하나 취조가 진행되기 전에 죽어 버렸으므로 공범 관계라든지, 계통 기타는 전연 알 수 없다고.

세 사람은 침통한 얼굴로 서로 쳐다보며 아모 말이 없었다. 이윽고 상열은 입을 열었다.

"열정에 지글지글 타는 인물. 한 시라도 열정의 대상이 없고는 견디지 못하는 인물. 그런 종류의 사람은 태양에 비기면, 인생의 적도선이라 할까…."

몬지가 자욱히 앉은 차창엔 지평선 속에서 둥실둥실 떠오르는 대륙의 새빨간 태양이 숭엄한 얼굴을 비춰었다.

『동아일보』, 1933년~ 1934년

현진건(1900~1943)
소설가, 언론인.

1900년 9월 9일 경북 대구에서 현경운의 4남으로 출생.

1912년 일본으로 건너가서 동경 경성중학교 입학.

1918년 동경 독일어 전수학교 졸업.

1919년 중국 상하이로 건너가 외국어학교에 입학하였으나 중퇴 후,
　　　　귀국함.

1920년 ≪개벽≫에 첫 단편「희생화」발표 후 문단 등단. 이어 번역소
　　　　설인「행복」「석죽화石竹花」를 발표.

1921년 단편「빈처」를 ≪개벽≫에 발표. 동인지 ≪백조≫의 동인으로
　　　　활동. 단편「술 권하는 사회」발표.

1922년 단편「타락자」「피아노」「영춘류」등 발표.

1923년 「지새는 안개」발표.

1924년 단편「운수 좋은 날」「B사감과 러브레터」「새빨간 웃음」발
　　　　표. 평론「조선문학과 현대정신과 파악」발표.

1926년 「사립정신병원장」발표.

1927년 「해 뜨는 지평선」등 단편 발표. 염상섭과 함께 사실주의적 단
　　　　편문학을 개척.

1933년 1933~1934년 ≪동아일보≫에「적도」를 연재.

1936년 동아일보 사회부장 재직 중 손기정이 베를린 올림픽 마라톤에
　　　　서 우승하자 일장기를 삭제하고 보도한 사건으로 구속됨.

1939년 동아일보에 학예부장으로 복직. ≪동아일보≫에 장편 「흑치
　　　　상지黑齒常之」를 연재하기 시작.
1940년 민족의 정체성을 회복하려는 의지를 북돋우고 식민지하에서의
　　　　한국인의 몰락과정을 드러내 보였다는 이유로 「흑치상지黑齒常
　　　　之」의 연재가 강제 중단 됨, 이 작품은 미완으로 남게 됨.
1941년 장편 「무영탑」 출간. 단편집 『현진건 단편선』 간행
1943년 4월 25일 장결핵으로 사망.